Von Huren, Bettlern und Glunterschratzen

„Von allen Mordtaten sind nur diejenigen ausgekommen, von denen man etwas weiß.

Georg Christoph Lichtenberg (1742 - 1799)

Albrecht Sommerfeldt

Von Huren, Bettlern und Glunterschratzen

Historischer Kriminalroman

Albrecht Sommerfeldt
c/o AutorenServices.de
Birkenallee 24
36037 Fulda

ISBN: 9798647901002

Kapitel 1: Der Karren

9. November 1617, Donnerstag

Schmatzend gruben sich die Räder des klapprigen Handkarrens durch den aufgeschwemmten Straßendreck. Dabei hinterließen sie zwei sich mit brackigem Wasser füllende Furchen in der einsamen Gasse. Auch wenn zu dieser fortgeschrittenen Stunde nur noch selten Füße, Stiefel oder Hufe ihren Weg zwischen den windschiefen Fachwerkhäusern suchten, würde es dennoch nicht lange dauern, bis der andauernde Regen die Radspuren wieder mit einer gesundheitsgefährdenden Mischung aus Erde, Dreck, Exkrementen und Unrat zugespült hatte.

Nur wenige Wege und Plätze Hamburgs waren gepflastert und dies galt erst recht für das Kirchspiel um St. Jakobi. Ein Viertel, in dem überwiegend Bauern, arme Handwerker, Tagelöhner, Bettler und mancherlei zwielichtiges Gesindel zuhause waren. Die klapprigen Häuser standen hier mancherorts so dicht beieinander, dass sich die Bewohner über die feuchten Twieten hinweg die Hand reichen konnten.

Am schlimmsten war es direkt um die Hauptkirche St. Jakobi herum. Der stetige Bevölkerungsanstieg hatte hier zur Bebauung der kleinsten und lichtlosesten Hinterhöfe mit aberwitzig schmalen Häusern, Hütten und Bretterverschlägen geführt. Das ganze Gebiet glich einer amorphen Masse, die von vielen verzweifelten Händen getrieben auf unvorhersehbare Art immer wieder ihre Gestalt veränderte. Das Gängeviertel, wie das düstere Labyrinth auch genannt wurde, war kein Ort, an dem man sich ausführliche Gedanken um das eigene Altern machen musste. Weder als Bewohner des Viertels noch als Besucher.

Zudem lag ein allgegenwärtiger Übelgeruch über dem ganzen Kirchspiel, der neben dem Straßendreck und menschlichen Hinterlassenschaften seinen Ursprung auch in den unzähligen Hinterhofgärten und den hier ansässigen Gerbereien sowie anderen ungeliebten Gewerben und Gewerken fand. Die einzige

Verbesserung diesbezüglich war das Verbot der Schweinehaltung innerhalb der Stadtgrenzen gewesen, welches nach der Pest von 1565 ausgesprochen wurde. Die Schweine hinterließen seitdem ihre Hinterlassenschaften auf den ›Schweineköven‹ genannten Weiden nahe dem Köppelberg, auf dem auch die Hinrichtungen durch den Scharfrichter stattfanden. Auch Pestkranke, Selbstmörder und Gehenkte wurden hier begraben.
Die zwei Gestalten, die den Karren durch das schwindende Dämmerlicht zogen, schienen hier jedoch in ihrem Element zu sein. Mit missmutiger Selbstverständlichkeit stapften ihre abgewetzten Stiefel durch den Dreck und zogen den Karren voran. Bullig von Gestalt der eine, hager und hochgewachsen der andere, war von ihnen unter den breitkrempigen Hüten und den fleckigen Mänteln nicht viel mehr als bewegte Schatten zu sehen. Selbst die Gesichter waren unter schäbigen Tüchern verborgen. Ob diese gegen die nasse Kälte oder den Gestank helfen sollten, konnten wohl nur die Träger selbst beantworten.
Mit zur festen Gewohnheit gewordenen Aufmerksamkeit und Vorsicht glitten ihre Augen dabei mit jedem Schritt unstet suchend durch die Gasse. Einige hastig davonhuschende Nager beunruhigten sie jedoch genauso wenig wie die gelegentlichen Stimmen hinter den Fensterverschlägen. Einzig ein räudiger Straßenköter weckte kurz die Aufmerksamkeit des Hageren und ließ ihn innehalten. Wacklig kämpfte sich der alte Hunderecke auf die Beine und fletschte warnend das lückenhafte Gebiss, bevor er von einem untrügerischen Instinkt getrieben winselnd durch die Lücke eines Bretterzauns davonschlich.
Der Hagere lachte kurz heiser auf, bevor er hustend auf den Boden spuckte und wieder nach dem Griff des Handkarrens tastete.
Dann hielte er inne. Seine blassblauen Augen starrten unter der Hutkrempe in die schmale Seitengasse, wo er eine Gestalt ausgemacht hatte. Unmerklich gab er dem Bulligen mit einer Kopfbewegung zu verstehen, wohin ihr Weg sie weiterführen

würde. Schon begannen die Räder sich wieder durch den Boden zu fressen.

»Zum Gruß, mein schönes Kind«, raunte seine heisere Stimme der Gestalt in der Gasse zu. Misstrauisch wich diese einen halben Schritt zurück. Die Frau war von üppiger Gestalt und recht breitschultrig, sodass sie die düstere Twiete nahezu vollständig ausfüllte.

»Was willst denn du von mir? Mit einem wie dir mache ich es nicht«, brachte sie kampfeslustig hervor, aber ein geübtes Ohr konnte leicht Sorge und Angst heraushören. Kurz zuckte etwas im vermummten Gesicht des Hageren. Hätte die Frau seine Augen im Tageslicht gesehen, hätte sie nun wohl eilends ihre Röcke gerafft und wäre davongelaufen. Doch schnell hatte sich der Karrenlenker wieder im Griff. »Aber, aber, mein Täubchen, warum so frostig? Die Nacht ist doch schon kalt genug«, begann er sein Spiel und angelte eine Steingutflasche unter seinem Mantel hervor. Einladend hielt er der Frau die entkorkte Flasche entgegen. Nach kurzem Zögern siegte die Gier über die Vorsicht und die scharf riechende Flüssigkeit fand ihren Weg zwischen die vollen Lippen der Frau. Hustend schnappte sie nach Luft, als sie dem Hageren die Flasche zurückreichte. Ihre Hände, die die Flasche hielten, waren groß und grob und zeugten von harter Arbeit. Ihre runden Hüften und die ausladenden Brüste deuteten an, dass sie noch nicht lange auf der Straße sein konnte, notierte der Hagere mit kundigem Blick. Wahrscheinlich eine Magd aus dem Umland, die ihre Anstellung verloren hatte, urteilte er.

»Das schmeckt wie aufgekochte Pferdepisse!«, hustete die Frau und zog die alte Pferdedecke enger um sich, die sie über ihr Kleid geworfen hatte.

»Woher weißt du denn, wie Pferdepisse schmeckt?«, brachte sich nun das erste Mal der Bullige ins Spiel und seine einfältige Stimme schien von einer aufgeregten Vorfreude auf die Antwort ergriffen zu sein.

»Was ist denn der für einer?«, fragte die Frau angewidert den Hageren. »Wenn der toll ist, dann pass bloß auf den auf!«, forderte sie mürrisch.
»Mach dir keine Sorgen, Täubchen«, versuchte der Hagere sie wieder zu entspannen, während er vor Ärger über seinen tumben Begleiter die klammen Hände in den Manteltaschen zu Fäusten ballte.
»Du kommst nicht von hier, bist neu hier, oder?«, versuchte er so beiläufig wie möglich das Gespräch wieder in die richtige Richtung zu lenken.
»Kann dir ja gleich sein«, murmelte die Frau mit hörbarem Unbehagen in der Stimme. »Willste nu was von mir?«, schob sie hinterher. »Dann lass mal fünf Pfenning sehen. Für deinen tumben Kumpel hier tue ich die Röcke aber nich heben.«
Der Hagere hob Einhalt gebietend eine Hand. »Keine schnelle Nummer hier in der Gasse, mein Täubchen, sondern die ganze Nacht – aber nicht mit uns«, stellte er richtig.
Die Dirne verschränkte die kräftigen Arme vor dem üppigen Busen und legte den Kopf schief. »Die ganze Nacht kostet vierzig Pfennige, aber was meinste denn mit nich für euch?«, fragte sie misstrauisch.
»Wir suchen eine Begleitung für einen wohlhabenden Herrn für diese Nacht, zu ihm sollst du mitkommen«, erklärte der Hagere ihr.
»Und warum kommt der nich selber und schickt euch?«
»Er ist von gutem Namen und will nicht dabei gesehen werden, wie er sich eine Begleitung in den Twieten sucht«, seufzte der Hagere eine Antwort.
»Ich weiß nich, ich …«, begann die Dirne und stockte, als der Hagere ihr seine ausgestreckte Hand hinhielt. Selbst im Dämmerlicht der engen Gasse sah sie es silbern darauf blitzen.
»Wie viel ist das?«, fragte sie gierig.
»Sechs Silbergroschen, über siebzig Pfennige«, antwortete der Hagere freundlich und ließ die Dirne die Münzen beäugen.

»Er ist wahrlich kein Armer und wenn du es ihm heute Nacht gut machst, wird er morgen noch einige Münzen drauflegen«, erhöhte der Hagere den Einsatz weiter.
Die Dirne zögerte noch einen Atemzug. »Bring mich zu ihm, ich will ihm schon zeigen, was ich kann«, entschied sie schließlich mit gierig blitzenden Augen.
»Nur wissen darfs keiner, musst dich auf den Wagen legen und wir tun 'ne Decke drüber, damit keiner sieht, wie wir dich zu ihm bringen.«
Die Dirne schüttelte entschieden den Kopf. »Auf diesen Wagen? Das tust du mal gleich wieder vergessen!«
Der Hagere zuckte gleichgültig die Schultern und steckte die polierten Münzen wieder in die Tasche.
»Nun warte doch mal … muss das denn sein?«, maulte die Dirne.
»Ist ja nich für weit, wir sind schnell da«, beschwichtigte der Hagere sie und hielt ihr die Münzen wieder hin. Er wusste, dass er schon gewonnen hatte.
Nach kurzem Zögern griff sie danach und ließ sie in ihren Röcken verschwinden. Während ihre Gesprächspartner die menschenleere Straße beobachteten, kletterte die üppige Gestalt etwas unbeholfen auf die Ladefläche des Karrens.
»Das stinkt wie ein Dutzend verreckte Straßenköter«, beschwerte sie sich, als die Männer eine alte Lumpendecke über sie warfen.
Rumpelnd setzten sie den Karren wieder in Bewegung.
»Wie heißt du denn, Täubchen?«, fragte der Hagere leise, ohne dabei den Kopf in Richtung der Ladefläche zu drehen.
»Hannah …, Hannah Bauer«, klang es dumpf unter der Decke hervor.
»Kannst dich freuen, Hannah, das wird die wichtigste Nacht deines Lebens heute«, kicherte der Hagere.

Kapitel 2: Das Spiel

17. November 1617, Freitag

Die kräftigen Hände des Mannes ließen mit einem selbstsicheren Lächeln die beinernen Würfel in den speckigen Lederbecher gleiten. Der Abend lief gut für ihn und das war wahrlich an der Zeit. Er schob sich die weizenblonden Haare aus der Stirn und zwinkerte ein weiteres Mal mit seinen strahlend blauen Augen der Schankmagd zu, während das Würfelpaar im Becher klimperte.

»Wirfst du jetzt oder steckst du ihn vorher noch rein?«, fragte einer seiner Mitspieler gereizt und wischte sich den Schweiß vom kahlen Haupt. Mehrstimmiges, dreckiges Gelächter raunte durch die Reihen der Zuschauer und der Sprecher lehnte sich in der Selbstzufriedenheit eines Mannes zurück, der einen guten Spruch zum Besten gegeben hatte.

»Vielleicht kann ich ja beides?«, konterte der junge Mann und gewann die Gunst der Umstehenden zurück. Geschmeidig kippte er den Würfelbecher und beobachtete zuversichtlich, wie die kleinen Quader über das blank gescheuerte Holz holperten.

»Das sieht mir ganz wie stramme elf Augen aus oder was meint ihr, meine Freunde?«, fragte er in die Runde und seine glänzenden Augen schienen noch eine Spur heller zu leuchten.

Die beiden Mitspieler am Tisch, der Glatzköpfige und ein pockennarbiger Kerl mit fettigem Haarkranz, hatten bereits in den Wurf hineingestöhnt. Mit versteinerter Miene und zusammengepressten Kiefern sahen sie dem lächelnden Endzwanziger zu, wie er seine ohnehin schon deutlich führende Figur noch weitere elf Felder auf dem Spielbrett vorschob.

Das ›Gänsespiel‹ war zwar eigentlich ein Kinderspiel, wurde aber nicht selten um hohe Einsätze gespielt. Man musste mit der eigenen Figur dreiundsechzig Felder durchlaufen, wobei die gewürfelten Augen die Schritte angaben. Besondere Felder wie Brücke, Herberge, Brunnen, Labyrinth, Gefängnis und kurz vor dem Ziel der Tod führten zur Erhöhung des Gesamteinsatzes aus der Tasche des Spielers, der auf ihnen geendet war. Andere mit

Gänsen bebilderte Felder erlaubten dem Spieler noch einmal die gleiche Anzahl an Feldern nach vorne zu rücken.
Ein ›Spiel im Engelsgewand mit der Seele des Teufels‹, wie es vor Kurzem ein Prediger auf der Kanzel von St. Jakobi betitelt hatte. Glücksspiel um Münzen unterlag strengen Reglements und vor allem Wirte konnten bei Duldung oder Förderung harte Strafen erleiden. In dem stickigen, nach Schweiß riechenden Wirtshaus würde sich allerdings kaum ein Ankläger finden.
Missmutig griff der Untersetzte mit dem Haarkranz nach dem Becher und ließ die Würfel nach kurzem Schütteln über den Tisch rollen.
»Zwölf!«, rief er beinahe überrascht aus und begann jetzt wieder etwas besser gelaunt seine Figur nach vorne zu bewegen. Je weiter er kam, desto lauter wurde das Raunen bei den Zuschauern. Bis er es selber sah und triumphierend kurz auf das Feld mit der grob gezeichneten Gans tippte, bevor er seine Figur weitere zwölf Felder bewegte. Aus seinen Augen sah die Welt nun schon wieder besser aus.
Nach einem eher mittelmäßigen Wurf des Glatzköpfigen lag der lederne Becher wieder in den Händen des blonden Mannes. Mit wiedergefundener Selbstsicherheit tat er seinen Wurf und nahm eher gleichgültig von den gewürfelten acht Augen Notiz. Erst als er begann mit der kleinen Holzfigur die Felder abzuzählen, trat eine Regung in sein Gesicht.
»Ins Gefängnis!«, hustete eine Stimme im Hintergrund und ein triumphierendes Grinsen trat in das Gesicht der beiden Mitspieler. Mit starrer Miene zählte der junge Mann die vereinbarte Summe aus seiner Geldkatze in den Pott, der bereits eine beachtliche Anzahl unterschiedlicher Münzen aufwies. Nach einem tiefen Atemzug nahm er einen langen Schluck aus dem Bierhumpen. Seine Gedanken begannen zu kreisen. Noch führte er, jetzt musste er die Sache nur noch mit ein paar durchschnittlichen Würfen zu Ende bringen … Nach der Pechsträhne der letzten Wochen fühlte er, dass Fortuna ihm wieder zugetan war.

»Wirf schon, Hannes, oder bist du eingeschlafen?«, holte ihn eine raue Stimme aus seinen Gedanken. Er griff wieder nach dem Lederbecher, während er sich die Konstellation auf dem Spielfeld besah. Seine beiden Kontrahenten mussten ordentliche Würfe gehabt haben.
»Noch einmal die Elf!«, rief er siegessicher aus und griff beinahe hastig nach seiner Figur. Nach diesem Wurf musste es schon mit dem Teufel zugehen, wenn er die Sache nicht nach Haus brächte. Dann gefror ihm Hand und Mimik mitten in der Bewegung.
»Der Sensenmann!«, rief einer seiner Mitspieler gehässig aus, aber dieser Erklärung hätte es für ihn nicht mehr bedurft. Mit einem anwachsenden Kloß im Hals stellte er die Figur auf dem Straffeld ab und begann mit steifen Fingern Münzen aus dem bedrohlich leeren Beutel zu fischen.
Er räusperte sich mehrmals, eher er zu sprechen anhob. »Ich fürchte, ich bin auf einen kleinen Kredit angewiesen«, versuchte er seine Erkenntnis möglichst selbstverständlich seinen Mitspielern zu offenbaren. Ein misslungener Versuch, wie die Mienen seiner Spielpartner verrieten.
»Wir sind hier nich eine dieser Banken, Bürschchen«, knurrte der Glatzköpfige und ließ mit zusammengekniffenen Augen eine Hand unter den Tisch gleiten. Hannes Maurer hob beschwichtigend eine Hand. »Dafür wird sich doch sicher eine Lösung finden lassen«, warf er diplomatisch ein.
»Sicher, Bengel, wenn du das Silber auf den Tisch legst, schon«, stellte Haarkranz klar.
Der blonde Mann seufzte. Dann griff er unter seinen Wams und holte ein kleines Säckchen hervor. Mit mahlenden Kiefern schüttelte er die darin befindlichen Münzen in den Pott.
»Geht doch!« und »Warum nicht gleich?«, kommentierten seine Mitspieler die Einzahlung und entspannten sich sichtlich wieder.
Es war der Vorschuss, den sich der Steinmetz heute bei seinem Meister erbettelt hatte, da er mit seiner Miete und anderen Zahlungen im Rückstand war. Morgen früh müsste er den fälligen Betrag an seinen Vermieter zahlen. Jetzt durfte nichts mehr

schiefgehen. Aber es waren nur noch drei Felder bis zum Ziel und die beiden anderen waren zu weit hinter ihm, um ihn noch zu überholen. Solange er keine zwei Einsen in der nächsten Runde warf, würde er den gesamten Pott einsacken und auch den Vorschuss wieder an seinen ordnungsgemäßen Platz in sein Säckel zurückwandern lassen.
»Zehn«, sprach der Glatzkopf und Hannes vernahm deutlich das leichte Zittern in dessen Stimme. Konzentriert blickte Hannes Maurer auf das Brett und als seine Augen der Spielfigur des Glatzkopfes um einige Felder vorauseilten, erkannte auch er den Grund der Erregtheit in der Stimme seines Mitspielers.
»Zehn!«, zählte der Glatzkopf noch einmal laut, während er mit der Kante seiner Figur kurz auf die Gans tippte und mit für Hannes quälender Langsamkeit weitere zehn Felder bis ins Ziel abzählte.
Unter dem Gejohle und Forderungen nach Lokalrunden raffte der Glatzkopf den mehr als ansehnlichen Pott zu sich.
In Hannes machte sich indes eine kalte Leere breit. Es war wie das Ausatmen an einem Januarmorgen. Keine Substanz, aber trotzdem offensichtlich eisig. Übelkeit stieg in ihm auf und er biss sich so fest auf die Lippe, dass er Blut schmeckte.
»Teurer Abend heute für dich, Bengel«, stellte Haarkranz unnötigerweise fest und klopfte ihm hämisch lachend auf die Schultern, bevor er dem Glatzkopf zum Tresen folgte.

Als sich Hannes' Füße wenig später durch den Straßendreck kämpften, hatte er das Gefühl, seine Schuhe wären mit Blei gefüllt. Seine düsteren Gedanken schlängelten sich träge durch seinen Verstand. Sollte er seinen Vater erneut um Geld bitten? Bitter spuckte er aus. Es musste einen anderen Weg geben. Dieses vermaledeite Pech der letzten Wochen. Oder bei genauerer Betrachtung auch der letzten Monate.
Fröstelnd zog er den Mantel enger um Hals und Schultern. Er würde einen Weg finden. Er fand immer einen Weg, das war sein großes Talent. Seine blauen Augen und sein Lächeln hatten ihm

bisher noch immer eine versteckte Tür geöffnet. Ein voller Magen und danach ein wenig Schlaf, das war alles, was er zum Nachdenken brauchte. Zuhause hatte er noch einen Krug Bier und eine ordentlich fette Wurst. Morgen konnte er sich dann immer noch an die Lösungsfindung für seine missliche Lage machen.

Zumindest wieder mit einer Spur an Zuversicht ausgestattet, öffnete er die Tür seiner Kammer im Erdgeschoss des windschiefen Fachwerkhauses.

Er zuckte zusammen und drehte sich noch mit dem Türgriff in der Hand hastig um, als hinter ihm das dunkle Räuspern ertönte.

Vor ihm stand eine hochgewachsene Gestalt in lodderig aussehender Kleidung. Irritiert sah Hannes den Mann an und versuchte ihn in einer Lade seines Gedächtnisses einsortieren zu können. Die Haare fielen dem Mann strähnig auf die Schultern, doch viel mehr konnte er in der abendlichen Dunkelheit nicht erkennen, da der breitkrempige Hut das Gesicht des Mannes noch zusätzlich beschattete.

»Kennen wir uns?«, fragte Hannes argwöhnisch. »Wenn du betteln willst, bist du hier an der falschen Tür, das kann ich dir wohl sicher sagen«, fügte er bestimmt hinzu.

Der Fremde ließ ein undefinierbares Knurren oder Brummen verlauten, das Hannes an einen betagten Hund erinnerte und wohl gleichzeitig Widerspruch als auch ein ›wir werden sehen‹ ausdrücken konnte.

Dann machte der Fremde einen ungeahnt geschmeidigen Schritt nach vorn. Hannes nahm noch die zuckende Bewegung seines Gegenübers wahr, dann krachte das Knie des Fremden mit Urgewalt in seine Männlichkeit. Er musste unglücklich gestanden haben, oder sein Angreifer hatte exzellent gezielt oder beides. Zumindest wurde sein Schaft wie auch das Gehänge mit einer solch erbarmungslosen Wucht getroffen, dass er vermeinte, sie würden in seinen Unterleib gepresst. Beinahe gleichzeitig riss der Fremde an seinem Revers und die Stirn des Mannes traf mit einem hässlichen Knacken auf seine Nase.

Dumpfe Explosionen des Schmerzes breiteten sich in ihm aus wie der dumpfe Knall eines großkalibrigen Geschützes. Augenblicklich wallte Übelkeit in ihm auf und bunte Schleier waberten vor seinen Augen.
Benommen und hilflos spürte er, wie er in seine Wohnung geschoben wurde. Dann schlug etwas gegen sein Kinn. Sein Kopf ruckte zur Seite und seine Beine wurden weich. Von Schwärze umfangen sackte er auf den Boden und glaubte noch, den Aufprall auf den wackligen Dielen zu spüren, bevor er gänzlich das Bewusstsein verlor.

Er wusste nicht, wie lange er dort gelegen hatte, bevor sich flackernd seine Lider öffneten. Orientierungslos kroch sein Blick über die ausgetretenen Dielenbretter. Dann stieg zuerst die Erinnerung und ihr eilends auf den Fersen der Schmerz in ihm auf. Ein heiseres Stöhnen entrang sich seiner Kehle, doch er verstummte schnell, als es das Feuerwerk in seinem Kopf nur weiter anfachte.
Sein Unterleib fühlte sich an, als wäre er um das Dreifache angeschwollen, und seine Nase pochte im Rhythmus seines Herzens, als würde jemand im Takt mit einem Prügel darauf schlagen. Instinktiv glitt seine Hand schützend zu seiner geschundenen Männlichkeit und er versuchte Ruhe in seine stoßweisen Atemzüge zu bringen.
Er schmeckte Blut und spürte, dass sein ganzes Gesicht damit bedeckt war. Sein Kopf lag gar in einer Lache daraus. Es musste aus seiner sicherlich gebrochenen Nase geflossen sein und war bereits leicht angetrocknet. Erneut stieg Übelkeit in ihm auf und er musste würgend Galle schlucken.
Was war ihm da widerfahren? Wer war der Fremde gewesen? Kaum waren die Fragen in ihm aufgekommen, wedelte er sie wieder beiseite wie lästige Fliegen. Sein Kopf war noch nicht in der Lage, sich mit derlei komplexen Fragestellungen zu befassen. Er musste irgendwie aufstehen und seine Bettstelle erreichen. Sich vielleicht noch in der Schüssel waschen und dann morgen früh

einen Bader aufsuchen. Das Aufstehen würde nicht leicht werden … Ein, zwei entschlossene Atemzüge, dann stemmte er sich nach oben. Augenblicklich breitete sich der Schwindel wieder in seinem Kopf aus und er hielt stöhnend inne. Mühsam hob er das Haupt und erstarrte.

Der Fremde, er war noch da! Er saß an seinem Tisch, die hohen Schaftstiefel auf einem Schemel abgelegt, und aß. Der Kerl aß tatsächlich. Hannes fiel erst jetzt auf, dass ein flackerndes Dämmerlicht seine Kammer erhellte. Der Fremde musste die Kaminglut neu entfacht haben.

Nach einem kurzen Moment der Schockstarre schreckte er zurück. Er musste raus hier, weg von diesem Irrsinnigen. Vom Schreck getrieben kroch er zurück Richtung Tür, rutschte jedoch mit der Hand auf seinem eigenen Blut aus und schlug wieder hart auf die Dielen. Blitze zuckten vor seinen Augen und erneut übermannte ihn der Schwindel.

Ihm war klar, dass er dem Fremden nicht entkommen konnte. Er war ein kräftiger Kerl und auch wenn er kein Schläger war, hatte er sich schon in der einen oder anderen Kneipenprügelei behaupten können. In seiner jetzigen Verfassung konnte er aber nicht mal einem einbeinigen, blinden Bettler davonlaufen, geschweige denn einen kräftigen Mann überwältigen. Seine Chancen wären besser, wenn er etwas zu Kräften kommen würde. Er musste jetzt Zeit gewinnen.

»Was willst du von mir, ich habe kein Geld!«, keuchte er mühsam und blinzelte zu dem Mann hoch.

Dieser schob sich, statt zu antworten, zunächst nur ein weiteres Stück Wurst in den Mund und nahm einen tiefen Schluck aus dem Bierkrug.

»Kennst du Jakob Nagelstein, den Juden-Jakob?«, fragte der Fremde schließlich ohne aufzusehen, nachdem er sich mit dem Ärmel den Schaum aus dem Bart gewischt hatte. Die Stimme des Mannes klang rau, kompromisslos und dunkel und ließ auf einen ebensolchen Charakter schließen.

Eine unangenehme Ahnung keimte in Hannes auf und er schluckte. Zeit, er brauchte Zeit.
»Nein, nie gehört«, log er. »Wer soll das sein?«
Der Fremde schaute nur kurz auf und ließ selbst mit vollem Mund ein markant zweifelndes Knurren verlauten. Er schluckte, spülte mit einem weiteren Schluck Bier nach und wischte sich die Hände an seinen Hosenbeinen ab.
Abrupt stand er auf und war mit zwei schnellen Schritten bei Hannes. Ohne dass dieser reagieren konnte, presste sich die behandschuhte Hand des Fremden wie eine eiserne Klammer auf seinen Mund, während sein Knie wie ein Mühlstein auf seine knackenden Rippen drückte. Dann kam der erneute Einschlag zwischen seinen Beinen. Die Hand des Mannes presste sein geschwollenes Gemächt erbarmungslos zusammen, wie es ein Bäcker mit einem Klumpen Teig tat.
Hannes bäumte sich auf und brüllte dumpf in den Handschuh. Blut stob aus seiner Nase und ein Tränenschleier trübte seine Augen. Als sein Peiniger endlich den Druck verminderte, rauschte ihm das Blut in den Ohren und mehrfach musste er seinen aufgestiegenen Mageninhalt wieder hinunterschlucken.
»Juden-Jakob?«, fragte der Fremde nur knapp.
Panisch versuchte Hannes unter dem Druck des Handschuhleders zu nicken und etwas wie ein zustimmendes Geräusch hervorzubringen.
»Gute Entscheidung«, knurrte der Fremde und ließ wieder von ihm ab. Zu Hannes' Erleichterung stand er auf und nahm wieder auf dem Stuhl Platz, während der Steinmetzgeselle sich zusammengekrümmt das Gemächt hielt.
»Ich habe sein Geld jetzt nich, wirklich. Aber ich besorg es, versprochen!«
»Acht Gulden, fünfzehn Kreuzer und vier Heller mit den Zinsen«, zählte der Fremde auf.
»Jaja, ich weiß ja, aber ich habe das Geld nich. Du musst ein anderes Mal wiederkommen. In vier Wochen habe ich es; versprochen. Ich hatte etwas Pech die letzten Monate. Das geht

vorbei. Aber jetzt habe ich es eben nich, zur Hölle. Ich schwöre es bei meiner Ehre.«

Der Fremde schüttelte den Kopf. »Die ist höchstens zwei oder drei Heller wert«, knurrte er.

»Du hast die Sache scheinbar noch nicht so ganz erfasst, also lass es mich dir verklugfiedeln.«, erklärte er sachlich und verschränkte die Arme vor der Brust.

»Du hast dir beim Juden-Jakob eine stattliche Summe geliehen, die er als Geschäftsmann nu zurückwill. Mit ein wenig Zinsen versteht sich ja von selbst. Da sich das Niedergericht mit Klagen von Aschkenasischen Juden ein wenig schwertut, hat der Jakob da nu mich ins Spiel gebracht«, erklärte der Fremde mit seiner dunkelrauen Stimme.

Noch ehe Hannes etwas einwerfen konnte, hob er Einhalt gebietend die Hand und fuhr fort. »Von je zehn Kreuzern, die ich dem Jakob wiederbringe, kriege ich zwei. Komme ich mit leeren Händen, gehe ich mit leeren Händen. So einfach ist das. Und da der Winter vor der Tür steht …«

Nervös kaute Hannes an seiner Unterlippe. »Aber du willst doch sicher nicht die Drecksarbeit für einen dieser schmutzigen Juden machen, oder, Kollege?«, versuchte er eine neue Taktik.

Der Fremde winkte müde ab. »Juden, Katholiken, Protestanten, von mir aus der osmanische Sultan – ein Furz stinkt wie der andere.«

»Aber wenn ich das Geld nicht habe …«, setzte Hannes wieder verzweifelt an.

»Wäre das verflucht übel für dich«, führte der Fremde den Satz fort und stand wieder auf.

Panisch kroch Hannes zurück, doch zu seiner Erleichterung ging sein Gegenüber nur zum Kamin und stocherte mit dem rostigen Schürhaken in der Glut.

»Man sagt, dass du in ein paar Monaten Meister wirst«, brummte der Fremde vor sich hin.

Hannes nickte. »Und dann werde ich genug Geld verdienen, ich schwöre es.«

»So eine Ernennung ist doch eine recht kostspielige Sache. Die Aufnahmezahlung an das Amt, die Meisterfeier und das Freihalten für alle ...«
Hannes nickte erneut. »Ja, mein Vater wird das zahlen.«
Der Fremde schüttelte den Kopf. »Man sagt, du und dein Vater seid euch nich grün. Eher deine Mutter wird dir das Geld besorgt haben.«
Hannes ballte die Fäuste. Dieser verfluchte Jude stand im Ruf, seine Augen und Ohren überall zu haben.
»Ich hab's nich hier, ich komm da nich ran«, beteuerte er.
Erst jetzt drehte sich der Fremde wieder zu ihm um, das Schüreisen immer noch in der Hand. Emotionslos spuckte er gegen das Eisen, das den Speichel zischend verdampfen ließ. Unheilverkündend schritt er mit dem erhobenen Eisen auf den Schuldner zu.
Panisch kroch Hannes rückwärts, rutschte erneut auf der Blutlache aus und wurde schließlich vom Druck des Stiefelabsatzes auf seiner Brust gestoppt. Bedrohlich näherte sich das heiße Eisen seinem Gesicht und er versuchte verzweifelt den Kopf beiseitezudrehen. Die Hitze des Metalls schmerzte bereits auf seiner Haut und der Haken näherte sich stetig seiner gebrochenen Nase.
»Unter dem losen Dielenbrett unter meinem Bett!«, rief er schließlich panisch aus und augenblicklich entfernte sich das Eisen wieder aus seinem Gesichtsfeld.
Der Fremde schob vorsorglich das Eisen zurück in die Glut und begann die Bodenbretter unter dem Bett abzutasten, während Hannes resigniert die Augen schloss.
Holz schabte über Holz und der Fremde ließ ein zufriedenes Brummen ertönen.
Er setzte sich wieder an den Tisch und ließ den Inhalt eines Ledersäckchens klimpernd auf die Tischplatte fallen. Murmelnd begann er zu zählen.
»Es bleibt noch etwas Silber nach«, kommentierte Hannes müde.

»Sechzehn Kreuzer und vier Heller«, präzisierte der Fremde, nachdem er einige Stapel auf der schartigen Tischplatte aufgetürmt hatte. Gewissenhaft zählte er das geschuldete Geld in den Lederbeutel und verstaute ihn unter seinem Wams. Dann legte er noch ein zusammengefaltetes Papier neben die verbliebenen Münzen.
»Der Schuldschein. Ich lass dir noch zwei Kreuzer und einen Heller für das Bier und die Wurst da. Ist das so rechtens? Unter uns, mehr war es nu auch nich wert.«
Hannes nickte nur müde.
Der Fremde stand auf und ging zur Tür. Mit dem Knauf in der Hand drehte er sich noch einmal um. »Nimm's mir nich übel. Nichts Persönliches, Geschäft ist eben Geschäft.«

Draußen angekommen sog der Geldeintreiber tief die kühle Abendluft ein und nickte zufrieden. Sein Anteil würde ihn einige Wochen oder sogar Monate durch den Winter bringen, ein guter Abend. Gutgelaunt stapfte er durch den einsetzenden Nieselregen und wich ohne hinzuschauen den Pfützen im Straßendreck aus.
Bis zur Sperrstunde war es noch ein wenig hin. Zum Juden-Jakob in St. Nikolai hin und zurück würde er es nicht mehr schaffen, aber vielleicht sollte er den guten Fang noch ein wenig in der Trommel begießen. Das Geld könnte er auch morgen noch abliefern.
Er zog den ausgefransten Kragen seines Wamses höher und den Koller enger um sich. Das Hamburger Schietwedder zeigte sich von seiner besten Seite, war aber immer noch besser als die eisige Kälte, die in einigen Wochen einsetzen würde. Sicher unter seinem Wams verborgen klimperten glücklicherweise die Münzen, die ihm Brennholz, Brot und vielleicht auch den einen oder anderen Schluck Branntwein einbringen würden.
Aufmerksam stapfte er durch die weitgehend leeren Gassen St. Jakobis. Stets suchten seine Augen die Schatten in den verwinkelten Twieten ab, stets bereit eine Hand unter den Mantel gleiten zu lassen und Knüppel oder Messer zu ziehen. Hier fühlte

er sich zuhause, hier gehörte er hin. Er tippte grüßend an seinen breitkrempigen Federhut in Richtung einer Straßendirne und bog in die schmale Seitengasse ein, um wenig später eine noch dunklere, engere Abzweigung zu wählen. Wer die Trommel nicht kannte, fand sie üblicherweise auch nicht.

Als er die klapprige Tür unter dem Schild mit der aufgemalten Trommel öffnete, umfing ihn sofort ein atemberaubender Dunst aus Bier, Schweiß und Rauch. Der Schankraum war nicht groß, aber so verwinkelt, dass es sich gelohnt hätte, eine eigene Karte für ihn anzufertigen.

An den Wänden befanden sich zumeist mit Sackleinen verhangene Nischen und das grobe Mobiliar schien das spärliche Licht der qualmenden Kienspane und vereinzelten Öllampen noch zu schlucken wie ein trockener Schwamm einen leichten Nieselregen. Zu dieser späten Stunde war die Trommel nur noch mäßig gefüllt. Neben dem vereinzelten Klackern von Würfeln in Lederbechern waberten gedämpfte Gespräche durch die Luft. Die meisten Gäste der Trommel hatten ihre Gründe, ihre Gespräche nicht sonderlich laut zu führen. Ein wohliges Gefühl von Heimat umfing ihn, als er die Tür hinter sich schloss.

»N'abend, Johann«, begrüßte ein untersetzter, glatzköpfiger Wirt hinter dem Tresen ihn schnaufend.

»N'abend, Pfeifer«, antwortete er ihm.

Pfeifer, der eigentlich Konrad Holzschneider hieß, führte die Trommel schon ewig wie vor ihm schon sein Vater. Sein Erfolgsrezept war ein dem Viertel und Gästen angepasstes Ambiente, ein reichhaltiges Vermittlungsangebot für Dienstleistungen aller Art und die konsequente Durchsetzung eines angemessenen Sicherheitsstandards innerhalb des Schankraums. Den Namen Pfeifer hatte er nicht aufgrund einer musikalischen Begabung für ein Blasinstrument erhalten, sondern wegen seines Asthmas, das ihn oftmals außer Atem brachte.

Mit seinem eintretenden Gast verband ihn beinahe so etwas wie eine freundschaftliche Bekanntschaft, was in Pfeifers Welt ein hohes Maß an emotionaler Zuneigung darstellte.

Der Neuankömmling sah sich um und entschied sich schließlich für einen kleinen Tisch im Halbdunkel einer Ecke. Er warf das regenfeuchte Lederkoller über einen freien Stuhl, klopfte seinen Schlapphut aus und hängte ihn ebenfalls über die Stuhllehne, bevor er sich selbst setzte. Behaglich streckte er die Beine aus und genoss den warmen Dunst der Schankstube.
Nicht lange und eine der Schankmaiden machte ihm ihre Aufwartung.
Zu seiner Freude handelte es sich um Mechthild, deren üppige Formen einen Toten zurück aus seinem Grab locken konnten. Geschickt steuerte sie zwischen den Tischen und Stühlen durch und Johann war sich sicher, dass sich gleich mehrere Regionen ihres Körpers noch einige Atemzüge lang bewegten, nachdem sie vor seinem Tisch stehen geblieben war.
»Sieh an, der Gabelschlag. Was kann ich für meinen großen, starken Mann denn heute tun?«, fragte sie einladend, beugte sich nach vorn und stellte die Ellenbogen in angemessenem Abstand voneinander auf der Tischplatte ab. Ein Gast hatte einmal behauptet, ein kleines Kälbchen hätte sich verlaufen, als es Mechthild statt seiner Mutter gefolgt war. Wie immer waren die Schnüre ihres Mieders fast handbreit geöffnet und Johanns Mund wurde trocken.
Er räusperte sich. »Zum Gruß, Mechthild. Einen großen Krug Bier und einen doppelten Korn. Und noch ein Schmalzbrot mit ordentlich Grieben.«
»Da hat wohl einer gute Geschäfte gehabt, darf's vielleicht sonst noch was sein?«, fragte sie augenzwinkernd.
Verführerisch öffnete sie die vollen Lippen und spielte kokett mit der Zunge in der Lücke, wo einst ihre Schneidezähne gewesen waren. Ihre vollen roten Wangen waren wie meist bei der Arbeit von glitzernden Tröpfchen bedeckt und ein betörender Duft von Bier, Schweiß und Gebranntem wehte von ihr herüber. Was für ein Weib! Johann spürte, wie ein Gutteil seines Blutes in andere Körperregionen umgeleitet wurde.

Mechthilds Zuneigung gestaltete sich bei angemessener Entlohnung recht flexibel und wenn man ihr dazu noch gefiel, hatte sie den Ruf, überaus dienstleistungsorientiert und einsatzfreudig zu sein. Leider hatte ihre Zuneigung einen nicht eben geringen Preis.
»Später vielleicht«, brummte Johann und versuchte mühsam seine Wallungen unter Kontrolle zu bringen. Mechthild zuckte mit den Schultern, was ihre Kurven erneut beeindruckend in Bewegung brachte, und machte sich auf in den Vorratsraum.
Wenig später ließ Johann den Korn seine Kehle hinunterrinnen und genoss das warme Gefühl, das sich in ihm ausbreitete.
Morgen würde er Jakob das Geld vorbeibringen und seinen Anteil erhalten. Bei der Gelegenheit konnte er ihn gleich fragen, ob er nicht noch die eine oder andere Aufgabe für ihn hatte. Johann schätzte den Juden als zuverlässigen Geschäftspartner, auch wenn man sich besser kein Geld von ihm leihen sollte. Falls er nichts für ihn hatte, könnte er im Hafen nach Arbeit Ausschau halten. Solange die Elbe in den nächsten Wochen noch zuverlässig frei war, wollten die Pfeffersäcke meist noch ordentlich Ladung wegschaffen. Gerade dieses Jahr hatte der Schiffsverkehr in der Hansestadt noch einmal deutlich zugenommen, daran hatte auch die Gründung der Konkurrenzstadt ›Glückstadt‹ durch den Dänenkönig nichts ändern können.
Wenn nichts zu schleppen war, dann vielleicht ein Botendienst oder eine andere Drecksarbeit. Silber stank nicht und wenn man sich auf eins verlassen konnte, dann darauf, dass immer auch schlechtere Zeiten kamen.
Als er sich mal die gute Hand beim Laden gebrochen hatte, musste er einen Winter auf der Kirchentreppe mit der Bettelschüssel in der Hand sein Auskommen bestreiten. Eine Erfahrung, die er nicht unbedingt wiederholen wollte. Seit er vor gut acht Jahren zurück nach Hamburg gekommen war, hatte er so manch dreckige Arbeit machen müssen, aber ohne Familie oder Handwerksinnung im Rücken war das Leben stets ein Würfelspiel.

Beherzt biss er in das gesalzene Schmalzbrot und blickte sich um. Öfters fand sich auch in der Trommel mal jemand, der einen zuverlässigen Kerl für die Drecksarbeit suchte. Doch so richtig krumme Dinger mochte Johann nicht drehen. Das brachte nur Ärger und kurz oder lang den Strick. Zudem schlief man davon schlecht, war er überzeugt und leerte seinen Bierkrug mit tiefen Schlucken. Zur Not konnte er sich auch beim Bau der neuen Wallanlagen verdingen, die im letzten Jahr begonnen hatten. Aber das war eine elende Knochenarbeit. Vorerst würde sein Anteil vom Schuldeneintreiben ihn gut über die nächsten Wochen bringen.

»Dein Bier ist ja schon fast ganz leer«, riss ihn Mechthilds Stimme aus seinen Gedanken. Sie tippte bekräftigend gegen den Tonkrug, während sie sich unaufgefordert auf dem kleinen Schemel neben Johann niederließ. Bei dem Anblick, wie sich ihr üppiges Gesäß an das kleine Möbelstück anschmiegte, fühlte sich Johann unwillkürlich an zarte Butter erinnert, die man auf noch warmes Brot tat.

»Hmm, ja, aber ist auch bestimmt schon Sperrstunde«, brummte Johann.

Mechthild lachte glockenhell. »Als wenn dich das interessieren würde.«

Dann legte sie flink eine Hand auf sein Beinkleid und beugte sich zu ihm hinüber.

»Außerdem musst du ja nicht nach Hause, wenn du nicht magst. Ich habe ja auch eine warme Kammer hier im Haus …«, raunte sie, während ihre Hand geschickt ihren Weg in seinen Schritt fortsetzte.

»So viele Gäste sind ja nicht mehr hier und wenn du dem Pfeifer eine kleine Entschädigung zahlst, dann schafft er das heute sicher auch ohne mich. Ich könnte auch ein gutes Wort einlegen, dass der Preis für dich nicht ganz so hoch ist …«

Mechthilds Worte rannen wie warmer Honig in Johanns Ohr und sein Gemächt errichtete sich beinahe schmerzhaft unter den geschickten Händen der Schankmagd.

›Nicht schlau …‹, waberte es Johann durch den Schädel. Die eine oder andere Stunde mit Mechthild würde dazu führen, dass das Geld in seiner Tasche ein oder zwei Wochen weniger hielt, und in den Gassen konnte er eine Frau für den Bruchteil des Silbers für die ganze Nacht haben. Man musste nur gut schauen, wie gesund sie war.
»Und außerdem möchtest du doch nicht, dass ich ganz alleine in das leere Bett muss …«, raunzte Mechthild in sein Ohr und legte seine Hand auf ihre wogende Brust …

Gute zwei Stunden später verließ Johann die Trommel wieder. Körperlich wie finanziell spürbar erleichtert, müde und erschöpft, aber überaus zufrieden. Nach der Hitze in Mechthilds Umarmung fröstelte ihn bei dem nasskalten Nieselregen, der ihn auf der Straße umfing. Garstige Böen wehten ihm das Nass dazu immer wieder ins Gesicht und er zog den Kragen höher und die Hutkrempe tiefer.
Seinem Stand angemessen lebte auch Johann in St. Jakobi, aber eine viertel bis halbe Stunde würde er sich schon durch den Straßendreck wühlen müssen.
Die Straßen und Gassen waren zu dieser späten Stunde nach der Sperrzeit schon wie leergefegt, aber er musst aufpassen, dass er nicht dem alten Uhu über den Weg lief. Grundsätzlich stand er mit dem Nachtwächter gut, aber um den Verstoß gegen die Sperrstunde zu übersehen, würde er trotzdem eine kleine Spende entrichten müssen, und nach dem Abenteuer mit Mechthild wollte Johann seine Münzen lieber beisammenhalten.
Trotz der Leere auf den Straßen blieb er bei seinem verschlungenen Weg stets aufmerksam. Die nächtlichen Wege waren gerade in der Dunkelheit nicht immer ganz ungefährlich. Schnell hatte man sich auf dem schlechten Untergrund die Knochen gebrochen oder war auf jemanden gestoßen, der einem freundlichst dazu verhelfen wollte.
Johann stieß einen unterdrückten Fluch aus, als er bis zur Wade in ein tiefes Loch trat, und hoffte, dass es nur Wasser und

Schlamm waren, die das Loch gefüllt hatten und durch das Leder seiner schweren Schaftstiefel sickerten. Brummend zog er den Fuß hinaus und schüttelte den Dreck ab, als ein seltsames Gefühl ihn beschlich. Es war jenes Gefühl, das ihn im Krieg mehrfach seinen Allerwertesten gerettet hatte und sich meist durch ein unheilverkündendes Ziehen in seinen Eingeweiden oder ein Aufstellen seiner Kopf- und Nackenhaare äußerste. Seine Hand glitt automatisch unter seinen Umhang und fand den lederumwickelten Griff des langen Messers. Zur Not steckte in seinem Gürtel auch noch ein schwerer Belegnagel, den ein Schiffszimmerer ihm noch mit einem dicken Bleizapfen im Kopf beschwert hatte. Wie ein Uhu suchten seine Augen die Umgebung nach Beute ab. Etwas war hier und beobachtete ihn.
Dann erklang ein Husten aus einer Twiete, die so schmal war, dass Johann hätte höchstens seitwärts in sie hineingehen können.
»Komm raus da und schleich nicht um mich rum, sonst geht's dir übel«, knurrte der Veteran.
Herausstahl sich eine schmale Gestalt und trat zittrig vor Johann. Fahrig wischte sie sich die regennasse Strähne aus dem Gesicht, die unter ihrer Haube hervorlugte, und zog das Wolltuch enger um die Schultern.
Johanns Augen blickten angestrengt in die Dunkelheit, dann entspannte er sich und seine Hand entfernte sich wieder vom Messergriff.
»Ach du bist's, Klara; tust nicht klug daran, mir so aufzulauern, wär dir beinahe ans Leder gegangen«, rügte Johann sie im vorwurfsvollen Ton.
»Weiß ich ja, aber ich dachte, du wärst der Nachtwächter«, murmelte sie kleinlaut.
Johann brummte etwas Undefinierbares. Hurerei fand zwar überall statt, war aber offiziell verboten und die Frauen konnten üble Strafen erhalten. Vor allem wenn sie wie Klara nicht aus Hamburg stammten. Dann wurden sie zusätzlich noch von den Henkersknechten aus der Stadt getrieben.

»Was machst du überhaupt noch um diese Zeit hier auf der Straße, Mädchen, hast du keinen Freier gefunden?«
Die blonde Frau schüttelte den Kopf.
»Da drin wird dich wohl auch kaum einer finden«, brummte Johann und zeigte auf die düstere Twiete. »Ich dachte, die Magda lässt dich manchmal bei ihr schlafen?«, fragte er dann.
»Die hat heute die ganze Nacht selber Kundschaft«, antwortete Klara.
»Aber du bist doch auch allein, Johann, ich will dir einen guten Preis für heute Nacht geben«, schob sie hoffnungsvoll hinterher und friemelte ungeschickt an seinem Kragen.
»Lass mal gut sein, Klara, ich war gerade mit der Mechthild zusammen, da geht nichts mehr bei mir«
»Aber lass es mich doch versuchen, ich nehm dich auch in den Mund, wenn du das magst«, warf sie noch schnell ein. »Musst auch gar nichts bezahlen, wenn ich bei dir schlafen darf«, bot sie mit hörbarer Verzweiflung in der Stimme an.
»Tut mir leid, Klara, aber es war wirklich ein harter Tag. Ich drück dir die Daumen, und pass auf dich auf.«
Johanns Stiefel machten ein schmatzendes Geräusch, als er sie nach längerem Stehen aus dem Morast befreite, sich umdrehte und wieder seinen Weg aufnahm. Klara war sicher ein gutes Mädchen, aber die wurden selten alt.
Mit jedem Schritt, den er sich von ihr entfernte, fühlten sich seine Stiefel schwerer an und als ihr erneutes Husten durch den Regen gedämpft zu ihm drang, blieb er schließlich stehen und ließ resigniert den Kopf hängen.
»Na komm schon mit«, brummte er schicksalsergeben und vernahm, wie Klaras Füße eilig durch die Pfützen tapsten.
Wenig später kamen sie an der schäbigen Mietskaserne an, in der sich zurzeit Johanns Kammer befand. Er öffnete die Tür in einen unglaublich schmalen Flur und kaum schloss sich der klapprige Eingang wieder, umfing eine vollkommene Düsternis die beiden.
»Halt dich besser an mir fest, ist alles n bisserl verwinkelt«, flüsterte Johann zu Klara und führte sie durch den

labyrinthartigen Flur, kaum dass er ihre Hand an seinem Wams spürte.

Selbst zu dieser nächtlichen Stunde schien die Mietskaserne ein unheimliches Eigenleben zu führen. Die Bodenbretter knarrten bei jedem Schritt und durch die Ritzen und Spalten des wackligen Bodens und der schiefen Wände drang eine gedämpfte Kakophonie aus Schnarchen, unterdrückten Gesprächen, lustvollem Stöhnen, den hastigen Schritten von Nagerfüßen und dem Rascheln von Stoff. Trotz der Kühle fühlte sich die Luft verbraucht und schwül an und bestand aus einer Mischung aus Schweiß, Exkrementen, Eintopf, Schimmel und Rauch. Klara hätte sich spätestens dann hoffnungslos verirrt, als Johann sie das zweite Mal eine steile Stiege hinauf in ein höheres Geschoss führte.

Sie war heilfroh, als er sie endlich durch eine quietschende Tür in seine Kammer führte, dort an der abgedeckten Kaminglut einen blakenden Kienspan entzündete und in eine Eisenhalterung quetschte.

Gedämpftes Licht breitete sich flackernd in der winzigen Kammer aus, die außer einer Feuerstelle, einem strohgefüllten Bettkasten und einem kleinen Schemel nur eine schlicht gezimmerte Holztruhe enthielt.

»Such dir was, wo du deine nassen Sachen hinhängst, vielleicht sind sie morgen 'n bisschen trockner«, gähnte Johann, während er seinen Umhang ablegte und die schweren Stiefel auszog.

»Schön hast du's hier«, log Klara und Johann lachte kurz laut auf. Irgendein anderer Bewohner klopfte daraufhin verärgert gegen die Verschalung seiner Wohnwabe, was den ungehaltenen Fluch seines Nachbarn nach sich zog.

Johann zog sich das löchrige Nachtgewand über, schnippte etwas Vielbeiniges vom groben Tuch, das über dem Bettstroh lag, und schlüpfte unter die Pferdedecke.

»Ist noch 'n Hemd von mir in der Truhe, kannste anziehen heut Nacht«, brummte er, als er bemerkte, dass Klara bis aufs Untergewand durchnässt war.

»Du hast zwei Hemden?«, fragte sie anerkennend und Johann nuschelte eine Erklärung, während sie in der Truhe stöberte.
Als sie sich ihres Untergewands und ihre Haube entledigte und beides zum Trocknen aufhängte, kam er nicht umhin sie im dämmrigen Schein des Kienspans zu betrachten. Auf ihre Weise war sie schon ein hübsches Ding. Für den Geschmack der meisten Männer aber viel zu schmal und mit beinahe knabenhafter Figur versehen. Ihre Haut war hell und wirkte so zart wie die eines Kindes, auch wenn sie sicherlich schon Anfang zwanzig war. Und geöffnet reichte ihr das blonde Haar nun sogar über die Hüfte.
Johann hatte vor einigen Wochen einmal ihre Dienste in Anspruch genommen. Im Vergleich zu Mechthilds Wollust war Klara nahezu unschuldig, fast unbeholfen gewesen.
Sie war noch nicht lange auf der Straße und in Hamburg, erst seit ein paar Monaten. Doch die harte Zeit hatte bereits ihre Spuren bei ihr hinterlassen, wie die dunklen Schatten unter ihren Augen und das verblassende Veilchen auf ihrer linken Wange verkündete. Vermutlich die Bezahlung eines Kunden in Ermangelung ausreichender Münzen. Die zierliche Frau würde es nicht lange machen. Als Ortsfremde hatte sie keinerlei Rechte, durfte nicht einmal betteln und lief immer in Gefahr, mit Ruten gestrichen und der Stadt verwiesen zu werden, oder Schlimmeres.
Klara teilte ihr Schicksal mit nicht wenigen anderen Frauen. Die meisten Huren in den Gassen waren von Außerhalb. Zumeist Mägde, die von ihrem Dienstherrn bedrängt oder gar geschwängert wurden und daraufhin von ihm oder der Hausherrin davongejagt wurden. Ohne guten Leumund oder gar schwanger war es aber kaum möglich, einer ordentlichen Arbeit nachgehen zu können.
Die junge Frau bemerkte seine tastenden Blicke und blieb unschlüssig mit seinem Hemd in der Hand vor der Bettstelle stehen.
»Wenn du das möchtest, will ich dich für die Unterkunft heute Nacht ja entlohnen, das wäre nur rechtens«, flüsterte sie und brachte ein schiefes Lächeln zustande.

»Lass mal, Mädchen, das kann ja bei mir heute nich mehr gehen, aber vielleicht habe ich dann ja mal was gut bei dir.«
»Auch zwei«, kicherte die junge Frau, schlüpfte unter die Decke und rollte sich an Johann wie eine Katze an die warmen Kacheln eines Ofens. Johann hielt die Luft an. Das verregnete Pflaster der Steinstraße musst sich behaglicher anfühlen als die Füße seiner Bettnachbarin.
»Johann … Darf ich dich was fragen?«, fragte Klara in die Stille hinein.
Er brummte seine Zustimmung.
»Der Name Gabelschlag, hast du den wirklich aus dem Krieg? Die Leute sagen, dass du dich mit der Musketengabel durch die Schweden gekämpft hast. Oder die Holländer, das hab ich vergessen.«
Johann schnaubte verächtlich oder amüsiert, dass ließ sich nicht so einfach unterscheiden.
»Das ist Unsinn. Auch wenn ich den Namen aus dem Krieg hab. Und es war der zwischen den Holländern und den Spaniern. An sich haben sie ja auch nur Waffenstillstand seit acht Jahren, aber wenn sie wieder anfangen, dann ohne mich.«
»Für wen hast du gekämpft?«, fragte Klara neugierig.
Johann gähnte. »Für beide, aber was spielt das im Krieg denn schon für eine Rolle?«
»Wie kann man denn für beide kämpfen?«, fragte sie ungläubig.
»Ja nich gleichzeitig. Mal gewinnste, mal verlierste und wenn du verlierst und das seltene Glück hast, dabei nich erschossen zu werden, reihen dich die Gewinner halt bei sich mit ein und du kriegst Sold und Musketenkugeln nun von einem anderen Hauptmann. Das muss man praktisch sehen. Ich war sogar mal mit den Spaniern in Irland gegen die Engländer. Aber angefangen hab ich eigentlich bei den Holländern.«
Klara machte einen erstaunten Laut, ließ daraufhin jedoch wieder ein ungesund klingendes Husten klingen.

»Musst bald mal runter von der Straße, Mädchen, bist für da draußen nicht gemacht«, kommentierte Johann, als der Hustenanfall beendet war.

»Du hast ja recht, aber wie soll ich's nur machen? Ohne anständiges Zimmer krieg ich keine guten Kunden und ohne die hab ich kein Silber für eine eigene Stube, zumal die Wirte auch gleich das Dreifache nehmen, wenn sie wissen, was da vor sich geht.«

»Hast keine Familie, oder?«, fragte Johann.

Die junge Frau schüttelte den Kopf. »Den Vadder hab ich nie gekannt und Mutter ist an der Schwindsucht gestorben, als ich noch so klein war«, erklärte sie und deutete mit ihrer ausgestreckten Hand eine nicht gerade große Höhe neben dem Bettkasten an. Schnell zog sie den Arm jedoch fröstelnd wieder unter die Decke.

»Von Mutter hab ich nur das da.«

Sie hielt Johann ein einfaches Silberamulett vor die Augen, das sie an einer Lederschnur um den Hals trug.

Johann besah es sich. Es war zwar hübsch verziert und gut gearbeitet, aber dünn und vermutlich nicht mehr wert als ein Groschen.

»Emilia«, las Johann die Inschrift vor, nachdem sich seine Augen im Dämmerlicht auf das Schmuckstück fokussiert hatten.

»Ja, richtig, das ist der Name meiner Mutter, du kannst lesen?«, fragte sie erstaunt.

»Hmm, ja, ein wenig.«

»Wo hast du das gelernt?«, fragte sie beeindruckt.

»Das meiste im Krieg, als Waise haben sie mir zwar auch das Buchstabieren beibringen wollen, aber so recht wollt ich's da nicht lernen. Aber in den Laufgräben und im Lager war manchmal viel Zeit. Der Schreiber unseres Fähnleins hat's mir beigebracht und auch ein bisschen das Rechnen. Paul Töpfer hat er geheißen und war wirklich ein anständiger Kerl, kam auch aus der Nähe von Hamburg.«

»Ist er auch wieder zurück nach Hamburg wie du?«, fragte sie interessiert.
»Nein, den hat eine kleine Feldschlange gebissen.«
»Eine Schlange hat ihn gebissen?«
»Das ist ein leichtes Geschütz.«
»Oh«, machte Klara.
»Ich hab mich grad mit dem Paul unterhalten. Eigentlich war es den ganzen Tag ruhig und plötzlich knallt und zischt da so ein Ding. Muss ihn nur gestriffen haben, aber da war schon trotzdem ein ordentliches Stück von seiner Seite weg. Aber harter Hund, der Paul. Stand noch und hat versucht sich die Gedärme wieder zurückzuschieben, bevor er dann doch zu Boden gegangen ist. Hab noch versucht ihm dabei zu helfen. Böse nach Kacke hat's gestunken, muss ihm wohl den Darm zerrissen haben. Bin dann aber selber zu Boden und hab gemerkt, dass ich mir einige fingerdicke Splitter eingefangen hab. Nicht schlecht gestaunt hab ich dann, als der Feldscher die raus hatte und mir erklärte, dass es die Knochen von jemand anders waren. Vermutlich Stücke von Paules Rippen. Der Feldscher sagte, das passiert öfters, als man denkt. Klara?«
Johann war in einen fast nostalgischen Plauderton verfallen und wurde durch die würgenden Geräusche seiner Bettnachbarin wieder zurückgeholt, die eine Hand fest auf den Mund gepresst hatte.
»'Tschuldigung«, murmelte er.
»Ist schon gut«, gab sie mühsam beherrscht zurück.
Johann seufzte. »Bist wirklich nicht für dieses Leben gemacht, Kleine. Musst dir einen Mann suchen, bist ja noch jung und hübsch. Hast Haare wie Seide und auch noch alle Zähne und richtig weiß sind die sogar«, versuchte er sie aufzumuntern.
Klara kicherte und hielt mit dem Zeigefinger ihre Backe ab.
»Alle icht ehr, gehr da inten is chon wech«, erklärte sie.
»Daran wird es dann wohl nicht scheitern«, meinte der Veteran.
Eine Weile herrschte Stille, dann schob sie sich noch enger an den sehnigen Körper Johanns.

»Wie wäre es denn mit dir?«, flüsterte sie ihm ins Ohr.
»Was wäre mit mir?«, fragte ihr Bettnachbar verständnislos.
Klara räusperte sich. »Na ja, mit dir eben. Als mein Mann.«
Johann verschluckte sich an seinem eigenen Speichel und hustete einige Momente.
»Schlag dir das mal aus dem Kopf, ich bin nicht gut für dich«, stellte er klar.
»Wieso nicht? Ich wär dir eine gute Frau und bin hartes Arbeiten gewohnt. Und ich kann dich gut leiden. Du bist doch sogar Hamburger und könntest mich zu einer anständigen Frau machen.«
»Zu einer anständigen Frau machen? Kind, ein Hemd wird nicht sauber, wenn man es in einem Kübel voll Dreck wäscht«, erklärte er ihr.
Eine Weile herrschte ein bedrückendes Schweigen.
»Vielleicht magst du ja zumindest drüber nachdenken«, flüsterte sie.
»Bin alt genug, um dein Vadder zu sein«, brummte er schon nicht mehr ganz so ablehnend.
»Letzten Monat hatte ich den Eindruck, du bist noch ganz gut beieinander …«, säuselte sie. Sein kurzes Auflachen klang sichtlich geschmeichelt.
»Ich frag morgen mal den Juden-Jakob, ob er eine Arbeit für dich weiß. Vielleicht als Wäscherin irgendwo. Würd mich nicht wundern, wenn das Schlitzohr da was drehen könnte. Aber ist nichts versprochen.«
»Oh danke, wann darf ich zu dir kommen und fragen?«, freute sich die junge Frau und schlang die schlanken Arme eng um ihn.
»Hmm, morgen hab ich einiges zu erledigen. Sonntag vielleicht.«
»Dann nach dem Kirchgang, direkt vor St. Jakobi?«, fragte Klara freudig.
Johann räusperte sich. »Ja sicher, direkt nach der Kirche … Wenn du magst, können wir auch ein Stück Kuchen essen gehen und uns das neue Cranz'sche Haus in der Reichsstraße anschauen. Ganz rot sollen sie's gemacht haben.«

Sein Vorschlag kam ihm eher zögerlich über die Lippen.
»Au fein«, frohlockte sie und küsste ihn auf die stoppeligen Wangen.
»Danke, Johann«, hauchte sie ihm nach einem langen Moment der Stille ins Ohr.
»Johann …?«
Doch ihr Bettnachbar antwortete nur noch mittels eines dumpfen Schnarchgeräusches.

Kapitel 3: Jakob Nagelstein

18. November 1617, Samstag

Johann erwachte erst endgültig, als es draußen bereits hell war und er es beim besten Willen nicht mehr vermochte, den Lärm im Haus und auf der Straße zu ignorieren. Er gönnte sich selten den Luxus, länger zu schlafen, und die ungewohnte Liegezeit hatte seine Knochen steif werden lassen, wie er beim Aufstehen und Anziehen feststellte.

Klara hatte sich bereits viel früher aus seiner Kammer geschlichen und war dabei bemüht gewesen, ihn nicht zu wecken. Das fromme Ding war vermutlich zur Morgenandacht gegangen. Für ihr Seelenheil oder um solvente Kunden zu werben oder für beides.

Vielleicht sollte er wirklich über ihren Vorschlag nachdenken. Irgendwie mochte er sie schon gut leiden und zu zweit war das Leben oft einfacher. Und Klara schien ihm eine gute Frau zu sein. Den meisten Frauen, die bisher Interesse an ihm bekundet hatten, würde er besser nicht den Rücken zudrehen, wenn sein Beutel gefüllt war und etwas Spitzes oder Scharfes in der Nähe lag.

Er brummte kurz amüsiert auf und schob den Gedanken dann wieder beiseite. Es war nicht gut, zu viel zu grübeln, das war etwas für Doktoren. Er war überzeugt, dass den normalen Mann davon ein Fieber ereilen konnte.

Er spuckte in eine Ecke, setzte sich den speckigen Lederhut auf und verließ die düstere Kammer. Unten angekommen schlug er sein Wasser an einer Hauswand ab und besah sich die beiden Strafgefangenen, die unter den gelangweilten Augen eines Aufsehers missmutig Abfälle und Exkremente zusammenschaufelten und auf einen stinkenden Haufen auf dem Handkarren abluden. Schnaufend schoben sie anschließend den Karren bis zur nächsten Straßenecke und begannen wieder von vorn. Vergnügungssteuer würden sie für ihre Arbeit nicht entrichten müssen, dachte Johann.

Dieser Versuch, die Wege zumindest gelegentlich vom gröbsten Unrat zu befreien, wurde vor knapp zwanzig Jahren eingeführt.

Anlass war eine erneute Pestwelle gewesen. Stimmen wurden laut, die einen Zusammenhang zum Dreck und Gestank in der Stadt sahen und eine bessere Hygiene forderten. Schließlich reagierte der Rat und stellte einige Strafgefangene für die beschwerliche Aufgabe ab. ›Schot'sche Karre‹ wurde das dazugehörige Gefährt nach dem ersten Aufseher ›Schot‹ genannt, der einst selbst ein Strafarbeiter gewesen sein sollte.
Der noch in der Luft stehenden Dunstwolke des Karrens aus dem Weg gehend bog Johann in eine Abzweigung ab und macht sich auf zum alten Markt.
Hier herrschte bereits ein reges Treiben. Wie Ameisen liefen Käufer und Käuferinnen zwischen den Ständen umher, betasteten Zwiebeln und Kartoffeln, rochen an Wurst oder Käse und beäugten fachmännisch Brote. Die am häufigsten feilgebotene Ware waren jedoch Fische, weshalb der alte Markt auch häufig als Fischmarkt bezeichnet wurde.
Statt des üblichen Kanten Brots oder einer Schüssel Getreidebrei gönnte sich Johann einen sauren Hering zum Frühstück und schlenderte zwischen den Marktständen umher. Die Münzen für den Juden-Jakob hatte er sicherheitshalber in einem Lederbeutel um seinen Hals unter seiner Kleidung verstaut. Er wusste, wie geschickt einige der Beutelschneider im Gedränge agierten.
»*Jane*, Gabelschlag!«, sprach ihn unversehens eine heisere Stimme von schräg unten an. Nach einem kurzen Moment der achtsamen Anspannung senkten sich seine Schultern schnell wieder, als er den Bettler ausmachte, der auf dem blankgetretenen Kopfsteinpflaster saß und sich an das Rad eines Handkarrens lehnte. Seine Beine hatte er demonstrativ ausgestreckt, wobei das rechte unterhalb des Knies in einem grob gehauenen Holzbein endete. Wie zum Ausgleich hing dafür sein linker Arm schlaff hinunter.
Der Mann war in schäbige Lumpen undefinierbarer Farbe gekleidet und eine mit schmutzigen Lappen umwickelte Krücke lehnte neben ihm am Wagen. Als derber Kontrast saß ein wenige

Wochen alter Welpe zwischen seinen Beinen und legte neugierig den Kopf schief, während er Johann beobachtete.
»*Jane*, Hundsvater«, begrüßte auch Johann den Bettler.
»Kannst mir ein paar *Flins dippen* oder was *anschießen*?«, fragte der Bettler augenzwinkernd und hielt ihm seine Bettelschale entgegen.
Das für Außenstehende gewollt absonderlich klingende Vokabular ihrer Unterhaltung entstammte dem *Rotwelsch*, auch Jaunerisch oder Kundenschall genannt (Übersetzung siehe Anhang). Einer Art Geheimsprache, die unter Gaunern, Dieben, Bettlern, Vagabunden, fahrendem Volk und zwielichtigem Gesindel verbreitet war. Gelegentlich wurden Botschaften auch mit lautlosen Zeichen oder gemalten Symbolen, den sogenannten Zinken, ausgetauscht.
»Bin *flach*, wie immer«, antwortete Johann seufzend.
»Soo?«, erwiderte der Bettler gedehnt und ungläubig.
»Man hat mir *gedibbert*, dass du gestern in der Trommel einen *Guck* bei der Mechthild hattest«, fuhr der Bettler fort, während er sich das unrasierte Kinn rieb.
»Wirklich eine *fesche Katz*, 'ne echte *Kölchbraut*. Aber ordentlich was *brennen* muss man schon und der Pfeifer will auch seinen *Schab*. Da muss man schon gut *Marie* im *Kiß* haben. Ein soeinjemand *mangelt* sicher seine *Krovim* nicht, wenn er ein *leinwander* Kerl ist.«
Der Hundsvater genannte Bettler legte seinen Kopf schief und sah Johann provokant an, als hätte er einen raffinierten Zug auf dem Schachbrett getan.
Johann kniff ärgerlich die Augen zusammen. Wie auch einige andere seiner Zunft hatte der Hundsvater einen gut laufenden Informationshandel und ein gelegentlich schon unheimliches Talent, an Rohstoffe für sein Produkt zu gelangen.
Er brummte ungehalten und kramte schließlich einige Münzen aus seiner Tasche und hielt sie zunächst mit fest geschlossener Hand über der Bettelschale.
»Nur als *Anschuss*, wenn ich mal was von dir brauche«, stellte er klar.

»Vergelts dir Gott, wusste, dass du mich nicht *stocken* lässt«, nickte der Hundsvater und notierte zufrieden das Klimpern der fallenden Münzen.
Dann räusperte er sich auffällig und deutete mit seinen trübblauen Augen schräg hinter Johann. Sein Gesichtsausdruck hatte eher etwas Achtsames, denn etwas Bedrohliches, so war Johann zwar angespannt, aber unterließ es, unter sein Wams zu greifen und den Griff seines Messers oder Knüppels zu suchen.
»Was tun sie denn hier so rumlungern?«, fragte eine markante Stimme, die gut zu einer fetten, heiseren Katze gehören konnte. Johann verdrehte die Augen, denn er konnte sich bestens daran erinnern, zu wem diese Stimme gehörte.
»Tun sie in diesem Kauderwelsch reden, was hier nicht gern gesehen ist?«, fragte der Sprecher lauernd.
»Nur *Jenisch fackeln*«, murmelte Hundsvater und deutete ein Grinsen an.
»Hat er was gesagt?«, fauchte der Neuankömmling und die übellaunige Katze in ihm fühlte sich hörbar auf den Schwanz getreten. Er baute sich zu seiner vollen, nicht unimposanten Größe auf und blähte seine Brust und unfreiwillig auch seinen Bauch auf. Sein pockennarbiges Gesicht war kampfeslustig nach vorn gereckt und sein fettiger, schulterlanger Haarkranz wehte in der leichten Brise wie ein Kriegsbanner.
Der Bettler hob beschwichtigend den heilen rechten Arm und senkte ergeben das Haupt.
»Nie nich, Röperknecht«, beteuerte er jetzt eher kleinlaut.
Wieder etwas zufriedener gestimmt durch die seiner Meinung nach angemessene Unterwürfigkeit brummte sein Gegenüber eine Erwiderung und verschränkte die Arme vor der Brust.
Stattdessen musterte er jetzt Johann mit unverhohlener Abneigung. Dieser begegnete dem Blick gleichmütig und konzentrierte sich stattdessen darauf, einen hartnäckigen Fetzen Hering mit der Zunge aus der Lücke neben seinem Eckzahn zu angeln. Es war nicht klug, dem Röper einen Anlass zum Streit zu geben. Weniger, weil der Röper zu Recht als harter Hund galt,

sondern weil es für jemanden ohne Stand und lediglich ›dem kleinem Bürgerrecht‹ wie Johann immer nur ins Auge gehen konnte, sich mit einem Vertreter der Administration anzulegen.
In vielen Städten waren allein der Henker und seine Knechte für die Einhaltung der öffentlichen Ordnung zuständig. In Hamburg gab es hingegen den Brookvogt, dem zwar auch die Frohnerei mit dem Henker und den Henkersknechten unterstand, der aber zur Wahrung der öffentlichen Ordnung seine eigenen Knechte, die Röper, einsetzte. Natürlich allesamt selbst üble Burschen und korrupt bis auf die Knochen. Und da Adam Hänsle der Übelste und Korrupteste von ihnen war, hatte er den Rang des ersten Röpers inne. Beutel-Adam wurde er auch genannt, da bei seinem Schaffen stets auch etwas in seinem eigenen Beutel landete. Zuletzt hatte Johann ihn gestern im Wirtshaus beobachtet, als er beim Gänsespiel mit seinem glatzköpfigen Kollegen seinem Schuldner den finanziellen Gnadenstoß gegeben hatte. Hänsle war ein leidenschaftlicher Spieler und häufiger Gast in vielen Kaschemmen. Nicht selten wurde er von den Wirten freigehalten, da er ihnen wahlweise eine Menge Ärger vom Hals halten oder das Geschäft zu Hölle machen konnte.
»Und deine scheele Visage läuft mir auch viel zu oft über den Weg, ich werde ihn im Auge behalten, Gabelschlag!«, urteilte besagter Hänsle schließlich, als er die Musterung Johanns abgeschlossen hatte.
Johann blickte gleichmütig zurück und lächelte dann sogar ein ganz klein wenig, als es ihm endlich gelungen war, den Hering zu entfernen. Scheinbar etwas beleidigt über die fehlende Gegenwehr wandte sich Hänsle wieder dem Bettler zu.
»Hat er denn eine Lizenz hierfür?«, fragte Beutel-Adam und deutete auf die Bettelschale neben dem ausgestreckten Holzbein.
»Bitte, Röper, ihr kennt mich doch, Gabriel Seiler …«, stöhnte der Hundsvater.
»So zeige er mir seine Marke, zeig er sie mir, wenn er eine hat«, forderte Hänsle ihn mit verschränkten Armen auf.

Der Bettler schluckte einen Fluch hinunter und fummelte eine Art Medaillon aus dünn geschlagenem Blech hervor und hielt sie dem Röper entgegen. Es handelte sich um eine Bettelmarke, wie sie zugelassene, einheimische Bettler von der Stadt erhielten. Die Bettelmarke gestattete ihnen das Betteln und berechtigte sie zum Empfang von Almosen aus der öffentlichen Kasse und von Kirchenspenden. Gleichzeitig war sie aber auch ein Stigma, das den Träger als sozial ausgegrenzt zeichnete.
Hänsle musterte das dünne Stück Blech übertrieben genau, bevor er dem Bettler mit einem großmütigen Winken seiner Hand bedeutete es wieder zurückziehen zu dürfen.
»Weiß er denn nicht, dass er seine Marke offen zu tragen hat?«, fragte er selbstgefällig.
»Und rieche ich da Branntwein?«, fügte er mit gespieltem Erstaunen hinzu und wedelte demonstrativ mit der Hand.
»Das ist doch untersagt, nicht wahr? Vielleicht sollte jemand dafür sorgen, dass seine Almosen gekürzt werden. Aber ich will Gnade vor Recht ergehen lassen und es bei einem Bußgeld belassen.«
Mit einem selbstzufriedenen Grinsen griff er in die Bettelschale und nahm eine Münze heraus.
»Er ist doch einverstanden mit dem Bußgeld, nicht wahr?«, wollte er lauernd wissen, während der Welpe seinen Blick interessiert abwechselnd auf Hänsle und den Bettler richtete.
Die Kiefer des Bettlers bissen so hart aufeinander, dass die Wangenknochen deutlich hervortraten. Mühsam seine Wut beherrschend nickte er.
»Dann will ich es für heute mal dabei bewenden lassen«, erklärte der Röper jovial, blickte Johann noch einmal prüfend an und verschwand wieder in der Menge.
Wütend spuckte der Bettler auf das Pflaster.
»Verdammte *Glunterschratze*, an der Pest verfaulen soll die miese Drecksau!«, zischte er und spuckte erneut.
Johann zuckte die Schultern. »Du schuldest mir trotzdem was«, stellte er knapp klar.

Der Bettler machte ein Gesicht, als hätte er einen großen Schluck Essig getrunken.
»Und immer schön den Kopf über Wasser halten, ich werd mal weiter«, verabschiedete sich Johann und drängte sich wieder in die Menge.
Am Südende des Marktplatzes erhob sich die Frohnerei, die sich ihm bereits weiträumig durch ihren Geruch ankündigte. Die Frohnerei, oder auch das Büttelhaus, war Wohn- und Arbeitsstätte des Scharfrichters und seiner Knechte. Hier wurden Gefangene verwahrt und notfalls Geständnisse unter der Folter hervorgelockt. Die Kerker unter dem Haupthaus strömten einen üblen Geruch nach faulem Stroh und menschlichen Exkrementen aus.
Auch wenn der seit fünf Jahren amtierende Scharfrichter Marx Grave grundsätzlich als gutmütiger Mann mit einem Herz für seine ›Kundschaft‹ galt, war weder er noch seine Arbeitsstätte etwas, dem die meisten Hamburger zu nahe kommen wollten.
Wurden jedoch Leibesstrafen wie der Staupenschlag oder das Brandmarken auf dem ›Kaak‹ genannten Pranger vor der Frohnerei vollzogen, versammelte sich gern eine große Menge an Zuschauern und wohnte dem Schauspiel bei. Beileibe aber nicht so viele wie bei dem Spektakel einer Hinrichtung, das jedoch vor den Stadttoren abgehalten wurde.
Johann schauderte ein wenig. Es war lange her, dass er einige Nächte im Verlies des Büttelhauses verbracht und anschließend eine mächtige Tracht Prügel auf dem Kaak erhalten hatte. Das war während seiner Zeit als Gerber, noch bevor er Hamburg verlassen hatte.
Mit einem unguten Gefühl im Bauch verließ er den Marktplatz westwärts und war froh der Frohnerei nun den Rücken zu kehren. Er bog in die Große Reichenstraße ab und folgte dem Kopfsteinpflaster entlang dem Reichenstraßenfleet bis zur Trostbrücke. Er schob sich geduldig durch den Stau aus Handkarren und Menschen, der sich vor der Brücke gebildet hatte, passierte Rathaus und Börsenplatz und überquerte den

Hopfenmarkt vor St. Nikolai. Das Kirchspiel wurde überwiegend von aufstrebenden Händlern und Handwerkern bewohnt und man sah Häusern, Straßen und Menschen den Unterschied zu St. Jakobi auf den ersten Augenblick an.
Neben den Ein- und Verkäufern füllte sich der Platz mit den Kirchgängern, die das Gotteshaus offensichtlich gerade nach der Mittagspredigt verließen. Die Stimmung der Kirchgänger erschien Johann ungewöhnlich aufgewühlt, doch er versuchte vergeblich im Vorbeigehen einige zusammenhängende Sätze aufzuschnappen. Nachdem er die Menschenmenge hinter sich gelassen hatte, bog er in eine verwinkelte Nebenstraße ein und stand schließlich vor der gesuchten Tür.
Als Jude war es den Nagelsteins natürlich nicht erlaubt, sich zünftig zu organisieren, dennoch wies ein Holzschild mit Waage und Münzen darauf hin, dass hier eine Art von Handel getrieben wurde. Die verblichene gelbe Farbe des Schildes war Nagelstein vermutlich vom Rat auferlegt worden, um das Geschäft als jüdisch zu kennzeichnen.
Die Juden hatten zumeist keinen leichten Stand im Reich und der mit Luther aufgekommene Protestantismus führte einen kalten Wind gegen alle Nichtsesshaften und Andersgläubigen mit sich. In vielen Reichsstädten und Territorien wurden sie vertrieben oder zumindest in Ghettos gedrängt und mit Sonderabgaben und Judengesetzen wie speziellen Kleidungsvorschriften eingeschränkt.
Als freie Handelsstadt war Hamburg zumindest gegenüber den aus Portugal und Spanien stammenden sephardischen Juden vergleichsweise liberal eingestellt. Zumindest solange Liberalität den finanziellen Interessen der Stadt entgegenkam. Auch wenn sie für ihr Bleiberecht die stolze Summe von tausend Mark jährlich zahlen mussten und natürlich keine vollen Bürgerrechte erwerben konnten, waren sie dennoch angesehene Bewohner in der Stadt. Ihre Beliebtheit fußte auf ihrer Finanzstärke und vor allem in den hervorragenden Handelskontakten nach Spanien und damit in die Kolonien. Seit etwa fünf Jahren waren sie per

›Kaufmannshantierung‹ gar den anderen Hamburger Bürgern in kommerziellen Dingen gleichgestellt.
Ein Status, von dem die aschkenasischen Juden nur träumen konnten. Sie verfügten zumeist weder über beeindruckende Handelskontakte noch über Finanzstärke, was spürbaren Einfluss auf ihr Ansehen und ihre Stellung hatte. Seit Beginn des Jahrhunderts wurden sie zwar mit eingeschränkten Rechten geduldet, ihren Wohnsitz mussten sie aber außerhalb Hamburgs haben und durften nur zum Arbeiten in die Stadt kommen. Ausnahmen wurden nur für Bedienstete von sephardischen Juden gemacht.
Unnötig zu erzählen, dass die Nagelsteins zu den aschkenasischen Juden gehörten. Wie Jakob es dennoch geschafft hatte, einen festen Wohnsitz nebst Ladengeschäft in Hamburg zu errichten, war Johann schleierhaft, passte aber ins Bild des gerissenen Schlitzohrs, das Johann von ihm hatte. Johann schätzte seinen Auftraggeber, auch wenn man ihm besser nichts schuldete. Noch weniger sollte man ihn hintergehen, wenn man eine gesteigerte Zuneigung zu seinen Körperteilen empfand.
Ein Fehler, den er nicht begehen würde, sagte sich Johann immer, wenn er wie jetzt die Tür des Geschäfts öffnete. Drinnen umfing ihn sofort eine angenehme Wärme und, kaum dass er knarrend die Tür geschlossen hatte, ein diffuses Licht, das von den geölten Pergamentfenstern und tranigen Ölfunzeln gespeist wurde.
Deckenhohe Regale standen an den Wänden, und Kisten und Truhen stapelten sich im Raum. Werkzeuge, Haushaltsgeräte, Kleidung, Lampen, Fässchen, Stoffe und Hüte lagerten im Verkaufsraum, aber auch Gemälde, Kunstwerke und Musikinstrumente. Unter der Decke verliefen Seile, an denen getrocknete Kräuter, Trockenblumen, aber auch Nachttöpfe und Stiefel hingen. In einer Ecke entdeckte Johann sogar ein Holzbein mit ledernen Schnallen. Jakob Nagelstein war nicht nur als Geldverleiher tätig. Hauptsächlich führte er ein passabel laufendes Krämergeschäft und war auch als Pfandleiher tätig. Johann vermutete, dass das ein oder andere Stück auch gefunden wurde,

bevor es der ursprüngliche Besitzer verloren hatte. Juden war der Erwerb von Waren ungewisser Herkunft gestattet, was die Grenze zur Hehlerei schnell verwischte.
Jakob stand mit seinem Sohn Isaak hinter dem Tresen und diskutierte mit diesem über ein Buch gebeugt Geschäftsangelegenheiten. Jakob mochte an die Mitte fünfzig sein, war hochgewachsen und schlank und hatte eine imposant aufrechte Haltung für einen Mann seines Alters. Sein Haar und der volle, lange Bart hatten die Farbe schmutzigen Schnees. Seine Gesichtszüge waren furchig und markant, was nicht zuletzt an seiner großen Adlernase und den stechend blauen Augen lag. Sein Sohn Isaak schien lediglich eine jüngere, etwas kleinere Ausgabe seines Vaters zu sein. Nur war sein Haar noch schwarz, wie es Jakobs sicher auch einst gewesen war. Im Gegensatz dazu schien Jakobs zweiter Sohn Schlomo einer Linie von Bärenmenschen zu entstammen. Er besaß nicht nur die Größe, sondern auch die Muskeln und selbst die Behaarung eines solchen. Jetzt stand Schlomo auf einer Leiter, deren Sprosse sich bedrohlich knarrend durchbog.
»*Jane*, Jakob!«, begrüßte Johann seinen Auftraggeber und nickte auch Isaak und Schlomo grüßend zu.
»*Jane*, Gabelschlag, dein Anblick erfreut meine Augen«, antwortete Jakob mit weit ausgebreiteten Armen.
»Hast du vielleicht gute Nachrichten für mich, Gabelschlag?«, fragte er geschäftsmäßig weiter, mit einem kaum erkennbar lauernden Unterton.
Johann nickte und Jakob forderte ihn mit einem beiläufigen Winken auf ihm durch einen schweren Vorhang in ein Hinterzimmer zu folgen.
Johann kannte den Besprechungsraum des Geldverleihers bereits bestens und wartete darauf, dass dieser die schwere Holztür hinter dem Vorhang schloss. Johann schloss kurz die Augen, um sich an die Dunkelheit zu gewöhnen. Zwar hatte auch dieser Raum pergamentbespannte Fenster, doch waren es eher schmale Scharten, durch die sich nicht mal ein Kind hätte durchzwängen

können. Nicht ohne Grund, wie Johann wusste, denn hier lagerte der Pfandleiher Münzen, Schmuck, Papiere und andere Wertgegenstände in einer eisenbeschlagenen Truhe. Johann vermutete, dass stets Jakob oder einer seiner Söhne des Nachts auf der Bank neben dieser Truhe schlief.
Während Jakob Johann einen Platz am Tisch anbot, betrat schon Esther, Jakobs Frau, den Raum durch eine Seitentür. Wie immer trug sie ein Tablett mit Kräutertee und einem Mandelgebäck in Größe und Form von Wallnüssen mit sich. Johann hätte töten können für dieses Zuckerwerk oder zumindest jemanden ernsthaft verletzen. Es besaß durchaus Gleichwertigkeit mit einem exzellenten Braten und gut gelagertem Branntwein.
Johann bedankte sich höflich bei der Frau, die trotz ihres fortgeschrittenen Alters noch eine herbe, aparte Schönheit besaß, wie er fand. Ihre Zwillingstöchter, deren Schritte Johann knarrend auf den Dielen über sich hörte, kamen ganz nach ihr. Alle jungen Männer des Viertels reckten ihre Hälse, wenn die beiden vorüberliefen. Sie waren jedoch gut beraten, es bei den gereckten Hälsen zu belassen. Allzu forsche Verehrer, zumal der falschen Konfession zugehörig, neigten zu schmerzhaften Unfällen.
Jakob sah seinen freien Mitarbeiter freundlich, aber auffordernd an und dieser begann die Münzen von Hannes Maurer auf den Tisch zu zählen. Einen größeren Haufen für den Pfandleiher und einen kleineren, der sein Anteil war.
»Hab' mir erlaubt von meinem *Schab* schonmal was abzuzweigen«, erklärte Johann.
Sein Auftraggeber zog zunächst irritiert eine geschwungene Augenbraue nach oben, zuckte dann aber mit den Schultern und begann Echtheit und Qualität der Münzen zu prüfen. In den letzten Jahren hatten manche Münzherren begonnen den Silbergehalt zu verschlechtern, um einen höheren Profit zu machen, aber diese Münzen hier schienen Jakob von angemessener Wertigkeit. Er nickte zufrieden und Johann strich seinen Teil ein.
»Gab es *Breseln*?«, fragte Jakob.

Johann wiegte ein wenig den Kopf hin und her. »Ich musste ihn schon etwas *bekaschpern*, aber ich hab's nich zu bös getrieben. Montag wird er wieder *malochen* können.«
Jakob nickte anerkennend. »Recht getan, dann wird es auch keine *Breseln* geben.«
»Hast du noch *Maloche* für mich?«, fragte Johann hoffnungsvoll, denn für den nahenden Winter konnte er jede Münze brauchen.
Jakob griff unter seinen Hausmantel, zog ein ledereingeschlagenes Büchlein hervor und blätterte in den Seiten.
»Frühestens in einer Woche, falls sich dieser Knut nicht vorher zur Zahlung durchringt«, erklärte er ohne aufzusehen.
Dann zog er ein handtellergroßes Päckchen aus der Tasche seines Hausmantels.
»Du kannst mir das hier zum Pfeifer von der Trommel *kekeln*, aber pass gut darauf auf«, erklärte er und legte das Paket nebst einigen Kupfermünzen auf den Tisch.
»Wusste nicht, dass du mit dem Pfeifer *Massematten* machst«, murmelte Johann erstaunt und wog das eingeschlagene Päckchen in der Hand.
»Was liefer ich da aus?«, fragte er, während er versuchte das Gewicht zu taxieren.
Der Pfandleiher und Hehler legte den Kopf schief. »Was ich an dir schätze, ist deine Verschwiegenheit, Zuverlässigkeit und dein angemessenes Maß an Gleichgültigkeit«, erklärte Jakob ihm, statt auf die Frage zu antworten.
Johann lachte kurz trocken auf und steckte Münzen und Paket ein.
»Du könntest dafür auch mal wieder eine *Flader* besuchen«, stellte Jakob fest und zog demonstrativ die Nase kraus. Johann brabbelte etwas Unverständliches in seinen Bart, was nicht eben zustimmend klang.
»Sag mal, könntest du dich vielleicht mal umhören für eine anständige *Maloche* für eine *Hische*?«, fragte Johann den Krämer dann auffallend plötzlich. Fast schien es, er würgte die Frage hervor wie ein Reiher, der versuchte einen etwas zu großen Fisch zu verspeisen.

Jakob sah sein Gegenüber irritiert an. Er wusste zunächst nicht, was für ihn gerade so unstimmig war. War es die Frage an sich oder der merkwürdige Unterton, den er bei dem Veteranen noch nie wahrgenommen hatte? War da etwa Verlegenheit in seiner Stimme mitgeschwungen?

Die Lippen des Juden kräuselten sich zu einem amüsierten Lächeln.

»Was denn für eine *Hische*?«, fragte er unschuldig und musterte sein Gegenüber.

»Na, so eine *Hische* halt«, brummte Johann sichtlich unwohl.

»Und wer ist diese *Hische* und woher kennst du sie?«, fragte Jakob und es fehlte nur noch, dass seine Ohren sich suchend bewegten.

»Klara Rutenschneider heißt sie.«

»Weiter …«, forderte der Krämer ihn auf.

Johann räusperte sich. »Sie kommt nicht von hier, ist 'ne *Strichkatz*, aber eine gute Frau«, erklärte er entschieden.

»Und wie stehst du zu dieser guten Frau?«

»Das kann dir doch gleich sein«, bellte Johann sichtlich angespannt.

Der Jude verschränkte die Arme und lehnte sich trotz des angriffslustigen Tonfalls mit gleichmütiger Miene zurück.

»Nun, wie du weißt, ist es nicht erlaubt, eine Ortsfremde ohne Genehmigung zu beschäftigen. Und dann scheinbar noch eine … gestrauchelte Frau … Wenn ich da meinen guten Namen für sie einsetzen soll …«

»Ich kann sie halt leiden«, brummte Johann.

»Wie gut denn?«, fragte der Jude und genoss die Unterhaltung offensichtlich.

»Ja himmelhergottnochmal, was willste denn hören?«, fluchte Johann mit rot angelaufenem Gesicht und machte Anstalten aufzustehen.

Schallend lachend winkte der Jude ihn zurück auf den Stuhl.

»Beruhig dich, Gabelschlag, ich werd mich für dich umhören«, versprach Jakob mühsam um Beherrschung ringend und wischte sich eine Träne aus dem Augenwinkel.

Johann brummte ein Dankeschön und schob sich nervös ein Mandelbällchen in den Mund.
Das Gebäck beruhigte seine Stimmung ein wenig, auch wenn ihm ein Branntwein jetzt lieber gewesen wäre.
»War voll hier nach der *Paternelle* in Nikolai«, wechselte er das Thema, nachdem er geschluckt hatte.
Augenblicklich verfinsterte sich die Miene seines Gegenübers.
»Denke, der Marburg war heute *paternellen*«, knurrte er verdrießlich.
»Marburg?«, fragte Johann.
»Du solltest öfters in eine eurer *Dufen* gehen. Thomas von Marburg, ein evangelischer Wanderprediger. Er kam irgendwann dieses Jahr nach Hamburg, Ich denke wegen des hundertjährigen Jubelfests, wo die Evangelischen den Konfessionswechsel gefeiert haben.«
Jakob trank einen Schluck, bevor er fortfuhr. »Muss sich eine Menge Freunde hier gemacht haben. Predigt alle paar *Scheinlinge* in einer anderen *Dufe* und wiegelt die Leute gegen Juden, Bettler und Vaganten auf.«
»Am besten noch gegen Bier und Korn«, schnaubte Johann und lachte kurz auf.
»Du hast gut lachen, aber unsereins ist immer schon mit einem Bein vor dem Stadttor und mit dem Hals im Kaak«, brummte Jakob.
»Dann gehste halt nach Altona. Der Dänenkönig soll ja jeden reinlassen, solange er damit Hamburg ein Schnippchen schlagen kann«, winkte Johann ab.
Jakob machte ein abfälliges Geräusch. »Nur, bis sie unsereins da auch überdrüssig werden.«

Kapitel 4: Umsonst gefladert

19. November 1617, Sonntag

Es war ungewöhnlich klar und hell an diesem späten Sonntagmorgen, wenn auch spürbar kalt. Dünne Wölkchen waberten vor Johanns Gesicht, wenn er ausatmete. Er nahm den breitkrempigen Hut ab, strich sich die schulterlangen Haare glatt und blickte zur Sonne, die trotz der Kühle sein Gesicht wärmte.

Er hatte sich gestern in der Trommel noch durchfragen müssen, wann denn diese Morgenandacht sein würde. Kirchendinge waren nicht eben sein Steckenpferd und sonderlich viele Experten hatte er dafür auch in der Trommel nicht finden können.

Er setzte seinen Hut wieder auf und lehnte sich gelangweilt an die Kirchenmauer. Abwesend beobachtete er eine Krähe, die im Straßendreck etwas Essbares aufgestöbert hatte und sich mit einer anderen um den Fund stritt.

Gerade als sich ein Vogel durchzusetzen vermochte, rissen das Knarren der schweren Tür und die herausströmenden Kirchgänger Johann aus seinen Gedanken. Er ging einige Schritte vor und blickte aufmerksam auf die Menschenschlange, die das Gotteshaus verließ. Die Wohlhabenden, von denen es in Jakobi nicht allzu viele gab, trugen ihre Sonntagskleider und hatten ihre Haare recht ordentlich gebürstet. Die meisten Menschen hier verfügten jedoch über keinen zweiten Satz guter Kleider.

Bisher hatte er Klara noch nicht ausmachen können. Lediglich einige gutbetuchte Bürger, die beim Anblick des abgerissenen Gesellen, der sie musterte, verstohlen an ihre Geldbeutel griffen, ließen seine Mundwinkel kurz nach oben zucken. Als die Schlange dünner wurde und schließlich gänzlich abbrach, schlich sich eine Falte auf seine furchige Stirn. Seine Augen wanderten zwischen den zerlumpten Bettlern umher, die wie üblich die Kirchgänger um Almosen gebeten hatten, doch auch zwischen ihnen konnte er Klara nicht entdecken.

Schließlich gab er sich einen Ruck und ging ein paar Schritte durch die große Eingangstür und blickte sich zunächst im Vorraum und

dann im Hauptschiff um. Fündig wurde er jedoch nicht. Das große Kirchenschiff war beinahe menschenleer und Johann begann sich unwohl zu fühlen. Schon seit seiner Zeit als Waise hatte er kein gutes Verhältnis zur Kirche.
Schneller als üblich verließ er das Gotteshaus und blieb grübelnd vor dem Eingang stehen.
Vielleicht war sie krank oder hatte einen solventen Kunden gefunden, der sie belegte. Er zupfte sich nachdenklich am Kinnbart. Wenn eines an diesem Weibsvolk zuverlässig war, dann war es ihre Unzuverlässigkeit.
»*Jane*, Gabelschlag! *Finkerst* du was? Du warst nich *paternollen*, oder?«
»*Jane*, Gerlin«, begrüßte er die Bettlerin.
Flicken-Gerlin saß meist auf den Stufen vor Jakobi, bettelte und bot Stopf- und Flickarbeiten an. Auch jetzt nestelten ihre knotigen Finger wieder mit Nadel und Garn an einem alten Strumpf herum. Dabei musste sie sich offensichtlich auf ihren Tastsinn verlassen, denn der Stock und die schmutzige Augenbinde zeugten von ihrer Blindheit. Man hätte sie mit ihren eingefallenen Wangen und dem faltigen Gesicht für ein Großmütterchen halten können, aber Johann wusste, dass sie gerade einmal Anfang vierzig war.
Seit ihr Mann vor einigen Jahren vom Schlagfluß getroffen wurde, hatte das Leben sie jedoch rapide altern lassen.
»*Lahne*, Gerlin, ich war nich *benschen*, wollt die Klara *zupfen*«, erklärte Johann.
»Klara?«, fragte Gerlin.
»Klara Rutenschneider, der Spatz. *Benscht harbe* in Jakobi. Blond, klein, zierlich, etwa so groß …«
Er deutete mit der ausgetreckten Hand in etwa Klaras Größe an. Gerlin schob die Augenbinde nach oben und kniff einige Male die Augenlider zusammen.
»*Verschlitzter* Star, bald bin ich wirklich *scheinlos*«, murmelte sie und beäugte Johanns Hand. Gerlin legte den Kopf schief und grübelte eine Weile. Dann kam ein Ausdruck der Erinnerung auf ihr Gesicht.

»Jaja, Klara, 'ne *maatle Strichkatz*, schaut von Weitem wie 'ne *Hische* aus. Du willst sie vor der *Dufe zupfen*?«

Gerlin lachte dreckig und machte obszöne Gesten mit ihren Händen, bis sie sich mit ihrer Stopfnadel stach und wütend fluchte.

»*Lahne*, nur *zupfen*, doch nich *antauchen*«, brummte Johann augenrollend.

»Pah, tu mir keine *Geschichte drucken*«, nuschelte Gerlin mit dem blutenden Finger zwischen den Lippen.

»Hast du die Klara nu *gelenst*?«, fragte er ungeduldig.

»*Lahne*, nich heut. Sonst ist sie fast immer hier in der *Dufe*, *benscht* jeden *Scheinling*.«

Johann zog wieder die Stirn kraus.

»Danke, Gerlin«, murmelte er nachdenklich.

Die Bettlerin machte eine wegwerfende Handbewegung und zog ihre Binde wieder über die Augen. Dann legte sie den Kopf schief und schnupperte einige Male mit geblähten Nasenflügeln.

»Sach mal, Gabelschlag, warst du *fladern*?«, fragte sie erstaunt und amüsiert zugleich.

Johann brummte etwas Undefinierbares und machte auf dem Absatz kehrt.

Kapitel 5: Zehn Groschen

23. November 1617, Donnerstag

Johann stapfte wie schon letzte Woche über das Kopfsteinpflaster an der Frohnerei vorbei und senkte missmutig den Kopf. Als wäre der Nieselregen nicht genug, wehte ihm noch ein böiger Wind die nasse Kälte entgegen. Es war zwar erst vormittags, aber die bleigrauen Wolken hatten die Straßen bereits in ein bedrückendes Dämmerlicht getaucht.

Er gähnte herzhaft und reckte die steifen Glieder, als ihm der Wind gerade einmal nicht den Regen entgegenblies.

Die letzten Nächte hatte er in einem zugigen Lagerschuppen verbracht. Der Händler, dem der Schuppen gehörte, hatte in letzter Zeit immer wieder Waren vermisst und war sich nicht sicher, ob seine Angestellten damit etwas zu schaffen hatten.

Der Juden-Jakob hatte ihn als zuverlässigen Dienstleister weiterempfohlen und sicherlich auch seinen Teil für die Empfehlung erhalten. Gleich in der ersten Nacht hatte er Besuch von zwei Gestalten durch ein loses Wandbrett erhalten und sich eine zünftige Keilerei mit den Kerlen geliefert.

Er war sich sicher, mit dem Belegnagel ein paar Zähne geerntet und wahrscheinlich auch den einen oder anderen Knochen gebrochen zu haben. Aber auch er hatte saftig einstecken müssen. Seine Hutkrempe verdeckte eine hässliche Platzwunde, die auf einer lila Beule auf der Stirn thronte, und eine seiner Rippen war ordentlich geprellt. Seine Oberlippe war aber schon wieder ganz gut abgeheilt. Von kleineren Blessuren mal abgesehen lief die Sache also ganz hervorragend.

Die zwei hatten in der Dunkelheit zwar Reißaus genommen, aber am nächsten Tag hatte dafür einer der Knechte bei der Arbeit gefehlt.

Danach hatte Johann eine recht geruhsame Zeit zwischen Fässern mit Salz und eingelegten sauren Heringen, Speck, Tran, Leinen und Bier verbracht. Der Händler hatte zwar nicht sonderlich viele Münzen springen lassen, aber jeden Abend zum Wachantritt erhielt er einen beeindruckenden Teller mit gepökeltem Schweinefleisch, Speck und Hering, dazu ein halbes frisches Brot und einen großen Krug Bier. Als er nach dem Kampf etwas lädiert war, hatte sein Auftraggeber sogar noch ein paar fette Würste und ein paar Schnäpse springen lassen.

Solche Dienste wollte er sich loben lassen, er konnte sich nicht daran erinnern, in den letzten Monaten mehrere Tage am Stück so satt gewesen zu sein. Wenn es in dem Schuppen nur nicht so schweinekalt des Nachts wäre. So oder so hatte der Händler die Ware bereits für den Transport morgen vorbereitet und damit würde nach der heutigen Nacht auch Johanns Arbeit dort erledigt sein.

An sich hätte er mit den letzten Tagen also zufrieden sein können, aber immer wieder hatte sich der Gedanke an Klara in seine Erinnerung geschlichen. Am Sonntag hatte er die Sache noch mit der ihm eigenen stoischen Gleichmütigkeit betrachtet. Er hatte den Nachmittag in der Trommel statt beim Kuchenessen verbracht und sich zum Trost noch eine günstige, aber dienstbeflissene Dame aus den Twieten mitgenommen.

In den Tagen danach hatte er sich jedoch immer wieder dabei ertappt, wie er Ausschau nach Klara in den dunklen Straßen gehalten hatte. Es war wie mit einer dieser entzündeten Stellen im Mund; man wusste, dass es besser war, sie einfach in Ruhe zu lassen, aber irgendwie musste man ständig mit der Zunge daran rumspielen.

Gestern hatte er sich schließlich durchgerungen und hatte die Flicken-Gerlin vor Jakobi gefragt, ob Klara die letzten Tage in der Kirche aufgetaucht war, und Gerlin war sich sicher gewesen, sie seit letztem Samstag nicht mehr gesehen zu haben.

In Gedanken versunken passierte er die Kreuzung zur Reichsstraße und ging weiter südwärts, denn sein Ziel war heute die Elbinsel Grimm. Die Grimm bildete zusammen mit dem Cremon das Kirchspiel St. Katharinen. Ein Kirchspiel, in dem überwiegend Schiffseigner, Kapitäne und andere Seeleute lebten,

aber auch Lagerhäuser, Kontore und Ladengeschäfte fanden sich in dem bunten und belebten Viertel.
Er war auf dem Weg zu Magdalena Böttcher oder ›Zehn Groschen Magda‹, wie sie hinter vorgehaltener Hand auch genannt wurde. Soweit er wusste, hatte sie Klara öfters bei sich schlafen lassen, und was konnte es schaden, einmal bei ihr nachzufragen, ob sie Klara die letzten Tage gesehen hatte. Nicht dass Johann die Böttcher persönlich kannte, aber es war nicht schwierig gewesen, etwas über sie und ihren Wohnort in Erfahrung zu bringen.
Magdalena Böttcher war die Witwe eines kleinen Weinhändlers. Nachdem ihr Mann vor zehn Jahren starb, erlaubte das Kaufmannsamt ihr das Geschäft mit einem Kaufmannsgesellen weiterzuführen. Allerdings ging die anziehende Frau alsbald auch einem ergänzenden Nebengeschäft nach, das ihr neben stattlichen Einkünften auch einige nützliche Kontakte und ihren neuen Spitznamen einbrachte.
Man munkelte, dass sogar der Brookvogt und einige Amtsträger der Handelszünfte gelegentlich ›bei ihr einkauften‹. Damit gehörte sie sicherlich zur gehobenen horizontalen Gesellschaft. ›*Privatdozentin*‹ bezeichnete man im Rotwelsch eine solche Dame mit eigener Wohnung und seriösem Hintergrund.
Johann bog nach links in die Gröning Straße ab und nach einer Weile zur rechten Hand in eine schmalere Gasse. Er sog tief die Luft ein. Ganz Hamburg war wassernah, aber auf Grimm und Cremon roch es stets nach Elbe, Salz und Fisch, was einen fast den Geruch von Unrat und Fäkalien vergessen lassen konnte. Er überholte einen Handkarren im geschäftigen Treiben, wich einem Reiter aus und beäugte dabei die verschiedenen Wohnhäuser und Ladengeschäfte, bis er schließlich sein Ziel erreicht hatte.
Es war ein schmales, zweistöckiges Fachwerkhaus. Ein wenig windschief, aber ordentlich getüncht und mit sauber gestrichenen Balken und Läden. Ein Schild über der Tür zeigte eine Weintraube in sattem Blau-Lila umgeben von kunstvoll verschlungenen Weinblättern.

Johann öffnete die stabile Tür und trat hinein. Ein angenehmer Geruch von Wein und altem Holz umfing ihn im Verkaufsraum. In Regalen und auf dem Boden stapelten sich kleine und mittlere Fässer und Keramikflaschen. In einer Ecke stand ein flacher Tisch mit zwei Stühlen und hinter einem schweren Holztresen stand ein Angestellter und beäugte Johann misstrauisch bei dessen Eintreten.

»Wir führen weder Bier noch Schnaps«, begrüßte der Mann ihn mit unverhohlener Abneigung. Er mochte etwa Mitte fünfzig sein, war kräftig und hatte buschige, graue Koteletten bis hin zu den Mundwinkeln.

»Dir auch einen guten Tag«, brummte Johann. »Ich bin nicht hier, um etwas zu kaufen«, erklärte er dann.

»Das dachte ich mir, aber wir haben nichts zu geben, du kannst also gleich wieder gehen«, versuchte der Verkäufer ihn abzuwimmeln.

Johann holte tief Luft. »Die Zehn Grosch… die Frau Magdalena Böttcher möcht ich gern sprechen.«

Verdutzt sah ihn der Mann von oben bis unten an, um dann laut aufzulachen.

»Wohl kaum«, bellte er angriffslustig und wedelte mit seiner Hand in Richtung des Ausgangs.

»Hör mal …«, begann Johann mit langsam, aber stetig aufbrodelndem Ungemach, als beide von der schwungvoll geöffneten Tür hinter dem Tresen abgelenkt wurden.

Die Frau, die in den Raum trat, musste Magdalena Böttcher sein, dachte Johann auch ohne sie zu kennen. Sie mochte etwa Anfang oder Mitte dreißig sein. Ihr Haar, das sie hochgesteckt unter einer knappen Spitzenhaube trug, war kastanienfarben und lockig. Einzelne offene Strähnen deuteten eine beeindruckende Länge an. Ihre Haut war hell und im Gesicht von Sommersprossen übersät. Der Blick ihrer grünen Augen hatte etwas Spöttisches an sich, ebenso wie die feingeschwungenen Linien ihrer Lippen. Selbst jetzt, als sie fragend in den Raum schaute, sprühte der Schalk aus ihren Zügen. Sie trug ein dunkelblaues Kleid, das unten ihren schneeweißen Unterrock aufblitzen ließ, und ein schwarzes Mieder half ihre verlockenden Reize in Form zu halten. Johann fühlte sich unvermittelt an eine Sanduhr oder an eine Wespe erinnert und verstand gut, warum manch betuchter Bürger für ihre Gesellschaft tief in seinen Geldbeutel griff.

»Darf ich Teil dieser offensichtlich anregenden Unterhaltung sein?«, fragte sie, während ihr Kopf zwischen dem Angestellten und Johann hin und her wanderte. Ihre Stimme war klar und hell, aber auch selbstbewusst und strahlte denselben spöttischen Schalk wie ihre Züge aus.

»Der Herr wollte gerade gehen«, stellte der Angestellte klar.

»Wollte er nicht«, knurrte Johann. Dann bemerkte er, dass er seit ihrem Eintreten mit dämlich geöffnetem Mund im Raum stand, und klappte ihn zügig wieder zu. Hastig zog er den Hut vom Kopf und verteilte damit einen Schwung Regenwasser durch den Raum.

»Äh, Tach, Gabelschlag. Ich meine Johann, also Johann Gabelschlag. Ich wollt euch sprechen.«

Der Angestellte brauchte einen Atemzug, um die Vorstellung zu verarbeiten, dann trat er entschlossen hinter dem Tresen hervor.

»Ich werde das klären, Herrin, gehen Sie besser wieder …«, begann der Angestellte, doch die Hausherrin hielt ihn mit erhobener Hand zurück.

»Und was möchtest du von mir, Johann Gabelschlag?«, fragte sie mit vor der Brust verschränkten Armen. Sie schien guter Laune und fühlte sich durch die verworrene Situation offensichtlich bestens unterhalten.

»Ich wollt wegen der Klara fragen, also dem Spatz …«, versuchte Johann sich an einer Erklärung.

Jetzt zog die Frau nachdenklich eine fein geschwungene Augenbraue nach oben.

»Und was hast du mit Klara zu tun?«, fragte sie und es schwang eine Spur Misstrauen mit.

Johann holte tief Luft und kratzte sich am Kopf. Wie zum Leibhaftigen sollte er das jetzt erklären …

»Also … Ich tu sie halt suchen … Weil sie ja seit ein paar Tagen weg ist …«
»Das reicht jetzt wohl, ich …«, setzte der Angestellte wieder an, doch erneut hob die Hausherrin gebieterisch die Hand.
»Es ist gut, Tobias, ich werde mit dem Mann reden«, entschied sie und öffnete erneut die Tür, aus der sie gekommen war. Die gemurmelten Einwände ihres Mitarbeiters ignorierte sie und machte Johann Zeichen, ihr zu folgen. Der Veteran bedachte den Angestellten mit einem Lächeln, das eher dem Zähnefletschen eines Wolfes ähnelte, und folgte der Hausherrin.
Hinter der Tür lag ein dunkler Flur, von dem zwei weitere Türen abgingen und eine Treppe in den oberen Stock führte. Die Hausherrin öffnete eine der Türen und führte Johann in eine kleine Schreibstube und bot ihm einen Platz an. Selbst nahm sie hinter einem Schreibtisch Platz, auf dem einige Dokumente und ein ledereingebundenes Buch lagen.
»Wenn du mich etwas fragen willst, wirst du mir erst erzählen müssen, wie du zu Klara stehst. Bist du ein Kunde von ihr?«
Johann räusperte sich. Er dachte kurz nach und entschied, dass es besser war, mit offenen Karten zu spielen.
»Nur einmal, aber hab sie auch so mal bei mir schlafen lassen, letzten Freitag. Ist ja 'n nettes Ding, gehört eigentlich nicht auf die Straße. Nicht, dass ich der richtige Umgang für sie wär, aber … Also, Sonntag wollten wir uns sehen, direkt nach der Kirche. Aber da ist sie nicht aufgetaucht. Soweit ich weiß, auch nicht die Tage danach. Ich hab gehört, dass sie manchmal hier geschlafen hat, und da dachte ich, ich frag einfach mal nach.«
Halbwegs zufrieden mit seinem Bericht verschränkte Johann die Arme und sah die Hausherrin abwartend an.
»Richtig, ich habe Klara hier manchmal schlafen lassen. Zuletzt war sie letzten Samstag hier, am Vormittag nach der Kirche, denke ich. Aber dann ist sie plötzlich nicht mehr gekommen.«
Johann meinte Sorge in der Stimme der Weinhändlerin mitschwingen zu hören. Er zupfte sich nachdenklich am Kinnbart.

»War sie denn sonst oft hier?«, fragte er.
Magdalena zuckte mit den Schultern. »Unregelmäßig. Je nachdem, ob sie Kunden gefunden hat, bei denen sie schlafen konnte.«
Sie machte eine kurze Pause und schob ein Papier auf dem Schreibtisch von links nach rechts.
»Und ich konnte sie auch nicht zu oft beherbergen, eine lebensfrohe Frau wie ich kann schnell in Verruf kommen, wenn sie nicht auf ihr Umfeld aufpasst«, erklärte sie sachlich.
»Aber dass sie sich so lange nicht meldet, erscheint mir bedenklich. Vor allem hat sie auch ihre Decke hier liegen lassen und die letzten Nächte waren sehr kalt und sie hat viel gehustet.«
Johann nickte. »Vielleicht haben sie sie *gestanzt*«, mutmaßte er.
»Gestanzt?«, fragte sie verständnislos.
»Vertrieben«, übersetzte Johann aus dem Rotwelsch. »Als Hure lebt man immer gefährlich, wenn man keine Kontakte hat«, erklärte er und bereute den Satz, kaum dass er ihn ausgesprochen hatte.
»So, tut man das?«, fragte die Hausherrin kühl, stützte ihr Kinn auf ihre gefalteten Hände und sah ihn durchdringend an.
»Na ja, also es ist ja eigentlich nicht, also …«, stammelte er, bis ihr glockenhelles Lachen ihn unterbrach.
»Rede weiter, Johann Gabelschlag«, forderte sie ihn auf.
Johann sammelte sich kurz, dann fuhr er fort.
»Grad auf der Straße kann es ganz fix gehen und die Klara kommt nicht aus Hamburg, ist ortsfremd. Wenn sie offiziell wegen Hurerei drangekriegt wird, gibt's mindestens ein paar Stockschläge am Kaak und dann wird sie aus der Stadt vertrieben. Oder noch was Ärgeres.«
Die Böttcher nickte unmerklich und bugsierte nachdenklich eine lange Locke hinter ihr Ohr.
»Kannst du das in Erfahrung bringen?«, fragte sie schließlich.
Jetzt zuckte Johann mit den Schultern.
»Werd's mal versuchen«, antwortete Johann vage. »Wollt mich auch sonst mal umhören, gab es vielleicht Leute, mit denen sie sich häufiger getroffen hat?«, fragte er.

Die Händlerin zuckte die Schultern.
»Das kann ich nicht sagen, ich habe sie nie mit jemandem zusammen gesehen und sie hat diesbezüglich nie etwas erzählt.«, erklärte sie.
»Woher kanntet ihr euch eigentlich?«, fragte Johann und schob noch ein schnelles »… nich, dass es mich etwas angehen würde …« hinterher.
Sie lächelte hintergründig.
»Vielleicht haben wir ja mal zusammengearbeitet«, erklärte sie kokett und lächelte verführerisch.
Johanns Mund wurde augenblicklich trocken. »Wirklich?«, stieß er heiser hervor.
Die Böttcher lachte glockenhell. »Du glaubst nicht wirklich, dass ich dir das erzähle, Johann Gabelschlag, oder? Ich mochte Klara, sie war ein liebes Ding und hatte viel Pech. Ich hätte ihr gerne mehr geholfen, aber ich muss selber auf meinen Namen aufpassen. Wenn man sie hier ein- und ausgehen oder zu oft rumlungern sieht und die Leute erst einmal anfangen zu reden, dann kann es schnell unbequem für mich werden.«
Johann nickte knapp.
»Ich denke, dann hast du jetzt deine Auskünfte erhalten, oder?«, stellte sie klar, denn der Satz war alles andere als eine Frage.
Der Veteran bejaht nachdenklich und stand zügig auf. Die Händlerin begleitete ihn wieder in den Verkaufsraum, wo ihr Angestellter sich während ihrer Abwesenheit offensichtlich in bösen Blicken geübt hatte.
»Dann wünsche ich dir viel Erfolg, Johann Gabelschlag, und falls du etwas in Erfahrung bringst, würde ich mich freuen, wenn du es mich wissen lässt«, verabschiedete die Weinhändlerin ihn zum Schrecken ihres Mitarbeiters.
Johann brummt eine Zustimmung, lupfte noch kurz den bereits wieder aufgesetzten Hut und verließ das Ladengeschäft.
Er fand sich um nur wenige Informationen, dafür um ein paar Fragen reicher. Nachdenklich schlenderte er durch den Nieselregen zurück in Richtung des Fischmarkts.

Es war heute deutlich leichter, sich durch die Stände und Besucher des Markts zu drängeln. Wer keine dringenden Geschäfte hatte, versuchte den kalten Regen eher unter einem Dach auszusitzen. Johann schritt über das nass glänzende Kopfsteinpflaster, bis er gefunden hatte, was er suchte. Zielstrebig ging er an den Rand des Platzes, bis er die Gestalt erreicht hatte, die sich unter einer Decke an einer Hauswand zusammengekauert hatte.
»*Jane*, Hundsvater«, begrüßte Johann den Bettler.
»*Jane*, Gabelschlag«, brummte es aus der Decke zurück und auch der Welpe steckte neugierig seinen Kopf aus der Decke hervor.
»Nichts zu *gnausen* bei dem *Schein*, was?«, fragte der Veteran und stellte sich neben dem Bettler unter den Dachvorsprung.
Statt zu antworten, stieß dieser nur missmutig mit dem Fuß gegen seine Bettelschale, in der eine magere kleine Kupfermünze klapperte.
»Sag mal, haben sie die Tage welche *gestanzt*? *Glunten* von außerhalb?«
Hundsvater sah zu ihm auf und kratzte sich nachdenklich am Kopf.
»*Lahne*, nur zwei zänkische Weiber an den Kaak gestellt. Wieso?«
»*Kneist* du die Klara Rutenschneider? Den Spatz?«
Hundsvater überlegte zunächst eine Weile.
»So'ne kurze blonde *Glunte* von draußen?«
Johann nickte. »Genau«, bestätigte er.
»Tu dich mal umhören, ob sie sie gestanzt haben die letzten Tage.«, bat er den Bettler in beiläufigem Ton.
»Warum willste das wissen? *Chaift* sie dir was?«
Johann schüttelte den Kopf und nickte zugleich. »So ähnlich«, brummte er.
Hundsvater hob eine Braue und lachte dann dreckig auf.
»Kann mir *vorometen*, was sie dir *chaift*«, prustete er und schlug mehrmals mit der Handfläche auf die Oberseite seiner Faust, während der Welpe sein helles Bellen erklingen ließ.
Johann verzog säuerlich das Gesicht und beugte sich bedrohlich zu dem Bettler hinunter.

»Mach es einfach!«, knurrte er.
Hundsvater grinste breit und hob beschwichtigend eine Hand.
»Ist ja gut, was lässt du denn dafür springen?«, fragte er spitzbübisch und rieb Daumen und Zeigefinger aneinander.
»*Nenta*, alter *Schnorrer*, du *chaifst* mir was vom letzten Mal.«
»Ich werde Auslagen haben«, behauptete der Bettler trotzig und verschränkte die Arme vor der Brust.
Johann sah ihn durchdringend an und warf schließlich einige Münzen in die Holzschale.
»Gott möge dir die milde Gabe vergelten«, bedankte sich der Bettler schmierig.
»Aber warum kommst du zu mir, du hast doch selber Kontakte?«, schob er hinterher und deutete mit dem Kopf Richtung Frohnerei.
»Ich komm die Tage wieder, dann weißt du Bescheid«, forderte Johann, statt zu antworten. Die Erwiderung Hundsvaters hörte er schon nicht mehr.
Prüfend sah er in den grauen Himmel. Bis zu seinem Antritt im Lagerhaus hatte er noch einige Stunden Zeit. Er könnte noch beim alten Uhu und einigen Bekannten nachfragen, ob sie was von Klara gehört oder gesehen hatten. Schließlich konnte sie sich nicht in Luft aufgelöst haben.

Kapitel 6: Ordentlich zur Hand gegangen

26. November 1617, Sonntag

»Ich weiß nicht recht, das ist schon seltsam«, nörgelte die junge Stimme unter der schäbigen Decke, während der Hagere noch ein weiteres Lumpentuch über den Sprecher warf. Die blassblauen Augen des Hageren blickten verstohlen in das Dämmerlicht, bevor er sich wieder zum Karren hinunterbeugte.

»Weißt doch, Junge, die Zünfte tun es nich gut leiden, wenn man Nichtsesshaften Arbeit gibt. Daher darf's halt keiner wissen, dass du bei uns bist. Soll dein Schaden nicht sein, wenn du nur gut anpacken kannst.«

Der Hagere hatte gerade einmal so laut gesprochen, dass nur die Gestalt unter der Decke und ihr bulliger Begleiter ihn hören konnten.

»Ich will euch wohl ordentlich zur Hand gehen, aber es ist nur …«, versuchte die Gestalt unter der Decke einzuwenden, wurde aber vom Hageren unterbrochen.

»Nichts aber, still jetzt!«, befahl der Hagere und gab seinem kräftigen Begleiter Zeichen, den Karren wieder anzuziehen.

Schweigend zogen die beiden Gestalten das Gefährt mit der ungewöhnlichen Ladung durch die Dämmerung. Sie versuchten die breiten Straßen zu meiden, die noch recht belebt waren. Leider waren die düsteren Twieten oft so schmal, dass sie mit dem Handkarren um keine Ecke fahren könnten, sodass sie ihr Gefährt nicht gänzlich abseits von zufälligen Beobachtern bewegen konnten. Die meisten Fußgänger, Wagenlenker oder Karrenschieber nahmen sie jedoch gar nicht wahr oder gaben sich diesbezüglich zumindest größte Mühe. Und wenn, dann würde man ihre Gesichter unter den breitkrempigen Hüten und den dreckigen Lumpentüchern, die sie sich vor das Gesicht gebunden hatten, kaum wiedererkennen.

Der Regen hatte ihren Weg in ein unwegsames Gemisch aus Schlamm, Kies und Dreck verwandelt und immer wieder mussten ihre behandschuhten Hände unter angestrengtem Keuchen den Karren aus einem Schlammloch schieben.

»Scholl isch euch helfen …«, fragte eine heruntergekommene Gestalt nuschelnd die beiden Karrenschieber. Offenbar ein Tagelöhner, der Schwierigkeiten haben würde, diesen Winter zu überstehen.

»Verschwinde, wir brauchen keine Hilfe«, zischte der Hagere.

»Isch bin stärker als isch auschau, für 'n Kupper oder 'n Stück Brot …«, versuchte es der Mann wieder.

»Verschwinde, sag ich«, zischte der Hagere aggressiv und die abgerissene Gestalt trollte sich murrend. Schwer atmend zogen die beiden den Karren wieder an.

»Halt mal an … Ich hab's mir anders überlegt«, ertönte es da dumpf unter der Decke.

»Sei still, wir sind ja gleich da«, versuchte der Hagere seinen Fahrgast hinzuhalten.

»Nee, lasst mal, die Sache ist mir wirklich zu unheimlich …«, erklärte die Gestalt unter der Decke und machte Anstalten aufzustehen.

Hastig drückte der Hagere ihn zurück und sah sich verstohlen nach Zuschauern um.

»Ist ja gut, lass uns die Karre nur schnell in eine Twiete schieben, damit keiner sieht, wie du aussteigst, kriegst auch 'n Kupper dafür«, versprach der Hagere und bemerkte erleichtert, wie die Gestalt unter der Decke sich wieder hinlegte.

»Aber macht schnell«, verlangte der Fahrgast ungeduldig, während der Karren sich in eine neue Richtung bewegte.

»Wart noch kurz, da ist noch einer«, flüsterte der Hagere in Richtung der Decke, während er sich bückte und einen faustgroßen Stein aufhob.

»Kann ich jetzt endlich?«, drängelte der Fahrgast.

»Gleich«, antwortete der Hagere und knallte den Stein heftig auf die Erhebung der Decke, unter der er den Kopf seines Passagiers vermutete. Ein kurzes Stöhnen drang unter der Decke hervor, bevor der Stein erneut mit einem dumpfen Geräusch auftraf und die Gestalt erschlaffte. Der Hagere sah sich um und stellte zufrieden fest, dass sie keine Zuschauer hatten.

»Soll ich ihn ganz totmachen und in den Fleet werfen?«, fragte der bullige Begleiter mit seiner dümmlichen Stimme und hörbarer Vorfreude.

Der Hagere rollte mit den Augen. »Nein, du Schwachkopf, wir nehmen ihn natürlich mit«, entschied er.

Vorsichtshalber legte er den Stein auf die Ladefläche des Karrens. Man konnte nie wissen.

»Vorwärts!«, befahl er und sie setzten den Wagen wieder in Bewegung.

Kapitel 7: Lechemgeiger und Klingenfetzter

1. Dezember 1617, Freitag

Johann kratzte mit dem Holzlöffel den letzten Rest Eintopf aus der Schüssel und schob sie zufrieden beiseite. Er spülte noch mit einem großen Schluck Bier nach und rülpste seine Zufriedenheit in den Schankraum hinaus. So übel das Publikum in der Trommel war, so gut war zumeist der Eintopf.

Er hatte sich die letzten Tage mit Botengängen nach Altona etwas verdient. Das war zwar keine sonderlich gut bezahlte Arbeit, aber besser als nichts. Nur das Wetter hatte ihm ordentlich zugesetzt. Es war schon Dezember und heute Nachmittag hatten sich zu seinem Leidwesen einige mickrige Schneeflocken in den Regen gemischt. Nach dem ganzen Tag bei dem Schietwetter auf der Straße war jetzt der warme Mief des gut gefüllten Gasthauses genau das Richtige, befand er, während es ihn noch einmal in allen Gliedern fröstelte.

Zwischendurch hatte er sich immer mal wieder wegen Klara umgehört, aber das war leider ergebnislos geblieben. Zumindest konnte er sich sicher sein, dass sie nicht vertrieben wurde, und irgendwelche unbekannten Leichen wurden auch nicht gefunden, die man bei St. Georg verscharrt hätte. Vermutlich war sie also wirklich auf und davon, vielleicht hatte sie einen solventen Freier entdeckt, der Gefallen an ihr gefunden hatte. Oder sich einfach den Hals gebrochen und war in einen Fleet gestürzt. Was wusste denn er. Zumindest hatte er das Kapitel für sich wieder begraben. Er reckte knackend seinen steifen Hals und trank seufzend noch einen Schluck Bier. Er wurde wahrlich nicht jünger, vielleicht sollte er sich wirklich mal nach einem Weib umsehen. Zu zweit lebte es sich einfacher, wenn sie nicht allzu zänkisch war. Dennoch amüsierte ihn dieser Gedanke und kam ihm irgendwie absurd vor.

Abwesend nestelte er an einer rissigen Stelle seines Lederhuts, der vor ihm auf dem Tisch lag. Wurde wie bei den meisten seiner Sachen wohl mal wieder Zeit für ein paar Stiche oder einen weiteren Flicken. Das gute Stück war so speckig glänzend und schartig wie die Tischplatte, auf der es lag. Nur dass die Kopfbedeckung wohl bereits deutlich mehr gesehen hatte als das Möbelstück.

Er hatte das Rindsleder selbst gegerbt und ein befreundeter Sattler hatte ihn beim Nähen angeleitet. Damals hatte er in Hamburg noch als Geselle in der Gerberei gearbeitet, in die ihn das Waisenhaus gegeben hatte.

Wobei ›Waisenhaus‹ etwas hochgegriffen war. Es war vielmehr eine stiftsnahe Familie gewesen, die ein gutes halbes Dutzend Bälger wie ihn mit Unterstützung der Stadt versorgt hatte. Ein echtes Waisenhaus wurde erst vor etwa dreizehn Jahren in der baufälligen St. Anschar-Kapelle eingerichtet. Seine Eltern hatte er nie gekannt, aber sie sollten Hamburger gewesen sein, ansonsten hätte die Stadt ihr Säckel vermutlich nicht geöffnet, um ihn durchzufüttern.

Wie üblich hatte man schnellstmöglich versucht den unproduktiven Esser irgendwo unterzubringen und war in einer Gerberei fündig geworden. Ein Handwerk, um das sich ansonsten die Bürger nicht gerade rissen. Die Arbeit war nicht nur knüppelhart, sondern auch eine schmutzige, stinkende Angelegenheit. Nicht umsonst wurden die Gerber zusammen mit den Färbern in eigenen Stadtteilen zusammengefasst – hier in Hamburg in Jakobi. Der Umgang mit den faulenden Häuten und den Chemikalien ließ die Lehrlinge reihenweise erbrechen oder gar erkranken. Im Winter waren zwar Gestank und Ungeziefer weniger schlimm, aber dafür war man bei dem Arbeiten in der Wasserwerkstatt ständig steifgefroren. Johann hatte bis heute noch einige Narben von den Frostbeulen an den Beinen und Händen. Tatsächlich wurden Gerber meist nicht sehr alt.

Auch ihn hätte es beinahe erwischt. Er musste achtzehn oder neunzehn gewesen sein, als er zunächst rötliche Pusteln an der Hand kriegte, die ein paar Tage später anschwollen und kohlrabenschwarz wurden. Er hatte heftiges Fieber bekommen und sein Herz schlug oft wie wild. Zum Schluss wusste er nicht

einmal mehr, wie er hieß, und als der Bader feststellte, dass er den Milzbrand hatte, wurde ihm bereits die letzte Ölung gegeben.
Aber er hatte damals einfach noch nicht verrecken wollen und als er die Sache tatsächlich überstanden hatte, hatte sein Meister ihn nicht nur mit ein paar anerkennenden Worten, sondern auch mit einer Lohnerhöhung und einer besseren Schlafstätte bedacht. Sein Meister war nun wahrlich kein Menschenfreund gewesen, wie einige verblasste Narben auf Johanns Kopfhaut bezeugen konnten. Aber als Gerber, der den Milzbrand überlebt hatte, war er zukünftig immun gegen die Krankheit und besaß damit einen gesteigerten Wert für die Werkstatt. Die üble Krankheit hauste immer wieder mal in alten Fellen, Häuten und Kadavern.
Wie auch immer, Johann war überzeugt, dass es die Haut dieses Hutes gewesen war, die ihn damals fast unter die Erde gebracht hatte. Wenn er ehrlich zu sich selbst war, gab es dafür zwar keinerlei Anhaltspunkte, aber zumindest gefiel ihm die Geschichte so am besten.
Als vor gut zwanzig Jahren die Pest nach Hamburg kam, beschloss er jedoch selbigen Hut aufzusetzen und der Gerberei und Stadt den Rücken zu kehren. Anfangs ließ er sich als kräftiger junger Kerl als Begleitung für einen Handelswagen nach Amsterdam anheuern, aber bald fand er dort Arbeit als Söldner im Krieg und lernte artig, wie man mit Muskete oder Degen seine Mitmenschen ins Jenseits beförderte. Mehr als einmal hätte es ihn dabei selbst erwischt, aber am Ende hatte er immer Glück oder einen fähigen Feldscher gehabt, der ihn wieder zusammengeflickt hatte. ›Gefrorene‹ nannte man solche Söldner, die trotz mannigfaltiger Gelegenheiten einfach nicht verrecken wollten.
Einer der Feldscher die ihn damals geflickt hatten, Ulrich Steinschneider, arbeitete als Bader in Hamburg, erinnerte er sich. Vielleicht sollte er ihm wieder einmal einen Besuch abstatten. In letzter Zeit war ihm ein übel aussehender Furunkel an seinem Hintern gewachsen, den er vielleicht besser begutachten lassen sollte. Johann rutschte bei dem Gedanken an die unappetitliche Farbe des Dings unbehaglich auf dem Stuhl umher.

Dann schrak er plötzlich zusammen, als etwas Spitzes sich von hinten in seine Seite bohrte und bedrohlich über seiner Niere verharrte. Instinktiv wollte er aufspringen, doch eine kräftige Hand hielt ihn bestimmt an der Schulter zurück.
»Schön ruhig bleiben«, flüsterte die Stimme von hinten in sein Ohr.
Wütend biss Johann die Zähne zusammen. Wie hatte er nur so abwesend sein können, dass er nicht bemerkt hatte, dass jemand sich so nah in seinen Rücken gestohlen hatte? Und was wollte dieser Kerl von ihm? Hier in der vollbesetzten Gaststube würde er ihn wohl kaum überfallen wollen und es gab dazu sicherlich einfachere Beute als ihn.
»Was willst du von mir?«, knurrte Johann und seine Augen begannen so gut wie möglich die Umgebung nach Besonderheiten abzusuchen.
»Jemand, der so versonnen auf seinen Hut starrt, hat doch sicherlich was zu verbergen«, ignorierte der Sprecher seine Frage. Die Stimme des Mannes war trotz ihrer Tiefe überraschend klar und wohlklingend, befand Johann.
»Was geht's dich an?«, antwortete er und überlegte weiter, woher sie ihm bekannt vorkam.
»Für eine wirklich gute Geschichte würde ich vielleicht ein Bier ausgeben, zumindest ein kleines«, erklärte der Fremde.
Johann legte irritiert die Stirn in Falten und drehte langsam seinen Kopf. Der Fremde ließ ihn gewähren.
Schließlich blickte Johann in ein von großflächigen Brandnarben entstelltes Mondgesicht mit markanten Segelohren. Ein brauner Bart wuchs auf dem wettergegerbten Gesicht büschelweise um die Brandnarben herum, als hätte ein fauler Bauer hier und da ein paar Haufen Samen auf einen Acker geworfen. Ähnlich sah es auf dem kurz geschorenen Haupt des Mannes aus. Doch die dunklen Augen des Mannes blickten wach und klar, fast lauernd, auf Johann.
»Walther!«, rief Johann überrascht und freudig aus. Sein Gegenüber entblößte mit einem breiten Grinsen eine Reihe

schiefer, gelber Zähne und legte den Löffel wieder beiseite, den er ihm in die Seite gebohrt hatte.
»In persona, Gabelschlag, in persona«, bestätigte der Mann und beide schlugen sich freundschaftlich auf die Schulter, bevor sie sich kurz umarmten. Dabei musste sich Johann nach unten beugen; Walther war zwar recht breitschultrig und kräftig gebaut, ging ihm aber gerade einmal bis unter die Kinnspitze.
»Wie lange bist du schon in Hamburg?«, fragte Johann, nachdem sie sich beide an den Tisch gesetzt hatten.
»Erst ein paar *Scheinlinge*, hab schon nach dir *baldobert*.«
»Bleibst du länger?«, wollte Johann wissen.
Sein Gegenüber zuckte die Schultern und hob schicksalsergeben die ebenfalls verbrannten Hände, an denen dazu der linke kleine Finger fehlte.
»Wenn sie mich lassen«, grinste er und trank einen tiefen Schluck, bevor er fortfuhr,
»Ich wollte den Winter hier aussitzen, bevor es weitergeht, nur ob sie mich lassen, ist eben die Frage …«
Johann nickte verstehend. »Hast du schon 'ne *Penne*?«
Der Mann nickte und deutete mit dem Daumen hinter sich. »Der Wirt lässt mich hier auf einer Bank *joschen* und 'ne Schale Eintopf gibt's auch, solange ich abends auftrete und ansonsten etwas für ihn knechten tu«, erklärte er.
Wieder nickte Johann. »Gutes Geschäft, denke ich«, urteilte er und prostete seinem Gegenüber zu.
Walther war es gewohnt, sich durchzuschlagen. Er war ein Bänkelsänger und verdiente seinen Lebensunterhalt damit, sich auf Marktplätzen, Gasthäusern oder wo auch immer sich viele Menschen einfanden auf eine mitgebrachte Bank zu stellen und sein Publikum mit Liedern, Geschichten und Neuigkeiten aus aller Welt zu unterhalten. *Lechemgeiger* oder *Klingenfetzter* hießen sie im Rotwelsch. ›Walther von der Feuerweide‹ nannte er sich selbst spöttisch in Anlehnung an den großen Dichter. Seine Brandmale hatte er angeblich, weil *gartende* Landsknechte ihm des Nachts seinen Hof über dem Kopf angezündet hatten. Eine rührselige

Ballade, die er bei fast jedem Auftritt vortrug. Ob sie stimmte, wusste Johann nicht.
Als Bänkelsänger war man wie eine Herde Schafe, wenn eine Weide abgegrast war, zog man weiter zur nächsten und kam irgendwann wieder zurück, wenn sie nachgewachsen war. Es sei denn, ein bissiger Hund vertrieb einen.
Man brauchte frische Geschichten und Neuigkeiten, hatten alle sie gehört, war es besser weiterzuziehen, wo man sie noch nicht kannte und wo man noch dazu neue sammeln konnte.
Als wohnsitzlose Vaganten waren sie den meisten Ratsherren, Adligen und Amtsträgern zwar ein Dorn im Auge, aber auf der anderen Seite schätzte man die Neuigkeiten und Unterhaltung, die sie mitbrachten. So wurden sie zumindest meist eine ganze Weile toleriert, bis es irgendjemandem zu bunt wurde.
Johann hatte Walther in den Niederlanden kennengelernt und als er wieder nach Hamburg aufgebrochen war, reisten sie den kompletten Weg in die Hansestadt gemeinsam. Er hatte das redegewandte Schlitzohr mit dem zotigen Humor von Anfang an gemocht und auch wenn er nach Johanns Aussage ›grad mal einen halben Kopf größer war als ein sitzendes Schwein‹, war er mit seinem knotigen Wanderstock ein zuverlässiger Mitstreiter, wenn es mal hart auf hart kam.
»Irgendwelche *Kittisch* hier in Hamburg für mich? Hab gesehen, dass sie vor der Stadt bauen.«, suchte Walther nach Rohmaterial für eine Geschichte bei Johann.
Johann nickte.
»Ja, das wird ein großer neuer Wall als Stadtbefestigung. Der Rat hat sich dafür extra diesen Johan van Valckenburgh aus den Niederlanden als Festungsbaumeister geholt. Letztes Jahr haben sie begonnen, als der Dänenkönig seinen Kriegshafen in Glücksstadt errichtet hat. Wird zwar keine Steinmauer, nur Erdwälle und Wassergräben, aber uneinnehmbar soll's trotzdem werden und die Stadt gleich 'ne ganze Ecke größer machen. Scheiße teuer wird's und wenn du nicht aufpasst, drücken sie dir ruck, zuck 'ne *Stupffinchen* zum Graben in die Hand.«

Walther wirkte interessiert. »Will sich Christian IV. Hamburg immer noch unter den Nagel reißen?«, fragte er wissbegierig.
Johann nickte. »Na ja, wenn es nach ihm geht, ist es ja seins, aber das sehen hier alle anders. Hamburg versucht ja auch immer wieder vor der Reichskammer die Reichsunmittelbarkeit zu kriegen, aber ob das den Dänenkönig interessieren würde, weiß man eh nicht.«
»Und sonst? Haben sie einen hingerichtet, dieses Jahr?«
Johann schüttelte den Kopf. »Nein, keinen. Aber ein großes Jubelfest haben sie hier gefeiert dieses Jahr für 100 Jahre protestantisches Zeugs. Aber da musste jemand anderes nach fragen, du weißt ja, ich und die *Dufe* sind nicht so enge.«
Walther kicherte fast kindlich und griff sich an eine Hasenpfote, einen seiner vielen Talismane.
»Aber eins fällt mir noch ein. Obacht, Feuerweide, sie arbeiten daran, dir hier deine *Maloche* wegzunehmen. Der Johann Meyer hat hier letztes Jahr angefangen regelmäßig Neuigkeiten auf Papier zu verbreiten. Glaube ›Wöchentliche Zeitung auß mehrerley Örther‹ nennt er das. Hab aber noch nie eine gesehen, weil die ja so teuer sind, muss ja alles erst geschrieben werden.«
Walther machte eine wegwerfende Handbewegung.
»Sowas drucken sie in Straßburg schon ganz lange und in Frankfurt sollen sie auch schon angefangen haben. Wirklich spannende Sachen sollen aber selten drinstehen. Macht mir keine große *Dange*.«
Johann schaute erstaunt auf. »Drucken? Ehrlich? Ich dachte, das tut man nur mit Bibeln und Büchern …? Wenn das dieser Meyer bei uns hört …! Aber du bist dran, erzähl, was es Neues gibt? Oder muss ich dafür erst 'n Kupper in deinen *Obermann* werfen?«
Walther lachte. »Geht schon so. Das ganze Reich ist unruhig. Die Protestantische Union und die Katholische Liga rasseln beide immer wieder mit Worten und Waffen. Am schlimmsten ist es in Böhmen. Kaiser Matthias hat diesen Juni seinen Cousin Ferdinant an den Ständen vorbei zum König von Böhmen gekrönt. Hat denen nun so gar nicht gefallen. Sind ja alle Protestanten da und

wollen so weit wie möglich weg vom Kaiser sein und da kriegen sie so einen Erzkatholischen vor die Nase. Der Ferdinant hat auch gleich begonnen die Stände da ordentlich einzustutzen und die Protestanten in ihren Rechten zu beschneiden. Gegenreformation nennen die Katholischen das. Ich sag' dir, da brodelts!«

Jetzt war es an Johann, eine wegwerfende Handbewegung zu machen.

»Spannende Geschichte, aber Böhmen … Das ist so weit weg, davon werden wir hier nie nichts mitkriegen.«

»Mag sein«, stimmte Walther bestenfalls halbherzig zu.

»Und brennen hab ich einige gesehen«, fuhr der Bänkelsänger nach einer Pause fort.

»*Finkelmoschen*?«, fragte Johann.

»Hmm, ja, so sagten sie«, murmelte Walther. »In Bamberg solls gerade ganz schlimm sein. Eine nach der anderen stecken sie da gerade an. Und 'n paar Kerle halt auch. Schwer zu glauben, dass da fast alle mit dem Teufel im Bunde stehen sollen. Ein Jammer um all das schöne Weibsvolk, wenn du mich fragst.«

Johann nickte bestätigend. »Bin froh, dass die hier in Hamburg nicht so im Wahn sind«, brummte er.

»Recht so«, bestätigte Walther und reckte sich stöhnend, bevor er aufstand.

»Ich muss langsam mal meinen Eintopf verdienen«, erklärte er, strich sich die abenteuerlich bunte Kleidung glatt und setzte den Filzhut mit den Federn, Trockenblumen und sogar Spielkarten auf seinen Kopf. Auffallen um jeden Preis, galt es für die Mitglieder seiner Zunft, wenn man ordentlich Kasse machen wollte. Sogar eine ergraute, mottenzerfressene Halskrause legte er sich noch um. Oft wuchs diese kuriose Zusammenstellung von ganz allein, da mancher Graf, Kaufmann oder Großbauer die Dienste des reisenden Sängers statt mit barer Münze mit abgetragenen Kleidern entlohnte.

Diese verstießen damit zwar oft gegen die geltenden Kleidervorschriften, wenn sie löchrige Samtswämse, Halskrausen oder rote Kappen trugen, aber ähnlich wie bei Hofnarren sah die Administration in solchen Fällen gerne einmal darüber hinweg. So klemmte sich Walther seine kurze Bank und sein Tamburin unter den Arm und schritt zur Tat. Für ihn und Johann sollte es ein langer Abend werden.

Kapitel 8: Keine Kleider, die man wegwirft

2. Dezember 1617, Samstag

Johanns schwere Nagelstiefel stapften die Stufen zu St. Jakobi hinauf, bis er die zusammengekauerte Gestalt erreicht hatte, die unter dem Torbogen Schutz vor dem kalten Nieselregen gesucht hatte.

»Tag, Gerlin, wie laufen die *Massematten*?«, begrüßte er die Frau.

Die Bettlerin gab ein wenig zufriedenes Geräusch von sich und legte missgelaunt den Strumpf beiseite, den sie gerade stopfte.

»Ging schon besser, Gabelschlag.«

Der Veteran hielt ihr ein Bündel aus Stoff hin. »Müsste mal geflickt werden, mach mir einen guten Preis.«

Gerlin schob ihre Augenbinde nach oben und begutachtete das altersschwache Hemd. Dann sah sie Johann mit einer hochgezogenen Augenbraue an.

»Der feine Pinkel hat zwei Hemden?«, fragte sie spöttisch.

Johann rollte mit den Augen. »Mach mir einfach einen guten Preis, ja, Gerlin?«

Die Bettlerin nickte mit einer ungesunden Mischung aus Lachen und Husten und verstaute das Kleidungsstück.

»Ist übrigens gut, dass du kommst, ich hab *Kittisch* für dich«, nuschelte sie zwischen ihren fehlenden Zähnen hindurch.

»Ich wurde in den Rat berufen, weil es da jetzt nicht mehr nach Herkunft und Moos, sondern nach Schönheit geht?«, fragte er sarkastisch und spuckte aus.

Gerlin lachte wieder hustend.

»*Lahne*, das nicht. Kennst du die Agnes Schneider, die irre Lumpenkönigin?«

Johann nickte. »Wer nicht?«

»Ich tu manchmal Flicken von der Agnes *köngen*. Sie hat wohl gehört, dass du nach der Klara suchst, und mir gesagt, sie wüsste da was, das dich interessieren könnte.«

»Und? Hat sie gesagt, was?«

Gerlin schüttelte den Kopf. »*Lahne*, nur dass sie was weiß.«

Der Veteran rollte mit den Augen. »Hättest du sie nicht *laschoren* können, herrje?«
»Die alte Vettel ist verrückter als 'ne kranke Scheißhausratte. War schon schwierig genug überhaupt zu *vorometen*, was sie da will«, beschwerte sich die Bettlerin wild gestikulierend.
»Ist ja schon gut, Gerlin. Meinst du, sie weiß wirklich was?«
Die Bettlerin zuckte die Schulter. »Wer kann das schon mit Sicherheit sagen. Aber eigentlich ist sie zu schwachsinnig im Kopf, um sich was auszudenken.«
Johann wusste nicht so recht, was er davon halten sollte. Eigentlich hatte er die Sache mit Klara schon abgeschlossen.
»Weißt du, wo ich sie *bestieben* kann?«, fragte er schließlich.
»So ungefähr, haust irgendwo in 'ner üblen Mietskaserne direkt hier neben Jakobi«, erklärte die Bettlerin, während sie mit einer Hand in einer diffusen Richtung in der Luft rumfummelte.
»Musst du dich mal durchfragen bei denen da.«, erklärte Gerlin, während sie auf eine Gruppe Bettler deutete.
»Krieg ich schon hin, danke, Gerlin.«
»Was heißt hier danke? Danke gefälligst hier rein!«
Ungehalten hielt die Bettlerin ihm ihre Holzschale entgegen.
Johann seufzte und warf ihre eine Münze in die Schale.
»Den Rest gibt's mit dem *Moos* fürs Flicken, wenn die Nachricht von der Agnes was wert war.«, stoppte Johann die Bettlerin, die gerade Protest ob der Höhe ihrer Entlohnung einlegen wollte.
»Hmm, na gut«, brummte sie schließlich.
»Aber besser du gehst erst heute Abend hin, tagsüber zieht sie ja immer durch die Stadt und sammelt ihr Zeug. Und ich würd was zu essen mitbringen, das macht sie gesprächiger, wenn du sie *bekaspern* willst. Da würd ich übrigens auch nicht Nein sagen.«
»Pah, sonst noch was?«, entrüstete sich Johann und verabschiedete sich knapp von der Bettlerin.

Gen Abend stand Johann vor der Mietskaserne, zu der er sich durchgefragt hatte. Grundsätzlich eine schäbige, mehrgeschossige Absteige wie die, in der sich auch seine Kammer befand. Nur dass

dieses Gebäude noch heruntergekommener und baufälliger aussah. Dazu waren die schmalen Twieten links und rechts des Hauses gänzlich mit abenteuerlich aussehenden, hölzernen Behausungen zugebaut, die sich sogar mehrgeschossig in die Höhe erstreckten.
Nach dem, was er gehört hatte, sollte selbst der Hinterhof des Gebäudes auf diese Weise bebaut worden sein.
Es erinnerte ein wenig an ein Hornissennest, das mit allen erhältlichen Abfällen und Schutt der Umgebung immer wieder um eine Kammer erweitert wurde und dabei auf wunderliche Weise den Gesetzen der Physik zu trotzen schien. Ob dies mit Billigung oder gar auf Veranlassung des eigentlichen Hausbesitzers geschah oder ob dieser bei seinem Kampf gegen die wilden Bauerweiterungen einfach nur resigniert hatte, war schwer zu sagen.
Vermutlich war es einfach nur ein Weg, um noch ein paar Münzen mehr aus einigen armen Schluckern pressen zu können. Dabei waren die Preise für derlei Unterkünfte oftmals recht hoch. Die Bewohner hatten weder Sicherheiten zu bieten noch sonderliche Alternativen. Erst recht galt das für auswärtige Bettler, deren Unterbringung eigentlich sogar strafbar war.
Johann lehnte nun schon eine ganze Weile an der Hauswand und beobachtete den Eingang, aber bisher hatte er Agnes Schneider nicht hineinschlüpfen sehen. Aber so unübersichtlich das Gebäude ausgebaut war, konnte es auch noch gut ein halbes Dutzend weiterer Eingänge haben, die er nicht sah.
Wie üblich in dieser Jahreszeit war es schon dunkel und eigentlich hätte er erwartet, dass die Lumpensammlerin bereits heimgekehrt wäre. Vielleicht lieferte sie ja ihre Ware noch ab. Lumpensammeln war ein anstrengendes Geschäft, was sich kaum von der Bettelei unterschied. Die Lumpensammler wanderten von Haustür zu Haustür und bettelten nach abgetragenen Kleidungsstücken, sonstigen Stoffen oder auch nach einer milden Gabe. Gegebenenfalls suchten sie auch im Abfall danach oder trieben andere Quellen auf.

Ihr Rohmaterial lieferten sie zumeist an Papiermühlen, wo die Fasern gewaschen, eingeweicht und zu Papier weiterverarbeitet wurden. Einige von ihnen verdingten sich dort auch selbst als Wäscher oder für andere Arbeiten.
Die Arbeit mit den dreckigen Lumpen war nicht nur knochenhart, sondern auch gefährlich. Nicht selten wohnten noch ansteckende Krankheiten in der abgetragenen Leibwäsche und den Betttüchern. Es dauerte meist nicht lange, bis die Krätze, der Gallenbrechdurchfall oder gar Milzbrand die oft schwachen Körper befiel. Umso erstaunlicher war es, dass die alte Agnes seit einer gefühlten Ewigkeit schon die abgetragenen Tücher in ihre Kiepe warf.
Schließlich entschied Johann, dass er nicht mehr warten wollte, und machte sich auf zum Eingang des schäbigen Gebäudes. Er würde sich jemanden suchen müssen, der ihn zu Agnes' Kammer führt. Von alleine konnte er unmöglich ihre Schlafstätte in diesem stinkenden Ameisenhaufen finden, wenn sie denn überhaupt eine feste Kammer hatte und nich einfach in einer Ecke oder einem Gang schlief.
Johann öffnete die klapprige Tür und trat in den dahinterliegenden Raum. Augenblicklich umfing ihn ein übelriechender Dunst aus Urin, altem Stroh und menschlichen Ausdünstungen, der dem seiner Herberge deutlich überlegen war. Ein eher zweifelhafter Sieg, wie er fand.
Er sah sich im Halbdunkel um und versuchte sich zu orientieren. Bereits dieser kleine Eingangsraum schien bewohnt zu sein. In einer Ecke kauerten zwei zerlumpte Gestalten und spielten im Licht eines funzelnden Kienspans Würfel. Eine weitere Gestalt hatte sich eng an eine Wand gepresst und schlief dort laut schnarchend. Überall hörte er dumpfe Geräusche durch die Holzwände und Decken dringen.
Hier hausten die Verlierer von denen, die es ohnehin nicht geschafft hatten.
Instinktiv überprüften Johanns Hände den Sitz seines Belegnagels und des Messers. Nicht wenigen hier würde sein Leben weniger

wert sein als die genagelten Stiefel an seinen Füßen oder das abgewetzte Lederkoller, das er trug. In dieser Gesellschaft gehörte selbst er zu den Wohlhabenden und er wusste nicht, ob ihm das nun ein gutes oder eher schlechtes Gefühl geben sollte.
Johann fischte den mitgebrachten Kienspan aus der Tasche und gesellte sich zu den beiden Würfelspielern.
»'Nabend, kennt einer von euch die Agnes Schneider, die irre Lumpenkönigin?«, fragte er die beiden Spieler und entzündete währenddessen sein Holz an ihrem Span.
»Wer soll das sein?«, fragte einer der beiden Spieler lallend und eine saure Wolke aus Alkoholdunst stieg von ihm auf.
»Llläscht du wasch schpringen, wenn isch die kenn?«, lallte nun der andere.
Johann winkte ab und überließ die beiden wieder ihrem Spiel, bei ihnen würde er nicht fündig werden.
Mit vorsichtigen Schritten ging er den Eingangsraum ab, von dem drei weitere Gänge und eine Treppe in den oberen Stock abzweigten.
Er entschied sich für einen der Gänge und ging langsam hinein, während er behutsam die Flamme des blakenden Kienspans mit der Hand abschirmte.
Nach wenigen Schritten erhob sich schwer atmend eine kleine Gestalt, die an der Gangwand gekauert hatte. Ein Mädchen, vermutete Johann. Sie sah ihn ob der unerwarteten Helligkeit aus zusammengekniffenen Augen an und hustete erbärmlich. Er fühlte sich an ein Nachttier erinnert, das er mit einer Lampe aufgeschreckt hatte.
Als sie die Gestalt Johanns ausgemacht hatte, legte sie fragend den Kopf schief und öffnete einladend das schmutzige Tuch, das sie sich um den Oberkörper geschlungen hatte. Darunter war ihr Oberkörper nackt.
Johann schätzte sie auf fünfzehn oder sechzehn Sommer, aber sicher konnte er das bei ihrem abgemagerten Zustand nicht sagen. Ihre Rippen traten so deutlich hervor wie die Gräten eines verzehrten Kabeljaus. Ihr vermutlich blondes Haar hing strähnig

an ihrem Kopf hinab und die Augen lagen so tief in den düsteren Höhlen, dass er kaum erkennen konnte, ob sie geöffnet oder geschlossen waren. Kalter Fieberschweiß glänzte ungesund auf ihrer Stirn.

Wieder hustete das Mädchen und wischte sich danach zittrig die Hand am Rock ab. Sie versuchte sich an einem verführerischen Lächeln, doch es geriet eher zu einer unheimlichen Grimasse und Johann erkannte das geronnene Blut, das sich dunkel zwischen ihren Zähnen und in den Mundwinkeln abgelagert hatte. Er war kein Bader, aber sie hatte offensichtlich die Schwindsucht und würde es bald hinter sich haben.

Man sagte, das ausgehustete Blut könnte die Krankheit übertragen, also blieb er besser etwas auf Abstand.

»Ich hab eine Kammer hier, meine Mutter lässt uns auch allein …«, versuchte sie ihn mit pfeifendem und rasselndem Atem zu verführen und griff sich an die kaum vorhandene Brust.

»Lass gut sein, Kind. Aber kennst du die Agnes Schneider?«

»Die irre Lumpensammlerin?«, fragte sie und sog pfeifend die Luft ein.

»Ja, weißt du, wo sie ihre Kammer hat?«

Wieder hustete das Mädchen und wischte sich die Hand am Rock ab.

Zittrig steckte sie ihm dann die Handfläche entgegen.

»Du musst mir was geben«, verlangte sie.

Johann nickt und legte einen Pfennig hinein.

»Du kriegst noch mehr, wenn du mich zu ihr gebracht hast«, versprach er.

Das Mädchen ließ die Münze in ihrem Rock verschwinden und schlang das schäbige Tuch wieder um sich.

»Komm!«, sagte sie knapp und Johann folgte ihren unsicheren Schritten. Nach einigen Abzweigungen erreichten sie eine steile Stiege und seine Führerin musste auf jeder Stufe zunächst schwer atmend eine Pause einlegen und bekam oben angekommen wieder einen besorgniserregenden Hustenanfall.

Sie musste sich noch eine Weile an die Wand lehnen, bevor sie ihn weiter durch die Gänge führte. Er versuchte sich den Weg zu merken, den sie mit ihm ging, und achtete akribisch darauf, dass ihm nicht die Flamme erlosch.
Sie passierten eine Nische, die nur halbherzig mit etwas Sackleinen vom Gang abgetrennt war. Im Schein des Lichts sah Johann einen Mann zittrig auf dem Boden liegen. Sein Bein war weit oberhalb des Knies abgenommen worden und er roch bis hier den üblen Geruch, den das brandige Fleisch ausströmte.
Erinnerungen an die Feldlazarette kamen in Johann hoch. Oftmals entzündeten sich die Schussverletzungen. Amputation durch den Feldscher war dann das erste und eigentlich auch einzige Mittel. Danach galt nur noch zu hoffen, dass sich die Entzündung noch nicht zu weit reingefressen hatte oder sich das abgenommene Glied neu entzündete. Dann half nur erneut die Säge anzusetzen.
Wenn nur noch so wenig davon übrig war wie bei diesem armen Teufel, bestand hingegen nicht mehr viel Hoffnung, das hatte Johann schon zur Genüge gesehen.
Er schluckte bitter. Alles, was zwischen ihm und einem solchen Schicksal lag, war ein Husten, der nicht recht verheilen wollte, oder eine rutschige Stiege, auf der man einen falschen Schritt machte. Aber bisher hatte er dem Teufel immer noch ein Schnippchen schlagen können.
Das Husten seiner Führerin riss ihn wieder aus seinen Gedanken und er wandte sich von dem Mann ab.
Erneut gingen sie um eine Ecke und er war sich nicht sicher, ob die Maueröffnung, durch die sie eben gestiegen waren, nicht eigentlich ein Fenster war und er sich mittlerweile auf der Außenseite des Hauses befand.
Das Mädchen deutete auf eine hüfthohe Öffnung in der Holzwand, die durch einen Vorhang verhangen war.
»Das ist Agnes' Kammer?«, fragte Johann und das Mädchen nickte und streckte erneut die Hand aus.
Johann klopfte an den Holzrahmen.

»Agnes Schneider?«, rief er in den Vorhang hinein, aber es kam keine Antwort.
Das Mädchen zupfte ihn hustend am Ärmel und hielt ihm wieder ihre Hand hin.
»Du hast es versprochen!«, erinnerte sie ihn und ihr Atem rasselte wie das Tamburin von Walther am gestrigen Abend.
Johann seufzte.
»Ich schaue erst mal rein, aber ich halt mein Wort«, erklärte er und steckte den Kopf durch den Vorhang. Drinnen umfing ihn augenblicklich ein so beißender Geruch nach altem Urin und Schmutz, dass es selbst ihm den Atem verschlug.
Instinktiv legte er die behandschuhte Hand vor das Gesicht und atmete nur noch flach, bevor er durch den niedrigen Durchlass ging oder vielmehr kroch.
»Agnes Schneider?«, rief er erneut in der kleinen Kammer, während er sich umsah. Aber sie schien tatsächlich nicht hier zu sein. In einer Ecke stapelten sich einige Lumpen am Boden, in einer anderen stand eine leere Kiepe und eine grobe Holzkiste lag umgedreht auf dem Boden. Vermutlich war sie Stuhl und Tisch zugleich. Johann fröstelte. Ob der Kälte in der Kammer oder dem Gefühl von Armut und Tod, das in der Luft lag, konnte er nicht sagen.
Er überlegte, ob er später noch einmal wiederkehren oder hier vor der Kammer warten sollte. Zumindest sollte er seine Führerin entlohnen, denn er vermutete, dass sie ihn tatsächlich zu Agnes gebracht hatte. Er beugte sich wieder zum Ausgang, als etwas blitzschnell aus dem Lumpenhaufen hervorschoss und nach seinem Stiefel griff.
Mit einem erschrockenen Aufschrei riss er sich los und taumelte einen halben Schritt zurück, bis er an die Wand stieß.
Seine freie Hand riss das Messer aus der Scheide und mit pochendem Herzen schaute er auf den Lumpenhaufen, in den unerwartet Bewegung gekommen war. Unter meckerndem Lachen schälte sich eine alte Vettel aus den Tüchern empor. Mit ihren schmutzigen, verfilzten Haaren und ihrer eigenen

verdreckten Kleidung war sie in ihrem ›Nest‹ aus dreckigem Stoff nicht zu erkennen gewesen.
Anklagend deutete sie mit ihrem spindeldürren Finger auf ihn. Die Augen weit aufgerissen, der Mund, in dem sich einige dunkle Zahnstümpfe befanden, öffnete und schloss sich nervös, doch ohne dass sich ein Ton aus ihm verirrt hätte. Johann schluckte und versuchte seinen Atem wieder zu beruhigen.
»Agnes Schneider?«, fragte er, obwohl er sich eigentlich trotz des Dämmerlichts sicher war, sie erkannt zu haben. Statt zu antworten, fauchte sie ihn an wie ein wütendes Tier.
Gute Güte, das Weib blickte wie ein Dämon aus den Niederhöllen, dachte er.
Dann machte er sich klar, dass er einfach in ihre Kammer eingedrungen war und noch dazu ein Messer in der Hand hielt. Hastig steckte er die Klinge wieder weg.
»Die Flicken-Gerlin schickt mich, ich bin Johann Gabelschlag«, versuchte er sich an einer Erklärung.
»Und was will Johann Gabelschlag von mir?«, fragte sie lauernd nach einer längeren Pause. Ihre Stimme klang, als würde man mürben Stoff zerreißen und dabei zwei raue Steine aneinanderreiben. Aber Johann hatte den Eindruck, als hätte sich ihre Haltung schon ein klein wenig entspannt.
Er räusperte sich.
»Die Gerlin sagte, du hättest Neuigkeiten für mich, wegen der Klara.«
Jetzt lachte die Vettel meckernd. »Sagt das die Gerlin?«, kicherte sie.
Johann seufzte, dass könnte anstrengend werden. Er holte das kleine Schwarzbrot aus der Tasche und brach es in zwei Hälften. Eine hielt er der Frau hin.
»Du kriegst die zweite Hälfte, wenn du mir erzählt hast, was du weißt, und wenn es gut ist, gebe ich dir noch ein paar Pfennige obendrauf.«
Gierig riss ihm die Lumpensammlerin das Brot aus der Hand und setzte sich damit auf ihr Nest. Versonnen nagte sie mit ihren

verbliebenen Zähnen an dem Laib und sah immer wieder misstrauisch zu ihm hinauf.
Johann gab ihr Zeit und übte sich in Geduld, auch wenn er ihre Kammer und das ganze Gebäude lieber früher als später wieder verlassen wollte.
»Was weißt du jetzt über die Klara?«, fragte er schließlich, als er das Gefühl hatte, die Bettlerin würde von alleine nicht mehr anfangen zu reden.
Schmatzend kaute und schluckte sie.
»Klara, der kleine Spatz von draußen, Seidenhaar und weiße Zähne, aber Brüste wie ein Huhn«, kicherte sie und fuhr sich obszön über das eigene schmutzige Hemd.
»Jaja, ich weiß, aber was weißt du nun von ihr?«, fragte Johann ungeduldig.
»Gebadet hat sie im Fleet, da haben die Fleetenkieker ihr hochgeholfen und mir geschenkt«, erklärte sie und grinste breit.
»Du redest wirr, erkläre dich!«, knurrte Johann mit zunehmend schwindender Geduld.
»Jetzt liegt sie hier bei mir, ganz eng. Aber vielleicht geb ich sie bald weg in die Mühle«, kicherte sie hämisch.
»Verflucht nochmal, rede klar mit mir, wirres Weib«, fluchte Johann und machte ärgerlich einen Schritt auf die Bettlerin zu.
Diese schrie erschrocken auf, als hätte er sie mit einer geladenen Muskete bedroht.
»Ist ja gut, Alte«, knurrte er, woraufhin sie wieder kicherte.
Dann griff sie in den Haufen aus Lumpen und hielt ihm eine Handvoll dreckige Kleidung entgegen.
»Hier ist sie doch, deine Klara«, erklärte sie schmatzend und mit einer Inbrunst, als würde sie ihm einen Sack voll Goldtaler hinhalten.
Johann seufzte. Sackgasse. Das Weib war einfach nur verwirrt.
Enttäuscht schüttelte er den Kopf und machte Anstalten, die Kammer wieder zu verlassen. Dann stockte er und starrte auf die Handvoll Zeug, die Agnes ihm entgegenhielt.
»Hat er jetzt Augen im Kopf, der Gabelschlag?«, kicherte sie.

Angespannt trat Johann wieder einen Schritt näher und besah sich die Kleider genauer. Es war ein abgetragenes Webtuch aus heller und grauer Wolle, wie Klara es getragen hatte, und ein einfaches Frauenhemd.

Johann schluckte.

»Sind das Klaras Kleider?«, fragte er mit belegter Stimme.

Agnes nickte so heftig, dass er Sorge hatte, ihr morsches Genick würde gleich brechen.

»Agnes hat ein Auge dafür, das sind die Gewänder unseres kleinen Spatzes«, flüsterte sie nun im Verschwörerton.

»Und wo ist sie selbst?«

Die Bettlerin zuckte die Schultern und machte ein schicksalergebenes Seufzen.

»Das weiß nur der Herrgott«, befand sie. Dann breitete sie das schwere Tuch aus. Ein großer brauner Fleck bedeckte fast ein Drittel des Stoffs.

»Aber so viel Blut gibt's sonst nur, wenn man ein Schwein absticht«, feixte sie und lachte dann schallend, sodass Brotkrümel und Speichel aus ihrem Mund auf Johanns Gesicht sprühten. Angewidert wischte er sich mit dem Ärmel die Ladung aus dem Gesicht.

Aber die Vettel hatte recht, es sah nach Blut aus, viel davon.

»Du sagst, die Fleetenkieker haben es gefunden?«

Agnes nickte wieder heftig.

Johann grübelte. Ganz Hamburg war von einem Netz aus Wasserstraßen durchzogen, den Fleeten. Sie wurden von Elbe und Alster gespeist und dienten dem Warentransport, der Abfallentsorgung, speisten Werkstätten, wie die der Gerber und Färber, und lieferten Trink- und Waschwasser.

Die Fleete hatten für die Stadt eine so wichtige wirtschaftliche Bedeutung, dass eine eigene Dürpekommission für die Sicherstellung einer ausreichenden Wassertiefe zuständig war. Was in der Praxis bedeutete, dass die sogenannten Fleetenkieker Müll, Schlamm, Schlick und Unrat aus den Kanälen befördern mussten.

»Wo haben sie die Sachen gefunden?«, fragte Johann nachdenklich.
»In Jakobi, weiß nicht wo genau, aber das Wasser geht seine eigenen Wege«, antwortete die Bettlerin und zeigte mit ihrem knotigen Zeigefinger auf die zweite Hälfte des Brotlaibs.
Johann dachte kurz nach, während er ihr abwesend den zweiten Laib aushändigte.
Agnes hatte recht. Die Kleider konnten überall ins Wasser geraten sein. Regen und Tide der Elbe beeinflussten die Strömung, der Fundort hatte wenig zu sagen.
»Weißt du, wie die Fleetenkieker heißen, von denen du die Kleidung hast?«, versuchte er es.
Agnes schüttelte den Kopf. Johann hatte auch nichts anderes erwartet. Fleetenkieker war keine sonderlich beliebte Arbeit. Nicht selten wurden Tagelöhner zur Verstärkung geholt, oder man griff sogar auf Auswärtige oder Strafarbeiter zurück.
Johann hielt ihr einige Münzen entgegen.
»Hier, aber dafür nehme ich das Tuch mit«, erklärte er.
Sie willigte ein oder zumindest leistete sie keinen Widerstand, als er die Münzen auf den Kasten legte und dafür das Tuch unter seinen Gürtel klemmte.
»Gute Nacht«, murmelte er eine Verabschiedung und beugte sich wieder zum Ausgang hinunter, als ihre knisternde Stimme wieder aus der Ecke ertönte.
»Es sind meist Verschiedene«, erklärte sie beiläufig.
Johann hielt inne. »Was sind Verschiedene?«, fragte er verständnislos, immer noch zum Ausgang hinuntergebeugt.
»Immer verschiedene Fleetenkieker, von denen ich die Kleider bekomme«, entgegnete sie ihm und nagte wieder am Schwarzbrot.
Johann richtete sich wieder auf.
»Aha. Und was soll mir das sagen?«
Agnes sah ihn an und stand dann langsam auf. Behäbig machte sie einen Schritt auf ihn zu, bis sie ganz dicht bei ihm stand.
»Gute Kleider, keine, die man wegwirft, Kleider wie die hier, Kleider, die man schon einmal gesehen hat«, flüsterte sie ängstlich

und ihre Augen waren so weit aufgerissen wie die eines Nachtvogels. Johann schauderte ob ihres Blickes.
»Du meinst, es wurden häufiger noch gute Kleider in den Fleeten gefunden?«
Agnes hauchte ihm ein »Ja« entgegen und Johann entwickelte langsam ein äußerst merkwürdiges Gefühl in seinem Bauch.
»Weißt du, wessen Kleider?«
Agnes leckte sich nervös die Lippen.
»Du musst bei denen fragen, die keiner vermisst«, flüsterte sie.
Johann fragte sich, was das bedeuten sollte. Bettler? Huren? Verbrecher? Juden?
»Wen meinst du, Agnes?«, drängte er sie, doch sie sah ihn nur mit weit aufgerissenen Augen an.
»Seit wann findest du die guten Kleider?«, wollte er von ihr wissen.
Nun kam sie noch näher, bis sie ihren dürren Leib fest an ihn gepresst hatte, und griff ihm an den Kragen. Er widerstand dem Impuls, den stinkenden Körper von sich zu stoßen, und wiederholte stattdessen mit mehr Eindringlichkeit seine Frage.
»Seit der schwarze Mann, der uns hasst, in der Stadt ist«, zischte sie ängstlich.
»Was für ein schwarzer Mann?«, fragte Johann verständnislos und schob die erregte Agnes nun doch eine Armlänge beiseite.
»Geh, Gabelschlag, geh, sonst holt er noch die arme Agnes!«, rief sie ängstlich.
»Geh, gehen sollst du!«, schrie sie plötzlich aufgebracht und warf mit einigen stinkenden Lumpen aus dem Haufen nach ihm.
»Ist ja gut, verrückte Vettel«, knurrte Johann und schlüpfte schnell durch den Vorhang nach draußen. Hier war nichts mehr für ihn zu holen.
Als er sich durch den zerschlissenen Vorhang in den Gang beugte, stellten sich jedoch seine Nackenhaare auf. Etwas stimmte nicht. Der Gang müsste dunkel sein, bis auf seine Kienspanfunzel. Sein Kopf ruckte nach oben und er sah die Gestalt, oder besser die Gestalten, die in dem engen Gang standen. Der vordere Schatten hatte die Hände erhoben und instinktiv zuckte Johann zurück in

die Kammer der Lumpensammlerin. Wo eben noch sein Kopf gewesen war, krachte ein Kantholz auf den Boden. Wäre der Angreifer nicht so zögerlich gewesen, wäre es vielleicht um ihn geschehen gewesen.

Hastig ließ er den Kienspan fallen, der bei der plötzlichen Bewegung ohnehin erloschen war, und griff nach seinem Messer und dem Belegnagel. In der Kammer war es nun fast vollständig dunkel, nur ein kaum wahrnehmbarer Lichthauch drang vom Gang durch den Vorhang. Noch bevor er seine Waffen ganz in den Händen hatte, bemerkte er, wie der Vorhang sich öffnete, oder vielmehr ahnte er es in der Dunkelheit.

Wuchtig trat er mit seinem Nagelstiefel in die Richtung und traf auf Widerstand. Ein dumpfer Aufschlag und ein schmerzerfüllter Schrei schallte aus dem Gang. Er musste den Eindringling sauber im Gesicht getroffen haben, vermutete er.

»Du sollst verschwinden, Gabelschlag«, keifte Agnes irgendwo panisch in der Dunkelheit. Er spürte ihre Hände nach ihm greifen und ihm blieb nichts anderes übrig, als sie derb von sich zu stoßen, denn gleichzeitig glaubte er wieder einen neuen Eindringling vom Gang auszumachen.

Während Agnes schrie, als wären die Niederhöllen über sie hereingebrochen, trat er wieder in die Richtung, wo er den Angreifer vermutete. Diesmal hatte er weniger Glück. Er streifte zwar etwas und hörte ein Fluchen, aber der wuchtige Tritt ging weitgehend daneben und endete mit dem Schienbein schmerzhaft an der oberen Kante des Durchgangs. Der Veteran fluchte, während er das Gleichgewicht verlor und rittlings auf den Boden fiel.

Etwas schlug neben seinem Kopf auf den Boden und ein heftiger Schmerz breitete sich in seiner linken Schulter und im Oberarm aus. Vermutlich hatte der Eindringling mit einem Knüppel oder einer Keule nach ihm geschlagen und glücklicherweise den Kopf verfehlt. Er konnte aber unmöglich bereits ganz durch den Durchgang gekrochen sein, also trat Johann wie besessen mit

seinen Absätzen nach seinem Gegner. Er traf auch mehrfach und trieb seinen Widersacher zurück in den Gang.
Er ruckte nach vorn, schnitt und stach mit dem Messer wütend in die Richtung, während Agnes weiter wie am Spieß schrie. Ein Widerstand und ein Aufschrei zeigten Johann einen Treffer mit der Klinge an. Kreischend und wimmernd verschwand die Gestalt wieder gänzlich in den Gang und Johann sprang auf die Beine. Diese verfluchte Kammer war eine Todesfalle, wenn er sich nicht schnell etwas einfallen ließ. Seine Gegner kamen zwar nicht ohne blutige Nase herein, aber er auch nicht heraus und sie schienen entschlossen, es weiter zu versuchen.
Sein linker Arm, in dem er den Belegnagel hielt, schmerzte zwar, fühlte sich aber gleichzeitig dumpf und taub an. Er konnte ihn noch bewegen, aber sonderlich effektiv war er nicht mehr, stellte er fest, als sich die keifende Lumpensammlerin an ihm festkrallte und übelste Verwünschungen schrie. Gerade wollte er sie wieder beiseitestoßen, da biss ihn das irre Weib in den linken Unterarm. Glücklicherweise dämpfte sein dickes Hemd den Biss, dennoch trieb es ihm das Wasser in die Augen. Wütend schlug er mit der Messerhand in die Richtung und traf mit den Handknöcheln etwas Hartes, vermutlich ihre Stirn. Sie rutschte daraufhin zwar ab, hatte sich aber wie ein Terrier an seinem Hemd verbissen und hing ihm weiter am Unterarm.
Wieder bemerkte er eine Bewegung am Vorhang und verscheuchte einen Eindringling mit zwei hastigen Tritten. Lange würde er das nicht mehr durchhalten.
Dann kam ihm eine verrückte Idee. Er wusste nicht, ob er Erfolg haben könnte, aber ein Versuch war's wert. Wenn er richtig vermutete, befand er sich in einer Kammer außerhalb des eigentlichen Gebäudes. Mit der erstickt schreienden Bettlerin am Hemdsärmel drehte er sich um die eigene Achse und trat wuchtig gegen die Holzwand. Die ganze Kammer erzitterte. Sofort trat er erneut zu und glaubte ein Knacken zu vernehmen.
Hinter sich hörte er Rufe und entschied sich zu einer wenig ehrenvollen Tat und schleuderte die kreischende

Lumpensammlerin in Richtung des Durchgangs. Mit ihr am Arm hätte ihm sonst bald seine letzte Stunde geschlagen.
Mit aller Wucht sprang er erneut gegen die Wand und hatte Erfolg. Die morschen Bretter gaben nach, zusammen mit der halben Holzwand sprang er in die kalte Abendluft. Zum Glück waren die Stockwerke niedrig, eine gute Mannslänge sprang er nach unten, bevor er mit Brettern und Holzsplittern auf dem durchweichten Boden landete. Mehrere Gaffer hatten mittlerweile den Lärm vernommen und starrten jetzt neugierig auf Johann, der hastig wieder seine Waffen wegsteckte.
Leicht schwankend setzte er seinen Hut auf und machte sich schnell daran, in eine dunkle Seitengasse zu verschwinden. Er glaubte zwar nicht, dass seine Angreifer ihn verfolgen würden, aber vielleicht würden die Röper bald erscheinen und es war besser, nicht in eine solche Sache verwickelt zu werden.
Nachdem er zügig mehrere Haken durch die Twieten und Gassen geschlagen hatte, lehnte er sich an eine Hauswand und atmete tief durch.
Stöhnend griff er sich an den linken Oberarm, der heftig pochte. Er spürte, dass sein Hemd dort aufgerissen war und es sich feucht und klebrig anfühlte. Im schmalen Lichtschein, der durch eine Fensterlade leuchtete, sah er, dass seine Hand, die er auf den Arm gelegt hatte, dunkelrot war. Er presste einen Fluch durch die Zähne. Vermutlich waren Nägel oder Nieten in der Keule gewesen, die ihn getroffen hatte. Er würde sich die Sache in seiner Kammer ansehen und ein wenig Verbandsmaterial und Branntwein hatte er auch noch in seiner Kiste, das brachte seine Arbeit für den Juden-Jakob so manchmal mit sich. Er hoffte, dass es nicht genäht werden musste oder dass gar was gebrochen war, denn für den Bader würde er ordentlich in die Tasche greifen müssen.
Leise vor sich hin schimpfend nahm er sein Halstuch ab und band es fest um seinen Arm, bevor er seinen Weg wieder aufnahm. Grübelnd schritt er durch die Dunkelheit und blickte auf das Tuch in seinem Gürtel hinunter. Er würde Magda Böttcher nochmal

fragen, aber er glaubte schon, es bei Klara gesehen zu haben. Und wenn es ihres war, dann hieß das vermutlich, dass sie es hinter sich hatte. Der Gedanke versetzte Johann einen unangenehmen Stich in der Magengegend, auch wenn er das nicht wahrhaben wollte. Missmutig trat er einen Stein beiseite und bog in eine andere Gasse ab.

Hatte der Angriff was Bestimmtes zu bedeuten gehabt? Vielleicht hatten seine Fragen in den letzten Tagen Staub aufgewirbelt. Auf der anderen Seite mangelte es in den Kasernen aber auch nicht an Halsabschneidern, die auf der Suche nach lohnender Beute waren. Vielleicht hatten die Würfelspieler aus dem Flur die Bande auf seine Fährte gesetzt oder waren sogar selbst dabei gewesen. Vielleicht hatte auch seine schwindsüchtige Führerin geglaubt, er wollte sie um ihren Lohn prellen, und ihn ans Messer geliefert. Vermutlich würde er es nie in Erfahrung bringen.

Wenn es stimmte, was die irre Lumpensammlerin ihm erzählt hatte, waren in der letzten Zeit vermutlich mehrere Menschen verschwunden. Was hatte die Schwachsinnige gesagt? Seit der schwarze Mann, der uns hasst, in der Stadt ist?

Bei der Lumpenkönigin würde er sich zumindest erst einmal nicht für weitere Fragen blicken lassen können. Auch Gerlin würde vermutlich nicht erfreut sein, dass er auf ihre Vermittlung hin die Kammer der Bettlerin in Kleinholz zerlegt hatte.

Johann massierte sich die Nasenwurzel. Es war besser, morgen darüber nachzudenken. Das Pochen in seiner Schulter gab ihm recht.

Kapitel 9: Eigentlich ein leinwander Kerl

3. Dezember 1617, Sonntag

Erst am späten Nachmittag hatte sich Johann wieder aufgemacht seine Kammer zu verlassen. Er fühlte sich, als wäre eine Schwadron Dragoner über ihn geritten. Seinen Arm, der von der Keule getroffen worden war, hatte er in eine Schlinge aus einem alten Tuch gehängt. Er glaubte zwar, dass nichts gebrochen war, dennoch tat jede Bewegung aufs Übelste weh.

Und der Gang, den er jetzt vor sich hatte, würde vermutlich nicht weniger schmerzhaft sein, wenn auch auf eine andere Art und Weise. Er holte noch einmal tief Luft und schritt dann die Stufen zu St. Jakobi hinauf, bis er die an der Wand zusammengekauerte Gestalt erreicht hatte.

»Schönen Tag, Gerlin«, wünschte er mit der unschuldigsten Stimme, zu der er in der Lage war. Die Bettlerin legte ihr Nähzeug beiseite und sah zu ihm auf. Augenblicklich verfinsterte sich ihre Miene, als sie den Sprecher erkannte.

»Johann Gabelschlag, du *verschunkter* Mistkerl von einem räudigen Straßenköter!«

»Schön dich zu sehen, hoffe es geht dir gut«, entgegnete er ungerührt.

»Ob es mir gut geht? Die irre Agnes stand heute Morgen hier und hat mir die Pest an den Hals gewünscht, weil ich dich zu ihr geschickt habe! Gespien und geflucht hat die alte *Finkelmosch* auf mich, bis die Röper sie endlich weggezerrt haben. Wenn mich nun der Teufel holt, ist das deine Schuld, Johann Gabelschlag! Deine Schuld! Was fällt dir nur ein das Weib zu verprügeln und ihr die halbe Kammer aus dem Haus zu brechen? Um Jakobi zerreißen sich alle das Maul wegen dir! Und dann heißt es, die Gerlin hat ihn da hingeschickt.«

Wütend verschränkte sie die Arme vor der flachen Brust und sah ihn zähnefletschend an.

Johann seufzte.

»Tut mir ja leid, Gerlin, aber ich konnte da nu nichts für. An sich lief es ja ganz gut mit der Agnes, aber dann sind so'n paar *Gnofen* aufgetaucht und wollten mir ans Leder. In dem Tumult ist sie dann durchgedreht und auch noch auf mich los. Mein Wort, Gerlin, musste da wirklich aufpassen, dass die mich nich zum Teufel schicken, und wär ich nicht raus durch die *Ballertsgumme*, wär's wohl um mich geschehen. Wollt ja der Lumpenkönigin nichts Böses anhaben.«
Gerlin sah ihn jedoch wenig überzeugt an. Johann seufzte erneut und griff in seine Manteltasche. Er förderte einen halben Laib Brot zutage und hielt ihn der Bettlerin hin.
»Hier, als Wiedergutmachung«, erklärte er.
Die Bettlerin schnupperte, während ihre knotige Hand sich dem Brot näherte wie eine Schlange der nichtsahnenden Maus.
»Das riecht ja noch richtig …«, säuselte sie.
»Ist sogar noch *schatter*«, pries Johann an.
Gerlin nahm den Laib an sich und stopfte sich umgehend einen großen Brocken in den Mund. Genussvoll kaute sie und wie Eis in der Sonne schmolz ihre finstere Miene dahin.
»Bist ja doch irgendwie ein *leinwander Kerl*, Gabelschlag«, schmatzte sie.
Johann grinste und setzte sich neben die kauende Bettlerin auf die Stufen.
»Was hat dir die Agnes jetzt eigentlich erzählt?«, fragte Gerlin mit vollem Mund kauend.
Johann überlegte eine Weile, wie er das wüste Gestammel der Lumpenkönigin in eine halbwegs erzählbare Form bringen sollte.
»Klaras *Wulling* hat sie gefunden und es war ziemlich blutig. Zumindest glaubt sie, dass es Klaras *Wulling* war, und ich glaube das auch«, erzählte Johann mit belegter Stimme.
Gerlin tätschelte ihm unbeholfen das Knie und schluckte einen großen Bissen hinunter.
»Tut mir leid um den Spatz. Ein Kunde, der die *Platte gebutzt* hat?«
Johann zuckte die Schultern. »Möglich, aber da ist noch mehr.«

»Was denn?«, fragte Gerlin und biss ungerührt noch ein Stück Brot ab.
»Die Agnes sagt, dass sie häufiger noch gute *Klufterei* von den Fleetenkiekern gekriegt hat oder auch selber aus dem Wasser gefischt. Und das soll schon eine ganze Weile so gehen. Sie sagt, sie gehören denen, die keiner vermisst. Aber so richtig schlau bin ich aus ihrem Gebrabbel auch nicht geworden. 'N fiebernder Pestkranker nach zwei Flaschen *Fusel* redet klarer als die irre Vettel.«
Gerlin lachte kurz auf, was sie zum Husten brachte, und nickte dann kräftig.
»Kannst dich ja mal ein bisschen für mich umhören«, bat Johann sie.
»Wonach umhören?«, fragte die Bettlerin verständnislos.
»Ob Leute vermisst werden in letzter Zeit.«
»Werden doch ständig welche. *Gestanzt*, weggelaufen, an sonst was krepiert und verscharrt …«
Johann nickte. »Schon richtig, aber mehr als sonst meine ich und wo's eher überraschend war.«
Gerlin zog verständnislos die Brauen zusammen. »Was geht's uns an? Um den Spatz ists ja wohl geschehen und so enge wart ihr ja nun auch wohl wieder nich.«
Johann brummte etwas Unbestimmtes und strich sich nachdenklich über den Kinnbart. »Hast ja recht, Gerlin, aber irgendwie lässt mir die Sache keine Ruhe«, brummte er.
Die Bettlerin macht eine wegwerfende Handbewegung.
»Dir geht's wohl grad zu gut. Schlag lieber ein paar *Knäckerlinge* für den Juden ein und gönn' dir mal was Dralles«, schlug sie vor und deutete mit ihren Händen eine deutlich größere Oberweite als ihre eigene an.
»Hab gehört, die Mechthild kann 'ne Zwetschge durch 'nen Musketenlauf saugen«, lachte sie dann und schob sich mehrfach Zeige- und Mittelfinger in den Mund.
Johann grinste schief. »Hörst du dich jetzt für mich ein bisschen um?«, gab er noch nicht auf.

Wieder tätschelte ihm die Bettlerin unbeholfen das Knie.
»Wenn du unbedingt willst«, lenkte sie gleichmütig ein.
»Hast du eigentlich mein Hemd schon fertig?«, wechselte Johann das Thema.
»Kommt darauf an«, entgegnete die Bettlerin geschäftsmäßig.
»Worauf?«
»Ob du meine *Marie* dabeihast und auch den Rest dafür, dass ich dich zur Agnes geschickt hab.«
Johann griff unter seinen Umhang und zählte einige Münzen in die Holzschale.
Gerlin nickte und reichte ihm den zusammengelegten Stoff.
»Dann bin ich wohl fertig«, erklärte sie.
»Gut getan, dann können wir gleich tauschen. Der hier hat gestern ein wenig was abgekriegt«, erklärte Johann und hielt ihr mit zusammengebissenen Zähnen den lädierten Ärmel hin.
Gerlin schob wieder die Augenbinde beiseite und zwinkerte einige Male.
»Das Blut krieg ich nich ganz rausgewaschen, aber den Rest kann ich dir flicken«, urteilte sie, als sie den Stoff besah.
»Was'n das?«, murmelte die Bettlerin, während sie an dem Ärmel herumnestelte und dann einen gelblichen Brocken zutage förderte.
»Ist das 'n Zahn?«, überlegte sie halblaut.
Johann besah sich den Fund und kratzte sich nachdenklich am Kopf.
»Vermutlich gehört der der Agnes. Die hat sich gestern irgendwie in mich verbissen bei der Sache. Meinst du, sie will ihn wiederhaben?«
Gerlin schnippte kommentarlos den Zahn fort und sah ihm hinterher, wie er die Stufen herunterkullerte.
»Weißt du, Gabelschlag …«, begann sie ohne aufzusehen. »Ich bin eine heruntergekommene *Schnorrerin* und rieche wie ein toter Iltis, trotzdem frage ich mich manchmal, ob du der richtige Umgang für mich bist.«
Johann zuckte die Schultern und tauschte dann rasch die Hemden.

»Pass auf dich auf, Gerlin«, verabschiedete er sich und schlenderte die flachen Stufen wieder hinunter.

Sein Weg führte ihn als Nächstes zurück zum Weinhandel von Magdalena Böttcher. Drinnen umfing ihn sofort wieder der Geruch von altem Holz und Wein nebst der frostigen Kälte, die der Bedienstete bei seinem Eintritt ausstrahlte.

»Schönen Gruß, zur Magdalena Böttcher möcht ich, du weißt schon, die mich so gern empfangen möcht«, begrüßte Johann den Mann. Er fand, dieser sah dabei ein wenig aus, als hätte er Schwierigkeiten, auf dem Abort sein Vorhaben auszuführen.

»Im hinteren Zimmer«, presste der Angestellte zwischen den Zähnen hervor.

»Schönen Dank«, flötete Johann und stolzierte in die gewiesene Richtung. Nachdem die Böttcher ihn auf sein Klopfen hin hereingebeten hatte, betrat er das Arbeitszimmer und nahm eilig seinen Hut ab.

»Schönen Tach euch«, begrüßte er die Weinhändlerin.

»Dir auch, Gabelschlag, hast du Neuigkeiten?«, entgegnete sie und deutete auf den freien Stuhl vor sich, während sie mit hochgezogenen Brauen seine Blessuren besah.

»Keine Guten, leider«, bemerkte er und stellte einen ungewohnten Kloß in seinem Hals fest. Dann holte er das blutige Wolltuch hervor und reichte es der Weinhändlerin.

»Das tut doch der Klara gehören, oder?«, kommentierte er.

Die Böttcher breitete den Stoff aus und besah ihn sich genau. Dann nickte sie.

»Ist das Blut?«, fragte sie, obwohl sie die Antwort eigentlich schon kannte.

»Hmm ja, recht sicher«, bestätigte Johann.

»Weißt du, ob …«, begann die Böttcher, aber ließ die Frage unvollendet.

»Nein, jemand hat das Tuch im Fleet gefunden.«

»Dann ist es nicht sicher, dass Klara tot ist?«

Johann verschränkte zögernd die Arme vor der Brust. »Bewiesen ist es vielleicht nicht, aber nun ja, um ehrlich zu sein …«

Die Weinhändlerin nickte seufzend. »Ja, du hast recht, wir werden sie wohl nicht wiedersehen. Aber ich danke dir, dass du mir die Nachricht gebracht hast.«
Johann nickte. »Da wäre vielleicht noch was«, erklärte er.
Die Händlerin sah ihn fragend an.
»Sie ist vielleicht nicht die Einzige.«
»Wie meinst du das, nicht die Einzige?«
Johann holte tief Luft und erzählte die Geschichte, die er von der Lumpenkönigin erfahren hatte. Nun lehnte sich die Böttcher nachdenklich zurück. »Meinst du, da ist was dran?«, fragte sie.
Johann zuckte die Schultern. »Die alte Vettel ist zwar vollkommen schwachsinnig, aber das mit dem Tuch von der Klara hat sie ja richtig erkannt. Und dass sie sich das andere einfach so ausdenkt, ergibt auch nicht mehr Sinn. Ich werd mich die Tage mal weiter umhören. Schadet ja nichts.«
Die Weinhändlerin lächelte ihn interessiert an.
»Du bist ein bemerkenswerter Mann, Johann Gabelschlag, oder einfach nur ein sehr verbohrter.«
Johann wusste nicht so recht, was er darunter verstehen sollte, und rutschte unwohl auf dem Stuhl hin und her.
»Ich würde dann mal weiter«, murmelte er und seine Gesprächspartnerin schaute noch amüsierter drein.
»Würde es dir etwas ausmachen, mich weiter auf dem Laufenden zu halten?«, fragte sie.
Johann wackelte mit dem Kopf und gab eine nur mit viel Fantasie zu verstehende Zustimmung von sich.
»Danke und lass mich dir einen guten Tropfen als kleine Entschädigung mitgeben.«
Jetzt leuchteten Johanns Augen. Mit dem verheißungsvollen Gewicht der Tonflasche in seiner Manteltasche verließ er wenig später den Weinhandel unter den empörten Blicken des Angestellten wieder.
Es war noch ein Weilchen hell und er wollte sich daher beim Hundsvater und einigen anderen Bekannten umhören, ob jemand was von weiteren Verschwundenen gehört hatte. Später wollte er

noch zu Jakob Nagelstein, sich einen neuen Auftrag abholen. Bei der Gelegenheit konnte er den Juden auch gleich ausfragen. Jakob war normalerweise bestens informiert, wenn sich unter Hamburgs ehrenwerter Oberfläche etwas tat.

Kapitel 10: Schneller als du deine Röcke heben kannst

7. Dezember 1617, Donnerstag

Johann und Walther drückten sich eng unter das schmale Vordach im schäbigen, kleinen Innenhof hinter der Gaststätte.

»Mächtig anständig von dir, dass du mich ein wenig mitverdienen lässt, Johann«, flüsterte der Bänkelsänger gedämpft.

Johann brummte etwas, das Walther mit seiner Erfahrung im Umgang mit dem Veteranen als ›Gern geschehen, ich hab ja auch was davon‹ interpretierte.

»Wir treiben es aber nicht zu bunt, oder? Jetzt wo der Winter vor der Tür steht, möcht ich nicht *gestanzt* werden oder am Kaak landen.«

Johann brummte etwas Ablehnendes.

»Wird nur eine gutgemeinte Erinnerung vorab an den Zahltag nächste Woche, nur zur Vorsicht«, rang sich Johann dann zu einer ausführlichen Antwort durch.

Stöhnend bewegte er den linken Arm. Die Schlinge hatte er vorerst in die Tasche stecken müssen. Sie hätte bei ihrem ›Kunden‹ den falschen Eindruck hinterlassen, auch wenn er zur Vorsicht Walther mitgenommen hatte. Auf Johanns eigene Kosten natürlich, aber besser halbes Geld als keines und der Bänkelsänger konnte ein paar Münzen auch immer gut gebrauchen.

»Himmelherrgott, wie lange kackt der denn?«, flüsterte Walther ungeduldig und starrte weiter auf das kleine Aborthäuschen im Innenhof.

»Vielleicht ist der Eintopf hier übel?«, mutmaßte Johann und deutete mit dem Kopf kurz zur Hintertür der Gaststätte.

Endlich hörten sie das Schaben des Holzriegels in dem kleinen Häuschen. Schnell machten beide ein paar Schritte vorwärts. Johann hob den gesunden Arm und hielt den heraustretenden Mann auf.

»Was wollt ihr von mir?«, fragte dieser und sah sich instinktiv nach einer Fluchtmöglichkeit um.
»Du kennst doch den Jakob Nagelstein …«, begann Johann seine übliche Erklärung und schob den Mann zurück in das Häuschen mit dem Abtritt …

Eine Stunde später saßen der Bänkelsänger und der Veteran in der Trommel und bemühten sich redlich den Lohn des heutigen Abends in kühlen Hopfensaft umzusetzen.
»Was ist das jetzt für eine Geschichte mit dieser Klara und wie hast du das hier angestellt?«, fragte der Bänkelsänger und deutete auf Johanns Arm, der wieder in der Schlinge hing.
Der Veteran nahm erst einen tiefen Schluck, bevor er dem alten Freund die ganze Geschichte erzählte.
»Wenn's noch 'n aufregendes Ende gibt, hört sich's nach gutem Zeug für ein Schauerlied an«, urteilte der Bänkelsänger grinsend.
»Wenn ich mal wüsste, was das Ende ist«, entgegnete Johann.
»Nur ist mir nicht so ganz klar, warum du da deine Nase reinstecken willst, Gabelschlag?«, fragte Walther verständnislos.
»Will ich ja nich, wüsst nur gern, was an der ganzen Sache dran ist.«
Walther lachte kurz auf. »Stur wie eh und je. Wenn du dich einmal an was festgebissen hast …«
»Aber da fällt mir was ein«, setzte der Bänkelsänger fort und wischte sich die Bierfeuchte vom Kinn, während ihn Johann abwartend ansah.
»Musste vorm Tor länger warten, ob sie mich reinlassen. Da hab ich 'ne Weile mit einer geschnackt, die aus der Stadt raus ist. War wohl 'ne ortsfremde *Glunte*, denk ich. Hat mir erzählt, dass sie 'n Zimmer zu dritt hatten, aber die beiden anderen *Glunten* verschwunden sind und sie es jetzt lieber in Lüneburg versucht. Hab mir nichts weiter dabei gedacht. *Glunten* werden ja immer mal *gestanzt* oder verdrücken sich, vor allem, wenn sie fremd sind.«
Nachdenklich lehnte Johann sich zurück und strich über seinen Bart. »Die keiner vermisst, hat die irre Agnes gesagt. Das würde

gut zu fremden *Glunten* passen. Ist normal, dass immer mal eine verschwindet, und suchen tut sie eh keiner, offiziell sind sie ja nicht mal hier …«
Walther nahm einen tiefen Schluck und dachte nach. »Und warum sollte jemand fremde *Glunten* um die Ecke bringen?«, fragte er schließlich.
»Gute Frage. Der Juden-Jakob sagt, wenn was Übles mit den Unehrlichen im Gange ist, dann steckt dieser von Marburg dahinter.«
»Von Marburg?«, hakte der Bänkelsänger nach.
»Ein Wanderprediger, der seit einer ganzen Weile in der Stadt ist. Wettert gegen *Stabuler*, *Glunten*, Vaganten und Vagabunden. Und gegen *Babolder* natürlich, drum kann ihn der Jakob ja auch nich leiden.«
Johann trank noch einen großen Schluck und rülpste herzhaft, bevor er fortfuhr: »Und die irre Agnes hat ja auch was von 'nem Mann in Schwarz geschwafelt, der uns alle hasst, würd ja passen.«
Walther fuhr sich über das stoppelige Haupthaar. »Oder auf einen übellaunigen Köhlergesellen … Aber wenn der was mit der Sache zu tun hat, woher weiß das diese Agnes denn?«
Johann überlegte kurz. »Manche sagen, sie ist 'ne *Finkelmosche*«, versuchte er sich selbst wenig überzeugt an einer Erklärung.
»Mach da mal keine Scherze mit, Johann. Mancherorts reicht so'n Verdacht, um das Weib im handumdrehen in Ketten und dann ins Feuer zu bringen«, belehrte der Bänkelsänger ihn ernst.
»Glaubs ja auch nich. Vielleicht hat sie die ersten guten Kleider gefunden, nachdem dieser Marburg aufgetaucht ist, und dann eins und eins zusammengezählt. Wer kann schon wissen, was der irren Vettel durch den Kopf geht. Aber anschauen kann ich mir diesen Prediger ja einmal. Dann komm ich auch mal in die *Dufe* …«
Walther lachte. »Dann erzähl mir, wie's da war«, lachte er und stieß mit seinem Bierhumpen gegen Johanns.

Wenig später stapfte Johann durch die Gassen Jakobis und zog fröstelnd den Umhang enger. Nach der Eskapade in Agnes'

Kammer, wo er durch die Wand gebrochen war, wollte er besser weiteres Aufsehen vermeiden und lieber nicht in die Sperrstunde geraten.
Es waren auch nur noch vereinzelt Menschen unterwegs und nicht wenige von ihnen hatten zuvor den einen oder anderen Krug Bier in sich hineingeschüttet. Die meisten anständigen Bürger sahen bei der Dunkelheit und Kälte zu, dass sie zuhause waren. Auch Johann war froh, gleich in seine Kammer zu kommen und sich die Decke bis zur Nase zu ziehen.
Er hasste den Winter. Zwar war es in der Stadt nicht so hart wie in den zugigen Zelten im Feldlager, aber auch hier konnten einem die Zehen abfrieren, wenn man nicht aufpasste. So manch armer Teufel ohne feste Bleibe wachte im Januar oder Februar morgens nicht wieder auf.
Während Johann auf die Eingangstür seiner Mietskaserne zusteuerte, bemerkte er, wie sich eine schmale Gestalt aus dem Schatten einer der Twieten löste und auf ihn zuging.
»Johann Gabelschlag?«, fragte die Frau, als sie noch einige Schritte entfernt war.
Johann musterte sie kurz, stufte sie aber als ungefährlich ein.
»Wer möchte das denn wissen?«, brummte er dennoch etwas distanziert und versuchte trotz der Dunkelheit zu erkennen, ob er die Frau schon einmal gesehen hatte.
»Grete Steinbach heiß ich. Hast du ein wenig Zeit für mich?«
Johann schnaubte kurz auf. »Ach darum geht's. Lass gut sein, Mädchen. Es ist spät, ich bin müde und mein Beutel ist leer. Bei mir ist heute nichts mehr zu holen.«
Der Schatten schüttelte den Kopf. »Nein, nicht das. Ich hab gehört, du suchst nach verschwundenen Fremden. Ich würde gerne mit dir sprechen.«
»Ach so …«, brummte der Veteran und kratzte sich das Kinn. »Dann erzähl mal.«
»Können wir vielleicht drinnen sprechen, in deiner Kammer?«, fragte die Frau.
»Kostet mich das was?«, fragte Johann misstrauisch.

Sie zuckte die Schultern. »Nur, wenn du nach dem Reden noch was anderes willst«, erklärte sie sachlich.
»Will ich grad nich, dann komm«, entschied er und öffnete die Tür.
Beide bemerkten nicht das müde gerötete Paar Augen, dass sie vom gegenüberliegenden Vordach aus beobachtete, während die schartigen Fingernägel nervös die Hautflechte auf dem kahlgeschorenen Schädel blutig kratzten …
Johann führte seinen Gast durch die verwinkelten Gänge der Mietskaserne bis in seine Kammer. Nachdem er einen Kienspan entzündet hatte, bot er ihr an auf dem Bettkasten Platz zu nehmen und setzte sich daneben.
Im flackernden Schein des Feuers konnte er nun das erste Mal seinen Gast genauer sehen. Er schätzte sie auf Mitte oder Ende zwanzig. Sie hatte schwarze Haare und fast ebenso dunkle Augen. Ihre Figur war schlank, beinahe anmutig, auch wenn ihre eingefallenen Wangen davon zeugten, dass sie die eine oder andere Mahlzeit in letzter Zeit hatte streichen müssen. Sie war sicherlich einmal hübsch gewesen oder war es immer noch, aber das Leben auf der Straße hatte bereits deutliche Spuren an ihr hinterlassen. Ihre Augen waren dunkel beschattet und hoben sich deutlich von der ungesund blassen Haut ab. Dennoch blickte sie ihn wach, beinahe forsch an.
Johann lehnte sich an die Holzwand und schlug ein Bein über das andere. »Also, was willst du mir jetzt erzählen?«
»Mein Bruder und ich kamen im Frühling nach Hamburg in der Hoffnung, hier Arbeit zu finden. Einfach war es nicht seitdem, wir kamen eher schlecht als recht über die Runden. Mein Bruder hat manchmal Arbeit im Hafen gefunden, aber auch nicht oft und deshalb hat er manchmal auch die Schale vor der Kirchtür hingehalten. Und ich … kannst du dir ja denken …«
Johann räusperte sich und nickte. »Tut mir ja auch leid für euch, Mädchen, aber Geld hab ich trotzdem keins für dich«, kommentierte er ihre Einleitung.

Wieder schüttelte sie den Kopf. »Will ja auch keines von dir, wenn du nicht was anderes willst als Reden«, stellte sie leicht verärgert klar.
»Wir haben uns eine Kammer mit einer anderen Magd von außerhalb geteilt, die auch … auf der Straße gearbeitet hat«, fuhr sie fort.
»Hannah Bauer hat sie geheißen. Und dann ist sie plötzlich verschwunden. Von einem Tag auf den anderen. Vielleicht so vor vier Wochen. Aber vorher hat sie nix gesagt, wir wollten sogar am nächsten Tag gemeinsam auf Suche nach Arbeit gehen. Also richtige Arbeit mein' ich. Sogar ihren Teil für die Miete für die Kammer hat sie schon für den November bezahlt gehabt, dann wohnt man doch auch da … Seitdem hab ich nie wieder was von ihr gehört.«
»Verstehe«, murmelte Johann nachdenklich.
»Aber, ich bin ja noch nicht fertig …«, sprach sie mit deutlich angespannter Stimme weiter und Johann horchte wieder auf.
»Ende November ist dann auf einmal der Konrad verschwunden, mein Bruder«, presste sie mit einem nur mühsam beherrschten Zittern in der Stimme hervor.
»Seit wir vor gut zwei Jahren aus Lübeck rausmussten, waren wir noch keinen Tag getrennt. Konrad ist fast zehn Jahre jünger als ich und trotzdem haben wir seitdem immer gegenseitig auf uns aufgepasst. Er wäre nie ohne mich weggegangen und erst recht nicht ohne ein Wort verschwunden.«
Sie vergrub ihr Gesicht in beide Hände und als sie sie wieder zurückzog, sah Johann den feuchten Schimmer in ihren Augen.
»Und dann hab ich gehört, dass du dich umhörst, nach Leuten, die andere vermissen. Da bin ich zu dir gekommen, weil ich dachte, dass du vielleicht mehr weißt.«
In ihrem letzten Satz schwang ein hörbares Maß an Verzweiflung mit und Johann überlegte, was er ihr sagen sollte.
»Kennst du die Klara Rutenschneider?«, entschied er sich für eine Frage.
Grete dachte eine Weile nach.

»Den Spatz?«, fragte sie schließlich.
Johann nickte.
»Kaum. Glaube, sie arbeitet auch in den Twieten hier in Jakobi, hab sie zumindest öfters hier getroffen, aber nur ein paar Worte mit ihr gewechselt. Hab sie aber schon länger nicht mehr gesehen.«
Dann schlich sich Verständnis auf ihr Gesicht. »Ist sie auch verschwunden? Ist sie es, die du suchst?«
Johann wiegte den Kopf. »Verschwunden ist sie schon. Ich weiß nicht, ob ich sie wirklich noch suche …«
Grete sah ihn verständnislos an. Johann ging kurz in sich und entschied auch ihr zu erzählen, was er wusste. Er berichtete ihr von Klaras blutigem Tuch und den anderen Kleidern, die die irre Lumpenkönigin aus den Fleeten gekriegt hatte.
Grete schluckte. »Dann meinst du, dass der Konrad tot ist?«
Johann hob die Schultern. »Wurd ja bis jetzt noch kein einziger Leichnam gefunden, musst die Hoffnung also nicht ganz aufgeben. Aber … dass mehrere Fremde einfach so verschwinden und ihre noch halbwegs guten Kleider dann blutig in den Fleeten treiben … Für mich hört sich das nicht nach einem guten Ende an.«
Grete schluchzte auf und wischte sich eine Träne fort, als er seine Einschätzung beendet hatte. »Muss das denn nicht dem Brookvogt gemeldet werden? Die Stadt muss dem doch nachgehen«, fragte sie aufgewühlt.
Johann seufzte. »Ohne dass eine einzige Leiche gefunden wurde oder jemand etwas gesehen hat? Weil ein paar Kleider in den Fleeten treiben und Leute vermisst werden, die hier nicht gewollt sind und offiziell nicht einmal hier sind? Die mit Ruten gestrichen und *gestanzt* werden, wenn die Röper ihrer habhaft werden? Mach dir da mal keine Hoffnung, Mädchen. Wir handeln uns nur Ärger ein und du stehst als Hure schneller am Kaak, als du in 'ner Twiete deine Röcke heben kannst, wenn du eure Geschichte erzählst.«
»Dann wird jetzt gar nichts passieren?«, fragte sie bitter.

»Ich werd mich mal weiter umhören, vielleicht finde ich ja was, das man dem Brookvogt melden kann«, beschwichtigte er sie ein wenig.

Grete nickte und erklärte ihm dann, wo er sie finden konnte.

»Bitte sag mir Bescheid, wenn du was über meinen Bruder hörst oder ich helfen kann«, bat sie. »Wenn jemand dem Konrad was getan hat, will ich ihn dafür hängen sehen«, fügte sie trotzig hinzu.

Kapitel 11: Die Predigt

9. Dezember 1617, Samstag

Johann ließ sich wohlig seufzend tiefer in das warme Wasser des Badezubers gleiten und schloss träge die Augen. Das Baden hatte zwar vielerorts einen zweifelhaften Ruf, stand es doch im Verdacht, Krankheiten zu übertragen. Aber wer sich wie Johann regelmäßig in der Winterzeit den Allerwertesten abfror, wusste die heimelige Wärme durchaus zu schätzen. Überdies äußerte auch so mancher Bader die Vermutung, dass die Gesundheitsgefährdung eher von den früher rege frequentierten Badedamen herrührte.

Johann war es eins. Er griff zum Becher, der randvoll mit Branntwein gefüllt war, und nahm einen großen Schluck. Heiß rann die Flüssigkeit seine Kehle hinunter und begann ihn zusätzlich von innen zu wärmen. Eine angenehme Benommenheit hatte bereits von ihm Besitz ergriffen und er gähnte zufrieden.

Schritte und das Klappen einer Tür ließen ihn träge aufhorchen und er blinzelte in das von Nebelschwaden durchsetzte Dämmerlicht. Eine schemenhafte Gestalt in wallender, weißer Kleidung schritt geschmeidig auf seinen Zuber zu. Ihre bloßen Füße schienen den Boden kaum zu berühren und es war nur das Rascheln des Stoffes zu hören, als sich die Gestalt auf ihn zubewegte.

»Frau Böttcher«, kam es Johann halblaut über die Lippen und er setzte sich überrascht auf, als er die Weinhändlerin erkannte. Diese lächelte ihn nur amüsiert an und musterte unverhohlen, was von ihm aus dem trüben Wasser ragte.

»Ich verstehe nicht, was …«, begann Johann irritiert, stoppte jedoch augenblicklich, als sie mit einem Lächeln begann die Verschlüsse ihrer Kleider zu öffnen. Wie gebannt starrte Johann auf die Bewegungen ihrer schlanken Finger, die geschickt Zoll um Zoll ihrer Haut freilegten. Anmutig schlüpfte sie schließlich aus dem Kleidungsstück. Achtlos ließ sie das dünne Tuch an der ausgestreckten Hand zu Boden gleiten und genoss lächelnd Johanns starren Blick auf ihrem Leib.

Wie beiläufig zog sie an den Schleifen ihres Unterrocks und quälend langsam glitt der leichte Stoff von ihren ausladenden Hüften über ihre Schenkel und floss schließlich auf den Boden.
Johann blickte wie hypnotisiert auf ihre festen, üppigen Formen und die helle, makellose Haut. Aphrodite aus den griechischen Sagen musste neben der Gestalt dieser Frau verblassen. Mit einer fließenden Bewegung fuhren ihre Hände hinter ihren Kopf und einen Atemzug später öffnete sich das Haar und die kastanienfarbenen Locken fielen wie ein Vorhang hinab.
Eine Weile stand sie dort und beobachtete offensichtlich amüsiert, in welchen Bann sie ihn gezogen hatte. Wie eine Tänzerin breitete sie die Arme aus und drehte sich einmal langsam um die eigene Achse. Dann erklomm sie Stufe für Stufe die kleine Stiege, die an seinem Zuber lehnte.
Johann schluckte, oder vielmehr er versuchte es. Sein Hals war ausgetrocknet wie Sand im Sommer. Langsam glitt sie über den Rand des Zubers und setzte sich vor ihn. Noch immer sprach sie kein Wort, nur dieses schelmische Lächeln schlich sich immer wieder auf ihr Gesicht.
Eine Weile spielten ihre Hände beiläufig mit dem warmen Wasser, während sie sich beinahe desinteressiert in der Badestube umsah. Johann konnte indes den Blick nicht von ihren vollen Brüsten lösen, die feucht glänzend auf dem Wasserspiegel lagen und sich bei jeder Bewegung ihrer Arme sanft wiegten.
Wie zufällig fand ihr Blick schließlich wieder Johann und sie beugte sich grazil nach vorn, bis ihre Hände auf seinen Schultern zu liegen kamen. Als sie sich eng an ihn heranzog, spürte er, wie ihre samtige Haut überall seinen Körper berührte.
Ein beinahe schmerzhaftes Ziehen machte sich in seiner Lendengegend breit und auch wenn er wahrlich kein unerfahrener Mann war, zitterten seine Hände vor Erregung. Ihre grünen Augen schauten ihn durchdringend an und ihre vollen Lippen öffneten sich verführerisch, sodass er ihre perlweißen Zähne und die rosige Zunge dazwischen sehen konnte.

Als ihre Hand von seiner Schulter langsam an ihm hinabglitt, versteiften sich alle restlichen Teile seines Körpers, die es bisher noch nicht getan hatten. Keuchend atmete er aus und wartete erstarrt ab, wie ihre Finger geschickt ihren Weg an ihm hinab suchten.

Dann kam der Schlag von hinten in seine Rippen. Fest, wenn auch nicht sehr schmerzhaft, doch dafür umso unerwarteter. Erschrocken zuckte er zusammen und fuhr herum, doch dort war niemand. Noch ein Schlag und entschlossen sprang er auf und sah sich um, während der Raum um ihn herum dunkel wurde.

Stattdessen blickte er nun auf die Rücken mehrerer Reihen sitzender Leute, während eine volltönende Männerstimme die kühle Luft durchdrang. Irritiert zwinkerte Johann, als ihn erneut ein Schlag in die Rippen traf und er sich energisch zur Seite drehte. Dort saß eine Frau mittleren Alters und mit empörtem Gesichtsausdruck, die gerade wieder ihren Ellenbogen zurückzog, den sie ihm in die Seite gestoßen hatte.

Die Erinnerung schlich sich in seinen Kopf wie ein übler Leibwind an die frische Luft. Die St. Gertruden-Kapelle, in die er heute gegangen war, da Thomas von Marburg hier predigen sollte. Er war mit dem Glockengeläut in das Gotteshaus getreten und hatte mit den anderen Besuchern Platz genommen. Die Orgel fing an zu spielen und die Vibration der tiefen Töne grub sich bis in seine Eingeweide.

Der gestrige Tag war anstrengend gewesen und er hatte ihn dazu ausgiebig mit Walther in der Trommel ausklingen lassen. Bereits während die Orgel erklang, begannen ihm die Augen zuzufallen, und als der Diakon von St. Jakobi mit seiner Ansprache anfing, war er wohl vollends weggedämmert.

Die Frau neben ihm zischte etwas Vorwurfsvolles und Johann grinste schief. Vermutlich hatte er im Schlaf einige unanständige Geräusche von sich gegeben.

»Geiler Straßenköter«, presste sie nur mühsam beherrscht hervor, als ihr Blick auf Johanns Schoß fiel, der auf nahezu imposante Weise von seinem Traum zeugte.

»Klapp die *Knäckerlinge* zusammen, alte *Finkelmosche*!«, knurrte Johann warnend und die Frau wandte sich brüskiert von ihm ab und blickte starr in Richtung des Altars. Ihre mahlenden Kiefer zeugten jedoch immer noch von ihrer Verärgerung, auch wenn sie seine rotwelschen Schmähworte vermutlich nicht verstand.
Johann wischte sich fahrig über das nasse Kinn und den Bart. Vermutlich hatte er im Schlaf etwas gesabbert, was er in Anbetracht der Umstände aber eigentlich nur für angemessen hielt.
Dafür, dass seine Banknachbarin ihn aus dem Traum mit der Böttcher gerissen hatte, hatte sie eigentlich was mit dem Belegnagel verdient, fand Johann. Bei der Vorstellung, das Weib während der Predigt mit dem Prügel durch die Kapelle zu scheuchen, besserte sich seine Laune schlagartig und seine Mundwinkel zogen sich zufrieden nach oben.
Auf der anderen Seite hatte es nun auch was Gutes, dass ihn das verklemmte Weibsbild aus dem Traum gerissen hatte. Andernfalls hätte er vielleicht den eigentlichen Grund seines Besuchs in der Kapelle verpasst und den Auftritt von von Marburg verschlafen. Dann hätte er die nächsten Tage gleich nochmal in die *Dufe* gemusst.
Johann wurde aus seinen Gedanken gerissen, als alle anderen um ihn herum aufstanden und begannen ein Lied anzustimmen.
Hastig stand er ebenfalls auf und war noch so geistesgegenwärtig, sich den Hut vor den Schoß zu halten. Vermutlich würde dieser auch noch eine Weile ohne seine Hände am Platz bleiben, dachte er amüsiert.
Mechanisch öffnete und schloss er die Lippen. Diese Form des Gesangs hatte er früher regelmäßig praktizieren müssen, als man ihn sonntags immer in die Kirche getrieben hatte. Suchend glitten dabei seine Augen durch den Raum. Auf der Kanzel stand noch immer der Diakon und Johann fragte sich, wer der Anwesenden wohl dieser von Marburg sein sollte.
Als sich die Gemeinde wieder setzte, war Johann noch nicht schlauer geworden.

Als Nächstes schlug der Diakon, der ein rundlicher Mann mit Haarkranz und auffallend rötlicher Nase war, die Bibel auf und begann zur Einstimmung auf die spätere Predigt eine Passage vorzulesen.
Irgendwas aus Johannes, wenn Johann richtig verstand.
Viele Verführer sind in die Welt hinausgegangen; sie bekennen nicht, dass Jesus Christus im Fleisch gekommen ist. Das ist der Verführer und der Antichrist. Achtet auf euch, damit ihr nicht preisgebt, was wir erarbeitet haben, sondern damit ihr den vollen Lohn empfangt. Jeder, der darüber hinausgeht und nicht in der Lehre Christi bleibt, hat Gott nicht. Wer aber in der Lehre bleibt, hat den Vater und den Sohn.
Wenn jemand zu euch kommt und nicht diese Lehre mitbringt, dann nehmt ihn nicht in euer Haus auf, sondern verweigert ihm den Gruß. Denn wer ihm den Gruß bietet, macht sich mitschuldig an seinen bösen Taten.
Halleluja, erschallte es durch den Raum und Johann musste schief grinsen, als er sich Jakob Nagelstein als Zuhörer vorstellte.
Erneut wurde gesungen und schließlich das Glaubensbekenntnis gesprochen. Selbst Johann war oft genug in der Kirche gewesen, um die Worte zwar mit wenig Überzeugung, aber dafür verhältnismäßig textsicher mitzusprechen.
Nach einem erneuten Halleluja und einem Lied kündigte der Diakon endlich einen ›bereits wohlbekannten Sprecher aus Marburg‹ an und Johann setzte sich gerade auf.
Mit selbstsicheren, geschmeidigen Schritten fand ein Mann in dunkler Kleidung seinen Weg zur Kanzel.
Johann vermochte nur schwer sein Alter zu schätzen, was an dem kahlen Schädel liegen mochte, aber vor allem wohl an den ungewöhnlichen Gesichtszügen. Sie waren markant und doch irgendwie wächsern, zugleich maskulin, aber irgendwie auch weich. Das Auffälligste jedoch waren seine Augen, die in einem so hellen Blau strahlten, als wären sie von innen beleuchtet. Unwillkürlich musste Johann an die bunten Kirchenfenster denken, wenn es drinnen erleuchtet war. Und ebenso kalt und hart wie Glas wirkten sie auch. Er hatte im Krieg viele Menschen

gesehen, die bereit waren für ihre Interessen über Leichen zu gehen, und dieser hier gehörte dazu.
Gebieterisch hob von Marburg die Hand und das letzte Murmeln verstarb und selbst das allgemeine Atmen schien flacher zu werden. Ein zufriedener Ausdruck legte sich auf sein Gesicht.
»Ich freue mich heute so viele hart arbeitende Menschen des Kirchspiels Jakobi begrüßen zu dürfen. Wenn ich mich umblicke, sehe ich in die Gesichter vieler anständiger Hamburger, die nach ihrem anstrengenden Tagwerk noch den Weg in das Haus Gottes gefunden haben. Und seid euch versichert, Gott sieht es und er liebt euch dafür. Er achtet euch, die ihr mit dem Hammer den Meißel treibt, um uns Häuser zum Schutze zu bauen, oder die ihr mit Nadel und Faden Kleider schafft, die uns nicht frieren lassen. Er schätzt auch euch mit hohem Wert, die ihr den Acker pflügt, um uns den Hunger zu stillen. Sein Blick liegt liebend auf euch, die ihr ein Handwerk tut, die Felder bestellt oder mit ehrlichem Handel den Reichtum und das Ansehen dieser herrlichen Stadt mehrt. Denn all ihr handelt im Sinne des Herren und unseres Erlösers Jesu Christi und folgt dem rechten Glauben.«
Von Marburg machte eine Pause und sah sich langsam im Kirchenschiff um. Auch Johann blickte insgeheim umher und sah in die nickenden und zufrieden dreinblickenden Gesichter.
In den Niederlanden hatte er auch einmal einen Weibel gehabt, der sich gut auf Worte verstand. Der hatte seine Ansprachen auch meist damit begonnen, den Männern Honig ums Maul zu schmieren, bevor er sie in die Schlacht schickte. Wenn sie Glück hatten, wurden ihre Einzelteile anschließend mit dem Handkarren zurückgefahren.
Von Marburg holte tief Luft und legte in Denkerpose zwei Finger an seine Schläfe.
»Doch was ist mit denen, die anders tun?«, fragte er mit demonstrativer Unentschlossenheit.
»Deren Taten die Augen unseres Herren nicht erfreuen. Die die gottgegebene Ordnung im Reiche verschmähen? Die gar das

Evangelium oder unseren Erlöser Jesus Christus anzweifeln, der für unser aller Seelenheil sein Leben ließ?«

Von Marburg machte eine Pause, um seine Frage wirken zu lassen, und beobachtete die Anspannung, die sich in den Gesichtern seiner Zuschauer aufgebaut hatte.

»Nehmen wir hier einmal die Juden … Die, wie wir wissen, nicht dem rechten Glauben anhängen. Wie sollen wir zu ihnen stehen?«

Unschlüssig hielt von Marburg seine Hände vor sich, so als würde die Antwort vom Himmel fallen und er wollte sie auffangen.

»Vielleicht bin ich ein zu kleiner Mann, zu unbedeutend, um diese Frage zu beantworten. Also lasst uns schauen, wie ein wahrhaft großer darüber dachte. Der werte Herr Luther, der uns die Freiheit im Glauben und das wahre Evangelium gebracht hat.«

Wieder machte er eine Pause und blickte leicht zur Decke.

»Anfangs reichte er den Juden die Hand, sprach gar mit ihren Rabbinern und gab die Hoffnung für die Fehlgeleiteten nicht auf, dass sie sich dem wahren Glauben zuwenden würden. Doch haben sie es ihm gedankt? Nein, liebe Gemeinde, das haben sie nicht. Er musste erkennen, dass sie sich trotz aller Lehren dem Evangelium nicht zuwenden *wollten*. Sie bestritten, dass unser Erlöser der Sohn Gottes ist, und verleumden und beleidigen Jesu und die Mutter Maria aufs Übelste in ihrem unsäglichen Buche, das sie Talmud nennen. Sie schelten unseren Herrn Jesus Christus einen Zauberer und ein Hurenkind. Sie schelten die Mutter Maria eine Hure und lügen und lästern, sie habe empfangen zur Unzeit. Sie bestreiten gar, dass die Christen zum Volke Gottes gehören. Ein Hohn, als wenn die Sau dem Bauern abspricht Mensch zu sein!«

Zorn und Aufregung war in seiner Stimme aufgestiegen und hatte begonnen sich auf die Zuschauer zu übertragen. Auch wenn sein letzter Satz auch einige empörte Lacher daruntergemischt hatte.

»So hat es denn auch selbst der Herr Luther, der stets die Barmherzigkeit Gottes gepredigt hat, irgendwann mit ihnen aufgegeben. In der Schrift ›Von den Juden und ihren Lügen‹

erklärt unser weiser Herr Luther, wie mit ihnen verfahren werden soll.«
Er legte die Hände auf das Pult und wartete, dass sich eine ausreichende Spannung in der Kirche aufgebaut hatte. Langsam hob er eine Hand und streckte einen Zeigefinger in die Luft.
»Erstens Synagogen oder Schulen anstecken, damit Gott sehe, dass wir Christen seien und öffentliches Lügen, Fluchen und Lästern seines Sohnes und seiner Christen wissentlich nicht geduldet und eingewilligt haben.«
Von Marburg atmete ruhig ein und aus, bevor er zusätzlich den Mittelfinger streckte.
»Zum andern, dass man auch ihre Häuser desgleichen zerbreche und zerstöre und sie in öffentlichen Häusern wohnen lasse. Denn sie treiben dasselbe darinnen, das sie in ihren Schulen treiben.«
Von Marburgs Gesichtsausdruck zeigte nun eine wütende Entschlossenheit, wie Johann sie von Dragonern kannte, die in die Schlacht ritten. Beinahe grimmig zeigte er seine ausgestreckten Schwurfinger der Gemeinde, bevor er fortfuhr.
»Zum dritten, dass man ihnen nehme alle Betbüchlein und Talmudisten. Zum vierten, dass man ihren Rabbinern bei Leib und Leben verbiete hinfort zu lehren …, fünftens, dass man ihnen auf den Straßen kein sicheres Geleit mehr gebe, sechstens, dass man ihnen den Wucher verbiete.«
Zum Schluss hielt auch der Prediger sechs ausgestreckte Finger in die Luft und wirkte wie ein leibhaftiger Racheengel, der nicht auf die Kanzel hinauf-, sondern vom Himmel hinabgestiegen war. Langsam senkte er die Arme wieder und auch seine Gesichtszüge entspannten sich.
»Vielleicht erscheint dies für euch arg erbarmungslos, liebe Gemeinde. Vielleicht kennt auch ihr den einen oder anderen Jud', der sich nach außen ganz anständig gibt, ja beinahe ehrlich scheint. ›Soll denn dieser auch gemeint sein?‹, fragt ihr euch.«
Wieder breitete von Marburg seine Hände aus, als würde die Antwort vom Himmel fallen. Johann grinste schief. Den Juden-

Jakob konnte er damit kaum gemeint haben, da wusste man wenigstens, was man kriegt.
»Nun, liebe Gemeinde, dann möchte ich auch hier die Worte des Herrn Luther weitergeben, auf dass ihr über sie nachdenken könnt. ›Wenn nun Gott jetzt oder am Jüngsten Tage mit uns Christen also wird reden: Hörst du es, du bist ein Christ und hast gewusst, dass die Juden meinen Sohn und mich öffentlich gelästert und geflucht haben, du aber hast ihnen Raum und Platz dazu gegeben, sie auch geschützt und geschirmt, damit sie ungehindert und ungestraft tun möchten in deinem Land, Stadt und Haus: sage mir, was wollen wir hier antworten?‹«
Von Marburg nickte still mit geschlossenen Augen und verschränkte die Arme hinter dem Rücken, bevor er die Gemeinde mit stechendem Blick ansah.
»Ja, ›was wollt ihr dann antworten?‹, frage auch ich euch.«
Lange schwieg der Prediger und in dem Gotteshaus war es nun so still, dass die Besucher unwillkürlich ihren Atem unterdrückten.
»Doch sind die Juden nicht die Einzigen, die uns und unseren rechten Glauben und das Wohl unserer Gesellschaft bedrohen. Wenn ich durch diese herrliche Stadt Hamburg gehe, auf die seine Bürger zu Recht stolz sein können, sehe ich viele hart arbeitende Menschen, die zum Glück unserer Gemeinschaft beitragen.«
Von Marburg stützte sich mit ausgebreiteten Armen auf dem Geländer der Kanzel ab und beugte sich lächelnd nach vorn. Dann wurde seine Miene ernst und er ähnelte einem Raubvogel in seinem Horst.
»Aber nicht alle. Ich sehe in den Straßen Hamburgs auch viel faules Pack. Arbeitsscheue Buben und Gauner von außerhalb, deren Väter nie einen Fuß in dieser Stadt hatten, geschweige denn einen rechten Handschlag hier getan haben. Die ohne Marke ihre Schale vor Jakobi hinhalten und denen ohnehin nicht der Sinn nach ehrlicher Arbeit steht. Die Dirnen, die bei den Juden ein- und ausgehen, die die Röcke lüften, um eure Söhne und Männer zu verderben. Die arbeitsfaul herbeiströmen, um sich an den

Zitzen dieser fleißigen Stadt satt zu trinken, bis sie fett geworden sind, während ihr frommen Christenmenschen darben müsst.«
Wütend hatte er die Faust gereckt, während er mit der anderen Hand das Geländern umfasste.
»Doch davon will ich euch in meiner nächsten Predigt berichten, wenn ich euch aus Herrn Luthers Werk ›Von der falschen Bettelbüberey‹ vortrage. Doch nun lasst uns singen …«

Eine gefühlte Unendlichkeit, mehrere Lieder und ein Vaterunser später konnte Johann sich endlich wieder aus dem Gotteshaus aufmachen. Zähneknirschend hatte er einen Pfennig in den Klingelbeutel geworfen und hoffte, dass er wider Erwarten nicht für Humbug ausgegeben wurde.
Er verließ mit den Besuchern das Kirchenschiff und stellte sich schnell ein wenig abseits an den angeschlossenen Friedhof und beobachtete, wie die Menschen durch die Kirchentür herausströmten. Es war bereits recht dunkel, sodass er seine Augen anstrengen musste, er aber auch im Schatten zwischen der Kirche und dem Gräberfeld selbst kaum gesehen werden konnte.
Kein Wunder, dachte er bei sich, dass Jakob Nagelstein so übel auf den Prediger zu sprechen war. Wenn dieser es schaffen würde, genügend Stimmung zu verbreiten, dann würde man die Juden irgendwann mit Heugabeln und Fackeln aus der Stadt jagen wie eine Horde Strauchdiebe. Zumindest die aschkenasischen Juden, die Sephardim saßen mit ihren guten Handelskontakten nach Spanien und Portugal vermutlich etwas fester im Sattel. Da war den Hamburger Pfeffersäcken das Gold immer noch heiliger als der Glaube.
Und Johann konnte sich gut vorstellen, wie erst die Predigt über die ortsfremden Bettler, Huren und Vaganten ausfallen würde. Dieser von Marburg war ein interessanter loser Faden, an dem es sich lohnte einmal zu ziehen.
Und da war er auch schon. Umringt von einer Menschentraube trat er aus der Kirchentür in angeregte Gespräche vertieft.

Johann beobachtete den Mann, wie er teils heftig gestikulierende Ansprachen hielt, als stünde er weiter auf der Kanzel, dann wieder vertraut dem einen oder anderen Gesprächspartner eine Hand auf den Arm legte oder einfach nur nickend zuhörte. Johanns Aufmerksamkeit wurde dabei zusehends auch auf einen anderen Mann gelenkt, der sich stets in der Nähe des Predigers aufhielt und dabei wie unbeteiligt die Umgebung musterte. Ein Diener? Oder gar Beschützer?

Nachdem sich die Menge weitgehend zerstreut hatte, machte sich von Marburg gemeinsam mit dem unbekannten Begleiter auf den Weg. Johann folgte ihnen im gebührlichen Abstand. Das war zwar in der Dunkelheit und den trotzdem noch gut besuchten Straßen nicht ganz einfach, aber dafür war das Risiko einer Entdeckung auch nicht sonderlich hoch.

Die Gertrudenkirche lag im Nordosten der Stadt, im Kirchspiel Jakobi, sodass es Johann besonders leichtfiel, ihnen zu folgen. Sie passierten schließlich St. Petri und hielten sich dann südlich, bis sie die Alster überquerten und auf dem Burstah im Kirchspiel Nikolai weitergingen. Johann hoffte, dass sie nicht noch die Stadt verließen.

Doch seine Sorge war unbegründet. Nachdem sie in einige schmale Gassen abgebogen waren, verschwanden die beiden in einem gepflegten Bürgerhaus, nur zwei Straßenzüge vom Ladengeschäft des Jakob Nagelstein entfernt.

Johann lehnte sich gegen eine Hauswand und prägte sich das Haus gut ein. Unwahrscheinlich, dass den beiden Fremden das Haus gehörte. Vermutlich hatten sie hier einige Räume zur Miete bezogen. Auch gut gestellte Bürger vermieteten Teile ihre Häuser an respektable Gäste weiter, wenn sie sie nicht selbst benötigten. Und in von Marburgs Fall war es gar nicht einmal so unwahrscheinlich, dass ein Bürger nur allzu gern den interessanten Gast beherbergen mochte, der einem so aus der Seele sprach.

Johann würde sich die nächsten Tage einmal umhören. Jedes gute Haus hatte Gesinde, was wiederum anderes Gesinde kannte.

Irgendwer würde ihm sicherlich mehr über die beiden Gäste erzählen können.
Nachdenklich machte er sich auf den Rückweg nach Jakobi. Was er nicht bemerkte, waren die beiden ausgemergelten Gestalten, die ihm wie bereits auf dem Hinweg in den Schatten der Gassen folgten …

Kapitel 12: Weiß er was?

10. Dezember 1617, Sonntag

Eine müde brennende Ölfunzel tauchte den fensterlosen Raum in ein düsteres Licht. Ein fremder Besucher hätte seine Schwierigkeiten, auf den ersten Blick die eigentümliche Einrichtung und fremdartigen Instrumente in dem Dämmerlicht zu erkennen. Das spärliche Flackern fiel über dunkel beflecktes Holz, matt glänzende Klingen, bedrohlich gekrümmte Haken, rostige Ketten und lederne Bänder. Über allem lag ein Unheil verkündender Geruch von Blut, feuchtem Stein, Exkrementen, Chemikalien und kaltem Rauch.

Hätten sich Auge und Nase des fremden Betrachters begonnen zurechtzufinden, hätte vermutlich zunächst ein undefiniertes Unwohlsein Besitz von ihm ergriffen, das sich langsam in eine erkennende Furcht gesteigert hätte.

Nicht so bei den beiden Gestalten, die an dem länglichen Tisch saßen. Ihre Anwesenheit hier hatte etwas Selbstverständliches. Sie strahlten eine sachliche Ruhe aus, die weit entfernt von Furcht war. Der schlanke Zeigefinger des Mannes mit der Kapuze fuhr sanft über den Rand des kleinen Schnapsbechers, während er still grübelte.

Der andere Mann, deutlich kräftiger von Statur, stellte gerade seinen leeren Becher wieder auf dem Tisch ab und lehnte sich abwartend zurück.

»Denkst du, er weiß wirklich etwas?«, fragte der Mann mit der Kapuze schließlich. Seine Stimme war klar und eher hoch für einen Mann, doch nicht schrill. Sie hatte durchaus etwas Einnehmendes.

Der größere Mann nahm kurz seinen Filzhut ab und strich sich die Haare glatt, bevor er ihn wieder aufsetzte.

»Ich denke nicht, nein«, antwortete er und seine dunkle, reibeisenähnliche Stimme hätte keinen stärkeren Kontrast zu seinem Gesprächspartner bilden können, auch wenn er

vermutlich jünger als dieser war. Seine kräftigen Hände griffen die Flasche vom Tisch und er schenkte sich nach, bevor er fortfuhr.
»Er hat einen Verdacht, dass einige Fremde verschwunden sind, mehr nicht. Aber er schnüffelt überall herum wie ein räudiger Gossenköter. Stellt Fragen. Wir sollten das abstellen.«
Der Mann mit der Kapuze dachte zunächst noch eine Weile über die Antwort seines Gegenübers nach. »Er ist kein Fremder, sondern Hamburger Bürger. Es fällt auf, wenn er verschwindet. Und wenn jemand sucht, stolpert er vielleicht über den falschen Stein und fällt in unsere Richtung. Ich möchte ungern alles gefährden.«
»Das tun wir aber auch, wenn wir den Köter weiterschnüffeln lassen«, brummte es ungehalten unter dem Hut hervor.
»Das ist wohl wahr«, pflichtete der schlanke Mann ihm bei und fragte noch: »Wissen wir schon Genaueres, warum er Staub aufwirbelt?«
»Klara Rutenschneider. Eine schmale, blonde Hure von außerhalb. Anfangs hat er wohl nur nach ihr Ausschau gehalten, dann ist er auf weitere Gerüchte gestoßen. Zumindest haben uns das die kleinen Ratten so zugetragen. Ich glaube, der Mistkerl ist einfach nur ein sturer Bock.«
Mit den letzten Worten griff der kräftige Mann nach seinem Schnapsbecher und leerte ihn in einem Zug.
»Klara Rutenschneider, ich erinnere mich …«, murmelte der Kapuzenträger.
»Wollen wir ihn jetzt allemachen?«, fragte der kräftige Mann zunehmend ungeduldig.
Sein Gegenüber legte abwesend die Fingerspitzen gegeneinander und grübelte still.
»Ich möchte, dass du einen Fremden damit beauftragst, es soll keine direkte Verbindung zu uns geben«, entschied der schlanke Mann schließlich.

Kapitel 13: Sind das Bissspuren?

12. Dezember 1617, Dienstag

Johann lehnte zusammengesunken an der brüchigen Hauswand, die Knie fest an den Leib gezogen und das Kinn müde darauf abgelegt. Einzig ein Mauervorsprung schien den arg in Schräglage geratenen Körper daran zu hindern, der Länge nach im nassen Straßendreck zu landen. Der tief ins Gesicht gezogene Hut verstärkte dazu den Eindruck des üblen Zechers, der bereits zur Abendstunde seinen Rausch ausschlief. Doch Johann schlief mitnichten.

Aufmerksam schielte ein Auge unter der Hutkrempe durch den Nieselregen auf die gegenüberliegende dunkle Twiete.

Zwei Gestalten standen dort eng beieinander, ein kräftiger Mann mit Schlapphut und eine in schmutzige Kleider gehüllte schmächtige Frau. Eine Szenerie, wie sie Johann heute bereits öfters in ähnlicher Form beobachten konnte. Der Mann hieß Gottfried Dornvogel, wie er mittlerweile wusste. Dornvogel war der Diener und vermutlich auch Leibwächter von Thomas von Marburg.

Er war ihm heute auf den Fersen geblieben, als dieser in der Dämmerung ohne seinen Herrn das Haus im Kirchspiel Nikolai verließ. Johann hatte in Erfahrung bringen können, dass dies öfters geschah.

Doch anders, als es zu erwarten gewesen wäre, steuerte der Bedienstete nicht den Markt für Besorgungen oder das nächste Gasthaus für einen guten Krug Bier an, sondern trieb sich ruhelos in den weniger respektablen Gegenden der Stadt herum. Zumeist fand man ihn in den Straßen und Twieten von Jakobi, aber auch in St. Katharinen stöberte er in den Schatten umher. Er erinnerte Johann ein wenig an ein hungriges Schwein, das unruhig den Waldboden durchwühlte. Nur dass es Dornvogel offensichtlich nicht nach Eicheln oder Wurzeln gelüstete, sondern nach Dirnen.

Dabei war der Mann jedoch auf eine eigentümliche Weise wählerisch. An drallen Schankmägden schien er offensichtlich nicht interessiert. Auch die meisten anderen *Strichkatzen* waren ihm nur ein paar Blicke oder bestenfalls ein paar lapidare Worte wert, bevor er weiterzog. Dabei waren durchaus einige ansehnliche Weibsbilder dabei gewesen, wie Johann fand.

Doch dieses Mal hatte der Bedienstete des Wanderpredigers offenbar größeres Interesse, denn er redete jetzt schon länger mit der Frau. Johann hätte zu gern gewusst, was die beiden besprachen. Für eine Preisverhandlung dauerte es schon eine ganze Weile und die Dirne lüftete weder Rock noch Mieder, um ihren potenziellen Kunden von ihren Vorzügen zu überzeugen. Tatsächlich schüttelte die Frau sogar mehrmals ablehnend ihren Kopf, während Dornvogel auf sie einredete. Schließlich griff der Mann in seine Tasche und hielt der Dirne seine ausgestreckte Hand hin, doch diese zögerte nochmals eine Weile, schüttelte abermals den Kopf und wich einen Schritt zurück.

Der Diener zog daraufhin seine Hand zurück und zuckte mit den Schultern, bevor er seinen Weg fortsetzte. Johann überlegte hastig. Sollte er ihm weiter folgen oder mit der Dirne sprechen? Er entschied sich für Letzteres. Dornvogels breiten Rücken sah er mit einem kurzen Seitenblick schon die Straße hinabgehen.

Er schraubte seine müden Knochen nach oben und schlenderte über die Kreuzung. Beiläufig näherte er sich der Twiete und schritt auf die Frau in den Schatten zu. Schon aus einigen Schritt Entfernung konnte er sehen, dass die Frau ob der Kälte zitterte. Das dünne, schäbige Tuch eng um die schmalen Schultern geschlungen, gab sie selbst von Weitem eine jämmerliche Erscheinung ab. Und der Eindruck besserte sich auch von Nahem nicht.

»Zu kalt heute, um allein zu sein, starker Mann, oder?«, fragte sie und versuchte sich an einem eher emotionslosen Lächeln. Sie war mitleiderregend blass, was die Blutergüsse und die tiefe Schramme in ihrem Gesicht nur noch mehr zur Geltung brachte, so sehr sie sich auch bemühte diesen Teil ihres Gesichts zu verbergen.

»Ja, ist kalt«, bestätigte Johann knapp.

»Für fünf Pfennige könnt ich's dir hier schnell ein wenig wärmer machen und für drei Groschen kann ich dich die ganze Nacht in deiner Kammer warmhalten.«

»Lass mal gut sein, Mädchen, ich will nur mal mit dir reden«, erklärte Johann.

Augenblicklich schlich sich Argwohn und Sorge auf ihr Gesicht. »Wozu?«, fragte sie angespannt.

Johann hob beschwichtigend die Hand. »Mach dir keine Sorgen, ich will dir nichts Böses. Soll auch nicht umsonst sein.«

Er kramte in seinem Beutel und hielt der Dirne einen Kupferpfennig entgegen.

»Den sollst du jetzt schon haben, damit du siehst, dass ich es gut mit dir mein. Ich geb dir noch einen, wenn du meine Fragen beantwortest und anschließend vergisst, dass du mich gesehen hast. Einverstanden?«

Die Dirne taxierte ihn misstrauisch, dann griff sie den Pfennig und ließ ihn schneller verschwinden als ein Jahrmarktszauberer eine Spielkarte. »Was willst du wissen?«, fragte sie, noch immer misstrauisch.

»Der Mann, der eben bei dir stand, was wollte er?«

»Ein schräger Vogel war das …«, begann sie nach einigem Zögern.

»Erst hat er mich so komisch gemustert, richtig unheimlich war der mir irgendwie. Hatte da kein gutes Gefühl bei …«, setzte sie fort und versuchte vergeblich das Tuch noch enger um ihre Schultern zu ziehen.

»Dann hat er gefragt, von wo ich komm. Ich hab ihm gesagt aus Hamburg und dass das doch egal ist. Aber so richtig geglaubt hat er mir wohl nicht.«

Johann nickte bedächtig, während ihm ein Dutzend Gedanken durch den Kopf gingen.

»Da hatte ich schon ein schlechtes Gefühl, dass der mich dem Brookvogt melden will, und wollt lieber schon weg. Aber dann hat er ganz schnell gefragt, was ich denn für ein ganze Nacht nehmen würde. Da bin ich dann doch erstmal geblieben, ist ja so kalt

gerade. Ich hab ihm gesagt fünf Groschen, weil er mir ja schon unheimlich war.«
»Und dann?«, fragte Johann und bremste nur mühsam seine Ungeduld.
»Er hat gesagt, er gibt mir zehn, wie einer echten Dame! Aber ich müsste etwas Besonderes dafür tun, aber ohne die Beine breit zu machen und es wäre nicht für ihn und reden dürft ich mit gar niemanden darüber. «
Die Frau hustete und blies sich dann zittrig in die kalten Hände. »Da ist mir dann irgendwie noch unheimlicher geworden. So viel Geld und er wollte dann auch nicht mehr rausrücken wofür nun. Da hab ich's lieber gelassen.«
Johann strich sich grübelnd über den Kinnbart. »Sonst noch was?«, fragte er wenig hoffnungsvoll.
Die Frau schüttelte den Kopf. »Nein, außer dass er so komisch gesprochen hat, kam wohl nicht von hier«, schloss sie und sah ihn erwartungsvoll an.
Johann legte ihr den versprochenen zweiten Pfennig in die Hand. »Hab gehört, die Brauer haben heute eine Zunftversammlung, da wird viel getrunken und sicher ist dem einen oder anderem danach nach Gesellschaft«, verriet er ihr noch.
Hoffnung schlich sich auf das Gesicht der Frau und mit einem knappen »Danke« machte sie sich sogleich auf.
Johann lehnte sich indes gegen die feuchte Hauswand, stellte seinen Fuß auf eine morsche Holzkiste und verschränkte die Arme vor der Brust. Das passte alles ganz manierlich ins Bild. Dornvogel spielte für seinen Herrn den Häscher und lockte ortsfremde *Glunten* an, die keiner vermisste und die von Marburg ohnehin auf dem Kieker hatte. Und wenn er oder beide sich an ihnen gütlich getan hatten, brachten sie sie um die Ecke und niemand verlor mehr ein Wort darüber.
Nur warum fand man dann ab und an in den Fleeten deren blutige Kleidung, aber nie eine Leiche? Wenn sie die Körper so gut entsorgen konnten, dass sie keiner fand, warum ließen sie nicht einfach auch die Kleider an? So ganz ging die Geschichte noch

nicht auf und Beweise oder besser noch Zeugenaussagen, die man an den Brookvogt geben konnte, hatte er nun so gar nicht in der Hand. Er würde schon noch weiter wühlen müssen.

Aber für heute sollte es reichen, es war kalt und er war müde.

Gerade wollte er sich auf den Heimweg machen, da bemerkte er die beiden Gestalten, die von der Straße in ›seine‹ Twiete abgebogen waren. Es waren Johanns in vielen Jahren im Krieg und in der Gosse geschärften Sinne, die Alarm schlugen. Vielleicht war es die Haltung der beiden, vielleicht ihr Gang oder doch etwas, das er nicht beschreiben konnte. Aber er wusste, dass sie eine Gefahr für ihn darstellten, und sah jetzt auch das matte, metallische Aufblitzen in ihren Händen.

Er hatte nicht viel Zeit, in wenigen Schritten wären sie bei ihm. Vielleicht zu knapp, um sein eigenes Messer zu ziehen, und selbst wenn, sah es gegen zwei Angreifer übel aus. »Kämpfen zwei mit dem Messer gegeneinander, ist am Ende einer tot und der andere schwer verletzt«, hatte ein Feldscher einmal zu ihm gesagt und Johanns Erfahrungen konnten das nur bestätigen. Fürs Umdrehen und Weglaufen wäre es vermutlich auch zu knapp, da sah er schon den Stahl zwischen seinen Schulterblättern stecken.

Also etwas anderes. Johann trat mit der Stiefelspitze eine gehörige Portion Eismatsch in ihre Richtung. Er sollte Glück haben, die Ladung flog dem ersten auf Kopfhöhe entgegen, sodass dieser instinktiv stoppte und schützend die Hand hochriss. Der zweite prallte gegen ihn und versuchte sich in der engen Twiete an seinem Kollegen vorbeizudrängeln. Johann hatte eine gewonnene Sekunde und riss die morsche Holzkiste vor sich hoch.

Einen Lidschlag später krachte eine Klinge in den Kasten und große Späne stoben beiseite. Sein Gegner schien entschlossen, denn sofort stach die Klinge weiter in seine Richtung. Johann musste zurückweichen, während seine Deckung sich zusehends in Kleinholz auflöste.

Mit wuchtigen Stößen mit der restlichen Kiste zum Kopf seines Gegenübers und wütenden Tritten schaffte er sich zumindest ein wenig Luft. Er hatte nur Glück, dass die Twiete so eng war, dass

der zweite Angreifer beinahe untätig hinter seinem Kollegen verharren musste.
Dann spürte er einen Schlag am linken Unterarm und wusste, dass es die Klinge gewesen sein musste. Er fluchte innerlich. Er hatte keine Gelegenheit zu schauen, wie schlimm der Treffer war. Wenn es nicht nur oberflächlich war, würde der Arm vermutlich bald an Kraft verlieren. Wütend warf er sich mit der restlichen Kiste nach vorn, drosch damit auf seinen Gegner ein und trat wie besessen nach dessen Beinen.
Er sollte belohnt werden. Er spürte einen dumpfen Aufprall auf der Kiste und mit einem Stöhnen kam sein Angreifer ins Wanken. Vermutlich hatte er ihn mit einer Kante ins Gesicht getroffen. Doch einen Wimpernschlag vorher spürte er noch einen Einschlag in der Bauchgegend und hoffte, dass es nur ein Faustschlag oder ein Brett der Kiste war.
Johann trat dem taumelnden Körper seines Gegners noch hinterher, sodass dieser gegen seinen Kumpan prallte, der böse fluchte. Hastig warf er ihm noch die jämmerlichen Reste der Kiste entgegen und machte auf dem Absatz kehrt und lief. Ob er den zweiten Angreifer getroffen hatte, konnte er nicht sagen, aber eine bessere Gelegenheit zu verschwinden würde er vermutlich nicht mehr erhalten.
Er rannte, was das Zeug hielt, und schlug wie ein flüchtendes Karnickel Haken in dem düsteren Labyrinth aus Twieten, Gassen und Hinterhöfen. Sollten die beiden doch versuchen ihm zu folgen, hier war *er* zuhause. Er sprang über einen niedrigen Hinterhofzaun, landete auf einem Komposthaufen, drückte sich durch eine fehlende Zaunlatte und befand sich nach zwei weiteren Haken wieder auf einer größeren Straße. Hektisch sah er sich um. Um diese Uhrzeit waren nur noch wenige Passanten unterwegs, aber die beiden Angreifer konnte er nicht darunter ausmachen. Falls er sie überhaupt erkennen würde, nachdem er sie nur kurz im Dunkeln gesehen hatte.
Keuchend lehnte er sich an eine Hauswand. Im dünnen Lichtschein, der aus einigen Häusern hervorschien, blickte er auf

seine blutverschmierten Hände und besah sich die Verletzung an seinem Unterarm. Bei dem Licht konnte er allerdings nicht genau erkennen, wie stark ihn die Klinge getroffen hatte. Gut fühlte sich der Arm jedoch nicht an und so langsam kroch auch der Schmerz hinein. Er band sich sein Halstuch so fest wie möglich um seinen linken Unterarm. Erst dann fiel ihm der Treffer an seinem Bauch wieder ein.
Er blickte an sich hinab und ertastete einen Schlitz in seinem Lederkoller, um den es feucht war. Ein schmerzhaftes Stöhnen kam ihm über die Lippen, als er an der Stelle herumnestelte. Er fluchte und konnte nur hoffen, dass kein Organ getroffen war. Er musste schleunigst zum Bader.
Ulrich Steinschneider hatte sein Badehaus im Kirchspiel St. Nikolai, das war von hier ein arger Marsch in seinem Zustand. Aber er kannte Steinschneider aus dem Krieg und wusste, dass er sein Handwerk verstand. Johann hatte gelernt, dass ein schlechter Bader einen schneller unter die Erde brachte als eine Musketenkugel. Außerdem hoffte er, mit seinem Bekannten einen guten Preis aushandeln zu können.
Stöhnend machte er sich gerade, die Linke fest an seinen Körper gelegt, die Rechte auf die Leibwunde gepresst. Dann brachte ihn das Fluchen von zwei Karrenschiebern auf eine Idee. Mit schweren Beinen stapfte er zu ihnen hinüber. Es waren zwei Strafgefangene, die unter den Blicken ihres Aufsehers eine Schot'sche Karre durch den Straßendreck zogen.
An sich war es zu spät für ihre Arbeit, aber vermutlich brachten sie das Fuhrwerk nach ihrem Tagwerk in den Gassen oder beim Wallbau nun zurück.
Johann trat ihnen entgegen und hob müde eine Hand. »Ich wurde überfallen und bin verletzt«, erklärte er und zeigte ihnen seine blutigen Hände. Verdutzt schauten ihn die beiden Gefangenen an und auch ihr Aufseher wurde plötzlich wieder munter.
»Soll ich Alarm geben und die Brookvogtknechte rufen?«, fragte er ratlos.

Johann lachte kurz auf bei dem Gedanken und schüttelte dann den Kopf. »Nein, es war dunkel und ich kann sie nicht beschreiben. Sind sicherlich schon längst über alle Berge. Aber ich muss zum Bader. Könnt ihr mich hinschieben?«
Die drei sahen ihn an, als würde er in fremden Zungen reden. »Mit dem Karren hinschieben?«, fragte der Aufseher irritiert.
Johann nickte. »Ja, ich muss zum Steinschneider nach St. Nikolai. Das schaff ich nicht mehr. Ich geb dir auch fünf Pfennig für den Umweg.«
Der Aufseher wirkte nun deutlich interessierter und half Johann nach Erhalt der Münzen sogar auf die nach Unrat und Straßendreck stinkende Ladefläche. Johann war's egal. Erschöpft ließ er sich auf das feuchte Holz sinken und presste die Hand wieder auf seine Wunde.
Holpernd setzte der Wagen seinen Weg fort.
Johann versuchte seinen Herzschlag zu beruhigen und lauschte abwesend den beiden Karrensträflingen, die sich mit gedämpfter Stimme darüber ausließen, dass sie von dem Geld sicherlich nichts sehen würden.
»Meinst du, man könnte damit was verdienen?«, fragte der eine zwischen seinen schnaufenden Atemzügen.
»Womit?«, fragte sein Leidensgenosse.
»Kranke und Verletzte zum Bader fahren, die nicht selber laufen können oder mögen«, erklärte der erste.
»Wie sollen die dich denn finden?«, fragte der zweite.
»Man könnte die Karre auffällig anmalen, in Weiß oder so. Und ein Dach gegen Regen draufmachen, eine Decke würde auch nicht schaden. Leute, denen es nicht gut geht, zahlen ja oft gerne mal etwas mehr.«
»Klappe da vorn, hört auf solchen Unfug zu schwätzen!«, unterbrach der Aufseher die Unterhaltung der beiden harsch.
Johann hatte ohnehin kaum zugehört und konzentrierte sich, die immer mehr einsetzenden Schmerzen zu ignorieren, die mit jedem Schlagloch neue Nahrung fanden. Aber immer noch besser als selbst zu laufen.

Während der holprigen Fahrt grübelte er über den Angriff. Die beiden Halsabschneider hatten es ernst gemeint, waren sehr entschlossen und direkt zur Sache gekommen. Was hatte das zu bedeuten? War er nur zufälliges Opfer eines Überfalls gewesen? Möglich, aber unwahrscheinlich. Er wirkte nun nicht gerade vermögend und war stattdessen kräftig und wehrhaft anzuschauen. Da gab es lohnendere und einfachere Opfer als ihn. Noch dazu war es trotz der Dunkelheit recht früh für einen Überfall, noch waren zu viele Zeugen auf der Straße. Ein angetrunkener Zecher zu später Stunde wäre sicher die bessere Wahl.

Strauchdiebe bedrohten auch üblicherweise ihre Opfer und forderten Geld und Kleidung oder zogen ihnen eins mit dem Knüppel über den Schädel. Die wenigsten stachen gleich zu wie auf ein Schwein im Schlachthof. Dafür drohte der Galgen oder Schlimmeres.

Aber was dann? Hatten von Marburg und Dornvogel Wind bekommen, dass er ihnen hinterherschnüffelte, und die beiden Halsabschneider auf ihn angesetzt? Das klang schon deutlich plausibler. Wenn es so war, musste er sich ab jetzt ordentlich in Acht nehmen.

Es konnte aber auch einer seiner Kunden gewesen sein, der sich allzu sehr geärgert hatte, dass Johann der Ratenzahlung für den Juden-Jakob etwas Nachdruck verliehen hatte.

Als er schließlich nach einer gefühlten Ewigkeit vor dem Haus des Baders wieder vom Karren stieg, war er sicher, dass er zu Fuß den Weg nicht geschafft hätte. Nach einer knappen Verabschiedung torkelte er mit wackeligen Beinen zur Eingangstür und pochte gegen das Holz. Er merkte erst jetzt, wie kalt ihm war.

Wenig später öffnete sich die Tür und Johann blinzelte ob des Lichts, das ihm in die Augen schien.

»Guten Abend der Herr, aber wir sind leider kurz vorm Schließen«, erklärte eine noch recht jung klingende Männerstimme mit einer Spur aufrichtigem Bedauern.

»Ich bin verletzt, bring mich zu Steinschneider«, presste Johann hervor und hielt auch diesem Mann die blutigen Hände entgegen.
»Komm rein«, entgegnete der Bedienstete sogleich. »Soll ich dich stützen?«, fragte er noch und es klang routiniert.
Johann schüttelte den Kopf und folgte ihm in das Haus. Er war froh, dass er nicht noch diskutieren musste.
Sein Führer brachte ihn in eine warme Stube, in der sich neben einem Schrank und zwei Stühlen auch ein großer Holztisch befand, an dem breite Lederriemen befestigt waren. Johann hatte sofort einen bitteren Kloß im Hals. Auf solchen Tischen wurden im Feldlager die Patienten festgeschnallt, wenn schwere Operationen wie Amputationen oder größere Eingriffe notwendig waren. Nicht jeder Patient hatte das Glück, schnell in Ohnmacht zu fallen, und das Geschrei, das Aufbäumen und Zucken machte dem Feldscher einen sauberen Schnitt oder eine gute Sägespur unmöglich. Auch Johann hatte einige schlimme Erfahrungen auf einem solchen Tisch machen müssen und war froh, noch mit allen Körperteilen gesegnet und am Leben zu sein.
»Setz dich bitte, ich hole den Meister«, erklärte der junge Mann, den Johann für einen Gesellen hielt. Johann tat müde, was ihm angeraten wurde. Durch eine zweite Tür konnte er einen Blick in die mittlerweile leere Badestube werfen. Warme, wohlriechende, feuchte Luft schlich sich von dort in den Raum und erinnerte ihn an den Traum mit der Böttcher. Nun musste er trotz der üblen Lage ein wenig schmunzeln. Vermutlich konnte er nie wieder einen Zuber sehen, geschweige denn eine Badestube betreten, ohne dass sich seine Männlichkeit regte. Der Gedanke gefiel ihm irgendwie.
Behäbige Schritte auf den Bodenbrettern rissen ihn aus seinen Gedanken.
Ein Mann mit sauber gestutzten grauen Haaren und einem ebensolchen Vollbart betrat das Behandlungszimmer.
»Könnt ihr eure Gräten nicht einfach tagsüber brechen?«, raunzte er und hustete kurz. Dann hielt er kurz inne und blickte seinen Patienten genauer an.

»Johann Gabelschlag, oder?«, sprach er halb als Frage, halb als Feststellung.

Johann nickte.

»'nabend, Steinschneider«, begrüßte er den Bader mit angestrengter Stimme. Johann musste zweimal hinsehen, um den alten Bekannten zu erkennen. Er wirkte deutlich älter, als er ihn in Erinnerung hatte. Auch schien er an Gewicht verloren zu haben.

»Was für eine Verletzung hast du?«, fragte der Bader und blickte abwechselnd zu Johann und seinem Gesellen.

»Ein Messer, linker Unterarm und ein Stich hierhin«, erklärte Johann mühsam und blickte zu seiner rechten Hand, die er immer noch auf den Leib gedrückt hielt.

Der Bader nickte.

»Zieh ihn aus und wasch ihn, damit ich die Wunden erkennen kann«, wies er seinen Gesellen an und verließ den Raum wieder.

Der Badergeselle tat, wie ihm geheißen wurde, und half Johann sich aus der Kleidung zu schälen. Mehrfach stöhnte Johann auf und war froh, dass sich der junge Mann als recht geschickt erwies. Er schätzte ihn auf Anfang bis Mitte zwanzig, auch wenn der kurzgeschorene Haarkranz ihn älter erscheinen ließ.

Ächzend legte Johann sich auf den blutbefleckten Tisch, als der Badermeister mit einem Lederschurz bekleidet in den Behandlungsraum zurückkehrte.

Der Geselle hatte währenddessen wieder das durchgeblutete Halstuch um seinen Unterarm geschlungen und wusch seinen Bauch, um anschließend schnell ein Tuch auf die immer noch blutende Wunde zu drücken.

Steinschneider besah sich zunächst das blutige Koller und dann Johanns Wunde. Dann glitt sein Auge kurz über seinen ganzen Körper und beäugte die verschiedenen Verletzungen unterschiedlichen Alters aus den letzten Wochen. Missbilligend schüttelte er den Kopf.

»Also?«, fragte Johann.

»Dein Koller hat viel abgefangen, sonst sähe es übel aus. Ich glaube, es hat kein Organ getroffen, aber wer weiß das schon. Die

Wunde ist etwas ausgerissen, das ist nicht gut. Hast einiges an Blut verloren, aber wenn der Wundbrand dich nicht holt, wirst es wohl überleben. Den Rest sehe ich mir danach an. Ich bin ja noch jung und brauche keinen Schlaf.«

Johann räusperte sich. »Also ich mein eigentlich, was es kosten wird …«, erklärte Johann.

»Verfluchtes Geizgesindel, ich sollte dir einfach einen Korken reinstecken und dich mit einem Tritt in den Hintern vor die Tür setzen«, knurrte der Bader, aber es schwang ein Hauch von Belustigung in seiner Stimme mit.

»Was würde das denn kosten?«, wollte Johann wissen.

»Halt einfach die Klappe«, bellte der Badermeister und begann seine Instrumente zurechtzulegen.

»Schau dir das Hemd an, Casper«, wies der Bader seinen Gesellen an, ohne aufzuschauen. Der junge Mann nickte und untersuchte Johanns blutgetränktes Hemd.

»Und wonach hältst du Ausschau?«, fragte er ihn immer noch ohne aufzusehen.

»Ob Stoff an der Einstichstelle fehlt, Meister«, antwortete der Geselle.

»Warum und ist das wahrscheinlich?«, fragte Steinschneider erneut.

»Wenn Stoff in die Wunde geraten ist, führt das mit Sicherheit zum Brand, Meister. Das ist bei Stichverletzungen aber eher unwahrscheinlich. Häufiger passiert dies bei einer Musketenkugel.«

Steinschneider ließ ein zustimmendes Brummen verlauten. Dann hielt er eine Nadel über die Flamme einer Öllampe, bevor er das Tuch über der Wunde entfernte und die Einstichstelle mit etwas übergoss, was wie Wein roch. Ein infernalisches Brennen breitete sich auf Johanns Bauch aus.

»Was soll der Humbug, tanzt du gleich um mich herum und schüttelst eine Knochenrassel?«, knurrte Johann, aber mehr um sich abzulenken.

»Der Henker hat mir den Rat gegeben, die Instrumente in das Feuer zu halten und die Wunden mit Essig oder Wein zu waschen. Das soll Glück bringen und den Brand fernhalten.«
»Hast du mal darüber nachgedacht, dass der Henker dafür bezahlt wird, Menschen zu foltern und ins Jenseits zu befördern?«, entgegnete Johann trocken.
Steinschneider lachte kurz auf. »Du kennst ihn ja besser als ich«, brummte er und reichte Johann das Beißholz.
»Muss ich dich noch festschnallen beim Nähen oder reicht es, wenn Casper dein Händchen hält?«, fragte der Meister
»Früher hast du einfach siedendes Öl draufgegossen oder ein Brenneisen genommen«, murmelte Johann misstrauisch und schob sich das Beißholz zwischen die Zähne.
»Hättest du eine Schussverletzung, würde ich das auch wieder tun, aber Stiche und Schnitte näht man besser. Außerdem dauert das länger und ist viel unterhaltsamer für mich.«
Während der Geselle mit sanftem Nachdruck Johanns Schultern auf der Bank hielt, begann sein Meister mit sicherer Hand die Nadel durch die Wunde zu führen. Johann keuchte bei jedem Stich und seine Kiefer schlossen sich fest um den Knebel, wenn der Bader den Faden durch das Fleisch zog.
»Übrigens schön dich mal wieder zu sehen«, plauderte Steinschneider vertieft in seine Arbeit. Johann brummte etwas in das lederumwickelte Holzstück.
»Mach ein Wundpflaster fertig und leg dem Mann einen Verband an«, ordnete Steinschneider an und legte Nadel und Schere beiseite, nachdem er den letzten Stich gesetzt und den Faden gekappt und verknotet hatte.
»Was ist eigentlich passiert?«, fragte der Badermeister, während er sich nun die Armwunde besah.
»Zwei Strauchdiebe haben mich überfallen, sind mir gleich direkt ans Leder gegangen«, erklärte Johann, nachdem er das Beißholz mit der heilen Hand aus dem Mund genommen hatte.
Der Bader zog eine Braue hoch. »Einfach so? Sag schon, wem hast du auf die Füße getreten?«

Johann deutete ein Schulterzucken an und setzte zu einer Erklärung an, stoppte jedoch abrupt und sog keuchend die Luft ein, als Casper den Verband an seinem Bauch festzog.
»Beweg mal die Finger und mach die Hand auf und zu«, wies ihn der Bader an.
Johann tat wie ihm geheißen.
»Hmm, du hast Glück gehabt. Keine Sehne durch. Casper, wasch und näh das hier.«
Johann räusperte sich. »Du hast das doch schon einmal gemacht, Casper, oder?«, fragte er den Gesellen angespannt.
Casper setzte zu einer Antwort an, aber Steinschneider fiel ihm ins Wort.
»Hab Verständnis für die Jugend, irgendwann ist für jeden das erste Mal. Ich bin sicher, er wird sich Mühe geben.«
Johann verzog das Gesicht und brummte ungehalten. Doch zu seiner Erleichterung wusste der junge Mann mit der Nadel umzugehen.
»Ich kann es besser als er«, flüsterte der Badergeselle so leise, dass nur sein Patient ihn hören konnte, und zwinkerte ihm verschmitzt zu, während der Meister mit hinter dem Rücken verschränkten Armen das Tun seines Angestellten aufmerksam verfolgte.
Eine Freude war es dennoch nicht, aber das war auch nicht zu erwarten gewesen.
»Langsam und tief atmen, ich steche dann in dein Ausatmen, das hilft ein wenig«, erklärte der Geselle routiniert.
Zum Abschluss erhielt Johann auch hier ein Salbenpflaster und einen Verband.
Schließlich beugte sich der Badermeister zu ihm hinunter. »Die Bauchwunde scheint zu halten, dann lass mich mal den Rest anschauen …«
Steinschneider beäugte zunächst seine Schulter und seinen restlichen Arm. »Eine üble Prellung mit Stichwunde in der Schulter, vor ein bis zwei Wochen würde ich sagen …«, murmelte der Bader.

»Zehn Tage, eine Nagelkeule, ich hab aber nich angefangen …«, erklärte Johann.
»Konntest du den Arm schon wieder bewegen?«, fragte der Bader.
Johann nickte.
»Ist vermutlich nichts gebrochen und brandig ist es auch nicht geworden, Glück gehabt, Gabelschlag, das nächste Mal komm damit gleich zu mir«, rügte ihn Steinschneider.
Dann fuhren seine Finger den verletzten Arm hinab. »Sind das Bissspuren?«, fragte der Meister entrüstet.
Johann räusperte sich. »Das war nur ein bedauerliches Missverständnis!«, versuchte er sich an einer Erklärung, doch der Bader schüttelte nur den Kopf.
»Nimm den linken Arm mal eine Weile aus dem Spiel, der braucht Ruhe«, stellte Steinschneider klar.
»Denke, die Rippen sind ganz gut abgeheilt, mindestens drei Wochen«, urteilte er über den weitgehend verblassten Bluterguss. »Hast du Schmerzen beim Atmen?«, fragte er seinen Patienten.
»Ich nicht, der andere vielleicht«, erklärte Johann grimmig und fletschte die Zähne. Dann räusperte er sich wieder. »War ein Arbeitsunfall«, stellte er klar.
»Wie die Platzwunde hier?«, fragte der Bader und deutete auf seine Stirn.
»Ja, die gleiche Arbeit, hab auf 'nen Lagerschuppen aufgepasst und das war auch notwendig«, stellte er sachlich fest.
Der Bader seufzte. »Die restlichen Schnittwunden und Prellungen sind nicht der Rede wert, ich frage mich nur, wie du dein jetziges Alter erreichen konntest. Aber du wolltest schon auf dem Schlachtfeld einfach nicht krepieren.«
Johann lachte rau und hielt sich gleich darauf wieder seine Bauchwunde. »Da ist noch was, ich würd dir gerne meinen Hintern zeigen«, eröffnete er trocken.

Der Bader hob kopfschüttelnd eine Hand. »Ich bin zwar schon lange Witwer, aber so notwendig ist es dann doch nicht. Ich würde Münzen als Bezahlung bevorzugen.«
»Hundsfott, ich hab da was«, brummte Johann und drehte sich stöhnend auf die Seite.
Der Badermeister beugte sich vor und begutachtete Johanns Kehrseite. Dann fing er elendig an zu husten und wendete sich keuchend ab.
»Wollt ihr lieber pausieren, Meister?«, fragte sein Geselle besorgt, während Johann ein erschrockenes »So schlimm?« ausrief.
Der Badermeister holte keuchend Luft, schüttelte den Kopf und machte zu beiden abwechselnd unwirsche Handbewegungen.
»Casper, was sagst du?«, fragte der Bader schließlich seinen Gesellen und deutete auf die unappetitliche Beule.
»Das ist ein Furunkel, ein sehr ansehnliches Stück, Meister«, erklärte der Geselle.
»Bist ja ohnehin schon ordentlich angeschlagen, willst du dir das jetzt auch noch aufhalsen?«, fragte der Bader Johann skeptisch.
»Kann mir aber auch nicht leisten diesen Winter noch mal was ausheilen zu lassen«, entschied Johann.
»Dann schneide es auf und spül es«, forderte Steinschneider seinen Gesellen auf.
»Muss die Wunde ausgebrannt werden?«, fragte Johann. Er gab sich Mühe, seiner Stimme einen beiläufigen Tonfall zu geben, konnte die Sorge darin aber nicht ganz verbergen.
»Das kommt ganz darauf an«, erklärte der Bader.
»Worauf?«, fragte Johann.
»Ob du dich weiter so unverschämt gibst.«
»Dann halt ich jetzt meine Klappe«, versprach Johann.
»Dann wird wohl ein Pflaster reichen, nähen sollte man das zum besseren Abfluss ohnehin nicht.«
Erleichtert entspannte sich Johann wieder ein wenig. Nachdem er eine Weile später einen weiteren tiefen Abdruck auf dem Beißholz hinterlassen hatte, fühlte er sich deutlich erleichtert.
»Was kriegst du von mir?«, fragte er den Badermeister müde.

Dieser kratzte sich am Kinn und rechnete gedanklich die erbrachten Leistungen nach. »Zehn Groschen wären das«, verlangte er.
Johann schluckte. »Ist in Ordnung«, murmelte er.
Der Badermeister winkte lächelnd ab. »Gib mir vier, Sonderpreis für alte Kriegskameraden«, bot er augenzwinkernd an.
Johann strahlte. »Danke, Ulrich! Das ist sehr anständig von dir! Und sachma, ich glaub' nicht, dass ich's nach Hause schaff …«
Der Bader rümpfte kurz die Nase. »Bin doch kein Gasthaus«, murmelte er, zuckte dann aber die Schultern.
»Casper kann dir eine Decke bringen, der Tisch wird bis morgen ohnehin nicht benötigt«, bot er schließlich an und Johann bedankte sich erneut.
Müde schlich der Bader dann wieder zum Schrank und holte eine Tonflasche und zwei Becher heraus. Er goss beide voll und setzte sich auf einen Stuhl neben dem Behandlungstisch.
»Hier, hilft gegen die Schmerzen, nur leider nicht gegen Dummheit«, seufzte er und reichte Johann den Becher, der randvoll mit einer scharf riechenden Flüssigkeit gefüllt war.
»Danke, Ulrich!«, freute sich Johann und nahm einen großen Schluck Branntwein, der heiß seine Kehle hinunterlief.
»Du siehst … müde aus, solltest dir von deinem Sohn und Casper hier mehr unter die Arme greifen lassen.«
»Ist die Lunge, Johann, da hilft kein Zur-Hand-Gehen«, seufzte der Bader.
»Ernst?«, fragte der Veteran.
Der Bader nickte. »Ewig werde ich nicht mehr haben, denke ich. Vielleicht noch ein Jahr, vielleicht aber auch nur ein paar Monate. So genau kann man das nicht sagen.«
Johann schwieg in Ermangelung einer guten Antwort.
»Ist schon in Ordnung, ich hatte mein Leben und dann kann ich die Erika wiedersehen«, gähnte der Bader gelassen.
Johann nickte und nippte am Becher.
»Die Sibylle und die Christine hab ich gut unter die Haube gebracht, die eine hat in Lübeck einen anständigen Kaufmann

gefunden und die andere hier in Hamburg einen Baumeister geheiratet«, sinnierte der Bader mehr zu sich selbst.
»Kann ja nicht so schwierig gewesen sein, so wie die beiden ausgeschaut haben, kamen halt wohl mehr nach ihrer Mutter«, frotzelte Johann, um die Stimmung etwas aufzubessern.
»Hüte deine Zunge, Gabelschlag, oder ich überleg mir das mit dem Brandeisen noch«, knurrte der Bader mit gespielter Verärgerung.
»Und dein Sohn, der …«, fragte Johann und schnippte mit dem Finger.
»Rasmus«, sprang ihm der Bader mit dem Namen zur Seite.
»Ja, der war doch auch Bader, hat er schon die Meisterprüfung gemacht?«
Steinschneider schüttelte den Kopf, aber lächelte dabei. »Er ist gerade in Prag und studiert«, erklärte er mit gerecktem Kinn und stolzgeschwellter Brust.
»Ne, ist nich wahr, so richtig an einer Universität?«, rief Johann verblüfft aus.
Steinschneider nickte eifrig. »Ja, eben so!«, bestätigte er und Johann schnalzte anerkennend mit der Zunge.
»Meine Schwester hat seinerzeit einen wohlhabenden Mann in Prag geheiratet, der sogar von Stand ist. Bei denen ist er untergekommen und ihr Mann hat auch ein gutes Wort für ihn bei der Universität eingelegt. Als Bader hätten sie ihn wegen der Unehrlichkeit vermutlich sonst abgelehnt.«
Johann brummte zustimmend und zog fröstelnd die Decke höher, die ihm Casper mittlerweile gebracht hatte.
›Unehrlichkeit‹, also ›ohne Ehre‹, war ein ebenso folgenschwerer wie schwer zu bestimmender Begriff. Unehrlichkeit führte zumeist zu einem geringeren Ansehen in der Gemeinschaft, oft war einem auch der Zugang zu bestimmten Ämtern oder Rechten verschlossen. In der Regel ging die Unehrlichkeit vom Beruf aus, so galten Tätigkeiten, die viel mit Schmutz, Dreck oder auch Krankheiten zu tun hatten, oftmals als unehrlich. Dazu gehörten Abortreiniger, Abdecker, Totengräber, Bader und Barbiere,

Lumpensammler und Gerber. Bei anderen Berufen wie dem Müller, Schäfer oder Kesselflicker mochte es hingegen eher Aberglauben sein. Natürlich gehörten Bettler, Dirnen und Vaganten zu den Unehrlichen. Auch galten alle Angestellten des Justizwesens wie Torwächter, Röper oder Nachtwächter als unehrlich. Ihnen voran natürlich der Henker, dessen Unehrlichkeit sogar wie eine Krankheit übertragen werden konnte. Die Haft in der Frohnerei und Körperstrafe durch den Henker machte den Delinquenten zumeist selbst unehrlich. Dennoch konnten Unehrliche trotz ihres offiziellen Standes auch wohlhabende und angesehene Mitglieder der Gemeinschaft sein. Das galt gerade für Berufe wie Müller oder Bader.

»Vorher hab ich ihn zur Vorbereitung hier auf die Gelehrtenschule des Johanneums geschickt. Latein musste er ja als Bader schon lernen. Wünschte nur, der Bengel würd sein Leben ernster nehmen, hat nur Wein, Weiber und Unfug im Kopf.«

Johann lachte und trank noch einen Schluck.

»Stell dir vor, mein Rasmus wird vielleicht einmal der Stadtphysikus von Hamburg …«, schwelgte der Bader mit einem seligen Lächeln.

»Ich hoffe nur, ich erlebe seine Bakkalarsgraduierung noch«, seufzte er mit Bedauern hinterher.

Johann sagte etwas Aufmunterndes, nur dass er leider nicht wusste, was eine Bakkalarsgraduierung war.

»Und deine Badestube hier und das Handwerk?«, fragte Johann dann.

Steinschneider zuckte die Schultern. »Der Casper macht sich eigentlich sehr gut. Ihm fehlt nur etwas Erfahrung. Eigentlich müsste er eine Weile auf Wanderschaft gehen, am besten in den Krieg. Als Feldscher lernst du jeden Monat so viel wie hier in einem Jahr. Nur dass ich ihn grad nicht entbehren kann, wenn schon der Rasmus nicht da ist.«

»Verstehe«, gähnte Johann.

»Was soll's, die Dinge werden ihren Lauf nehmen und wir brauchen jetzt beide unseren Schlaf«, seufzte Steinschneider und stemmte sich von dem Stuhl in die Höhe.
»Danke noch einmal, Ulrich«, bemerkte Johann noch einmal zur Verabschiedung und der Badermeister nickte matt.
Johann schloss die Augen und versuchte das mannigfaltige Ziehen, Pochen und Brennen mit dem Gedanken an seinen Traum mit der Böttcher zu vertreiben.

Kapitel 14: Solche Unfälle passieren

13. Dezember 1617, Mittwoch

Das Feuer, das unter dem Eintopf knisterte, erfüllte den kleinen Raum eher mäßig mit Licht und Wärme. Dennoch war die Luft stickig und verbraucht und führte einen Schleier aus menschlichen Ausdünstungen mit sich.

Sieben Augenpaare blickten müde in das Dämmerlicht. Sie gehörten fünf blassen Jungen und zwei Mädchen, die im Raum hockten, wo sie eben Platz fanden. Sie kauerten auf löchrigen Strohsäcken, klapprigen Stockbetten, auf dem nackten Boden und gar einer Hängematte, die quer durch den Raum lief. Ihre Körper waren meist schmal und ihre verhärmten Gesichter wirkten älter, als sie sein sollten. Einige von ihnen trugen Hamburger Bettelabzeichen auf den zerlumpten Kleidern, doch den meisten war der Zugang zu einer solchen Legitimation versperrt.

»Wie lange braucht es denn noch, Trine?«, fragte ein etwa zwölfjähriger Junge mit verschlagenem Blick und auffällig gebrochener Nase.

Trine war ein etwa achtjähriges Mädchen, der die blonden Haare fast vollständig ausgefallen waren und die stoisch mit einem Holzlöffel in dem Topf rührte.

»Braucht noch«, erklärte sie knapp und zog instinktiv den Kopf zwischen die Schultern in Erwartung einer Kopfnuss für die unliebsame Antwort.

»Dann machen wir solange die Runde«, beschloss ein etwa sechzehnjähriger Junge mit der befehlsgewohnten Stimme eines Anführers. Eine nur schlecht verheilte Gaumenspalte gab seiner Stimme einen ungewohnten Tonfall und hatte ihm dazu den heimlichen Spitznamen ›Hasenschnauze‹ eingebracht. So wurde der kräftige Junge jedoch meist nur in seiner Abwesenheit genannt.

Lässig warf er seinen speckigen Filzhut in die Mitte der Runde.

»Daniel?«, sprach er den Jungen mit der gebrochenen Nase an.

»Hab mit Korbleger einige Botendienste machen können und am Ende haben wir ein paar kleine *Schnorrer* von außerhalb *überdippelt*«, antwortete der Angesprochene.
Dann kramte er in seinen Taschen und ließ einige Münzen in den Hut klimpern. »Hat sich gelohnt«, kommentierte er dazu und grinste bösartig.
»Guter Mann!«, lobte der Anführer der Gruppe ihn und nickte auch dem Korbleger genannten Jungen zu. »Karotte?«, fragte er, während er ein etwa elfjähriges Mädchen anblickte.
»Hab vor Petri *geschnorrt*«, erklärte sie und warf einige Münzen in den Hut.
Der Anführer blickte misstrauisch in die Kopfbedeckung. »Ist das alles?«, fragte er vorwurfsvoll.
Das Mädchen nickte.
»Da war dieser Betteljunge, dem die Schneidezähne fehlen, und seine *Mischboche*, die haben mich vertrieben und durch die halbe Stadt gejagt«, erklärte sie, hob das strähnige rote Haar an und präsentierte ein geschwollenes Auge und ein blutverkrustetes Ohr.
»Haben sie dir die *Marie* wieder abgenommen?«, fragte der Anführer wütend.
Karotte schüttelte den Kopf. »Nein, aber ich hab den halben Tag Reißaus vor ihnen genommen, da war nichts mit *schnorren* vor der *Dufe*«, erklärte das Mädchen kleinlaut.
»Elender Hundsfott will den guten *Strich* nicht teilen«, knurrte der Anführer.
»Können wir ihn nicht einfach vor ein Fuhrwerk stoßen? Solche Unfälle passieren«, erklärte das kahle Mädchen geistesabwesend, während sie weiter im Eintopf rührte.
Der kräftige Junge nickte. »Das wäre das Einfachste, aber mitten am Tag und mit seiner *Mischboche* im Rücken wird das schwierig. Weiß jemand, wo sie hausen?«
Die Runde schüttelte den Kopf.
»Dann beschäftigen wir uns später damit«, beschloss der Anführer.

»Dorschkopp, bist du mit Trine weitergekommen?«, wandte er sich an einen etwa vierzehnjährigen Jungen mit einer üblen Schuppenflechte und wulstigen Lippen.
Der schüttelte den Kopf. »Nein, nachdem sich dieser Gabelschlag gestern mit den beiden geschlagen hatte, ist er irgendwie in den Twieten verschwunden. Seitdem war er nicht wieder zuhause. Trine und ich sind durch die halbe Stadt *geholcht*, aber keine Spur von ihm. Wir gehen morgen die Bader und Barbiere ab und schauen wieder bei ihm zuhause nach.«
Während der Junge stockend seinen Bericht vortrug, kratzte er sich immer wieder nervös an seiner Flechte.
»*Verschunkt!*«, knurrte der Anführer. »Morgen werden wir alle nach ihm suchen. Unser Gönner will wissen, ob er *gebeekert*, ist und wenn nich, wo er steckt. Wenn wir nicht liefern, ist's bald aus mit den fetten Tagen.«
Der Anführer deutete vielsagend auf den köchelnden Eintopf.
»Kannst du uns nich mal verraten, wer das ist, Braunbach?«, versuchte es der Dorschkopp genannte Junge wieder einmal.
»Nein«, erklärte ihr Anführer nur knapp.
»Er kennt seinen Namen auch nicht«, warf Trine mit ihrer wie üblich abwesenden Stimme ein.
»Halt die *Knäckerlinge* und tu auf, Trine, der Eintopf ist fertig«, stellte ihr Anführer klar.

Kapitel 15: Drei Bälle und 'ne miese kleine Kimme

15. Dezember 1617, Freitag

Johann lehnte sich gegen die raue Fachwerkmauer des Wirtshauses und beobachtete vergnügt die eindrucksvollen Kunststücke, die der junge Gaukler mit seinen drei Bällen vollbrachte. Es war nicht das erste Mal, dass er ihm beim Jonglieren zusah, aber er fand es immer wieder faszinierend, was der junge Mann mit den bunten Bällen zaubern konnte.

Und Johann war nicht der Einzige, den der Gaukler hier auf dem Fischmarkt in seinen Bann gezogen hatte. Mehrere dutzend Zuschauer standen um ihn herum und versuchten staunend seinen Bewegungen zu folgen. Selbst das Wetter schien ihm gewogen zu sein und er konnte seine Kunststücke bei strahlendem Sonnenschein vorführen. Die Eiseskälte, die der klare Tag jedoch mit sich brachte, zauberte dem jungen Mann und seinem Publikum kleine Wölkchen vor die Gesichter.

Ohne seine Kaskade zu unterbrechen hüpfte er leichtfüßig auf ein bunt bemaltes Fass und kam zwar wackelig, aber routiniert auf ihm zu stehen. Mit trippeligen kleinen Schritten rollte er nun unter dem Applaus des Publikums auf dem Fass einige Schritt nach vorn und wieder zurück, während er weiter mit den Bällen jonglierte.

Mit einer gekonnten Bewegung kippte er plötzlich das Fass in die Senkrechte und sprang gleichzeitig unter dem Johlen der Zuschauer auf den Deckel, auf dem er sogleich die Bälle neue verschlungene Muster nehmen ließ.

Immer höher warf er die Bälle und Johann richtete sich weiter auf, denn er wusste, dass gleich das aberwitzige Finale kam. Langsam ging der Gaukler in die Knie, während er die Bälle noch höher warf. Dann schnellte er urplötzlich in die Höhe und sprang mit einem Vorwärtssalto vom Fass. Kaum hatten seine Füße unter den begeisterten Rufen des Publikums wieder den Boden berührt, streckte er die Arme aus und fing mit traumwandlerischer Sicherheit die drei Bälle auf.

Wilder Beifall und nahezu euphorischer Jubel brannte auf, während sich der Jongleur und Akrobat verbeugte und zwinkernd der einen oder anderen Dame zulächelte.
Während er den Applaus sichtlich genoss und sich mehrmals in verschiedene Richtungen verbeugte, begann ein ungefähr neun Jahre altes Mädchen in einer abgetragenen Kappe Münzen beim Publikum einzusammeln. Selbst von weitem war zu erkennen, dass ihr puppenhaftes Gesicht viel Ähnlichkeit mit den Zügen des Akrobaten aufwies und spätestens die gleichen weizenblonden Haare verrieten ihre Verwandtschaft.
Ihr engelhaftes Lächeln entlockte dem einen oder anderen Zuschauer eine blinkende Münze, während ihr Bruder die Menge mit einem einhändigen Handstand auf dem bunt bemalten Fass dazu animierte, die Finger noch tiefer in die Geldsäckchen gleiten zu lassen.
Nur nach und nach löste sich die Menge immer noch launig vor sich hin murmelnd oder anerkennend nickend wieder auf.
Als die Menge sich schließlich gänzlich zerstreut hatte, schlenderten die beiden Schausteller zu Johann herüber.
»*Jane*, Gabelschlag, hat dir die Vorstellung gefallen?«, fragte der Jongleur. Von Nahem war die Ähnlichkeit zu dem Mädchen noch besser zu erkennen. Er mochte etwa siebzehn Jahre alt sein und ein lässiger Ausdruck von Schalk umgab seine Mundwinkel und die strahlend blauen Augen.
»*Jane*, Lorenz, *Jane*, Hanna, irgendwann zerknackst du dir noch die Gräten«, antwortete Johann grinsend.
»Das schaut nur für dich schwierig aus, alter Mann«, entgegnete er gleichmütig und winkte beiläufig ab.
Johann verengte die Augen und knurrte drohend wie ein ungehaltener Straßenköter.
»Sag mir lieber, ob du schon drin warst und ob du was gefunden hast«, brummte er.
»Wo drin war?«, fragte sein junger Gesprächspartner und blickte ihn an, als könnte ihn kein Wässerchen trüben.

»Gute Güte, Lorenz, ob du im *Kandig* vom *Paterneller einschabbern* warst«, fragte Johann ungeduldig und rollte mit den Augen.
»Ach das meinst du … ja, war ich«, entgegnete der Gaukler lapidar.
Johann rang seine Hände. »Und, was hast du nun gesehen?«, fragte er ungeduldig.
»Bisher zumindest kein *Moos*«, mischte sich jetzt zum ersten Mal das Mädchen in die Unterhaltung ein. »Lass mal die *Marie* rüberwachsen, alter Mann«, forderte sie bestimmt und trat einen Schritt nach vorn. Die trotzig vor der flachen Brust verschränkten Arme hatten eine schäbige Lumpenpuppe eingeklemmt. Mit schief gelegtem Kopf sah sie Johann kampflustig an.
»Deine *Brisge* ist 'ne miese kleine *Kimme*, Lorenz!«, giftete Johann.
Der Gaukler zuckte die Schultern und legte dem Mädchen sanft die Hand auf das Haupthaar. »Ja, Hanna ist schon 'ne üble Kröte, aber geschäftstüchtig …«, kommentierte er.
»Und anschreiben ist nich, alles schön hier rein, so verbeult, wie du ausschaust, kommt morgen vielleicht nichts mehr nach«, urteilte das Mädchen und streckte die Kappe aus, mit der sie bereits beim Publikum gesammelte hatte.
Der Veteran begann böse schauend eine nicht unerhebliche Summe in die Kopfbedeckung abzuzählen.
Am Ende nickte das Mädchen und einige blonde Haarsträhnen wippten schwungvoll.
»Also?«, fragte Johann.
»Ins *Kandig* vom *Paterneller einzuschabbern* ist so leicht, das kriegst sogar du hin, Gabelschlag«, erklärte Lorenz und Johann zog eine ärgerliche Grimasse.
»Im Hinterhof steht sogar 'ne *Trapine*, mit der kommst du im Dunkeln leicht durchs *Mantelgallon* und von da durch 'ne Luke ins restliche *Kandig*«, erläuterte Lorenz nun doch etwas leiser, nachdem er sich umgesehen hatte.
Johann nickte ungeduldig. »Und was hast du jetzt gesehen?«, drängte er.

Lorenz grinste. »Das meiste war ganz normal, aber der *Paterneller* hat 'ne *Drefe* unterm Bett«, setzte der Gaukler seine Erzählung fort und legte eine dramatische Pause ein, bis Johanns Zähne zu knirschen begannen.
»Darin sind einige *Kluften* für *Hischen* und *dammig* sind sie …«, flüsterte der Gaukler nun doch sehr vorsichtig.
»Verdammter *Glunterschratz*, wusst ich's doch!«, rief Johann aus und wollte sich unwillkürlich mit der rechten Faust in die linke Handfläche schlagen. Ein schmerzhaftes Stöhnen entrang sich ihm und er bettete den verletzten Arm schnell wieder in die Schlinge.
Das blonde Mädchen lachte gehässig. »Besser du rufst alle Augenblicke laut deinen Namen, Gabelschlag, bevor dich der *Kafter* aus Versehen *verschabert*«, riet sie ihm prustend.
»Du erinnerst mich an den Furunkel an meinem Arsch, den mir der Bader neulich entfernt hat, ich hoffe, du kriegst viele Kinde mit breiten Schultern«, knurrte Johann.
»Noch was?«, wandte er sich dann wieder an Lorenz.
»In der *Drefe* war noch mehr Zeug, mindestens 'n *Kabol* und 'n echt übler *Hauteufel*, seltsame Sache, Gabelschlag«, fuhr der Gaukler leise fort. »Mehr konnt ich nicht *finkern*, kamen Leute ins *Kandig* und ich bin besser mal wieder raus«, beendete er seinen Bericht.
»Saubere Arbeit, Lorenz«, lobte Johann und klopfte ihm auf die Schulter.
»Immer wieder eine Freude, mit dir Geschäfte zu machen, Gabelschlag«, grinste der junge Gaukler, tippte sich an die Mütze und schlenderte mit seiner Schwester wieder davon.
Johann lehnte sich nachdenklich an die Mauer des Hauses und fuhr sich gedankenverloren über seinen Kinnbart. Wenn der Prediger die Kleider behielt, warum fanden sie die Fleetenkieker dann in den Kanälen? Vielleicht behielt er auch nur die Schönsten als Trophäen … Das passte ansonsten alles schon erschreckend gut zusammen. Nur was sollte er jetzt mit den neuen Erkenntnissen anfangen? Wie sollte er weitermachen? Die Röper würden kaum auf sein Geheiß hin die Zimmer des Predigers

durchsuchen. Selbst wenn, wären einige blutige Kleider vermutlich nicht genug, um von Marburg ernsthaft in Bedrängnis zu bringen. Er würde sich schon noch etwas mehr einfallen lassen müssen, wenn er dem Wanderprediger ans Zeug flicken wollte.

»So nachdenklich, Johann Gabelschlag?«, riss ihn eine spöttische Frauenstimme aus seinen Gedanken. Johanns Kopf ruckte zur Seite und er blickte direkt in das Gesicht Magdalena Böttchers. Ihre verführerisch geschwungenen Lippen waren zu dem üblichen spöttischen Lächeln gekräuselt und die helle Haut ihrer Wangen war von der Kälte gerötet. Er hatte sie noch nie draußen bei Sonnenschein gesehen und musste feststellen, dass sie so noch deutlich verführerischer aussah.

Augenblicklich kamen die Traumbilder aus der Badestube wieder aus der Versenkung empor und eine heiße Welle breitete sich in seiner Lendengegend aus.

»Gabelschlag?«, wiederholte die Weinhändlerin und schnippte energisch mit dem Finger vor seinem Gesicht.

»Oh, Tach, Frau Böttcher!«, rief Johann erschrocken und zog sich schleunigst den Hut vom Kopf. Die hastige Bewegung ließ ihn kurz aufstöhnen.

Die Händlerin zog fragend eine Braue in die Höhe. »Ich war schon beinahe ein wenig enttäuscht, als ich nichts mehr von dir gehört habe, Gabelschlag. Aber die einfache Erklärung ist, dass du offensichtlich unter ein Pferdefuhrwerk geraten bist.«

Johann räusperte sich und grinste schief. »Das meiste waren Arbeitsunfälle, aber das hier könnte tatsächlich mit der Sache mit Klara zusammenhängen«, erklärte er und deutete auf seinen Arm in der Schlinge.

Die Händlerin zog erneut eine Braue hoch. »Ich wollte gerade einen Kunden besuchen, vielleicht magst du mir vorher etwas Gesellschaft leisten und mir mehr erzählen«, fragte sie Johann, während sie auf die Eingangstür der Gaststube deutete.

Johann sah sie erstaunt an.

»Wein, es ist eine Gaststube und ich verkaufe auch Wein«, erklärte sie amüsiert.

Hastig nickte Johann. »Natürlich Wein …, gern, Frau Böttcher.«, antwortete er schnell.

Wenig später saßen sie in der um diese Uhrzeit eher mäßig gefüllten Schankstube.
»Und du glaubst, die beiden Strauchdiebe haben dich im Auftrag von diesem von Marburg überfallen?«, fragte die Händlerin in aufgeregtem Flüsterton. Sie hatte seinem Bericht so aufmerksam gelauscht, wie es üblicherweise nur Walthers Zuschauer taten, wenn er Abenteuer aus fernen Teilen des Reiches erzählte. So gebannt, wie sie an seinen Lippen gehangen hatte, war sie offensichtlich nicht nur wegen Klaras Schicksal an der Sache interessiert, sondern genoss es offensichtlich auch, an der spannenden Geschichte teilhaben zu können.
Johann setzte den Krug ab, wischte sich den Bierschaum aus dem Bart und rülpste, während er den Kopf leicht hin und her wog.
»Ist ja nur schwer zu sagen, Frau Böttcher. Wegen dem bisserl Moos, was so'n abgewrackter Kerl wie ich vielleicht in der Tasche hat, tut man jemanden ja nich gleich den Garaus machen. Aber leider haben die sich nu auch nicht vorgestellt und gesagt, wer sie schickt.«
»Und du glaubst wirklich …, ein Prediger?«, wollte die Händlerin erneut ungläubig wissen.
Johann fiel auf, dass hier in der warmen Schankstube ihre Wangen einen noch intensiveren Farbton bekommen hatten. Das grüne Kleid, das unter dem dicken Wollmantel zum Vorschein gekommen war, betonte zudem äußerst trefflich ihre Figur. Er meinte wieder den Duft und die feuchte Wärme der Badestube wahrnehmen zu können und fühlte, wie sich sein Herzschlag beschleunigte.
»Stimmt heute etwas nicht mit mir?«, riss ihn die Böttcher wieder aus seinen Gedanken und brachte ihren Körper provokant lächelnd in eine aufrechte Haltung.
»Uh, nein, Frau Böttcher, könnte ja alles besser gar nicht ausschauen …«, brachte Johann schnell hervor.

»Also, was ist mit von Marburg?«, wiederholte sie neugierig.
»Also *Stabuler, Babolder* und *Glunten* hat er wirklich auf dem …«, begann Johann und brach den Satz ab, als er in das verständnislose Gesicht seiner Gesprächspartnerin schaute.
»Bettler, Wohnsitzlose, Juden und Dienstleisterinnen mit Beckenbodeneinsatz stehen auf seiner schwarzen Liste«, formulierte Johann unter dem glockenhellen Lachen der Böttcher aufs Neue.
Dann räusperte sich Johann, sah sich kurz um und beugte sich der Händlerin über den Tisch hinweg entgegen. Auch die Böttcher neigte sich ein wenig nach vorn.
»Er wohnt mit seinem Diener im oberen Stockwerk im Haus einer Witwe in der Nähe von St. Nikolai. Ich habe einen Bekannten gebeten sich ein wenig in seinen Räumen umzusehen und er hat eine Truhe mit blutigen Frauenkleidern gefunden.«
Johann hatte nur leise geflüstert und mit jedem Wort hatten sich ihre Augen mehr geweitet.
»Du hast bei ihm einbrechen lassen und es wurden Frauenkleider gefunden?«, zischte die Böttcher aufgeregt.
»Nu mal bitte 'n bisschen leise, Frau Böttcher, das war ja nich so ganz rechtens …«, bat Johann.
»Was du nicht sagst«, flüsterte sie und musste dann einen Lachanfall mühsam unterdrücken.
Johann grinste schief und zuckte die Schultern. Wenn seine Menschenkenntnis ihn nicht ganz trügte, war sie nicht nur erstaunt, sondern auch ordentlich beeindruckt und er musste zugeben, dass er das ein wenig genoss. Vielleicht auch ein wenig mehr.
»Und jetzt meldest du es dem Brookvogt?«, fragte sie gespannt.
Der Veteran winkte ab.
»Der wird nichts tun, wenn einer wie ich diesen von Marburg anschwärzen will, und wie soll ich ihm erklären, woher ich das alles weiß?«, seufzte Johann.
»Und nun?«, fragte sie gespannt.

»Ich werde noch einige Beweise sammeln, hab da auch schon eine Idee …«, murmelte Johann mehr zu sich selbst.
»Welche? Was hast du vor?«, drängte sie ihn weiterzureden.
»Besser Sie wissen da erstmal noch nichts Genaueres, Frau Böttcher …«, sinnierte er und kratzte sich abwesend an der stoppeligen Wange.
Die Händlerin sah ihn enttäuscht und vielleicht sogar ein wenig beleidigt an.
»Ich erzähls Ihnen gleich, wenn ich was rausbekommen hab, versprochen, Frau Böttcher«, beschwichtigte Johann sie schnell.
»Das will ich schwer hoffen, Johann Gabelschlag, vergiss ja nicht mich zu besuchen«, forderte sie und nippte an ihrem Weinbecher.
Johann nickte freudig.

Als er wenig später wieder über den Marktplatz stolzierte, hatte sich trotz seiner schmerzenden Glieder ein zufriedenes Lächeln auf seine Mundwinkel gelegt. Wie immer zu dieser Jahreszeit war es bereits früh dunkel geworden, aber er hatte noch etwas vor.
Er wollte noch Grete Steinbach einen Besuch abstatten. Er hoffte, dass es noch zu früh war, als dass sie in den Twieten nach Kunden Ausschau hielt. Ansonsten würde er es morgen noch einmal bei ihr versuchen.
Was er vorhatte, war zwar nicht ungefährlich, aber wenn Grete ihr vermisster Bruder wirklich so wichtig war, wäre sie für sein Vorhaben vermutlich leicht zu gewinnen.

Kapitel 16: Gekreuzigt, gestorben und begraben

20. Dezember 1617, Mittwoch

Johann lief zügig durch die Abendluft und bemühte sich in der Dunkelheit nicht auf einer der blank gefrorenen Pfützen auszurutschen. Leider war Eile geboten und zu viel Vorsicht konnte er sich trotz seines angeschlagenen Zustands nicht leisten. Er hoffte, dass der Straßenjunge, den er losgeschickt hatte, noch Walther erreichen würde. Ein wenig mehr Absicherung würde sicherlich nicht schaden.

Gerade passierte er St. Nikolai und blickte sich noch einmal um. Es war noch nicht sonderlich spät, daher waren die Straße und der Kirchplatz trotz der Dunkelheit noch recht belebt. Ein verdächtiges Gesicht konnte er allerdings nicht unter den Passanten ausmachen und setzte seinen Weg eiligen Schrittes fort. Er bog in eine schmale Seitenstraße ein und schlenderte den mannshohen Bretterzaun entlang, bis er gefunden hatte, was er suchte. Ein unscheinbarer Kratzer im Holz ließ ihn zufrieden dreinschauen. Er blickte sich noch einmal um, doch er war der Einzige in der Gasse und wo die Bewohner wohlhabend genug für Fenster aus Pergament oder gar Glas waren, hatte die Kälte sie die hölzernen Läden darüber fest verschließen lassen.

Mit wenig Mühe zog Johann das breite Brett aus seiner Verankerung und zwängte sich durch die entstandene Lücke. Kaum war er auf der anderen Seite angelangt, drückte er das Brett wieder in den Zaun zurück.

Er befand sich in einem kleinen Hinterhofgarten, in dem außerhalb des Winters vermutlich Gemüse angebaut wurde. Selbst einen verkrüppelten Apfelbaum konnte er erkennen und darunter einen kleinen Hühnerstall. Johann zog sein Halstuch etwas höher. Sollte er flüchten müssen, wäre er so schlechter zu erkennen. Er kniff die Augen eine Weile zusammen, um anschließend ein wenig besser sehen zu können. Schnell fand er das gesuchte Objekt an zwei Haken an der Hauswand. Eine Leiter, wie Drei-Bälle-Lorenz es gesagt hatte!

Leise und vorsichtig, dennoch mit einer natürlichen Selbstverständlichkeit nahm er die Leiter von der Wand und lehnte sie an den Dachfirst. Er hoffte, dass sie nachher dort niemand stehen sah.
Kurz prüfte er, ob die Stiegen sein Gewicht hielten, dann ging er die Leiter hinauf, bis er das Dachfenster erreicht hatte. Es war eine große, zweiflüglige Tür und wie der Gaukler es beschrieben hatte, war der innen liegende Riegel kinderleicht mit der Messerklinge durch den Türspalt von außen zu öffnen.
Er spähte noch einmal umher. Es war kein unliebsamer Beobachter auszumachen. Vorsichtig schlüpfte er durch das Fenster. Behutsam schloss er das Dachfenster von innen und schob den Holzriegel wieder davor. So weit, so gut.
In der Dachstube war es noch dunkler und Johann brauchte eine Weile, um seine Umgebung zumindest schemenhaft erkennen zu können.
Es stand einiges an Gerümpel in der Dachstube herum, vielleicht auch eine Art Werkbank an einer Wand. Vermutlich hatte der verstorbene Hausherr seine Werkstatt hier oben geführt, bis der Raum dann nur noch als Abstellkammer genutzt wurde. Auf der gegenüberliegenden Seite befand sich noch eine große zweiflügelige Luke im Schrägdach. Die würde er jedoch kaum nutzen können, denn sie führte direkt auf die Straße. Vermutlich wurde sie ursprünglich dafür genutzt, schwere Güter mit einer Winde hinauf- und hinabzulassen.
Johann sah und hörte sich weiter um. Geräusche konnte er keine ausmachen außer dem üblichen Geächze leerer Häuser. Der Dielenboden war schon interessanter. Er machte eine Falltür aus und an einigen anderen Stellen schimmerte Licht durch die Ritzen. Gerade wollte er sich zum Lichtschein aufmachen, da hielt er wieder inne. Die alten Dielen würden sicherlich laut knarren, vor allem in der Mitte des Raumes, wo das Licht durch den Boden schien. Sollte er die Stiefel ausziehen? Damit hätte er zwar etwas mehr Gefühl, aber sein Gewicht würde die Dielenbretter

vermutlich trotzdem zum Knarren bringen und falls er flüchten oder kämpfen müsste, wäre es ein arger Nachteil.
Er überlegte es sich anders, ging auf alle viere, um sein Gewicht besser zu verteilen, und kroch langsam vorwärts. Zweimal hielt er an und schloss angespannt die Augen, als es verräterisch knarrte und knackte. Am Ende lag er gar bäuchlings auf dem Boden und versuchte einen Spalt zu finden, durch den er etwas erkennen konnte. Der Boden war gut gezimmert worden, daher musste er ein wenig suchen und sich Zoll für Zoll weiterrobben, bevor er eine ausreichend große Ritze gefunden hatte und sein Gesicht auf den Boden presste.
Er grinste zufrieden. Er blickte direkt auf das Zimmer von von Marburg und selbiger saß bei Licht einer Öllampe und las in einem Buch. Alle anderen Zimmer waren unbeleuchtet, was darauf schließen ließ, dass von Marburg wie erwartet alleine im Stockwerk war. Von hier hatte er eine gute Sicht und würde vergleichsweise schnell reagieren können. Jetzt hieß es nur noch Geduld haben und abwarten.
Nachdem der Prediger noch eine Weile gelesen hatte, schlug er das Buch, das sich vom Umschlag her als Bibel herausstellte, wieder zu und zeichnete bedächtig das Kreuz. Er stand auf und zog die Kiste unter seinem Bett hervor, die Lorenz erwähnt hatte. Nachdem er eine Weile darin gesucht hatte, nahm er ein naturweißes Kleid sowie einen Leinenbeutel heraus und legte beides auf den Tisch. Dann begann er sich zu entkleiden. Irritiert beobachtete Johann den Prediger und versuchte sich einen Reim aus seinem Tun zu machen.
Am Ende stand von Marburg nackt, wie der Herrgott ihn geschaffen hatte, in der Mitte des Raumes. Johann schluckte, als er die vielen tiefen Narben auf seinem Oberkörper und seinem Gesäß ausmachte, vor allem der Rücken war von übel vernarbten Furchen überzogen. Schwere Peitschen oder gar Geißeln erzeugten solche Verletzungen und von Marburg hatte offensichtlich reichlich Bekanntschaft damit machen müssen.

Dann tat er etwas, das Johann noch viel mehr verwirrte. Er zog sich das Kleid über, das er gerade aus der Kiste genommen hatte. Was sollte dieses merkwürdige Schauspiel?
Johann presste sein Gesicht noch fester auf den Boden und beobachtete, wie von Marburg eine blonde Perücke aus dem Leinenbeutel nahm und sie auf seinen Kopf setzte.
Mit routinierten Bewegungen strich er sein neues Haupthaar in Form und griff erneut in den Beutel.
Er begann mit einer Art Schwamm etwas auf seinem Gesicht zu verteilen und als er fertig war, zog er mit einem Kohlestift Brauen und Lider nach. Johann zwinkerte kopfschüttelnd. Schminkte sich der Kerl etwa? Bestätigt wurde seine Vermutung, als der Prediger eine rote Paste aus einem kleinen Tiegelchen auf seinen Lippen verteilte und das Ergebnis offensichtlich zufrieden in einem kleinen Metallspiegel begutachtete.
Gedankenverloren schlenderte er dann durch den Raum, setzte sich, stand wieder auf und setzte sich wieder. Er wirkte nervös und ungeduldig.
Wirre Gedanken waberten durch Johanns Kopf. Was sollte dieses merkwürdige Schauspiel?
Er wusste, dass es Theaterstücke gab, in denen sich Männer als Frauen verkleideten, und angeblich sollte es auch den einen oder anderen geben, der gewisse Neigungen dazu hatte, aber das passte beides nicht so recht hierher. Oder doch?
Das Klappern einer Tür und das laute Knarren von Treppenstufen ließ Johann zusammenzucken. Besuch kündigte sich an. Instinktiv griff Johann unter seinen Mantel und prüfte den Sitz des Belegnagels und des Messers.
Durch die Dielenbretter sah Johann dann einen weiteren Lichtschein den Flur entlang auf von Marburgs Zimmer zuwandern. Das musste Gottfried Dornvogel, der Diener von Marburgs, mit einer Lampe oder einem Kienspan sein, der den Flur entlangschritt.
Vor seiner Tür blieb er stehen und klopfte beinahe zaghaft.

»Euer Besuch ist angekommen, Herr«, sprach der Diener mit gedämpfter Stimme durch die geschlossene Tür.
»Gut, ist sie eingewiesen?«, fragte der Prediger.
»Ja, Herr.«
»Ist sie verschwiegen?«, stellte von Marburg die nächste Frage.
»Natürlich, Herr. Sie kommt nicht aus Hamburg und wird sich niemanden anvertrauen. Ich bin mir sicher, dass sie auch nicht weiß, wo sie hier ist.«
»Gut, dann bring sie gleich hinauf«, forderte von Marburg.
Wenige Atemzüge nachdem sich die Schritte des Dieners knarrend wieder entfernt hatten, griff von Marburg nach der Öllampe und verließ den Raum. Johann fluchte unhörbar durch die Zähne. Wenn er sein Zimmer verließ, würde es schwierig werden. Er konnte nur hoffen, dass er nicht ein Stockwerk tiefer ging, dann würde er sie von hier oben nicht mehr beobachten können. Da nach seinen Informationen im unteren Stockwerk die Witwe und ihre Magd lebte, war das wohl eher unwahrscheinlich. Angespannt beobachtete er durch die Holzspalte, wohin der Lichtschein wanderte, und lauschte auf das Knarren der Schritte.
Dann stockte Johann der Atem. Verdammt. Das Licht und das Knarren setzte sich direkt unter der Falltür fort. Er würde hier hochkommen.
Hastig blickte er sich um. Bis der Prediger die Stiege erklommen und die Bodenluke geöffnet hatte, konnte es nur noch wenige Atemzüge dauern. Ein alter Schrank! So leise wie er konnte sprang er auf und machte einige schnelle Schritte auf ihn zu. Er konnte nur hoffen, dass sein Knarren von den eigenen Schritten des Predigers überdeckt wurde. Er riss die Tür auf und blickte in das Innere des Schranks. Einige Lumpen und Bretter befanden sich in ihm, trotzdem sollte er hineinpassen.
Hektisch ging er in den Schrank und erschrak, als dieser sofort nach hinten kippte. Eines der kurzen Beine musste fehlen oder eben abgebrochen sein. Grade befürchtete er in dem Möbel komplett rückwärts umzukippen und in einem Haufen aus Brettern und Splittern auf dem Boden zu zerschellen, da wurde

der Schrank vom Schrägdach gestoppt. Er zog gerade noch die Tür vor sich zu, als sich die Bodenluke zum Dachgeschoss öffnete.
Johann hielt die Luft an. Hatte von Marburg ihn gehört? Ganz geräuschlos war sein Umzug in den Schrank nicht vonstattengegangen. Er wagte kaum zu atmen, als er durch die Spalten des Schranks sah, wie sich dämmriges Licht im Dachgeschoss ausbreitete.
Er horchte atemlos auf die Schritte von Marburgs auf den Dielenbrettern. Wenn er richtig vermutete, war er etwa in die Mitte des Raums gegangen, kam dem Schrank jedoch nicht näher. Was zum Belzebub wollte der *Paterneller* hier hoben in der Dachkammer? Und warum hatte er seinen Diener eindringlich gefragt, ob die Besucherin verschwiegen war? Wenn er sie um die Ecke bringen wollte, würde sie nicht mehr viel rumerzählen können.
Besorgt merkte er, wie sein rechter Absatz langsam in dem Schrank nach hinten rutschte.
In der Schräglage und auf dem Gerümpel stehend hatte er einen äußerst unglücklichen Stand in dem Möbelstück. Lange würde er es so nicht aushalten und sehen konnte er so auch nichts. Auch wenn es riskant war, musste er seine Haltung in diesem Ding irgendwie verbessern.
Er hob langsam einen Fuß an und versuchte zwischen dem Gerümpel auf dem Schrankboden einen besseren Halt zu kriegen. Vorsichtig tastete er sich mit der Stiefelspitze zwischen einem Haufen Lumpen bis zum Holz des Schrankbodens vor und setzte behutsam die Sohle ab. Schon besser. Jetzt noch ein wenig vorbeugen, dann konnte er durch einen Spalt in den Raum schauen.
Sein Herz machte einen Sprung, als der Schrank aufgrund der Gewichtsverlagerung wieder zurück in Richtung des Raumes kippte. Hastig verlagerte er sein Gewicht wieder zurück und der Schrank kippte hörbar zurück gegen den Dachbalken. Johann

rutschte dabei im Schrank aus und schaffte es gerade noch, nicht komplett das Gleichgewicht zu verlieren.
Von Marburg musste es gehört haben. Johanns Hand ging zum Messergriff. Wenn der Prediger den Schrank öffnete, würde er ihm nur den Knauf gegen den Schädel schlagen, aber falls sein Diener und Leibwächter dazu kam, müsste er sich den Weg vielleicht mit drastischeren Mitteln freikämpfen.
Johann presste die Lippen zusammen und versuchte seinen Atem zu kontrollieren. Das einzig Gute war, dass die Aktion ihn näher an den Türspalt gebracht hatte. Angespannt beugte er den Kopf nach vorn, bereit sich sofort zurückzulehnen, wenn er den Schrank ins Kippen brachte.
Als Johann ausreichend nah an den Spalt gekommen war, konnte er in das Dämmerlicht der Dachstube blicken. Von Marburg ging mit knarrenden Schritten den Raum ab und leuchtete misstrauisch die Ecken und Schatten zwischen dem Gerümpel ab. Ahnte er, dass er einen ungebetenen Gast hatte, oder war er nur vorsichtig, wie man es eben war, wenn man ein merkwürdiges Geräusch in seinem Haus hörte? Als der Prediger sich suchend dem Schrank nährte, lockerte Johann seine Finger um den Messergriff und zog die Waffe unhörbar langsam aus der Lederscheide.
Von Marburg schlich in dem Kleid lauernd auf das Möbelstück zu und hatte dabei den Gesichtsausdruck eines witternden Jagdhundes, was mit der Schminke und den roten Lippen verstörend auf Johann wirkte.
Der Prediger war nur noch zwei Schritte entfernt, da hielt er plötzlich inne und sein Kopf ruckte nach hinten. Jetzt hörte auch Johann es, Schritte kamen knarrend die Stiege zur Dachkammer rauf.
Der Prediger machte auf dem Absatz kehrt, stellte die Öllampe auf einem Schemel ab und drehte sich mit dem Rücken zur Dachluke.
Dort sah Johann wie erwartet den schwarzen Schopf von Grete Steinbach auftauchen. Angespannt und ein wenig unsicher betrat

die Lübecker Dirne das Dachgeschoss und sah sich verwundert um.
»Eine Frau?«, rief sie verwundert halblaut aus, als sie im Dämmerlicht die Gestalt erblickte, die ihr den Rücken zudrehte.
»Du wirst deine Entlohnung schon erhalten«, sprach von Marburg zu ihr, ohne sich umzudrehen. Johann, der seine volltönende Stimme bereits von der Predigt in St. Gertruden kannte, bemerkte sofort, dass er bemüht war höher als üblich zu sprechen.
Johann beobachtete aus dem Schrank, wie Grete sich noch einmal prüfend im Raum umblickte und tastend nach ihrer Rockschürze griff. Vermutlich hatte sie dort das kleine Messer verborgen, das Johann ihr gegeben hatte. Die Klinge war klein, aber so scharf, dass ein Kind damit hätte mühelos Schuhleder zerteilen können.
Johann hatte ihr von seinem Verdacht gegen von Marburg und seinem Plan erzählt und Grete war sofort bereit gewesen mitzuspielen. Die letzten Tage hatte sie überall dort ihre Dienste angeboten, wo Johann zuvor den Diener des Predigers bei seiner abendlichen Suche beobachtet hatte.
Und der Plan ging auf. Grete passte in das Beuteschema des Dieners und als sie ihm verriet, dass sie von außerhalb kam, hatte der Fisch angebissen. Sie musste nur noch ein wenig Zeit rausschlagen, damit Johann benachrichtigt werden konnte. Falls die Sache wirklich ernst würde, müssten sie improvisieren und improvisieren konnte Johann am besten mit einem massiven Knüppel in der Hand.
Kurz musste er trotz der angespannten Situation grinsen. Das lüb'sche Weib hatte wirklich Eier unter'm Rock.
Langsam ging sie auf von Marburg zu, bis dieser ihr mit einem »Das ist nah genug!« Einhalt gebot. Unschlüssig blieb Grete hinter ihm stehen.
»Soll ich mich jetzt ausziehen?«, fragte sie.
»Nein, kennst du das evangelische Glaubensbekenntnis?«, fragte von Marburg dann wieder mit der hohen Stimme.
»Natürlich …«, murmelte Grete verständnislos.

»Gut«, erklärte der verkleidete Prediger und ging auf die Knie. Routiniert begann er die Schnüre seines Kleides zu öffnen und streifte sich das Kleid über die Schultern, sodass sein Rücken frei lag.
Grete sog scharf die Luft ein, als sie auf die vernarbte Haut blickte.
»Nimm die Peitsche, die auf dem Schemel neben der Lampe liegt«, forderte er sie auf.
Ihr Blick ging kurz suchend im Raum umher, bis sie schließlich auf das kleine Möbel zuging und den Griff des Schlaginstruments in die Hand nahm. Unschlüssig hielt sie die Peitsche in der rechten Hand. Das halbe Dutzend knotiger Riemen schaukelte träge durch die Luft und Grete gab das eigentümliche Bild eines unschlüssigen Racheengels ab.
»Ich will, dass du es aufsagst und sie dabei an mir benutzt!«, verlangte von Marburg mit ruhiger, aber entschlossener Stimme.
»Ich soll euch schlagen?«, fragte Grete ungläubig.
»Fang an!«, forderte er und griff mit beiden Händen nach einem Stützbalken.
Einen Atemzug zögerte Grete, dann sprach sie mit fester Stimme: »Ich glaube an Gott …«, und schlug zu. Der Prediger zuckte zusammen, doch mehr vor Schreck, denn sie hatte nicht sonderlich fest geschlagen.
»Fester, denn ich habe gesündigt«, verlangte von Marburg.
»… den Vater, den Allmächtigen …«, setzte sie fort und schlug erneut zu. Dieses Mal schon deutlich fester.
»Fester!«, verlangte von Marburg dennoch und seine Hände griffen härter um den Stützbalken.
»… den Schöpfer des Himmels und der Erde …«, sprach Grete mit lauter fester Stimme und holte weit aus. Johann hörte das Pfeifen der knotigen Striemen bis in sein Versteck hinein und meinte beim knallenden Aufschlag Blutstropfen im Lampenschein über dem nackten Rücken aufwallen zu sehen. Von Marburg stöhnte gepeinigt, richtete sich dennoch in Erwartung des nächsten Schlages gerade auf.

»… und an Jesus Christus, seinen eingeborenen Sohn, unsern Herrn …«, sagte Grete beinahe schon mit einem Anflug von Wut die oft gesprochenen Worte auf und schlug erneut zu.
Johann schüttelte still den Kopf, während der verkleidete Prediger ob des derben Schlags zusammenzuckte und keuchte. Der Veteran hatte im Feldlager und auch am Kaak schon Stock und Riemen zu spüren bekommen. Nichts, dem man sich freiwillig aussetzen würde. Dazu noch diese Verkleidung … Oblag von Marburg einem religiösen Wahn und trug das Kleid, um nicht erkannt zu werden, oder war er einfach von Sinnen?
»… empfangen durch den Heiligen Geist, geboren von der Jungfrau Maria …«
»… gelitten unter Pontius Pilatus, gekreuzigt, gestorben und begraben …«
»… hinabgestiegen in das Reich des Todes …«
»… am dritten Tage auferstanden von den Toten, aufgefahren in den Himmel …«
»… er sitzt zur Rechten Gottes, des allmächtigen Vaters …«
»… von dort wird er kommen, zu richten die Lebenden und die Toten …«
Jede Zeile beendete die Lübecker Dirne mit einem weit ausgeholten, zunehmend wütenden Schlag. Es schien, als lege sie die Angst und Trauer der letzten Tage um ihren Bruder in jeden Hieb, und Johann vermutete, dass dem auch genau so war. Einige Haarsträhnen hatten sich gelöst und hingen ungezügelt hinab und Schweiß glänzte ihr auf der Stirn vor Anstrengung.
Der Prediger war bei den letzten Schlägen bereits leicht zusammengesunken, hatte sich jedoch immer wieder aufgerichtet. Aus seinem Versteck konnte Johann den Rücken des Mannes nicht sehen, vermutete aber, dass er bereits offen sein musste. Wenn er sich nicht täuschte, zeigte von Marburgs Kleid und auch Rock und Hemd Gretes dunkle Spritzer.
Daher also das Blut auf den Kleidern in der Truhe und der vernarbte Rücken, war Johann sich jetzt sicher. Zweifel stahlen sich in seine bisherigen Überlegungen. Wenn die blutigen Kleider

in der Truhe von ihm selbst stammten, dann holte er die ortsfremden Dirnen vielleicht auch nur für seine Selbstkasteiung in das Haus.

»… Ich glaube an den Heiligen Geist …«

»… die heilige christliche Kirche …«

»… Gemeinschaft der Heiligen …«

»… Vergebung der Sünden …«

»… Auferstehung der Toten und das ewige Leben …«

Der Prediger zitterte am ganzen Leib nach den letzten Schlägen und hätte er sich nicht so krampfhaft am Stützbalken gehalten, wäre er sicherlich augenblicklich umfallen. Sein Gesicht lag weitgehend im Schatten der Lampe, dennoch wirkte er fiebernd und entrückt auf Johann, und die vom Schweiß verlaufene Schminke verstärkte noch den Eindruck einer unheimlichen Grimasse.

Grete sah nicht weniger fremd aus. Ihr Gesicht war gerötet und schweißnass, die Haare hingen wirr herunter und ihre Körperhaltung hätte auch gut zu einem angriffslustigen Boxer passen können. Von Marburg hatte mehrmals gekeucht und gestöhnt unter den Hieben und so wie Grete zwischendurch gestockt und geschaut hatte, hatte sie vermutlich erkannt, dass es sich bei ihrem Opfer nicht um eine Frau handelte, und vermutlich hatte sie auch einen Verdacht, wen sie hier bis aufs Blut peinigte.

Schwer atmend, wie nach einem langen Lauf, holte sie erneut aus und blickte starr auf den Rücken des Gepeinigten.

»… Amen ….«, schrie sie beinahe schon und ließ den Prediger mit diesem letzten Schlag endgültig zu Boden gehen.

Schnaufend und mit zitternder Hand blickte sie abfällig auf das Häufchen Mensch hinab, das vor ihr auf den Bodenbrettern lag. Johann sah, wie sie mit steinerner Miene mit ihrer freien Hand in der Rockschürze nestelte.

»Tu das nicht, Mädchen«, murmelte Johann tonlos und griff sein eigenes Messer wieder fester. Er vermutete, dass sie die kleine scharfe Klinge suchte, die er ihr gegeben hatte. Wenn sie immer noch vermutete, dass er ihren Bruder getötet hatte, kam sie

vermutlich jetzt gerade auf dumme Gedanken. Stumm schüttelte Johann den Kopf.
»Du kannst jetzt gehen, deine Entlohnung liegt auf dem Schemel«, ertönte dann schwach die verstellte Stimme von von Marburg am Boden.
Zwei Atemzüge blieb Grete unschlüssig stehen, dann griff sie das Lederbeutelchen und legte stattdessen die Peitsche zurück auf den Schemel. Immer noch verständnislos blickte sie auf das schwer atmende Bündel.
»Hörst du, du kannst jetzt gehen«, ertönte da eine feste Stimme mit einem merkwürdigen Akzent. Erschrocken fuhr Grete herum und sah den Oberkörper des Dieners und Leibwächters des Predigers aus der Bodenluke emporsteigen. Johann machte sich sprungbereit. Wenn sie der Lübeckerin etwas antun wollten, würden sie es vermutlich jetzt tun.
Grete trat angespannt einige Schritt beiseite, um den Diener vorbeizulassen, bevor sie sich in Richtung des Niedergangs aufmachte. Ehe sie die Stiege hinabging, wandte sich Dornvogel noch einmal warnend an sie: »Lass niemand sehen, wie du das Haus verlässt, und wage es nicht, mit jemanden zu sprechen.«
Grete nickte nur stumm und stieg die steilen Stufen hinab. Johann lauschte genau, wie ihre knarrenden Schritte zunächst die Stufen in den ersten Stock und schließlich weiter hinab gingen. Angespannt wartete er, ob er einen Hilferuf oder das Poltern eines Kampfes hörte, doch nichts. Er mochte ohnehin nicht glauben, dass von Marburg und Dornvogel noch einen unbekannten Helfer hatten, doch sicher war sicher.
Es war still im Haus, außer dem Plätschern des Wassers in der Schüssel, mit dem Dornvogel seinem verletzten Herrn den Rücken wusch, war nur das Knacken der Balken und der sachte Wind auf den Dachziegeln zu hören.
War das das Klappen einer Tür unten im Haus? Vermutlich. Dann war Grete endgültig in Sicherheit. Draußen würde hoffentlich Walther auf sie warten.

Auf der einen Seite war Johann erleichtert, doch auf der anderen auch enttäuscht. Mit von Marburg war er offensichtlich der falschen Spur gefolgt. Der Prediger war vielleicht auf eigentümliche Weise umnachtet, was nach Johanns Meinung bei den Religiösen keine Seltenheit war, doch für die verschwundenen Fremden war er vermutlich nicht verantwortlich. Es sei denn, er entschied sich mal für den einen und mal für den anderen Ausgang seiner merkwürdigen Eskapaden mit seinem Diener, doch das mochte nicht so richtig ins Bild passen.
Johann beobachtete, wie der Diener routiniert die Wunden versorgte und schließlich ein frisches Leinentuch mit einigen Verbänden darüber fixierte. Er schloss das Kleid seines Herrn provisorisch und half ihm wacklig auf die Beine zu kommen. Schwankend hielt sich der Prediger am Dachbalken fest, während Dornvogel geduldig wartete.
Wenn die beiden die Dachkammer wieder verlassen hatten, würde Johann sich durch die Dachluke hinausschleichen. Dann würde er sich vermutlich in der Trommel volllaufen lassen und sich mit Walther über den Prediger lustig machen. Vielleicht würde das ein wenig den Frust des wenig erfolgreichen Abends vertreiben.
Außerdem … Johanns Herz machte einen Sprung, als der Schrank wieder sein Gleichgewicht verlor und nach vorne kippte. Hektisch beugte er sich zurück, doch zu spät. Instinktiv ruderte er mit den Armen und sprang schließlich vorwärts durch die Schranktür, wenn er nicht unter oder in dem Möbelstück begraben werden wollte.
Mit einem lauten Knall krachte der Schrank hinter ihm auf die Dielen, während seine schweren Nagelstiefel in die Dachkammer hineinstolperten. Überrumpelt und erschrocken starrten Dornvogel und von Marburg ihn an, als wäre er geradewegs in einer Schwefelwolke aus dem Boden erschienen.
Dem Veteranen war klar, dass man ihn hier nicht ungeschoren gehen lassen würde. Er nutzte die Überraschung, griff das Erste, was er in die Finger bekam, und zog dem Diener einen wurmstichigen Stuhl über den Schädel, der in unendlich viele

morsche Splitter zerbarst. Die Wucht reichte dennoch aus, um Dornvogel stöhnend auf alle viere zu schicken.
Da nur noch ein jämmerlicher Stumpf des Stuhlbeins aus seiner Hand ragte, drosch er von Marburg lediglich die Faust ins Gesicht.
Jetzt hieß es Fersengeld geben. Der Veteran machte einen Satz über von Marburg hinweg in Richtung des Niedergangs und stieß einen unflätigen Fluch aus, als er mit dem Fuß in der Wasserschüssel des Dieners landete.
Als er beide Schuhspitzen vor sich auf Augenhöhe sah, wusste er, dass heute nicht der beste Tag würde. Der Aufprall auf den Rücken trieb ihm die Luft aus der Lunge. Hustend und nach Luft schnappend stand er auf und griff nach dem Belegnagel in seinem Gürtel. Weiter kam er jedoch nicht. Dornvogel hatte sich wieder hochgekämpft und sich zwar angeschlagen, doch dafür umso wütender auf ihn gestürzt. Der Kerl wusste, was er tat. Johann riss gerade noch die Arme hoch, dann rüttelten ihn einige harte Schläge durch und er musste zusehen, dass er außer Reichweite kam. Er stieß an ein Regal, ging instinktiv einen Schritt zur Seite und riss das große Möbelstück nach vorn. Ob er den Diener traf, konnte er nicht sehen, aber zumindest hatte er etwas Platz und einen Atemzug Zeit verschafft.
Doch wohin jetzt? Der Weg zum Niedergang war durch Trümmer und Dornvogel versperrt, auch die Luke, durch die er eingestiegen war, würde er nicht erreichen. Dann eben das andere Dachfenster zur Straße. Beim Sprung konnte er sich zwar die Gräten brechen, aber sonderlich wählerisch konnte er gerade nicht sein. Er machte einen Satz auf die fast mannshohe Doppeltür zu und suchte nach dem Riegel, da schlug sein Gefahreninstinkt Alarm. Zu Recht. Dornvogel hatte ein langes Messer in der Hand. Eine altmodische Waffe mit einer fast armlangen Klinge, wie sie früher gern die Landsknechte, aber auch andere Bürger getragen hatten. Wusste der Teufel, woher der Diener die Waffe gezogen hatte, aber dagegen hatte er schlechte Karten.

Den Riegel hatte er zwar schon entdeckt, aber bis er aufgesperrt, die Tür aufgerissen hätte und gesprungen wäre, bräuchte er noch etwas mehr Zeit. Sein Blick fiel auf von Marburg.

Der Prediger hatte sich nur einen Schritt neben Johann wieder aufgerichtet. Er packte den Mann am Kleid und schleuderte ihn gegen seinen Diener. Oder besser, er versuchte es. Selbst benommen schaffte es von Marburg sich irgendwie an ihm festzukrallen und schlug blindlings auf ihn ein. Gerade wollte Johann die menschliche Klette loswerden, da sah er einen Schatten auf sich zufliegen. Instinktiv riss er den Prediger schützend vor sich, dann krachte Dornvogel mit Wucht gegen das menschliche Knäuel. Johann prallte keuchend gegen das Schrägdach. Etwas knackte und er fiel nach hinten, dann schwebte er einen Atemzug lang in der Luft. An sich konnte der Fall auf die Straße nicht lange gedauert haben, aber Johann kam es wie eine kleine Ewigkeit vor. Noch immer waren er und der Prediger ineinander verkeilt und Johann meinte auch das wutentbrannte Gesicht des Dieners nur eine Handbreit vor seinem zu sehen.

Dann kam der Aufprall und augenblicklich wurde es schwarz um ihn herum.

Kapitel 17: Das ist doch kein Viehhandel

21. Dezember 1617, Donnerstag

Johann öffnete stöhnend die Augen, nur um sie gleich darauf wieder zu schließen. Er fühlte sich, als wäre eine Herde Ochsen über ihn hinweggetrampelt, und selbst das dämmrige Licht um ihn herum blendete unangenehm.

Träge trieben Fetzen von Gedanken und Erinnerungen durch seinen Kopf wie morgendliche Nebelschwaden bei mäßiger Brise. Da war die Dachkammer … von Marburg … von Marburg in dem Kleid … Grete mit der Peitsche … der Kampf mit dem Prediger und seinem Diener … dann der Fall …

Verdammt, lag er auf der Straße? Dann musste er schleunigst das Weite suchen, bevor es Ärger mit den Röpern gab. Johann riss die Augen wieder auf und stand auf, genauer gesagt er versuchte es. Die graue Umgebung begann sich übelkeitserregend um ihn herum zu drehen. Er entschied, dass zunächst einmal zu sich zu kommen und einfach nur zu schauen der bessere Plan als aufstehen war.

Blinzelnd öffnete er erneut die Lider. Er befand sich in einem kleinen Raum, auf der Straße lag er also nicht mehr. Er lag auf einer speckigen Holzpritsche und kalte Luft wehte aus einem winzigen Fenster mit jedem Windstoß hinein. Der Raum wies ansonsten keine Möbelstücke auf, nur eine massive, eisenbeschlagene Tür, die gerade einmal brusthoch war.

Johann brummte ungehalten. Sie hatten ihn eingelocht. Vermutlich war er in einer Zelle im Winserturm.

Als Hamburger Bürger durften sie ihn nicht gleich in die entehrende Frohnerei sperren. Die war den Auswärtigen oder vor Gericht verurteilten Straftätern vorbehalten oder denen, die den Argwohn des Rats oder Brookvogts zu sehr erregt hatten. Viel besser war der Winserturm jedoch auch nicht, nur weil er etwas besser roch als die Frohnerei kam er hier nicht leichter raus und im Gegensatz zur Frohnerei kannte er hier niemanden.

Langsam richtete er sich auf und dieses Mal klappte es bereits deutlich besser. Stöhnend setzte er sich auf die harte Pritsche und lehnte sich gegen die Kerkerwand. Das konnte übel ausgehen, dachte er sich. Er war in ein fremdes Haus eingedrungen und hatte eine böse Keilerei mit den beiden Bewohnern angefangen, von denen der eine noch ein angesehener Prediger war.
Johann schluckte. Was war, wenn sich einer der beiden bei dem Sturz den Hals gebrochen hatte? Von der Luke waren es etliche Schritt nach unten gewesen. Normalerweise sicherlich nicht hoch genug, um sich zu Tode zu stürzen, wenn man kontrolliert hinuntersprang. Doch in dem wüsten Knäuel, in dem sie hinuntergestürzt waren, wäre es ein Leichtes gewesen, sich die Gräten zu brechen. Dazu hatte der Diener noch dieses verfluchte lange Messer in der Hand gehabt. Johann würde sich nicht wundern, wenn es jetzt in von Marburgs Wanst steckte.
Die beiden waren zwar Ortsfremde und er ein Hamburger Bürger, doch von Marburg war ein gottesfürchtiger Prediger, der gute Verbindungen zu den Mächtigen hier hatte, und Johann gehörte nun nicht gerade zur einflussreichen Oberschicht. Wenn es einen von den beiden dahingerafft hatte, würde sein Kopf vermutlich bald vom Köppelberg rollen oder gar im Wind schaukeln. Selbst wenn keiner der beiden unter die Erde gekommen war, konnten sie ihn für die Sache mit Ruten streichen und aus der Stadt jagen oder ihm auf dem Markt was abschneiden, bevor sie ihn der Stadt verwiesen.
Besser er fing schon einmal an, sich für seinen Auftritt vor Gericht eine gute Geschichte zurechtzulegen. Grübelnd rieb er sich das Kinn und zuckte gleich wieder zurück. Es war geschwollen und der Bart vermutlich von Blut verkrustet. Er schätzte, dass er aus aussah, als käme er geradewegs aus der ersten Schlachtreihe.
Etwas wackelig stand er auf und griff sich einen Holzkrug, den er auf dem Boden entdeckt hatte. Das Wasser schmeckte brackig, er trank dennoch gierig weiter, nachdem er den ersten Schluck gekostet hatte. Den letzten Rest schüttete er in seine Handflächen

und wusch sich ein wenig das Gesicht. So sah er die Welt um sich herum schon etwas klarer.
Vielleicht sollte er sich vor Gericht dumm stellen. Sagen, er war besoffen an einer Häuserecke eingeschlafen und dann im Haus wieder aufgewacht und hatte in Panik um sich geschlagen. Er verstieß die Idee gleich wieder. Man würde ihm vermutlich nur den ersten Teil abnehmen.
Ein schabendes Geräusch riss ihn aus seinen Gedanken und wenig später sah er, wie die massive Tür sich öffnete. Durch den niedrigen Türbogen trat gebückt ein stattlicher Mann mit einer Ledermappe unter dem Arm ein. Johann schätzte ihn auf Ende zwanzig und seine Kleidung machte einen durchaus wohlhabenden Eindruck.
»Soll ich euch wirklich mit dem Gesindel allein lassen, Procurator?«, fragte eine lispelnde Stimme aus dem Gang hinter der Tür.
Der Neuankömmling beäugte Johann kurz von Kopf bis Fuß und rümpfte missmutig die Nase. »Der Kerl wird kaum so dumm sein, seinen Defensor zu attackieren. Oder wird er?«, fragte der Mann mit erhobener Braue.
»Ich hab zwar keinen Schimmer, was 'n Defendero ist, aber nach 'ner Keilerei steht mir der Sinn nu wirklich nich«, brummte Johann und hielt sich den vom Reden pochenden Schädel.
»Defensor!«, korrigierte der Mann und gab dem Wachmann hinter sich ein Zeichen, die Tür zu schließen.
»Dein Name ist Johann Gabelschlag?«, fragte der Mann.
Johann brummte etwas Zustimmendes.
»Der ersten Röper Adam Hänsle konnte dich bei deiner Überstellung in den Winserturm gleich benennen. Es spricht nicht für dich, dass er das konnte«, bemerkte der Redner spitz, verschränkte die Arme vor der Brust und reckte das Kinn.
Johann lag eine passende Erwiderung auf der Zunge, biss aber lieber die Zähne zusammen. Er war nicht in der richtigen Lage, noch Öl ins Feuer zu gießen, also brummte er wieder nur etwas Unverständliches.

»Mein Name ist Lucas Beckmann, Ratsherr und Procurator am Niedergericht der Stadt Hamburg und dein Defensor für das anstehende Verfahren. Das bedeutet, dass ich dich vor Gericht vertrete«, erklärte der Mann ihm.

Er wirkte zwar selbstsicher, beinahe überheblich, aber die Rede wirkte einstudiert und hinter der Fassade erkannte Johann Nervosität. Er hatte oft genug Menschen einschätzen müssen und dieser wollte sicherer wirken, als er es war. Kein Wunder, die unliebsame Aufgabe des Verteidigers erhielt üblicherweise der jüngste und unerfahrenste Stadtvertreter am Gericht. Das war gemeinhin bekannt.

»Da dank ich euch für«, antwortete Johann und gab sich große Mühe, es nicht sarkastisch klingen zu lassen.

»Du steckst in großen Schwierigkeiten, Johann Gabelschlag«, erklärte Beckmann ernst und Johann war sich sicher, dass er diesen Satz samt Gesichtsausdruck vorher einige Male geübt hatte.

»Hat sich einer den Hals gebrochen?«, fragte der Veteran mit belegter Stimme.

Der Advokat machte eine dramaturgische Pause und faltete die Hände hinter seinem Rücken. »Nun, das nicht, aber es ist auch nicht viel weniger schwerwiegend …«, begann er.

»… Aktuell bereitet der Fiscalis in criminalibus eine schwerwiegende Anklage gegen dich vor wegen Einbruchs, Zuhälterei, Brandstiftung und versuchten Totschlags«, vollendete der Advokat und machte wieder eine Pause.

»Ja, nie nich!«, regte Johann sich auf und sprang von seiner Pritsche, sodass Beckmann erschrocken zurückwich. Hastig setzte sich Johann wieder und wedelte abwehrend mit den Händen.

»Na, das tut ja nur 'n übles Missverständnis sein. Ich wollt ja nur … und Feuer … nee, also das ja nu gar nich …«, stammelte Johann einen erschrockenen Erklärungsversuch. Bei dem Sammelsurium an schweren Vorwürfen würde es am Ende für ihn vermutlich doch noch für den Köppelberg auf St. Georg reichen.

Ähnlich sah es auch sein Defensor. »Du hast nicht den besten Leumund, Gabelschlag. Die Vorwürfe wiegen schwer. Das Niedergericht wird den Fall vermutlich zügig an das Obergericht übergeben und wenn sie dort der Anklage folgen … Nun ja …, wirst du entweder in St. Georg enden oder nach einer peinlichen Strafe der Stadt verwiesen.«

Johanns Kiefer malten und seine Gedanken überschlugen sich. »Brandstiftung und Zuhälterei?«, fragte er noch einmal ungläubig.

»Nach den Akten ist auf dem Dachboden ein Feuer ausgebrochen, das die Besitzerin des Hauses noch gelöscht hat, nachdem sie aufgrund des Tumults nach dem Rechten schauen wollte«, klärte Beckmann ihn auf. Johann schloss kurz die Augen, um sich zu entsinnen, ja da brannte tatsächlich ein Licht auf dem Schemel.

»Und was die Zuhälterei betrifft … Eine vermeintliche Dirne war nach dem Fall vom Dach bei euch zugegen, hat sich dann aber entfernt, als die Röper kamen. Der Ankläger geht davon aus, dass du gewalttätig geworden bist, nachdem ihre … Leistung abgelehnt wurde.«

Johann seufzte, das war genug, um ihm was anhängen zu können. Resigniert lehnte er sich zurück gegen die nasskalte Steinwand.

»Das ist doch dummes Zeug, bin doch kein *Koberer* und wie soll denn die Dirne unten auf der Straße sein und wir aufm Dach, wenn der Streit um sie gegangen ist«, murmelte er müde.

Beckmann räusperte sich. »Nun ja, vielleicht könnte ich dem Gericht ja auch eine andere, weniger eskalative Version glaubhaft machen«, versuchte er in möglichst beiläufigem Tonfall einzuwerfen.

Johann hob eine Braue. »Wie meint ihr das?«

»Nun, wenn du das eine oder andere zugibst und es damit dem Gericht leicht und die Verhandlung kurz machst, dann sind die Richter und die Schöffen vermutlich gewillt alles etwas wohlwollender zu sehen und die Sache schnell beiseitezulegen«, erklärte der Defensor.

»Und was soll das jetzt genau heißen?«, fragte Johann stirnrunzelnd.

»Vielleicht bist du ja nur an dem Haus vorbeigelaufen und hast etwas Merkwürdiges gehört. Bist dann etwas, sagen wir übereifrig in das Haus gelaufen. Das war natürlich töricht, denn die Bewohner mussten dich natürlich für einen Schurken halten, was zu dem Kampf führte. Also mehr ein Unfall, der auf deiner Dummheit beruhte.«
»Und was erwartet mich dann für meine *Dummheit*?«, wollte der Veteran wissen.
»Es sind ja schon Leute dabei zu Schaden gekommen, aber vielleicht kann ich das Gericht zu fünf Stockschlägen und drei Wochen Haft in der Frohnerei überzeugen«, erklärte sein Defensor und wirkte auf Johann wie ein Kartenspieler, der hoffte, dass seine Mitspieler sein Blatt nicht sehen wollten.
»Was soll denn *Haft* für eine Strafe sein?«, fragte Johann ungläubig, da der Aufenthalt in der Frohnerei üblicherweise nur zur peinlichen Befragung oder als Wartezeit für die Strafe oder den Gerichtstermin angesetzt wurde.
»Nun, gelegentlich kann in weniger schwerwiegenden Fällen auch Haft angeordnet werden«, erklärte sein Defensor geduldig.
Johann beäugte den Mann misstrauisch und rieb sich vorsichtig das geschwollene Kinn. Dann schlich sich ein wissendes Grinsen auf seine Lippen.
»Es waren Leute auf der Straße, als wir gefallen sind, oder? Leute, die diesen Prediger geschminkt in Weibskleidung gesehen haben. Vielleicht auch seinen verstriemten Rücken. Vermutlich reden die Leute schon darüber … Über diesen Mann, deren Gesellschaft viele angesehene Bürger dieser Stadt gesucht haben. Und wenn ihr mich anklagt, werde ich aussagen, was ich so gesehen habe und wie es zu der Sache gekommen ist. Zeugen werden befragt werden … Die Leute auf der Straße, von Marburg selbst und sein Diener, oder hat er schon eilig die Stadt verlassen?«
Johann hatte während seiner Rede einen Gesichtsausdruck bekommen wie eine hungrige Ratte, die etwas Nahrhaftes gerochen hatte.

Beckmann wirkte sichtlich nervös und trotz der Kälte in der Zelle sah Johann feine Schweißtröpfchen auf seiner Stirn anwachsen.
»Herr von Marburg und sein Diener halten sich noch in der Stadt auf, falls sie für eine Zeugenaussage benötigt werden«, erklärte der junge Mann angespannt und Johanns Grinsen wurde noch eine Spur kampfeslustiger.
»Das wird ein feines Theater vor dem Niedergericht geben. Der Rat wird sicherlich Gefallen daran finden«, sprach Johann mehr zu sich selbst, während er bedächtig nickte.
»Wir wollen doch nicht vergessen, dass du sicherlich am meisten bei der Sache zu verlieren hast!«, erklärte sein Defensor unwirsch und wischte sich mit dem Ärmel über die Stirn.
»Höchstens mein Leben, das scheint mir nicht so elendig viel wert zu sein«, urteilte der Veteran betont gleichmütig.
»Dann … willst du es auf einen Urteilsspruch im Obergericht ankommen lassen?«, fragte Beckmann ungläubig.
Johann verschränkte die Hände ineinander und legte nachdenklich sein Kinn darauf ab.
»Zwei Wochen Frohnerei und keine Schläge, oder wir besprechen jede Einzelheit der Sache erst vorm Nieder- und dann vorm Hochgericht«, erklärte er dann entschlossen.
»Das ist doch kein Viehandel!«, empörte sich sein Gegenüber.
»Doch, das ist es«, widersprach Johann. »Oder seid ihr nicht befugt mit mir zu handeln als *mein* Defensor?«, schob er mit einem ironischen Lächeln hinterher.
Beckmann starrte ihn eine Weile an, dann nickte er. »Ich bin befugt. Der Handel soll so sein«, entschied er.
Mit steifen Fingern kramte er dann in seiner Aktenmappe und holte ein Pergament hervor.
»Hier, dein Geständnis, ich lese es dir vor und wenn du dann deine drei Kreuze darunter machen …«, begann er und wurde von Johanns Lachen unterbrochen.
»Ihr habt mein Geständnis schon geschrieben?«, amüsierte sich Johann weiter, während der Advokat mit ausgestreckten Armen das Pergament vor sich hielt.

»Gebt schon her, ich lese es besser selber«, erklärte der Veteran und winkte seinem Gegenüber auffordernd zu.
Beckmann stutzte kurz irritiert, reichte dem Gefangenen dann jedoch das Dokument. Nachdem dieser das Schreiben konzentriert durchgelesen hatte, grübelte er noch eine Weile. Der Inhalt passte zu Beckmanns erfundener Geschichte über den Abend, aber konnte er ihm und dem Gericht trauen? Grundsätzlich traute er ihnen nicht weiter, als er einen Pfriem spucken konnte. Aber was hätten sie davon, sich nicht an die Abmachung zu halten? Wenn es doch noch zu Zeugenaussagen käme, würde die Geschichte Dreck aufwühlen, den keiner der Pfeffersäcke gerne in der Öffentlichkeit hätte. Dem Rat wäre es sicherlich am liebsten, wenn von Marburg möglichst still und heimlich die Stadt verlassen würde und am besten kein Wort mehr über die Sache gesprochen würde. Ganz würde es ihnen sicherlich nicht gelingen, aber immer noch besser, als wenn die Sache vor Zuschauern am Gericht öffentlich besprochen wird.
»Hoffe, ich kann euch trauen, gebt mir schon eine Feder«, murmelte Johann missmutig.
Beckmann wurde ernst. »Ich … gebe dir mein Wort«, sagte er und reichte Johann eine Feder. Johann griff das Schreibinstrument und unterschrieb mit feiner geschwungener Handschrift auf dem Dokument. Er blies vorsichtshalber einige Male über die Tinte und reichte dann Pergament nebst Schreibfeder an den Advokaten zurück.
»Gut, dann obliegt es mir noch, dich über das Verfahren vor Gericht aufzuklären«, begann der Advokat und machte sich gerade.
»Die Leitung des Niedergerichts haben zwei Prätoren inne, bei denen es sich um Ratsmitglieder handelt. Sie leiten die Verhandlung, verhören Zeugen und verkünden das Urteil. Ihnen zur Seite stehen acht Procuratores, bei denen es sich um Kaufleute und Rechtsgelehrte handelt. Einer von ihnen vertritt als Fiscalis in criminalibus die Anklage und einer als Defensor die Verteidigung, was in diesem Fall mir obliegt. Daneben werden noch der

Brookvogt, seine Röper und der Gerichtsschreiber anwesend sein. Die Urteilsfindung findet üblicherweise über Schöffen, also Dingleute statt. Aber bei kleineren Delikten wie in deinem Fall kann der Prätor auch selbst urteilen.«

»Damit sichergestellt ist, dass die Sache auch ganz bestimmt schnell und leise von sich geht«, unkte Johann.

Beckmann ignorierte seinen Einwurf und dozierte weiter.

»Ich appelliere an dich, den notwendigen Respekt vor Gericht zu zeigen. Das Verfahren sollte in diesem Fall schnell beendet sein. Nach einigen Formalien werde ich dein Geständnis verlesen, du wirst es noch einmal laut und deutlich mit deinen Worten bestätigen, dann erfolgt der Urteilsspruch. Im Anschluss wirst du direkt vom Frohn oder einem seiner Knechte in die Frohnerei überführt.«

Johann verzog das Gesicht. »Muss die Überführung unbedingt durch den Henker gemacht werden?«, brummte er missmutig.

Beckmann räusperte sich. »Mir ist bewusst, dass die Berührung durch den Frohn entehrend ist, aber das ist die Haft in der Frohnerei ja ebenfalls, also sollte der Unterschied …«, begann er, doch Johann winkte ab.

»Jaja, schon gut, dann eben durch den Henker«, knurrte er.

Der Advokat verstaute zufrieden das Geständnis wieder in seiner Aktenmappe. Er wirkte jetzt deutlich entspannter, nahezu erleichtert. Seine blauen Augen blickten beinahe fröhlich drein. Er nahm die wärmende Mütze ab und strich sich das blonde Haar zurecht.

»Die Verhandlung findet bereits morgen statt, wir werden uns dann vor Gericht sehen«, erklärte er und ging nach einem knappen Nicken zur Zellentür. Gerade hatte er die Hand erhoben, um an das Holz zu klopfen, da hielt er noch einmal inne und drehte sich zögerlich wieder um.

»Auch wenn es nicht von Bedeutung ist, was hat dich dazu getrieben, mit den beiden in dieser Dachstube Händel anzufangen?«, fragte Beckmann neugierig.

Johann taxierte ihn eine Weile. An sich wirkte der junge Mann ganz sympathisch, aber einem Pfeffersack und noch dazu einem, der einen Gerichtsposten innehatte, war nicht wirklich zu trauen.
»Wenn ich ehrlich bin, hab ich wohl bei dem üblen Sturz meine Erinnerung verloren«, murmelte Johann.
Beckmann zuckte die Schultern, trat einen Schritt zurück und klopfte an die Zellentür.

Kapitel 18: Die Frohnerei

22. Dezember 1617, Freitag

Im Gegensatz zu den meisten Angeklagten, die vor dem Niedergericht auf der Anklagebank saßen, war Johann eher erleichtert, als der Schuldspruch endlich gefallen war. Und wenn ihn seine Menschenkenntnis nicht trügte, ging es den städtischen Rechtsvertretern bei der Verhandlung ebenso.

Die Sache war verhältnismäßig schnell gelaufen. Wie Beckmann es angekündigt hatte, wurde nach einigen Formalien erst die Anklage und dann sein ›Geständnis‹ verlesen. Johann hatte etwas zustimmendes dazu gebrummt und dann nach einer Ermahnung durch den Prätor noch ein lautes »Jaja, so war's dann wohl« verlauten lassen.

Das einzig Bemerkenswerte an der Verhandlung war, dass er Magdalena Böttcher unter den Zuschauern hatte ausmachen können. Wenn er sich nicht täuschte, hatte sie ihm aufmunternd zugelächelt. So oder so war Johann froh, so glimpflich davonzukommen, und die zwei Wochen in der Frohnerei würde er auch noch überstehen. Nur vor einer Sache hatte er noch etwas Magendrücken …

Auf Geheiß des Brookvogts trat der Henker Max Grave in seinem roten Rock mit einem seiner Knechte auf Johann zu und legte ihm die eisernen Handschellen an. Johann war froh, dass es nur bei den Handschellen blieb und ihm für die Überführung nicht noch ein Halsreif oder Beinketten angelegt wurden.

Dann führte der Henker ihn aus dem Niedergericht im Rathaus auf die Straße. Vom Rathaus zur Frohnerei mussten sie nur geradewegs der Reichenstraße folgen, die um diese nachmittägliche Zeit noch gut besucht war. Abfällig und mit unverhohlener Neugier starrten die anderen Passanten Johann hinterher. Würde Johann nicht ohnehin schon zu den eher weniger ehrenvollen Bürgern der Stadt zählen, würde dies spätestens jetzt der Fall sein.

Allzu neugierige Straßenkinder scheuchte der Henker mit einem grimmigen Blick und einer unwirschen Handbewegung hinfort, was jedoch nur eingeschränkt fruchtete.
Trotz seines blutigen Handwerks und seiner Ehrlosigkeit galt Grave als gutmütiger und beinahe fröhlicher Zeitgenosse, der nicht zuletzt wegen seiner Heilkunst bei vielen Bürgern ein hohes Ansehen genoss. Der kräftige Henkersknecht, der zur Vorsicht hinter Johann herstapfte, schreckte da schon den einen oder anderen neugierigen Gaffer mehr ab. Sein glatzköpfiger Schädel und die tief umschatteten Augen ließen ihn ein wenig an einen fleischlichen Totenschädel erinnern.
Johann ignorierte einen gehässigen Schmähruf, den ihm eine Frau aus dem Fenster ihres Hauses herunterrief, und konzentrierte sich stattdessen darauf, auf dem überfrorenen Kopfsteinpflaster nicht auszurutschen. Mit den Eisenfesseln an den Händen wollte er nicht noch stürzen. Erst recht, da sein Fall aus dem Dachfenster heute erst recht seine schmerzhaften Früchte trug, von den Wunden der letzten Wochen einmal ganz abgesehen.
Je näher sie der Frohnerei kamen, desto mehr wuchs das seltsame Gefühl in Johanns Bauch an. Er meinte bereits den typischen Dunst wahrzunehmen, den das Büttelhaus ausströmte, doch das mochte auch Einbildung sein.
Als Johann zum Haupteingang geführt wurde, wurde er noch von einigen vorwurfsvollen Blicken und hämischen Kommentaren vom Marktplatz aus bedacht. Beinahe war er froh, als sich die schwere Tür hinter ihnen schloss.
Die Kerkerzellen der Frohnerei lagen im Keller, sodass sie zunächst eine blankgetretene Steintreppe hinabsteigen mussten. Mit jedem Schritt hinunter wurde die Luft stickiger und der Geruch von faulem Stroh und menschlichen Hinterlassenschaften nahm spürbar zu.
In dem fensterlosen Kellerraum erhellte lediglich ein kieniges Stück Holz in einer Wandhalterung die Dunkelheit und ließ schwarzen, fettigen Rauch zur Decke treiben. Johann zählte zehn Türen, die vom Eingangsraum abgingen.

Die beiden Hälften einer größeren Flügeltür standen weit offen und Johann konnte in dem dahinterliegenden Raum unheilverkündende Geräte wie eine Streckbank, einen Dornenstuhl und bedrohliche eiserne Instrumente erkennen. Er schluckte. Er war zwar nicht zur hochnotpeinlichen Befragung hier eingeliefert worden, dennoch führte die Nachbarschaft des Folterkellers zu einem unangenehmen Drücken in seinem Magen. Die anderen neun Türen waren von ähnlicher Beschaffenheit und allesamt geschlossen. Hier handelte es sich offensichtlich um die Türen zu den Zellen der Gefangenen.
»Hast Glück, dass grad kaum einer hier ist. Kannst 'ne Zelle ganz für dich allein haben«, erklärte der Henkersknecht hinter Johann gönnerhaft.
»Bin schon 'n Glückspilz«, brummte Johann zurück, während sie ihn zu einer der Türen führten.
»Ist gut, Hagen, ich bringe unseren Gast schon auf sein Zimmer«, erklärte der Henker grinsend seinem Knecht.
Dieser schaute zunächst irritiert drein, soweit sein Gesicht dies zuließ. War das Einschließen der Gefangenen doch eine niedere Aufgabe, die eher an ihn oder den anderen Knecht übertragen wurde.
»Verstanden, Meister«, bestätigte er daher zunächst zögerlich und trottete dann nach einem Schulterzucken wieder ab.
Grave führte Johann derweil durch die fast armdicke Kerkertür in die Zelle.
Erstaunt sah Johann sich um. Der Raum war beinahe geräumiger als seine eigene Stube und vielleicht sogar sauberer. Auf einer Holzpritsche lagen Säcke, die einen frischen Strohgeruch verströmten, und am Fußende ordentlich gefaltet zwei dicke Decken. Ohnehin verbreitete eine Eisenschale mit Glut und Steinen darin eine nahezu wohlige Temperatur. Auch eine funzelige Öllampe auf einem Schemel spendete ein warmes Licht. Sogar das winzige Gitterfenster hoch oben an der Außenmauer war mit einem speckigen Ledervorhang gegen das Eindringen von Kälte geschützt.

Der Veteran pfiff durch die Zähne.
»Da bleibe ich doch gleich ein wenig länger«, staunte er.
»Mehr war in der Zeit nicht drin«, brummte der Henker und schloss die Zellentür von innen. Eine Weile starrten sich beide an, dann grinsten die beiden alten Freunde ob der verrückten Situation.
Kopfschüttelnd stemmte der Henker dann die Hände in die Hüfte und musterte Johann.
»Ich hab mir beinahe in die Hose geschissen, als sie dich vors Gericht gestellt haben. Dacht, ich müsst dir noch irgendwas abschneiden am Kaak!«, raunzte ihn der sonst meist gelassene Frohn an.
Johann zuckte hilflos die Schultern. »Das war nu wirklich nich meine Idee mit dem Auftritt vorm Niedergericht«, verteidigte er sich.
»Aber zwei Fremde ausm Fenster zu werfen und 'n Prediger noch dazu … Bist du denn von allen guten Geistern verlassen?«, warf ihm der Henker aufgeregt vor.
»Hab sie nich geworfen, wir sind zusammen runtergefallen und die haben angefangen, irgendwie zumindest …«
Eine Weile starrten sich beide an, dann musste der Henker laut lachen. Trotz seines angsteinflößenden Berufs passte dies deutlich besser zu dem freundlichen Mondgesicht mit den Lachfältchen um die Augen. Er schüttelte noch einmal den Kopf und fuhr sich fahrig mit der Hand über das kurzgeschorene dunkelblonde Haar.
»Nimmst du mir jetzt die Dinger ab?«, wollte Johann wissen und hielt ihm die gefesselten Hände hin.
»Eigentlich solltest du sie für deine Dummheit zwei Wochen anbehalten«, frotzelte Grave, machte sich aber sogleich daran, die Eisenfesseln aufzuschrauben.
»Soll dich schön von Hertha grüßen und meine Kleinen fragen auch, wann du mal wieder zu Besuch kommst. Hast dich wirklich schon 'ne Ewigkeit nicht mehr blicken lassen«, murmelte Grave, während er unter gelegentlichen Flüchen an den Metallschrauben werkelte.

»'tschuldigung, war wirklich sehr eingespannt die letzte Zeit«, erklärte Johann kleinlaut.
»Das hab ich vor Gericht gehört«, zog ihn Grave auf und jubilierte kurz, als er endlich die Handfesseln aufbekam.
»Danke«, seufzte Johann und rieb sich die Handgelenke. Dann klopfte er dem Henker augenzwinkernd auf die Schulter, der ihn seinerseits in eine freundliche Umarmung nahm.
»Und danke nochmal, dass du hier alles so hergerichtet hast. Dagegen ist meine eigene Kammer 'n echtes Rattenloch«, staunte Johann, während er sich weiter umsah.
»Fällt das nich auf? Ich mein', nich dass du Ärger kriegst«, gab er dann noch zu bedenken.
Grave winkte ab. »Ab und an haben wir ja auch mal Gäste mit wohlhabenden Verwandten. Ich sag einfach, du hättest mich bestochen, dann geht das schon in Ordnung«, erklärte er beiläufig.
»Nur gegen den strengen Geruch kann ich grad nich so viel machen. Die anderen Zellen sind zwar kaum belegt, aber das Stroh wird da nich so oft gewechselt«, entschuldigte er sich. Sein Gegenüber winkte lachend ab.
»Sogar warm ist's hier«, freute sich Johann und streckte die Hände zum Eisenkorb mit der Glut aus.
»Ja, da drin mach ich normalerweise meine Instrumente für die Verhöre heiß, aber momentan steht ja keine peinliche Befragung an und so lange kannst du ihn zum Heizen hierbehalten«, bot Grave ihm freudestrahlend an.
»Instrumente …«, murmelte Johann und blickte nun doch mit etwas Unbehagen in die rote Glut.
»Du siehst wirklich mitgenommen aus, muss ich mal sagen«, stellte Grave besorgt fest.
»Die letzten Wochen waren nicht grad von schlechten Eltern. War aber zwischendurch schon beim Bader«, gab Johann zu.
»Beim Bader? Warum bist du nicht zu mir gekommen?« Grave stemmte die Hände in die Hüften, hob argwöhnisch das Kinn und sah ihn vorwurfsvoll an.

Johann hob beschwichtigend die Hände. »Ich weiß, du bist der beste Heiler hier in der Stadt, Max. Aber ich hatte mich so lange schon nicht mehr blicken lassen, da wollt ich nicht vorbeikommen und gleich was von dir wollen«, erklärte der Veteran.
»Unsinn, ich hol gleich mal meine Sachen und ein paar frische Verbände«, murmelte Grave, während er Johann genauer musterte.
»Dann bin ich vermutlich der einzige Mensch auf der Welt, der zur Kur in den Kerker geschickt wird«, lachte Gabelschlag, um sich gleich darauf den schmerzenden Kopf zu halten.
»Danke für alles, Max!«, bedankte er sich dann wieder ernst bei Grave.
»Lass gut sein, wenn ich heute Abend der Hertha nich erzählen kann, dass alles gut ist mit dir, wirft sie mit dem Feuerholz nach mir. War ohnehin schon fuchsteufelswild, als ich ihr erzählt hab, dass ich dich wegschließen soll. Aber was soll man machen, ich muss halt machen, was der Rat und der Brookvogt mir anweisen.«
Johann winkte ab und ließ sich auf die angenehm weiche Lagerstätte sinken.
»Ich hol mal mein Zeug und morgen musst du mir erzählen, wie's jetzt zu der ganzen Sache wirklich gekommen ist«, sagte der Frohn und ging Richtung Kerkertür.
Johann nickte müde.
Erschöpft ließ er sich auf die Pritsche fallen. Die letzten Tage hatten Kraft gekostet. Nachdem sich die Sache mit dem Prediger als Sackgasse erwiesen hatte, gab es keine Spur mehr, der er folgen konnte. Vielleicht war es nun wirklich an der Zeit, die Sache auf sich beruhen zu lassen, bevor es ihn noch wirklich den Kopf kostete.

Kapitel 19: Neue Gedanken und alte Schulden

23. Dezember 1617, Samstag

Grave unterbrach seine Erzählung nur kurz, um Bier aus dem Krug in ihrer beider Humpen zu füllen. »Ja und dann ist ihm diese panische Ratte in Todesangst in die Beinkleider geflüchtet und er ist gesprungen und hat auf sich selbst eingeschlagen wie der Leibhaftige …«, fuhr der Henker lachend fort.

»›Schlag sie tot, schlagt sie tot!‹, hat er immer nur gerufen und sich dabei im Kreis gedreht«, lachte Johann und machte mit den Armen hektische Bewegungen nach.

»Und du stehst da mit dieser schweren Holzschaufel, mit der wir immer die Häute in der Lohe umgeschichtet haben, und fragst ganz aufgeregt: ›Soll ich wirklich, Meister?‹«, fuhr Grave fort und wischte sich eine Träne aus dem Augenwinkel.

Johann nickte lachend.

»Meine Güte, hast du den alten Meister dann verdroschen«, stellte der Henker mit einem anerkennenden Grinsen fest.

»Hat's verdient, der alte Schinder! Auf einen von meinen Schlägen kamen sicher fünfzig von seinen über die ganze Lehrzeit und wir gingen dem Scheißkerl ja gerade mal bis zur Brust«, stellte Johann grimmig klar.

»Ja, war 'ne harte Zeit in der Gerberei, viele haben es nicht geschafft«, seufzte der Henker.

»Hab bis heute manchmal noch den Faulgestank in der Nase und das Gefühl, der scheiß Kalk brennt mir in den Augen«, gab Johann ernst zu.

Auch Grave nickte beklommen und beide prosteten sich mit dem Bierkrug zu.

Sie saßen schon eine ganze Weile in Johanns Zelle, hatten Brot, Schinken und Bier verzehrt und dabei die gemeinsamen alten Zeiten ihrer Jugend aufleben lassen.

Johann hatte dem alten Freund auch die wahre Geschichte von Klara und seinen Nachforschungen erzählt, die ihn vor das Niedergericht geführt hatte. Auch der Frohn hatte ihm abgeraten sich weiter in der Sache festzubeißen. Bürger mit Johanns Leumund waren selbst dann schon schnell in Ärger verwickelt, wenn sie es nicht darauf anlegten.

»Aus dir ist wenigstens was geworden im Gegensatz zu mir«, stellte Johann nach einer längeren Pause klar.

Grave stutzte und musste dann lachen. »Ich bin der Henker, der Büttel, der Frohn. Ich schlag Leuten die Rübe vom Haupt und zwicke sie mit glühenden Zangen. Die Leute schleichen zwar zu mir, wenn sie krank und verletzt sind, aber im Wirtshaus soll ich an meinem eigenen Tisch sitzen und am besten durchs Fenster statt durch die Türe reinkommen.«

Johann machte eine wegwerfende Handbewegung. »Deine Anstellung ist sicher und für 'nen Henker biste recht angesehen. Hast Leute, die für dich arbeiten, 'ne gute Frau und zwei Kinder, da würd mancher tauschen wollen«, argumentierte sein Freund.

»Hast ja recht und ich will mich nicht beklagen«, gab Grave zu.

»Willst du nicht auch mal in eine feste Anstellung kommen? Kannst für mich als Halbmeister arbeiten oder ich leg ein gutes Wort für dich ein, wenn sie einen Röper brauchen. Bist doch kräftig, nicht zimperlich und kennst dich gut aus hier in der Stadt. Ein ehrlicher Röper wär doch auch mal was Neues, 'n bisserl was mitverdienen kannste ja trotzdem.«

Johann winkte ab. »So wie der Beutel-Adam? Lass mal gut sein, für sowas bin ich nicht gemacht.«

Der Frohn zuckte die Schultern. »Wie du meinst, aber meine Tür ist offen, wenn du es dir einmal anders überlegst«, bot Grave weiter an und Johann nickte dankend.

»Die Hertha hat damals schon den Richtigen gewählt«, entgegnete Johann augenzwinkernd.

»Du musstest dich ja unbedingt aus dem Staub machen und die Welt anschauen«, warf Grave grinsend ein.

»War schon alles gut so, bei dir ist sie wahrlich besser aufgehoben. Ich wär ihr kein guter Mann gewesen und bei dir braucht sie sich im Winter keine Sorgen zu machen«, murmelte Johann in seinen Bierhumpen.

Auch Grave tat noch einen tiefen Schluck. »Ja, will mich nicht beschweren. Als festen Sold krieg ich von der Stadt ja nich so viel, aber für fast jeden Handschlag müssen sie gut was drauflegen. Dazu noch, was die Bürger mir zahlen, wenn ich ihnen die gebrochenen Glieder richte und ihre Wehwechen versorge, und nicht zuletzt, was ich mit meinen Kunden noch so verdiene.«
»Was meinst du, muss ich jetzt noch am Ende was zahlen?«, fragte Johann erschrocken.
Grave lachte. »Nein, aber ich kann die Kleider der Hingerichteten behalten und was sonst noch so von ihnen nachbleibt und sich gut zu Geld machen lässt«, erklärte der Henker.
»Du meinst das Blut der Geköpften für die Fallsüchtigen?«, fragte Johann.
Grave schüttelte den Kopf. »Nein, dafür nehme ich nichts. Aber die Galgenstricke, Daumen, Hirnschale oder das Fett.«
Johann schaute ungläubig. »Galgenstricke als Glücksbringer kenn ich, aber Hirnschale?«
Grave winkte ab. »Du glaubst nicht, was sich als Glücksbringer oder Medizin oder Ingredienz für Medizin alles verwerten lässt. Das Blut gegen Fallsucht, Skorbut und Verstopfung. Aus der Hirnschale gewinnen die Apotheker ein Salz, das gegen die Rote Ruhr, Frauenkrankheiten und offene Wunden helfen soll. Galgenstricke, Hände oder Diebesdaumen sollen zwar Glück bringen, ist aber schwer zu glauben, wenn ich an das Schicksal des letzten Besitzers denk.«
Grave unterbrach seinen Vortrag für einen großen Schluck aus dem Bierhumpen, bevor er fortfuhr. »Am besten lässt sich aber ›Pinguedo hominis‹ an den Mann bringen, Menschenfett als Grundlage für viele Salben wie gegen Rheuma und Arthritis. Und falls man da rankommt, ich natürlich nich, zermahlene ägyptische Mumien! Solche Mumia sollen gegen Brüche und Quetschungen helfen und fiebersenkend sein. Kann ich aber nichts zu sagen, die ist sehr teuer und selten, weshalb auch schon einige versucht haben das zu fälschen.«

Der Frohn grinste und schob sich noch ein Stück Schinken in den Mund.

»Eigentlich lässt sich aber fast alles irgendwie verwerten. Getrocknetes Fleisch, Knochen, Haare, Nägel, Zähne, Gehirn, Galle, Kot, Urin, Speichel, Eiter. Wenn du mich fragst, ist das meiste Humbug und ich mag die Leut nicht hinters Licht führen, auch wenn ich damit Geld machen könnt. Dass das Blut der Geköpften gegen Fallsucht hilft und das Menschenfett eine gute Salbengrundlage ist, das ist ja nun einmal eine wissenschaftliche Tatsache, aber wer glaubt, dass Kacke und so'n Zeug gut wäre, hat noch nie tief in ihr gesteckt.«

Der Frohn beendete schmatzend und kauend seinen Bericht und schluckte schließlich das zähe Stück Schinken runter.

Johann blickte grübelnd in seinen Humpen. »Ich hab mal einen fahrenden Bader gesehen, der hat künstliche Gebisse für Leute gebaut, die nich mehr alle Zähne haben. Aus echten Zähnen mein' ich. Perücken hat der auch gemacht. Hat dafür auch Zähne und Haare angekauft von den Leuten und von anderen Badern.« Der Veteran zupfte sich nachdenklich am Bart, während er die Geschichte vortrug.

Grave nickte und nahm sich noch ein Stück Brot. »Hat hier auch schon mal jemand gemacht, also seine Haare und Zähne verkauft, einige von den armen Teufeln sind tot wohl mehr wert als lebendig«, sagte Grave bitter.

Johann setzte sich gerade auf, verschränkte die Arme vor der Brust und starrte nachdenklich gegen die Decke.

»Hab dir wohl eins zu viel eingeschenkt«, zog ihn der Frohn auf und stieß mit seinem Bierhumpen gegen Johanns. Doch der reagierte zunächst nicht.

»Was ist, wenn es gar keinen wütenden Mörder gibt, der die Ortsfremden um die Ecke bringt?«, sinnierte er mehr zu sich selbst.

»Sag ich ja, lass die Sache ruhen«, gab Grave lapidar zurück.

Johann schüttelte langsam den Kopf. »Nein, ich mein', was wenn sie niemand ermordet, weil er sie nicht leiden kann, sondern weil

er sie eher … schlachtet …«, sprach Johann langsam und es klang halb wie eine Frage.
»Das ist doch Dummfug, Johann. Schlachten tut man doch Vieh und keine Menschen!«, erwiderte der Frohn verständnislos.
»Einige von den armen Teufeln sind tot wohl mehr wert als lebendig, hast du gesagt«, zitierte der Veteran ihn und blickte seinen alten Freund an.
»Ja schon, das hab ich gesagt … Aber meinst du im Ernst, jemand bringt reihenweise Menschen um die Ecke, um sie zu … verarbeiten?«
»Was ist ein Mensch wert, also so in … Stücken?«, fragte Johann, statt zu antworten.
Der Henker blies ratlos die Wangen auf. »Schon eine ordentliche Stange, aber genau schwer zu sagen, kommt auf den Menschen, deine Kenntnisse und deine Verkaufsmöglichkeiten an«, begann Grave und räusperte sich dann beinahe verlegen.
»Ein großer Dicker bringt halt viel mehr Fett als so'n kleiner Dünner und schöne lange Haare und Zähne erzielen bestimmt 'nen besseren Preis als der Filz von 'ner alten Vettel. Kommt aber natürlich darauf an, was man daraus macht. Aber das ist jetzt wirklich kein schönes Thema zu Weihnachten, Johann.«
»Die Klara hatte schöne lange Haare und weiße Zähne, fast noch vollständig«, sinnierte Johann, es klang aber eher nachdenklich, denn trauernd.
»Ich kann mir das kaum vorstellen«, zweifelte der Henker immer noch.
»Nun ja, es würde alles gut passen. Man kann gutes Geld verdienen und niemand sucht die fremden Habenichtse. Keine Leichen, alles wird irgendwie verkauft. Nur die Kleider muss man loswerden.«
»Aber die kannst du dann doch auch einfach verkaufen?«, legte Grave noch immer zweifelnd Widerspruch ein.
»Nicht, wenn man schlau ist. Wenn der Rest erst einmal verarbeitet ist, ist nichts wiederzuerkennen. Kleidung schon.

Warum eine Gefahr eingehen, wenn man auch ohne das bisschen Moos für die alten Lumpen einen vollen Geldsack hat.«
Johann schien von dieser Theorie sehr angetan und auch der Frohn wurde zusehends nachdenklicher.
»Könnte man dafür eigentlich auch Tote ausgraben?«, wollte Johann wissen.
»Nein, vieles verdirbt sehr schnell, also zumindest sind ältere Tote bei weitem nicht so gewinnbringend«, antwortete der Henker.
»Man muss sich also Lebende als Rohstoff besorgen …«, murmelte Johann.
»Wer kann sowas?«, fragte er dann zielstrebig.
Sein Freund dachte eine Weile nach. »Nun, eine echte Innung fürs Leichenfleddern gibt es nu nich grade. Man muss sich auf jeden Fall etwas schlau machen und Werkzeug braucht man natürlich auch. Da wäre zunächst einmal ich selbst …«
»Und warst du's?«, unterbrach Johann ihn mit einem zähnefletschenden Grinsen.
Grave rollte mit den Augen. »Das würd der Hertha wohl so gar nich gefallen«, brummte der Henker und fuhr dann fort.
»Vor allem einmal die Apotheker, aber auch Bader und Barbiere. Die kennen viele von den Produkten, die man herstellen kann, und wissen schon von Haus aus, wie das geht. Einiges müssten sie aber auch erst lernen. Ich kann ja auch nur Hirnschale liefern, falls mal was anfällt. Wie der Apotheker das Salz daraus gewinnt, weiß ich nicht. Auch als Gerber hast du handwerklich nicht die schlechtesten Voraussetzungen, müsstest aber über die Produkte und deren Herstellung viel mehr lernen als die anderen. Aber wie man was fachgerecht zerlegt, haben wir ja schon gelernt und im Gegensatz zum Fleischer auch mit alchemistischen Stoffen rumhantiert. Ganz eventuell noch die Alchemisten, aber die arbeiten eher mit den fertigen Stoffen und mögen sich wie der studierte Medicus die Finger nicht schmutzig machen.«
Johann brummte etwas Zustimmendes. »Bader und Barbiere, Apotheker, eventuell Alchimisten, vielleicht Gerber …«, wiederholte er noch einmal.

»Du hast schon wieder diesen Blick wie eine Katze, die was im Heu rascheln hört«, seufzte der Henker.
»Apotheken kenn ich zwei. Vielleicht kannst du dich ja mal umhören, wie viele Bader und Gerber es so gibt, während ich hier drin bin?«, fragte der Veteran seinen alten Freund.
Grave vergrub das Gesicht in den Händen und schaute dann seufzend wieder hoch.
»Mach ich, aber versteif dich nicht zu sehr auf die Sache, es gibt ja gar keine echten Hinweise dafür. Aber vor allem kurier dich die Tage hier mal aus«, forderte er in beinahe väterlichem Ton.
Johann, der wieder um einige Jahre jünger aussah, prostete ihm gut gelaunt zu. »Hast ja recht, ist vermutlich nur 'ne fixe Idee. Aber nur mal so'n bisschen umschauen schadet ja auch nicht.«
Dann wurden beide vom Knarren der nur angelehnten Tür aufgeschreckt. Einer der Henkersknechte, oder Halbmeister wie die Gehilfen des Frohns auch genannt wurden, steckte seinen kahlen Totenkopfschädel in die Zelle. Argwöhnisch betrachtete er Johann, der zufrieden auf dem weichen Stroh lag und einen Humpen Bier in der Hand hielt.
»Die Röper bringen unseren neuen Gast, Meister«, erklärte der Henkersknecht knapp und zog seinen Kopf wieder zurück.
Grave stemmte sich seufzend in die Höhe. »Dann muss ich wohl mal wieder; Schuldhaft, vermutlich für ein oder zwei Wochen«, erklärte er.
»Hartes Los, mitten zur Weihnachtszeit«, fand der Veteran.
»Schon und ich fürchte, für dich ist die Ruhe auch vorbei. Du wirst dir die Zelle teilen müssen«, teilte ihm Grave beiläufig mit.
Johann setzte sich steif auf. »Also, ich will ja nicht undankbar sein für das alles hier, aber sagtest du nicht, die meisten anderen Zellen sind leer?«, brachte er mit nur mühsam unterdrückter Entrüstung hervor.
Grave drehte schicksalsergeben die Handflächen gen Decke. »Tut mir leid, Johann, geht in diesem Fall nicht anders«, entschuldigte sich der Henker.

»Aber die Pritsche hier gehört mir«, brummte Johann sichtlich enttäuscht, während Grave die Zelle verließ.
Es dauerte eine ganze Weile, bis der Frohn die Zelle in Begleitung einer Frau wieder betrat. Irritiert musterte Johann die Neuankömmlinge. Die Frau mochte etwa Mitte oder Ende dreißig sein und der Kleidung nach vielleicht eine Schankmaid. Sie war recht klein und hatte ein fröhliches Gesicht mit feinen Lachfältchen. Gut gelaunt strich sie sich eine Strähne ihres hellbraunen Haars hinters Ohr und lächelte den Veteranen keck an.
»Dann will ich mal wieder meinen Geschäften nachgehen«, sagte Grave launig und verschloss die Tür.
»Ich … bin Johann, aber man nennt mich meist Gabelschlag …«, stellte er sich vor.
»Ich weiß«, antwortete die Frau knapp, setzte sich neben Johann auf die weiche Pritsche und hopste einige Male auf ihr herum.
»Ja, das wird gehen«, urteilte sie und stand wieder auf, um sich im restlichen Raum umzusehen. Wohlig stöhnend wärmte sie ihre Hände am Eisenkorb mit der Glut, während Johann den merkwürdigen Gast mit wachsendem Ungemach betrachtete.
»Wer bist du jetzt und bei wem hast du Schulden, wenn ich fragen darf?«, knurrte er argwöhnisch mit verschränkten Armen.
Die Frau blies noch einmal kurz in ihre zusammengefalteten Hände und setzte sich wieder neben Johann auf die Pritsche.
»Anna Weidner bin ich«, erklärte sie fröhlich und drehte ihm dann den Rücken zu.
»Und Schulden hab ich *noch* bei der Magdalena Böttcher. Hilfst du mir mal mit dem Mieder?«

Kapitel 20: Bring mir die Flasche

13. Januar 1618, Samstag

Johann saß im Halbdunkel des Schankraums der Weberstube und wartete geduldig auf sein bestelltes Bier. Der Abend war noch früh oder der Nachmittag schon spät, daher begann sich die Schankstube erst langsam mit Arbeitern zu füllen, die ob der Dunkelheit ihr Tagewerk beendet hatten.

Johann hatte es nicht eilig. Im Schankraum war es zumindest halbwegs warm und das Wissen, dass seine Bestellung nicht einmal seinen eigenen Beutel leeren würde, hob seine Stimmung zusätzlich an.

Er sah sich zufrieden in der Gaststube um. Die noch wenigen Gäste waren vermutlich Tucharbeiter und wirkten zumeist noch etwas verfroren von der eisigen Kälte, die sie auf der Straße bis zur Gaststube begleitet hatte. Keine Kundschaft, bei der das Geld sonderlich locker saß. Dementsprechend machte das Wirtshaus zwar einen ordentlichen, aber eher schlichten Eindruck. Einmal schob eine breitschultrige Frau ihren massigen Körper durch eine Tür und stellte mit Armen, die so dick wie Johanns Oberschenkel waren, ein Tablett mit Schüsseln auf dem Tresen ab. Sie machte einen mürrischen Eindruck und war vermutlich die Herrin des Hauses. Johann beschloss, jeglichen Ärger mit ihr zu vermeiden.

Eine Schankmagd konnte er bisher noch nicht erblicken. Vermutlich würde der Wirt erst später Unterstützung erhalten, wenn die Stube voller war. Solange zapfte er das Bier und brachte es dann eigenhändig zu den Gästen, so wie er auch den Eintopf verteilte.

Schließlich stellte er auch Johann einen Tonkrug auf den wackligen Tisch, der ihn mit einem dankenden Nicken annahm.

»Ich soll dich recht schön grüßen!«, stoppte Johann den drahtigen Kerl, bevor er wieder hinter seinem Tresen verschwand.

»Ach ja? Von wem?« Der Wirt hob eine Braue, halb neugierig, halb argwöhnisch.

Johann griff in sein Wams und holte einen knittrigen, kleinen Notizzettel hervor. Er räusperte sich und justierte zwinkernd den richtigen Leseabstand.
»Also von der Charlotte, Nachnamen kenn ich nich, aber sie geht abends häufig beim Rathaus spazieren. Von der Erika aus St. Nikolai, also meist aus der Twiete gegenüber der Kirche. Von der Hedwig, glaube Groschen-Hedwig nennt man die auch. Ach ja und die …«
Der Wirt machte eine unwirsche Handbewegung. »Die kenn ich alle nicht, du musst mich verwechseln.«
Johann blickte kurz auf seinen kleinen Zettel. »Also hier steht, du hast die Hedwig letzten Monat sogar drei Mal gekannt …«
»Wüsste nicht, was dich das angeht? Was willst du von mir?«
Die Augen des Wirtes sprühten Funken, aber Schweißperlen glänzten trotz der Kühle im Schankraum auf seiner hohen Stirn.
»Du kennst doch den Jakob Nagelstein?«, fragte Johann beiläufig, während er den Zettel auf den Tisch legte.
Die Miene des Wirts verfinsterte sich noch mehr und er wischte sich fahrig den Schweiß von der Stirn in das fettige schwarze Haar.
»Ich hab dem Drecksjuden gesagt, dass er sein Geld kriegt«, zischte der Schenkenbesitzer mit nur mühsam unterdrückter Wut.
»Jaja, das hast du wohl getan«, gab Johann bedächtig zu. »Nur war das vor einer Woche und fällig wäre das Geld auch schon zum neuen Jahr gewesen, selbst mit Verlängerung.«
»Ich hab's halt nicht«, spie ihm der Wirt trotzig entgegen.
Johann nickte. »Nein, vermutlich haben es jetzt Charlotte, Erika und Hedwig«, entgegnete Johann trocken.
»Hör zu, ich geb's dem Nagelstein im Februar, mit Zinsen«, lenkte der Wirt mürrisch ein.
Johann schüttelte langsam den Kopf. »Das ist zu spät.«
»Dein Problem! Was willst du machen, mir hier in der eigenen Stube die Nase brechen?«
»Eigentlich den Daumen, aber …«, brummte Johann nachdenklich, während er sich am Kinn kratzte, und sah dann

abwechselnd auf den Notizzettel und zur bulligen Wirtin, die gerade schwitzend und keuchend ein stattliches Fass hinter dem Tresen ablud.
»Du Schwein!«, zeterte der Wirt unterdrückt, biss sich aber nervös auf die Unterlippe.
Johann zuckte die Schultern. »Der Winter wird hart, ich muss auch von irgendwas leben«, rechtfertigte er sich mit Unschuldsmiene.
»Meinst du, meine Frau wird einem heruntergekommenen Tagelöhner auch nur ein Wort glauben?«, versuchte es der Wirt, aber seine Stimme zitterte merklich.
Johann blickte an ihm vorbei und musterte kurz das massige Weib, die übellaunig mit einem dreckigen Lappen über den Tresen wischte. »Also ich würd's nich drauf ankommen lassen, aber musst du selber wissen«, antwortete der Veteran schulterzuckend.
»Nächsten Samstag?«, versuchte es der Wirt. Seine Schultern hingen sichtlich und er wirkte eine Handbreit kleiner als noch vor einigen Augenblicken.
»Zu spät«, urteilte Johann.
»Mittwoch?«, probierte es der Schuldner erneut.
Johann sah ihn zweifelnd an.
»Mittwoch und ich halt dich heute Abend frei, keine Rechnung für dich …«, setzte der Wirt mit zunehmender Verzweiflung seinen nächsten Versuch an.
»Wenn ich nächsten Mittwoch komm, krieg ich das Geld?«, hakte Johann nach.
Der Wirt nickte heftig.
Johann spuckte in seine Hand und hielt sie dem Wirt hin. Beinahe kraftlos schlug sein Gegenüber ein und schüttelte sie lasch.
»Und nichts für ungut, ich nehme dann mal den Eintopf und 'n bisserl was Stärkeres zum Nachspülen«, gab Johann dem davonschleichenden Wirt noch mit auf den Weg.
Zufrieden nahm er einen tiefen Schluck aus dem Bierkrug und wischte sich den feuchten Bart mit der Hand trocken. Mit einer Gratiszeche hatte er heute nun sicherlich nicht gerechnet. Eher

damit, ein paar motivierende Kopfnüsse auszuteilen, aber man nimmt, was man kriegen kann.

Und in letzter Zeit war das wahrlich nicht wenig gewesen. Wie zum Hohn hatte er sich in der Frohnerei gut erholt. Unter Graves kundigen Händen waren seine Verletzungen gut genesen und die für seine Verhältnisse üppige Kost hatte ihm sogar ein wenig Speck auf die Rippen gebracht. Beinahe bedauerte er es, dass ihn das Niedergericht nicht noch zu ein paar Tagen mehr verdonnert hatte. Auf der anderen Seite war er froh dem alten Freund nicht noch länger auf der Tasche zu liegen. Dass er seine Pritsche abends hingegen nicht mehr mit seiner gutgelaunten und äußerst einsatzfreudigen Zellengenossin Anna teilte, war aber schon ein herber Verlust. Er nahm sich fest vor, sie die Tage noch einmal zu besuchen.

Der Böttcher hatte er schon einen Besuch abgestattet und sich ganz artig und etwas ungelenk für die entsendete Gesellschaft in der ›harten Zeit seiner Gefangenschaft‹ bedankt.

Die Böttcher hatte nur in ihrem üblichen spöttischen Tonfall festgestellt, dass sie ›nach all seinem Einsatz für die gute Sache nicht wolle, dass er des Nachts fröhre.‹

Johann hatte ihr bei der Gelegenheit auch gleich die ganze Wahrheit über die Begegnung mit von Marburg erzählt. Die Weinhändlerin hatte an seinen Lippen gehangen wie Kinder an denen eines Märchenerzählers, während ihr Gesicht jeden seiner Sätze mit einer passenden Mimik widerspiegelte. Auch Johanns neuestem Verdacht, was hinter den verschwundenen Huren, Bettlern und Vaganten stecken könnte, hatte sie gebannt gelauscht. Zudem schien sie von seiner Freundschaft zum Henker Max Grave hoch fasziniert.

Johann fragte sich, warum die Händlerin sich in die Sache so involvierte. Sicher, sie war zwar auch irgendwie eine *Strichkatz*, aber lebte dann doch in einer anderen Welt als er oder Klara. Aber vielleicht war es auch das. So wie die Tagelöhner manches Mal vor den großen Bürgerhäusern standen und sich fragten, wie es da drinnen wohl zugeht, so übte vielleicht auch die andere Welt eine

geheimnisvolle Faszination auf die besser betuchten Bürger aus. Auch wenn es für Johann schwer nachvollziehbar war, was an einem knurrenden Magen, einer harten Pritsche und einer gebrochenen Nase so spannend sein sollte.
Wie dem auch sei. Johann genoss die Treffen mit der Händlerin, auch wenn er nach seinem Tagtraum in der Kirche immer etwas Probleme hatte, sich in ihrer Gegenwart zu konzentrieren. Die Böttcher hatte ihm auch erzählt, dass von Marburg und sein Diener wenige Tage nach Johanns Prozess vor dem Niedergericht, zwischen der Weihnacht und Neujahr, die Stadt verlassen hatten. Wie es zu erwarten gewesen war.
Ansonsten hatte Nagelstein seine Entlassung aus der Frohnerei bereits ungeduldig erwartet, da er einige Aufträge unterschiedlichster Natur für ihn hatte. Johann konnte es nur recht sein. Draußen herrschte eine eisige Kälte und jede Münze in seinem Beutel war ein gutes Bier, ein warmer Eintopf oder ein Scheit Holz.
Auch Walther und Grete schien es gut zu gehen. Beide waren rechtzeitig verschwunden, bevor die Büttel beim Prediger erschienen waren. Der Bänkelsänger hatte sich jedoch trotz des Winters in eine andere Stadt aufgemacht. Als Ortsfremder war der Boden hier zu heiß für ihn geworden. Johann bedauerte zwar, sich von dem alten Freund nicht verabschiedet zu haben, war aber froh, dass es ihm gut ging. Die Angelegenheit hätte für den Musikanten auch am Kaak enden können.
Seine Suche nach einem Täter trug in den letzten Tagen hingegen keine Früchte. In seiner freien Zeit war er zunächst einmal die zwei Apotheken abgegangen und hatte sich die eine oder andere Salbe besorgt, die laut Grave zur Nachbehandlung seiner zahlreichen Verletzungen guttun sollten. Als Erstes hatte er die Ratsapotheke besucht, die von Benedikt Glück geführt wurde und die größere der beiden Apotheken war. Der Anblick und der Geruch der fremden Stoffe, Kräuter, Flaschen und Töpfe hatten dem Haus zwar eine irgendwie unheimliche Atmosphäre verliehen, aber etwas Verräterisches hatte er nicht feststellen

können. Aber was hatte er auch erwartet? Dass der Glück mit blutiger Schürze im Arbeitsraum stand und Johann freundlich fragte, ob er seinen Gesellen beim Zerhacken eines armen Schluckers einmal zur Hand gehen könnte?
Alles, was Johann noch einfiel, war, dem Gesellen hinter dem Tresen auf die Wirkung von Mumia und Leichenmedizin anzusprechen, von der er so viel Gutes gehört hatte. Doch der Geselle hatte nur seine Nase gerümpft, Johann von Kopf bis Fuß gemustert und vielsagend klargestellt, dass derlei hochwertige Produkte sich nicht nur durch einen hohen Wirkungsgrad, sondern auch einen entsprechend hohen Preis auszeichnen.
Auch in der Jordanschen Apotheke in St. Nikolai war es ihm nicht so viel anders gegangen. Hier wurde er sogar von Johann Bökel bedient, der Anteilseigner und Schwager vom offiziellen Besitzer der Apotheke Hermann Jordan Junior war. Aufschlussreicher hatte das seinen Besuch jedoch auch nicht gemacht.
Echte Bader mit Badestube gab es zwar auch nur noch eine Handvoll, dafür umso mehr Barbiere, die außer den Bädern die gleichen medizinischen und chirurgischen Leistungen anboten, was daher keinen Unterschied ausmachte. Dazu noch die, die sich als Steinschneider, Starstecher oder Zahnreißer spezialisiert hatten, waren es zusammen wohl zwischen zwanzig und dreißig. Die konnte Johann unmöglich alle abgehen. Er hatte daher versucht Ulrich Steinschneider einen Besuch abzustatten und mit ihm etwas zu plauschen, ob er etwas Merkwürdiges oder Auffälliges in seiner Innung gehört hatte, aber der Bader war zu beschäftigt gewesen. Johann wollte es in den nächsten Tagen erneut versuchen.
Auch die Rotgerber, Weißgerber, Sämischgerber und Pelzzurichter waren zu zahlreich, als dass er sie hätte alle anschauen können, auch wenn die meisten von ihnen wegen der Geruchsbelästigung recht gesammelt in St. Jakobi lagen. Zumindest hatte er aber dem einen oder anderen alten Bekannten von früher einen Besuch abgestattet. Nur um zu horchen, ob es etwas Neues gab oder einer auffällig erfolgreich in letzter Zeit war.

Denn schließlich sollte sich das Geschäft mit der Leichenmedizin ja lohnen.
Doch ebenfalls Fehlanzeige.
Johann trank noch einen Schluck des durchaus trefflichen Gerstensafts. Die Sache glich einer Suche der Nadel im Heuhaufen. Die meisten Betriebe hatten neben dem Meister noch mehrere Gesellen, die vermutlich ebenfalls das Wissen besaßen oder es sich aneignen konnten, Leichenmedizin herzustellen. Auch wenn es unwahrscheinlich war, dass sie ohne Kenntnis ihres Meisters Werkzeuge und Werkstätten dafür benutzen konnten.
Der Veteran seufzte. Wenn er ehrlich war, war es außerdem nicht unwahrscheinlich, dass er etwas suchte, das es gar nicht gab. Eine fixe Idee, in die er sich besser nicht verbeißen sollte, so wie es schon bei von Marburg gewesen war. Sicher, die Geschichte passte gut zusammen, aber echte Hinweise darauf gab es nicht. Nach seinem Auftritt vor dem Niedergericht sollte er aufpassen, welchen Hirngespinsten er weiter nachjagte, bevor es ihn noch Kopf und Kragen kostete. Aber vorher noch ein paar kleine Fragen klären, dann könnte er Ruhe geben …
Das Poltern der Holzschüssel mit dem Eintopf auf dem Tisch riss ihn aus seinen Gedanken. Der Wirt stellte noch einen kleinen Tonbecher mit einer klaren, scharf riechenden Flüssigkeit daneben.
»Danke, bring mir lieber die Flasche«, murmelte Johann immer noch nachdenklich, während der Wirt missmutig das Gesicht verzog.

Kapitel 21: Was ist nun, Vater?

14. Januar 1618, Sonntag

Die Feder fuhr kratzend über das Papier und hinterließ feinsäuberliche, akkurate Zahlen und Buchstaben auf ihm. Die blauschwarze Tinte war im flackernden Halbdunkel des Kellerraums nur von Nahem gut zu lesen, aber der Schreiber war geübt im Schein einer Kerze oder Öllampe saubere Einträge zu verfassen. Nur gelegentlich hielt er inne, um den Federkiel in das kleine Fläschchen mit der Eisengallustinte zu tauchen oder einen Blick auf die Schiefertafel mit seinen Notizen zu werfen.

Der Schreiber wirkte in sich ruhend, mit sich und der Welt zufrieden, beinahe meditativ. Er liebte diese Arbeit, sie gab ihm das Gefühl, Ordnung und Struktur zu erzeugen.

Trotz der eisigen Januarkälte draußen herrschte eine trockene, übelriechende Wärme in dem Kellerraum, sodass der Schreiber seine Kapuze abgesetzt hatte. Sein bereits ergrautes Haar war wie sein Bart kurz und sauber gestutzt. Es passte zu den schlanken, gepflegten Händen, die lediglich ein wenig fleckig von der Tinte und anderen alchemistischen Stoffen waren.

»Also?«, fragte die Reibeisenstimme hinter ihm erneut.

Der Frager legte ob der ausbleibenden Antwort missmutig eine gefährlich aussehende Hakenklinge beiseite, die er mit einem feinen Schleifstein geschärft hatte. Er kannte das beinahe schon sture Verhalten des Schreibers, wenn er in sein Buch vertieft war. Es ärgerte ihn immer wieder aufs Neue. Brummend öffnete er die Ofenklappe und schürte vorsichtig die Glut, bevor er nach einem prüfenden Blick entschied noch zwei kleine Scheite nachzulegen. Die richtige und möglichst gleichbleibende Temperatur war wichtig, nicht nur für die wohlige Wärme in dem Kellerraum. Der kräftige Mann schloss die Ofentür und wischte sich die feinen Schweißperlen von der Stirn, die die Hitze des Ofens hervorgerufen hatten. Auch er hatte seinen Filzhut abgelegt.

»Was ist nun, Vater?«, forderte er mit aufkeimendem Ärger den Schreiber erneut zur Antwort auf.

»Du sollst mich nicht so nennen«, erklärte der Schreiber unbeteiligt, während die Feder weiter über das Papier kratzte.
Der kräftige Mann blickte zur Decke und rollte mit den Augen. »Hier ist kein Mensch außer uns«, stellte er klar und setzte sich wieder.
Wie nicht anders zu erwarten setzte der Schreiber ohne ein weiteres Wort seine Arbeit fort. Der kräftige Mann mit dem schwarzen Haar und dem stattlichen Bart griff resigniert nach einem Öllappen und begann das Werkzeug zu fetten. Er wusste, dass es gerade wenig Sinn machte, seinen Gesprächspartner weiter zu drängen.
Schließlich legte der schlanke Schreiber die Feder beiseite und blies beinahe sanft über die Seite. Er hatte gar nicht vor, sie zu verstauen oder das Buch zuzuklappen, es war mehr ein abschließendes Ritual. In einer Weile würde die Tinte trocken und damit tiefschwarz sein, dann würde er zufrieden den Einband schließen.
Bedächtig setzte er sich zu dem Schwarzhaarigen an den Tisch und schenkte sich einen Schluck sauren Wein ein.
»Der Prediger ist aus der Stadt und trotzdem schnüffelt dieser abgerissene Straßenköter weiter rum. Nachdem er aus der Frohnerei raus ist, hat er die Apotheken abgeklappert, war bei einem Bader und hat auch bei den Gerbern seine Nase reingesteckt. Die Sache stinkt zum Himmel, irgendwas weiß er.«
Der breitschultrige Mann beendete seinen mit sichtlichem Ärger vorgetragenen Bericht und seine kräftigen, schwieligen Hände griffen ebenfalls zur Weinflasche.
Die schlanken Finger des Grauhaarigen trommelten leicht gegen seinen Weinbecher, während er nachdachte. »Vielleicht ahnt er etwas, ob es das Richtige ist, steht auf einem anderen Blatt. Ich denke nicht, dass er wirklich etwas weiß. Eigentlich eine bemerkenswerte Beharrlichkeit. Bedauerlich, dass er nicht für uns arbeitet.«
Der Schwarzbärtige kommentierte den letzten Satz seines Gesprächspartners lediglich mit einem abfälligen Grunzen.

»Aber ich stimme dir zu, wir müssen etwas unternehmen«, erklang wieder die wohlklingende Stimme des Grauhaarigen. »Sind die beiden Fremden noch in der Stadt?«, fragte er nach einer Weile.
Der Schwarzhaarige schnaubte. »Die beiden Versager? Du willst sie allen Ernstes noch einmal beauftragen? Lass uns Martin und Heinrich schicken!«
Der Grauhaarige schüttelte entschieden den Kopf. »Viel zu gefährlich, es gibt eine direkte Verbindung zu uns, wenn sie erwischt oder auch nur gesehen werden. Außerdem ist Heinrich zwar ganz fix im Kopf, aber Martin ist selbst dann zu dumm ein Loch in den Schnee zu pissen, wenn man ihm vorher die Hose runterzieht. Heinrich soll versuchen die beiden Fremden nochmal anzuheuern. Sie kennen diesen Gabelschlag jetzt und werden ihn nicht erneut unterschätzen. Vor allem gibt es keine Verbindung zu uns und sie könnten uns nicht einmal verraten, wenn sie es wollten.«
Der Schwarzhaarige brummte unzufrieden, zuckte aber die Schultern. Er wusste, dass der Vorschlag seines Gegenübers besser war, auch wenn es ihm nicht gefiel.
»Ich lasse Heinrich auch die kleinen Ratten weiter rumstöbern, vielleicht bringen sie noch was in Erfahrung«, erklärte er noch.
Der Grauhaarige nickte. »Gut, ich hoffe, sie sind vorsichtig, ich will keine …«
Schwarzbart winkte ab. »Ja, ja, ich weiß, du willst keine Verbindung zu uns.«

Kapitel 22: Schon wieder du!

16. Januar 1618, Dienstag

Steinschneider setzte seine Kappe ab und blickte nachdenklich zur Decke.

»Wüsste nicht, dass bei einem Bader oder Barbier in letzter Zeit der Wohlstand ausgebrochen wäre, aber was stellst du für merkwürdige Fragen?«, antwortete er schließlich.

»Und irgendwas anderes Ungewöhnliches, wie dass sich einer auf den Innungstreffen nicht mehr sehen lässt?«, fragte Johann, statt die Gegenfrage zu beantworten.

Der Bader schüttelte missmutig den Kopf. »Ich will ja für die gute Flasche Wein nicht undankbar sein, auch wenn ich gar nicht wissen will, wo du die herhast. Aber wenn du mir unbedingt ein Loch in den Bauch fragen willst, musst du mir schon erzählen, warum«, stellte er klar.

Johann zögerte. Er wusste, wie absurd sich seine Geschichte anhörte und an sich gehörte auch Steinschneider zu den möglichen Verdächtigen. Nur falls er hinter der Sache stecken sollte, hätte er ihn wohl kaum zusammengeflickt, nachdem er ihm zwei Meuchler auf den Hals gehetzt hatte.

»Sollst mich aber nich auslachen«, tastete sich Johann vor.

Steinschneider zuckte die Schultern. »Dann zieh dir halt was über das Ding, was du Gesicht nennst«, schlug er vor.

»Ich glaube, jemand verarbeitet Dirnen und Bettler zu Medizin«, begann er vorsichtig.

Der Bader zuckte unberührt die Schultern. »Nun ja, das Blut von Geköpften hilft gegen Fallsucht und Menschenfett ist als Basis für …«, begann er, doch Johann unterbrach ihn kopfschüttelnd mit erhobener Hand. »Ich meinte, er wartet nicht, bis der Henker sein Werk getan hat.«

Steinschneiders ergraute Brauen zogen sich fragend zusammen. »Wie meinst du das?«

»Ich meine, dass er sich seinen Rohstoff selber auf der Straße besorgt«, erklärte Johann.

»Du meinst, er tötet Menschen, um sie zu verarbeiten?«, fragte Steinschneider ungläubig.
»Ich würde es in diesem Zusammenhang eher schlachten nennen, aber ja, das meine ich.«
»Und ein Bader soll das tun? Du bist ja von Sinnen, Gabelschlag! Hast du irgendwelche Beweise oder Zeugen dafür?«
Johann schüttelte den Kopf. »Nein. Aber irgendwas Übles ist in Gange und das wäre eine mögliche Erklärung.«
»Aber das ist doch Dummfug, wie kommst du darauf?«, wollte der Bader wissen und verschränkte die Arme vor der Brust.
Johann zögerte, dann erzählte er dem Bader die ganze Geschichte von Klara, der verrückten Agnes, von der falschen Verdächtigung von von Marburg und dem Überfall der zwei Meuchler auf ihn.
Nun wirkte der Chirurg nachdenklich, zumal er selbst Johann nach dem Überfall zusammengeflickt hatte. »Das erscheint mir alles etwas weit hergeholt«, gab er eher zögerlich zu bedenken.
Johann nickte. »Ja, aber die Sache will mir nicht so recht Ruhe lassen.«
Der Bader blies nachdenklich die Wangen auf. »Möglich ist das schon, aber selbst wenn einer so gottlos ist, ist es nicht gerade einfach«, urteilte er.
»Ich habe im Krieg Menschen deutlich Schlimmeres tun sehen und du auch«, entgegnete Johann knapp.
Steinschneider nickte und eine Weile herrschte Schweigen.
»Der Stadtphysicus Nikolaus Santmann hat die Aufsicht über die Apotheken, Bader und Barbiere. Er prüft ja nicht nur ihr Wissen, sondern besucht auch ihre Werkstätten. Die Apotheker sind verpflichtet auf ihre Kosten eine vorgeschriebene Auswahl an Arzneien vorrätig zu haben und wir brauchen Instrumente und müssen auch andere Vorgaben einhalten. Du musst immer damit rechnen, dass er mal bei dir rumschnüffelt. Und was ist mit den Nachbarn? Es würde ja auffallen, wenn ständig abgerissene Gestalten ein- und nicht wieder ausgehen. Dazu musst du die fertigen Produkte ja noch verkaufen. Es fällt ja auf, wenn du jeden Monat in die Apotheke läufst und ein Fass Menschenfett, zehn

Diebsdaumen und ein halbes Dutzend Haarschöpfe für Perücken an den Mann bringen willst. Also musst du auch in andere Städte liefern. Außerdem musst du dich auskennen, die Instrumente und eine Werkstatt haben. Alles schwierig.« Der Bader lehnte sich nach seinem Vortrag zurück und blickte den Veteranen fragend an.
»Und könnte ein Bader das, wenn er sich aufschlaut?«, fragte Johann knapp.
Steinschneider zuckte die Schultern und dachte eine Weile nach. »Vermutlich schon. Die meisten Bader, Barbiere und sogar Ärzte können einige Medizin herstellen. Das ist immer ein ständiger Streit, weil das ja eigentlich nur die Apotheken machen sollen, aber mit einigen Sachen ist halt leicht und gut Geld zu machen. Das eine oder andere stell ich ja auch selber her.« Der Bader grinste schief ob der kleinen Beichte.
»Auch Leichenmedizin und sowas?«, fragte Johann.
Steinschneider schüttelte den Kopf. »Ich zumindest nicht, hab ich keine Ahnung von. Aber wenn man sich beliest, vielleicht einen Apotheker mal das eine oder andere fragt und ein wenig experimentiert, kriegt man vermutlich eine Menge hin. An sich müsste Leichenfett ja von jeder guten Hausfrau gemacht werden können, die auch Schmalz auslassen kann, denk ich mir zumindest.«
Johann nickte zufrieden. »Kannst du dich ein wenig für mich umhören, ob da einer in eurer Zunft auffällig geworden ist?«, fragte er nach.
Der Bader zog die Stirn kraus. »Ich weiß nicht, ob ich meine Nase in diese Sache stecken möchte. Solche verrückten Anschuldigungen können eine Menge Ärger einbringen und falls sie stimmen, möchte ich noch viel weniger damit zu tun haben. Aber gut, ich hör mich mal vorsichtig um ...«

Wenig später ging Johann durch die dunkle, eisige Nachtluft. Steinschneider hatte wieder einen dieser üblen Hustenanfälle bekommen und Johann hielt es für besser, dem alten Bekannten seine Nachtruhe zu gönnen.

Steinschneider war nicht einfach zu überzeugen gewesen, seine Nase in die Sache reinzustecken. Und Johann konnte ihn gut verstehen. Bisher hatte ihm das alles auch nur Ärger eingebracht. Mal ganz davon abgesehen, dass er vielleicht nur Gespenstern nachjagte. Vielleicht war es besser, kürzer zu treten und sich aufs Geldverdienen zu konzentrieren. Er hatte sich die letzten Tage die Sohlen in der halben Stadt abgelaufen und noch immer nichts in der Hand. Stattdessen hätte er auch in der Trommel sitzen, Bier trinken und Mechthilds wogendem Hintern hinterherschauen können. Johann beschloss, dass dies ein sinnvoller Kurswechsel wäre, zumindest solange ihm keiner seiner Bekannten mal etwas Handfestes lieferte.

Er hatte bereits den Hopfenmarkt überquert, war über den Burstah gegangen und stapfte jetzt durch die Eiseskälte über die Johann-Straße zum Marktplatz am Berg vor der Petri-Kirche. Eigentlich sehr zuvorkommend, dass sie eine Straße nach ihm benannt hatten, fand Johann und dann auch noch in einer so feinen Gegend.

Er zog den abgewetzten Mantel und seinen Lederkoller enger um die Schultern und schlug den Kragen höher. Weiße Dampfwolken stiegen nach jedem Atemzug unter der Krempe seines breitkrempigen Huts auf. Mit der Dunkelheit war die Kälte noch bissiger geworden. Auf dem offenen Marktplatz vor St. Petri wehte ihm ein scharfer Wind aus Südosten ins Gesicht, sodass er seine Schritte unwillkürlich beschleunigte. Erst die hohen Mauern des Doms hielten den steifen Wind ein wenig fern und seine Schultern sackten wieder etwas nach unten.

»Ist der große Klotz doch noch zu was gut«, murmelte Johann mit Blick auf das imposante Gotteshaus. Nach der Reformation wurde der Dom zwar nur noch als eine Art katholische Enklave ohne Predigten und politischen Einfluss geduldet, beeindruckend war das Bauwerk dennoch.

Zunehmend war auch erkennbar, dass er das wohlhabende Kirchspiel von St. Petri verlassen und das Schmuddelviertel Jakobi betreten hatte. Zwar war die Steinstraße, auf der er immer noch

ging, breit und gut ausgebaut, aber die abzweigenden Gassen und Twieten wurden immer schmaler. Die Häuser wurden schlichter oder gar armselig und es stand zunehmend Unrat an den Straßenecken. Selbst mit geschlossenen Augen hätte Johann anhand seiner Nase sagen können, dass er sich langsam wieder in seinen heimatlichen Gefilden befand.
Das galt noch viel mehr, als er auf dem Weg zu seiner Mietskaserne in das Labyrinth aus Twieten, Gassen und Gängen eingebogen war. Er musste vorsichtig sein, wohin er mit seinen schweren Nagelstiefeln trat, denn zusätzlich zum Unrat hatten festgetretener Schnee und ausgeleerte Nachttöpfe einige tückische Eisflächen gebildet.
Er bog in eine Twiete zwischen zwei schäbige Fachwerkhäuser und drückte sich an die Mauer eines Hauses.
Seine Hand glitt unter den Mantel und zog das schwere Messer heraus. Nach den Erlebnissen der letzten Wochen war er vorsichtig geworden. Er wechselte zu flachen, kurzen Atemzügen, damit keine Atemwolke sein spontanes Versteck verraten konnte. Eng an die Mauer gedrückt, starrten seine Augen abwartend auf die Häuserecke neben sich.
Er hörte knirschende Schritte auf dem gefrorenen Untergrund, die sich zunehmend verlangsamten. Es musste mehr als einer sein, schätzte Johann, und seine Muskeln spannten sich an.
Dann sah er den Schatten zögerlich an der Mauerkante auftauchen, ein Kopf mit Mütze, der sich vorsichtig um die Kante drückte.
Johann sprang nach vorn, griff mit der freien Hand um die Ecke und riss den Verfolger grob am Kragen hervor, während er die Klinge stoßbereit hielt. Fast wäre der alte Kämpe dabei nach hinten getaumelt, denn sein Gegenüber erwies sich als deutlich leichter und schmächtiger, als er es erwartet hatte.
Den Fisch, den er da an der Angel hatte, mochte vielleicht vierzehn oder fünfzehn Sommer zählen und mit den panisch aufgerissenen Glubschaugen und den wulstigen Lippen hatte er tatsächlich etwas von einem Meeresbewohner. Ein wenig Beifang

hatte Johann sogar auch dabei, denn mit dem Halbwüchsigen zusammen hatte er gleich noch eine kleinere Göre zutage gefördert, die an ihren Begleiter geklammert mit einem erschrockenen Schrei in den Straßendreck gestürzt war.

»Was schleicht ihr kleinen Kröten mir hinterher?«, bellte Johann die beiden an, ließ aber das Messer sinken.

Statt zu antworten, biss ihm der Bengel jedoch ins Handgelenk und während Johann ihn fluchend losließ, warf ihm das Mädchen noch eine Hand gefrorenen Dreck ins Gesicht. Dann kam der Einschlag zwischen seinen Beinen und er taumelte keuchend zurück. Der verfluchte Bengel hatte ihm ins Gemächt getreten.

Während Johann bemüht war auf dem gefrorenen Untergrund nicht auszurutschen, sprangen die beiden davon wie aufgescheuchtes Wild nach einem Flintenschuss. Sich mit einer Hand den Schritt haltend, stakste er breitbeinig nach vorn und blickte um die Häuserecke. Von den beiden war keine Spur mehr zu sehen.

Stöhnend ging er in die Knie und hielt sich die schmerzende Männlichkeit. Ein schiefes Grinsen schlich sich auf sein Gesicht. Er hatte die beiden Gören unterschätzt. Es war sicherlich nicht das erste Mal, dass sie Reißaus nehmen oder sich ihrer Haut erwehren mussten.

Aber was wollten sie von ihm? Er hatte schon seit ein paar Wochen immer wieder das Gefühl gehabt, dass jemand ihm hinterherschlich, und heute Abend war er sich sicher gewesen. An einen Zufall mochte er nicht glauben. Die Kleidung der beiden war abgerissen gewesen, Straßenkinder, wie sie es in Hamburg zu hunderten gab. Hatte jemand die beiden dafür bezahlt, ihm hinterherzuschnüffeln? Hatte es etwas mit seinen Ermittlungen zu tun?

Johann steckte das Messer wieder weg und stand ächzend auf. Er sortierte mit verkniffener Miene seinen Schritt und überlegte, ob er in der Sache was unternehmen konnte. Vielleicht sollte er die Tage Drei-Bälle-Lorentz und seine kleine Kröte von Schwester einmal besuchen. Lorentz kannte eine ganze Menge von den

Halbwüchsigen, die als Waisen in Hamburgs Twieten hausten. Johanns Beschreibung von den beiden Verfolgern wäre aber mehr als vage, daher war es unwahrscheinlich, dass Lorentz etwas damit anzufangen wüsste. Aber darüber konnte er sich auch morgen noch Gedanken machen, bevor er in dieser Eiseskälte hier festfror, beschloss er und nahm seinen Weg wieder auf.

Er hatte es von hier nicht mehr weit und so schälte er sich wenig später in seiner stockdunklen Kammer aus seinen steif gefrorenen Kleidern und kroch auf sein Strohlager. Koller und Mantel hatte er noch über die schäbige Decke gelegt, die er sich bis zur Nase hochgezogen hatte. Es würde noch eine Weile dauern, bis seine Lagerstätte halbwegs aufgewärmt wäre.

Müde lauschte er den rhythmischen Geräuschen aus dem Nachbarzimmer, dessen Bewohner heute offensichtlich nicht allein eingekehrt war. Auch eine mögliche Maßnahme gegen die Winterkälte und nicht die schlechteste, befand Johann.

Er konnte auch nicht erklären, warum ihn dieser Gedanke an seinen Besuch morgen bei der Böttcher erinnerte, dachte er schmunzelnd. Sie hatte im Lager einiges zu richten und konnte etwas bezahlte Hilfe gebrauchen, bei der sie im Anschluss nicht alle Flaschen zählen müsste, hatte sie Johann unter den starr dreinblickenden Augen ihres Angestellten erklärt. Allein der Gedanke führte ihm den Geruch von Badewasser in die Nase.

Ärgerlich schlug er mit der flachen Hand gegen die Holzwand, da das Klappern, Quietschen und Stöhnen der beiden die Bilder in seinem Kopf störten.

Vielleicht würde die Böttcher ihn ja auch wieder zu einer Flasche Wein einladen, wenn er sich bei der Arbeit ins Zeug legte …

Ungehalten schnalzend beugte sich Johann aus dem Bett und nahm das Messer vom Schemel neben sich. Ärgerlich pochte er einige Mal mit dem Griff gegen die Holzwand.

»Gute Güte, *puder* leise, *verschunkt* noch mal!«, rief er durch die Holzwand.

Der dumpfen Antwort aus dem Nebenzimmer hörte er nicht wirklich zu. Nach dem üblichen verärgerten Aufflammen der

Beschwerden aus den Zimmern drumherum kehrte jedoch deutlich mehr Ruhe ein.
Müde fielen dem Veteranen die Augen zu und es dauerte nicht lang, dann erklangen unregelmäßige Schnarchgeräusche unter seiner Decke.
Bis sich Geräusche in seine Ohren schlichen. Er war noch nicht wirklich wieder wach geworden, aber ein kleiner Teil seines Verstands befand, dass etwas seine Aufmerksamkeit verdiente. Seine Lider begannen zu flattern, während sein vom Tiefschlaf ummantelter Verstand versuchte einzuordnen, warum er gerade aufwachte.
Etwas knarrte und raschelte, das tat es immer in dem Mietshaus. Aber hier bei ihm in seiner Kammer? Ratten konnten zwar rascheln, doch Dielenbretter sollten nicht knarren, wenn er schlief.
Während sein Verstand zunehmend erwachte, öffneten sich seine Augen. Es war stockdunkel in der Kammer, dennoch nahm er was Diffuses wahr. Er schreckte hoch. Er spürte eine Bewegung hinter sich und etwas berührte ihn leicht an der Stirn. Instinktiv riss er seine Hände hoch, bevor sich das Etwas um seinen Hals schloss und erbarmungslos zuzog. Er hatte gerade noch drei Finger unter die Schlinge gebracht, die nun scharf in seine Hand und seinen Hals einschnitt.
Adrenalin schoss in seine Adern und er begann wütend nach hinten auszuschlagen, während er vergeblich versuchte die zugezogene Schlinge fortzureißen. Er zog die Beine an, um sich nach hinten in den Angreifer hineinzukatapultieren, als ein schweres Gewicht auf ihm landete und ihn in das Lager presste. Verdammt, sie waren zu zweit, schoss es Johann durch den Kopf.
Wild schlug er nach vorn, wo er den zweiten Angreifer vermutete, streifte jedoch nur etwas. Doch es reichte zumindest, um den schweren Kerl auf ihm ein wenig zurückzuwerfen. Johann nutzte die Chance, um sich aufzubäumen und dann den Würger zu sich zu reißen. Ein saftiger Schlag über seine Schulter hinweg fand sein

Ziel und die Schlinge lockerte sich für einen Moment ein wenig. An ein Entkommen aus dem Würgeseil war jedoch nicht zu denken.
Dann schlug was neben seinem Kopf ein und riss ihm fast das Ohr ab. Der nächste Schlag hätte ihn wohl in das Reich der Träume geschickt, wenn er sich nicht erneut aufgebäumt und zur Seite geworfen hätte. So streifte die Faust nur über Wange und Nase. Blut schoss über sein vor Anstrengung und Atemnot verzerrtes Gesicht. Er musste sich schnell was einfallen lassen, wenn er den nächsten Sonnenaufgang noch erleben wollte.
Aufs Geratewohl griff er nach vorn und sollte Glück haben. Seine Hand fühlte das Gesicht seines Gegners und sein Daumen bohrte sich in dessen Augenhöhle. Der obskure Vergleich an Sülze kam ihm in den Sinn, während er entschlossen seinen Daumen bis zum Gelenk in das Auge des Kerls drückte.
Ein markerschütternder Schrei hallte durch das ganze Gebäude, der nur wenig Menschliches an sich hatte. Doch das Gewicht wollte immer noch nicht ganz von ihm weichen. Mit zunehmender Panik bäumte er sich auf, um den schreienden Kerl auf ihm abzuschütteln und sich aus der Schlinge zu befreien. Vergeblich.
Da stieß seine Hand gegen etwas Hartes, Kaltes. Sein Messer! Er hatte damit gegen die Wand geklopft und war dann eingeschlafen. Seine Finger fanden den Griff und augenblicklich stieß er zu. Wie ein Derwisch hackte, stieß und schnitt er nach vorn und nach hinten. Er stieß mehrfach auf Widerstand und vermeinte Schreie zu hören, doch sein Blut rauschte so laut in seinen Ohren, dass er seine Umgebung kaum noch wahrnahm.
Fast zeitgleich verschwand das Gewicht auf ihm und der Druck der Schlinge. Keuchend sprang er auf, oder besser, er versuchte es.
Es war mehr ein hektisches, unsicheres Wanken, mit dem er orientierungslos durch den Raum stolperte, während er gierig versuchte, Luft durch seine gequetschte Kehle einzusaugen.

Lichter blitzten vor seinen Augen. Nicht die Besinnung verlieren. Dann bist du tot, waberte es durch seinen Verstand.
Schützend fuchtelte er mit der Klinge vor sich in der Dunkelheit und versuchte taumelnd in die Richtung zu stolpern, in der er die Tür vermutete.
Ein scharfer Schmerz fuhr ihm über den Bauch und machte ihm klar, dass mindestens einer der Angreifer es noch nicht aufgegeben und selbst eine Klinge gezogen hatte. Kurz darauf krachte etwas hart gegen seinen Messerarm. Wäre der alte Schemel nicht so klapprig und wurmstichig, hätte er ihm vermutlich einige Knochen zerschmettert. Aber auch so schlug es ihm das Messer aus der Hand und warf ihn mit Wucht zurück.
Johann stürzte rücklings und landete samt der altersschwachen Holztür im verwinkelten Flur der Mietskaserne.
Einige Bewohner hatten ob des Kampflärms die Türen geöffnet und blickten sensationsgierig mit brennenden Kienspanen und Lampen bewaffnet in den Flur. Stimmgemurmel und aufgeregt Rufe hallten durch das Haus. Auch wenn das Licht nur dämmrig war, fühlte Johann, wie sich seine Pupillen beinahe schmerzhaft aufrissen. Er wischte sich hektisch über die tränenverschleierten Augen und blinzelte.
Da tauchte der Angreifer bereits aus dem schwarzen Rechteck seiner ausgebrochenen Kammertür auf. Der Mann sah aus wie ein Dämon direkt aus den Niederhöllen. Er hatte das halbe Gesicht aufgeschnitten. Blut lief an ihm hinab und tropfte zäh auf den Boden. Außerdem presste er seine Linke gegen seinen Hals und zwischen seinen Fingern floss der Lebenssaft in breiten Bächen hervor. Einen Sekundenbruchteil lang stutzte Johann. Das könnte der Kerl gewesen sein, der ihn zusammen mit seinem Spießgesellen schon in der Gasse mit dem Messer angegriffen hatte.
Aus seiner rechten Faust ragte eine lange, gekrümmte Klinge, als er mit einem wütenden Schrei auf Johann zulief.
Auf Abstand halten, er musste ihn auf Abstand halten! Die Tür!

Der Veteran hob eine der langen Latten vom Boden auf, in die sich die Tür zerlegt hatte, und stieß damit wie mit einer Pike nach dem Messerträger. Der Treffer war wuchtig. Das Brett zersplitterte und holte den Mann von den Beinen, sodass er die steile Stiege in das darunterliegende Geschoss herunterpolterte.
Mit der abgebrochenen Latte in der Hand sprang Johann ihm hinterher. Überall im Haus waren die Türen aufgegangen und dämmrige Lichter flackerten durch die verwinkelten Flure. Johann sah ihn gerade noch um eine Ecke verschwinden. Er konnte kein Messer mehr in seinen Händen sehen, er musste es beim Sturz verloren haben.
Immer noch benommen, aber voll wütender Entschlossenheit setzte der Veteran ihm hinterher. Er kannte sich hier im Gebäude besser aus und holte auf. Seine Lunge brannte und noch immer waberte es vor seinen Augen.
Bei der nächsten Stiege verfehlte er eine Stufe, stürzte und schraubte sich stöhnend wieder hoch. Noch immer mit der Latte in der Hand stolperte er in Richtung des Ausgangs.
Unwirsch wischte er sich das Blut aus dem Auge, das aus einer Platzwunde aus der Stirn in sein Gesicht lief.
Er trat die Haustür auf und stolperte halb auf die Straße. Auch wenn es in der Mietskaserne nicht gerade warm gewesen war, traf ihn die Eiseskälte draußen wie ein Hammer.
Er blickte sich um. Etliche Läden waren geöffnet und die hellen Flecken von Gesichtern waren darin zu sehen. Einige Schaulustige waren sogar auf die Straße getreten.
Einige Schritte von der Eingangstür entfernt standen zwei Männer mit Partisanen in ihren Händen. Vor ihnen kniete schwankend der Angreifer.
»Na warte…«, knurrte Johann, oder besser wollte es knurren, denn seine Kehle verließ nur ein heiseres Krächzen. Grimmig stapfte er auf den Angreifer zu.
»Halt, stehen bleiben!«, rief einer der Männer und richtete seine Partisane auf Johann. Offensichtlich ein Nachtwächter. Kurz rang Johann mit seinem Zorn, den Meuchler weiter mit der Latte zu

bearbeiten, doch dann besann er sich eines Besseren und ließ das Schlagholz fallen.
Stattdessen deutete er anklagend auf den Knieenden, dann auf seinen Hals und das Mietshaus, während er unverständliche Vorwürfe krächzte, die bestenfalls eine Krähe in der Balz angesprochen hätten.
»Das ist doch der Gabelschlag«, murmelte der andere Nachtwächter, den Johann als den alten Uhu erkannte. Johann nickte und gestikulierte wieder wild in Richtung des Meuchlers.
Der andere zuckte die Schultern. »Mir doch gleich, das sollen hier mal die Röper klären, müssten bald kommen.«
Johann stemmte sich mit den Händen auf den Knien ab und holte keuchend Luft. Dann versuchte er den beiden Nachtwächtern zu erklären, dass die beiden Angreifer zu zweit waren und sich einer vielleicht noch im Haus befand. Wild gestikulierend versuchte er sein Gekrächze mit den Händen zu unterstützen, doch die beiden Nachtwächter zeigten keinerlei Anstalten, sich zu bewegen.
»Glaube, er möchte sagen, dass da noch mehr sind«, brummte einer und Johann nickte heftig.
Der alte Uhu seufzte. Er hatte sich gegen seine Partisane gelehnt und den Kopf ob des kalten Windes wie eine Schildkröte tief in seinen Kragen gezogen. Eine Haltung, die er über die Jahre perfektioniert hatte.
»Mach mal ruhig, Gabelschlag, du siehst echt scheiße aus«, riet er dem Veteranen und Johann funkelte ihn ungehalten an, während das Blut aus seinen Kopfwunden tropfte.
Kaum hatte der Nachtwächter Johann den Rat erteilt, da kippte der Angreifer mit einem dumpfen Geräusch auf den gefrorenen Boden.
»Hmm …«, machte der erste Nachtwächter. »Ich glaube, dieser hier muss noch dringender zum Bader«, urteilte er.
Dann lenkten neue Akteure die Aufmerksamkeit der Umstehenden auf sich. Wie eine kleine Delegation übergewichtiger Zugvögel schwärmten drei Röper in V-Formation in die Gasse.

Johann seufzte leise, als er den Leitvogel ausmachte.
»Welchen von euch vermaledeiten Scheißkerlen muss ich in den Arsch treten … Mitten in der Nacht!«, bellte Beutel-Adam angriffslustig und sah sich um.
»Gabelschlag …«, knurrte der oberste Röper und es klang wie ein Schimpfwort und eine Kampfansage zugleich. »Gerade erst aus der Frohnerei gekommen und schon wieder bis zum Hals im Ärger.«
Johann versuchte sich an einem gleichmütigen Lächeln, was mit seinem blutverschmierten Gesicht jedoch zu einer derart furchteinflößenden Grimasse geriet, dass einige Umstehende unwillkürlich einen halben Schritt zurücktraten.
»Da soll noch einer drin sein und der hier muss dringend zum Bader. Gabelschlag wohl auch«, berichtete der alte Uhu beinahe gelangweilt, ohne seine windschiefe Haltung an der Partisanenstange zu verändern.
»Wir werden sehen«, brummte Beutel-Adam.
»Du kannst dich schon mal auf eine gemütliche Zelle in der Frohnerei einrichten, Gabelschlag«, eröffnete der erste Röperknecht schadenfroh.
»Ist aber 'n Hamburg Bürger und noch nich verurteilt«, warf der alte Uhu ein und kratzte sich an der langen spitzen Nase. Zusammen mit den buschigen Brauen und der nächtlichen Arbeit hatte sie dem Nachtwächter, der eigentlich Nikolaus Brehm hieß, seinen Spitznamen eingebracht.
Adam funkelte den Nachtwächter böse an. »Heute eine kleine Nebenbeschäftigung als Klugscheißer, was? Ich bring den Sack Scheiße bei der Kälte doch nich bis zur Stadtmauer! An dem Kerl ist ohnehin kein Stückchen Ehre dran, was er in der Frohnerei verlieren könnte. Oder hast du was dagegen?«
Der oberste Röper blies seine Brust auf und richtete seine nicht wenig imposante Masse auf. »Mach mal was du willst«, gähnte der alte Nachtwächter gleichmütig und der Röper nickte zufrieden.
Währenddessen stutzte Johann. Unter den Zuschauern, die sich auf der Straße eingefunden hatten, hatte er ein bekanntes Gesicht

erblickt. Das war die halbstarke Rotzgöre, die ihm vorhin gefolgt war und ihm dann zwischen die Beine getreten hatte.

»Schon wieder du!«, wollte er sagen, erzeugte aber abermals nur ein Krächzen, während er auf den Bengel zusprang. Der Junge wollte sofort wieder Reißaus nehmen, wurde jedoch nach wenigen Schritten von einem der Röper am Kragen gepackt.

»Was hast du Sprotte hiermit zu schaffen?«, giftete Beutel-Adam den Jungen an, der zappelnd seine vollständige Unbeteiligung beteuerte, während Johann wild gestikulierend versuchte anderweitig zu argumentieren.

»Mir platzt gleich der Arsch, ich steck euch jetzt alle ins Loch!«, knurrte der oberste Röper und spuckte ungehalten aus.

Kapitel 23: Schön stillhalten …

17. Januar 1618, Mittwoch

Johann lief durch den Grimm und zog fröstelnd den Kragen höher. Hier in Wassernähe schien es noch deutlich kälter und seine angeschlagene Verfassung ließ ihn zusätzlich frösteln.

Max Grave hatte nicht schlecht gestaunt, als die Röperknechte ihn zur nächtlichen Stunde blutverschmiert in der Frohnerei abgeliefert hatten. Letztendlich blieb ihm nichts anderes übrig, als Johann in eine Zelle zu sperren und ihn wieder zusammenzuflicken. Zum Glück war die Nase nicht gebrochen und für die meisten Wunden reichte ein Verband. Sein Ohr musste jedoch mit ein paar Stichen genäht werden. Erst danach konnte Johann in einen unruhigen Erschöpfungsschlaf fallen, der bei der Kälte und dem Übelgeruch in der Zelle nur wenig erholsam gewesen war.

Erst am Vormittag hatte das metallische Schaben des Schlüssels und das Klappern des schweren Riegels ihn aus seinen wirren Träumen gerissen. Es war Lucas Beckmann gewesen, sein Defensor aus seinem Prozess. Doch dieses Mal war der junge Ratsherr mit besseren Nachrichten gekommen. Zum einen waren die beiden Angreifer tot, was Johann an sich als ganz befriedigend einschätzte. Der eine hatte den Weg zum Bader nicht mehr überstanden, der andere lag tot in Johanns Kammer.

»Mit durchstochenem Hals und einem ausgedrückten Auge …«, wie Beckmann ihm mit zusammengezogenen Brauen argwöhnisch erklärt hatte. Zu Johanns Glück gab es genug Zeugen, die gesehen hatten, wie einer der beiden mit gezogenem Messer aus Johanns Kammer stürzte. Da es noch dazu unbekannte, ortsfremde Männer ohne Leumund in Hamburg waren, die sich des Nachts in Johanns vier Wände befunden hatten, wurde Johanns Verteidigung als glaubhaft beurteilt.

Beckmann hatte noch eine ganze Weile versucht von ihm in Erfahrung zu bringen, ob der Veteran eine Idee hatte, warum die beiden ihn im Schlaf umbringen wollten, aber da konnte Johann ihm auch nicht weiterhelfen. Den möglichen Zusammenhang zu seinen Untersuchungen behielt er lieber für sich, bevor Beckmann ihn noch als vorübergehend schwachsinnig in ein Spital einliefern ließ.

Die Unterhaltung, wenn man sie so nennen wollte, war ihm ohnehin schon zu obskur. Da Johann kaum in der Lage war, einen verständlichen Ton hervorzubringen, hatte er dem Advokaten jedes Wort ins Ohr flüstern müssen, und so saßen sie auf der Gefängnispritsche wie ein Liebespärchen auf einer Frühlingswiese.

Bevor Johann entlassen wurde, hatte er noch Grave gefragt, was mit dem Bengel passiert war, den sie gestern vor seiner Mietskaserne aufgegriffen hatten. Aber der Henker hatte ihm erzählt, dass der Junge schon vor Johann entlassen wurde, da außer dem Verstoß gegen die Sperrstunde nichts vorlag, weswegen sie ihn hätten dabehalten können. Zumindest den Namen des Bengels konnte Grave ihm nennen: Caspar Stauer aus dem Kirchspiel Jakobi. Johann würde sich den Namen merken. Hundsvater oder Drei-Bälle-Lorentz würden ihm schon weiterhelfen können.

Wieder zuhause angekommen erwarteten ihn hingegen weniger gute Nachrichten. Sein Vermieter, oder besser dessen schmieriger Verwalter, erwartete ihn schon, um ihm zu erklären, dass er sich eine neue Bleibe suchen sollte. Mieter, die nächtlichen Ärger und Tote mit sich brachten, waren nicht willkommen. Bis morgen hatte er seine Kammer zu räumen. Johann hatte gar mit seiner heiseren Flüsterstimme darauf hinweisen müssen, dass die beiden nächtlichen Besucher ihm auch ›dumm gekommen waren‹, bevor der Verwalter davon absah, Johann die zerbrochene Tür von der Restmiete für Januar wieder abzuziehen.

Bei der Eiseskälte galt es nun, schnell wieder ein neues Dach über dem Kopf zu finden. Zur Not würde Jakob Nagelstein ihm sicherlich etwas vermitteln können, aber er würde dem Geldverleiher lieber nichts schuldig sein, auch wenn es nur ein Gefallen war. Vermutlich nahm er selbst darauf Zinsen.

Er bog um eine Straßenecke und eine harte Bö blies ihm schneidende Eiskristalle entgegen, sodass er seinen Hut tiefer ins Gesicht zog. Beinahe wäre er das gute Stück gestern auch noch losgeworden. Beutel-Adam hatte den Weg zur Frohnerei genutzt, seine Verdrossenheit über die nächtliche Störung an Johann auszulassen. Eine Hutfertigung aus Leder wäre nach der Hamburg Kleidervorschrift aus der umfangreichen Sammlung von Policey-Verordnungen nicht standesgemäß. Für Leute ›Johanns Schlags‹ war nur Tuch und Filz ordnungsgemäß. Tatsächlich gab es eine ganze Reihe solcher Vorschriften, die ›gute Policey‹ genannt wurden. Sie regelten, wie und im Zweifelsfall wie oft welche Bürger welchen Standes feiern durften, welche Kleider standesgemäß waren, wie der nächtliche Ausgang erfolgen durfte oder eben nicht und selbstverständlich alles, was Glücksspiel und Alkohol betraf. In den letzten Jahrzehnten wurden von der Obrigkeit immer mehr Policey-Verordnungen erlassen; nicht nur hier, sondern im ganzen Reich, wie Walther Johann einmal erzählt hatte.

An die meisten Verordnungen hielt sich natürlich kein Schwein.

Wobei das in Hamburg vielleicht ein schlechter Vergleich war, denn da nach der Pest von 1565 Schweine nicht mehr innerhalb der Stadtmauern gehalten werden durften, hielten sich zumindest diese daran. Die meisten anderen Verordnungen wurden allein schon ob der schwierigen Überprüfbarkeit und Ahndung eher schlecht als recht befolgt.

Wie nicht anders zu erwarten, war auch Beutel-Adam gegen Zahlung eines *erhöhten Bußgelds* bereit gewesen das unzulässige Kleidungsstück nicht zusätzlich noch einzuziehen.

Nun befand er sich auf dem Weg zur Böttcher. Besser spät als gar nicht, denn er hatte eigentlich zugesagt, schon am Morgen bei ihr für die Arbeit im Lager aufzutauchen.

Statt Lagerarbeit würde er sich nun auf Wohnungssuche begeben, aber er wollte sich zumindest bei ihr melden und sich für sein Nichterscheinen entschuldigen. Schließlich wollte er es sich mit

ihr nicht verscherzen. Er befand, dass sein verbeultes Äußeres eine ausreichende Entschuldigung bieten würde.
Vor der Ladentür schüttelte er sich noch achtsam den Schmutz von den Füßen, bevor er in das Geschäft trat.
»Ich habe ehrlich gesagt nichts anderes erwartet. Deine Anwesenheit wird hier wohl nicht mehr benötigt, wenn das überhaupt einmal der Fall war …«, begrüßte ihn der Angestellte vorwurfsvoll und sah allenfalls einen Atemzug lang auf, bevor er seine Nase wieder in sein Notizbuch vertiefte.
Johann knurrte nur ungehalten, da sein Gekrächze ohnehin nicht verstanden worden wäre.
»Gabelschlag?«, drang da auch schon eine dumpfe Stimme durch die Hintertür, bevor die Weinhändlerin in den Verkaufsraum trat.
»Um ehrlich zu sein, hatte ich auch nicht damit gerechnet, dass …«, begann sie und stutzte dann. »Um Gottes Willen, wie siehst du aus!«, rief sie etwas zu laut aus und ging schnellen Schrittes auf den Veteranen zu.
»Er wird sich in irgendeiner Gosse gebalgt haben«, warf der Angestellte aus dem Hintergrund ein, doch die Böttcher winkte nur unwirsch ab und besah sich Johanns lädiertes Gesicht.
»Was ist passiert?«, fragte sie und zu Johanns Freude schwang offensichtlich Sorge in ihrer Stimme mit.
Er setzte zu einer heiseren, mit Gesten unterstützten Erklärung an, doch die Händlerin schlug nur die Hände über den Kopf zusammen.
»Gute Güte, dein Hals …«, stöhnte sie und schlug die Hand vor den Mund, während sie den lila-roten Streifen besah, der fleckig über seinen Hals verlief.
Johann zuckte unbeholfen die Schultern und hob vielsagend die Handflächen gen Zimmerdecke.
»Komm mit in mein Arbeitszimmer, meine Magd hat gerade einen Kräutertee aufgesetzt«, lud sie ihn ein und ging voraus, ohne eine Antwort abzuwarten.

Johann hätte sicherlich auch dann nicht widersprochen, wenn er hätte reden können. Stattdessen stolzierte er ihr mit einem breiten Grinsen in Richtung des Verkäufers hinterher.
»Kannst du reden?«, fragte sie Johann, nachdem sie dampfenden Tee in Tonbecher gefüllt hatte. Johann machte eine abwägende Geste und murmelte etwas, bevor er an der Tasse nippte. Der heiße Sud brannte in seinem Hals, tat aber gleichzeitig gut.
Die Weinhändlerin schob kurzentschlossen ihren schweren, lederbezogenen Holzstuhl neben den seinen und beugte sich erwartungsvoll zu ihm herüber.
Johann begann im heiseren Flüsterton über die Ereignisse der letzten Nacht zu erzählen. Die Worte schmerzten in seinem Hals und verbesserten den Zustand seiner wunden Kehle nicht gerade. Doch die Böttcher beugte sich ganz nah zu ihm, um seine leise Stimme zu verstehen, und immer wieder berührte dabei ihre Wange sein stoppeliges Gesicht. Ihre Haut erschien ihm so weich, wie es bestenfalls die der netten Mechthild aus der Trommel an ganz besonderen Stellen war. Dazu kitzelten ihn einige lose Strähnen ihres lockigen Haares und ihr verführerischer Duft, der ihn an Blumen und Sandelholz erinnerte, benebelte ihn wie ein Glas heißer Branntwein im Winter. Tief sog er immer wieder den betörenden Geruch ein und die Bilder aus seinem Tagtraum in der Badestube waberten durch seinen Kopf.
Die Händlerin fand offensichtlich Gefallen an seiner blutigen Geschichte. Denn von gelegentlichen erschrockenen Aufrufen und mitfühlendem Stöhnen unterbrochen lauschte sie ihm gebannt und schob sich immer wieder eng an den Veteranen heran, um ihn besser zu hören. Johann konnte nicht ganz ausschließen, dass er die Erzählung trotz seiner Beeinträchtigung etwas mehr ausschmückte, als es notwendig gewesen wäre.
»Glaubst du, der Überfall hat was mit den verschwundenen Bettlern und Dirnen zu tun?«, fragte die Händlerin gespannt.
Johann wog gleichzeitig unschlüssig den Kopf und nickte. »Denk schon. Die gleichen Kerle wie in der Gasse und zu holen ist bei

mir ja nichts. Und dazu noch diese Gören, die mir hinterherschleichen.«
»Was wirst du jetzt tun?«, fragte sie ihn.
Der Veteran brummte wie ein ungehaltener Bär, den man vorzeitig aus dem Winterschlaf geholt hatte. »Eigentlich wollt ich die Sache ja langsam auf sich beruhen lassen, tut ja nur Ärger bringen, aber jetzt ist's was Persönliches …«, flüsterte er und schlug sich mit der Faust gegen die Handfläche.
»Vielleicht kriegt Max, also der Frohn, noch was über die beiden raus, die mich überfallen haben. Solange werd ich mal schaun, dass ich diesen Bengel auftreib, der mir hinterherschnüffelt. Aber erstmal muss ich mir 'n neues Dach überm Kopf suchen.«
Die Böttcher zog erstaunt den Kopf zurück und sah ihn mit zusammengezogenen Brauen fragend an. »Du willst mitten im Winter umziehen?«, entrüstete sie sich.
Johann gab etwas von sich, was ein bitteres Lachen gewesen wäre, wenn er eine Stimme gehabt hätte. »Die Sache heut Nacht hat meinem Wirt nicht gefallen, morgen muss ich raus sein«, erklärte er ihr.
Sie schlug entsetzt die Hand vor den Mund. »Bei der Kälte?«
Johann winkte ab, »Werd schon was Neues finden.«
Sie sah ihn nachdenklich an, während sie eine widerspenstige Haarsträhne hinter ihr Ohr bugsierte. »Du kannst einige Tage hierbleiben, bis du etwas Neues gefunden hast«, bot sie ihm an und ihre Mundwinkel zeigten wieder ihr typisch spöttisches Lächeln.
Johann sah sie verdutzt an. »Was werden die Leute sagen?«, fragte er ungläubig.
Die Händlerin spitzte amüsiert die Lippen. »Männer in meinem Haus sind ja nicht so ungewöhnlich … Aber in diesem Fall werden sie wohl eher sagen, dass ich einen neuen Knecht habe. Und in der Tat wäre ich dir dankbar, wenn du die Tage hier ein paar Dinge richten könntest. Die Kammer ist zwar klein, aber immerhin ein Dach über dem Kopf. Du könntest heute einziehen.«

Johann wusste zunächst nicht, was er sagen sollte, nickte dann aber freudig. »Muss nur noch was erledigen und dann mein Zeug holen«, krächzte er.
»Gut, dann wäre das ja geklärt«, stellte die Händlerin geschäftsmäßig fest und trank ihren Tonbecher aus.

Eine ganze Weile später steuerte Johann mit der schweren Kiste auf der Schulter erneut den Weinhandel der Böttcher an. Immer wieder musste er den Holzkasten mit seinem Habe absetzen und verschnaufen. Die heftige Keilerei von letzter Nach hatte ihn Kraft gekostet und der eisige Abendwind biss ihm noch dazu wie ein tollwütiger Hund in die Glieder.
Bevor er seine sieben Sachen aus seiner Kammer geholt hatte, war er noch in die Weberstube gegangen und hatte die fälligen Schulden beim Wirt eingetrieben. Der Schenkenbesitzer hatte dann auch den vollständigen Betrag aushändigen können, sodass Johann glücklicherweise nicht hatte diskutieren müssen.
Als er letztendlich das Haus der Händlerin erreicht hatte, war er trotz der Kälte schweißgebadet und schnaufte wie ein altes Ross nach einem Wettritt.
Er machte sich vor unterdrücktem Lachen beinahe in die Beinlinge, als die Hausherrin ihren Angestellten aufforderte, Johann mit seiner Kiste zu helfen. Nach kurzem Protest schleppte er schließlich gemeinsam mit dem Veteranen den schweren Kasten mit versteinerter Miene in dessen neue Unterkunft. Die Kammer war klein, aber sauber, und der Bettkasten strömte einen angenehmen Geruch trockenen Strohs aus. Alles in allem eine Verbesserung zu seiner bisherigen Behausung, stellte Johann freudig fest.
»Du kannst dich später einrichten, ich habe die Magd einen Zuber für dich richten lassen«, erklärte die Hausherrin.
Johann winkte ab. »Ist doch nich nötig.«
Die Böttcher sog mit gekräuselter Nase zweimal tief die Luft ein. »Ich denke doch …«, konstatierte sie knapp und winkte ihm, ihr zu folgen.

Als kurz darauf warmes Wasser seine durchgefrorenen Glieder erwärmte, war er der Hausherrin das zweite Mal an diesem Tag dankbar. Vom Dreck und Blut des Kampfes und der Frohnerei gesäubert dämmerte er im Zuber und genoss, wie die klamme Kälte im Wasser versickerte. Eine schwache Ölfunzel tauchte die kleine Badestube in dämmriges Licht und ließ ihn müde blinzeln.
Bis er das Schaben der Tür hörte. Instinktiv ruckte er zur Seite und riss das Messer aus dem Kleiderstapel neben sich.
»Ich bin es!«, rief die Hausherrin erschrocken, als er die Klinge aus der Lederscheide riss.
Hastig schob Johann das Messer wieder zurück und krächzte eine unverständliche Entschuldigung.
»Du scheinst etwas … angespannt …«, murmelte die Händlerin und schloss die Tür hinter sich, bevor sie zu seinem Zuber ging.
Fragend schaute Johann ihr hinterher, während sie seine Kleider vom Schemel nahm und sich neben ihn setzte.
»Ich dachte, du könntest vielleicht noch etwas Stärkeres als Kräutersud vertragen«, erklärte sie und stellte eine Tonflasche und zwei Becher auf eine Ablage neben dem Zuber.
Immer noch etwas überrumpelt bemerkte Johann, dass sie nur ein weißes Nachtgewand und ein Wolltuch über die Schultern trug.
»Oder möchtest du, dass ich gehe? Ich hatte dich bisher nicht als Mann eingeschätzt, der leicht in Verlegenheit zu bringen ist.«
Johann grinste und lehnte sich wieder zurück, während die Händlerin ihnen einschenkte.
»Das sind sehr viele Narben«, stellte sie fest, nachdem sie ungeniert seinen Oberkörper musterte.
»Krieg«, murmelte Johann nur leise und nahm einen weiteren Schluck. Der Brand war stark und rann wie Feuer seine malträtierte Kehle hinunter.
»Du könntest mal wieder eine Rasur vertragen«, bemerkte die Hausherrin.
Johann zuckte die Schultern.
»Ich kann das für dich tun, wenn du möchtest«, bot sie ihm an.

Johann sah sie ungläubig mit einem zusammengekniffenen Auge an. »Wie ein Barbier?«, krächzte er leise.
Die Böttcher nickte. »Mein Mann hasste Barbiere. Ich glaube, er vertrug es nicht, wenn Fremde mit einer Klinge in seinem Gesicht herumfuhren. Also habe ich es gelernt. Ich habe sehr geschickte Hände.«
Johann wusste nicht so ganz, was er von der seltsamen Situation halten sollte, nickte aber schließlich.
Die Hausherrin stand auf und holte ein schmales Rasiermesser aus einem Schränkchen und zog es einige Male routiniert über einen Lederriemen.
Zu Johanns Überraschung verteilte sie anschließend mit bloßen Händen Seife auf seinen Wangen. Er musste schlucken ob der unerwarteten Berührung ihrer samtweichen Hände und spürte, wie sich seine Männlichkeit aufrichtete. Zumal er sich nicht einmal anstrengen musste, um bei jeder ihrer Bewegungen ihre sanft wogenden Brüste unter dem dünnen Nachtgewand zu bemerken.
»Schön stillhalten …«, flüsterte sie und setzte das scharfe Messer neben seiner Ohrmuschel an.
Die Weinhändlerin hatte nicht gelogen. Geübt schabte sie mit der scharfen Klinge über Johanns Wange und arbeitete sich bis zu seinem spitzen Kinnbart vor. Bisher nahm der Veteran kein einziges Mal das charakteristische Brennen eines Schnittes wahr.
»Hast du eigentlich mit deinem Defensor über deinen Verdacht bezüglich der Morde an den Dirnen und Bettlern gesprochen?«, säuselte sie, während sie zu seiner anderen Wange wechselte.
»Nein«, brummte Johann mit geschlossenen Augen, während sie das Messer wieder ansetzte.
»Was machst du, wenn jemand Bedeutendes dahintersteckt, falls die Sache tatsächlich wahr ist?«, fragte sie, während sie sorgfältig seine andere Wange von den langen Stoppeln befreite.
Johann zuckte die Schultern und spürte ein kurzes Brennen auf seiner Wange. »Weiß nich«, murmelte er leise hinterher.
»Wer kommt für dich am ehesten als Täter infrage?«, flüsterte sie, während sie sanft seinen Kopf nach hinten drückte.

Johann hielt sich mit einer Antwort zunächst zurück, als die schmale Klinge über die dünne Haut seines Halses fuhr. Ob Barbier oder die Böttcher, es war immer ein eigentümliches Gefühl, wenn ihm kalter Stahl über die Halsschlagader glitt.
»Ich glaube, es sind mehrere, zu viel Arbeit für einen«, flüsterte er heiser, als sie wieder einmal den von Haaren durchsetzten Schaum von der Klinge spülte.
»Vielleicht ist es ja auch eine Frau«, flüsterte sie, während sie besonders sorgsam die Haut über seinem Kehlkopf rasierte.
Johann lief es eiskalt den Rücken herunter. Klara hatte bei ihr gewohnt, wollte sie damit sagen … Der Stahl lag so eng auf seinem Kehlkopf, dass er nicht einmal schlucken konnte. Seine Augen suchten die ihren, die ihn unergründlich ansahen.
Dann umspielte wieder das spöttische Lächeln ihre Lippen und sie zwinkerte ihm verschwörerisch zu, bevor sie das Messer wieder im Wasser reinigte.
Johann atmete erleichtert auf. Für einen Augenblick hatte er geglaubt, die Böttcher …
»Sehr viel besser, beinahe wie ein Ratsherr«, urteilte sie, nachdem sie sein Gesicht mit einem nassen Schwamm gereinigt hatte.
»Danke«, krächzte Johann.
Sie nickte ihm lächelnd zu und nahm einen großen Schluck Gebrannten aus dem Becher, der einem Schifferknecht zur Ehre gereicht hätte. Zu seiner Verwunderung legte sie dann das Wolltuch von der Schulter ab und öffnete mit einem hintergründigen Lächeln die Schleifen ihres Nachtgewands. Johann erstarrte. War das real? War er eingeschlafen und hatte erneut diesen Traum? Der Stoff ihres Nachtkleides glitt raschelnd zu Boden und enthüllte einen Körper, dessen Haut im Schein der Ölfunzel nicht weniger hell leuchtete als das weiße Gewand auf dem Boden.
Wie hypnotisiert starrte Johann auf ihren nackten Leib. Er musste wieder eingeschlafen sein. Jeder Fingerbreit ihres Körpers sah aus wie in seinem Tagtraum.

Amüsiert betrachtete sie seine Schockstarre und schnippte schließlich lachend mit den Fingern vor seinem Gesicht, sodass er erschrocken zusammenfuhr.
»Ich hoffe, du bist noch zu etwas mehr Regung fähig …«, schmunzelte sie, während sie ihr Haar öffnete.
Johann nickte nur stumm.
»Gut«, befand sie und setzte einen Fuß in den Zuber.
Dann hielt sie auf halbem Wege inne. »Du kommst doch nicht auf die törichte Idee, daraus irgendwelche weiteren Ansprüche abzuleiten, oder?«, fragte sie argwöhnisch mit hochgezogener Braue.
Johann schüttelte den Kopf, unsicher ob sie die Frage ernst meinte. »Nie nich, Frau Böttcher«, versprach er heiser.
Das glockenhelle Lachen der Weinhändlerin erfüllte die kleine Badestube. »Magdalena«, erklärte sie und ließ sich in das warme Wasser gleiten.

Kapitel 24: Kleine Ratten

23. Januar 1618, Dienstag

»Ist das hier auch eine? Das hier, was aussieht wie ein Hammer?«, fragte Magdalena und deutete auf einige Schrammen am Rahmen der Eingangstür der Schenke. Johann beugte sich zu der Türzarge und kniff die Augen zusammen, um in der Dunkelheit etwas zu erkennen. Dann nickte er. »Ja, das ist eine.«

Mit beinahe kindlicher Freude über ihre Entdeckung klatschte Magdalena in die Hände. »Was bedeutet sie?«, fragte sie neugierig.

»Dass es hier nur gegen harte Arbeit Kost gibt. Hier werden keine Reste verschenkt«, erklärte Johann.

»In dieser Spelunke auch nicht anders zu erwarten«, murmelte er dazu noch. Seine Stimme klang noch immer etwas rauer, als sie es ohnehin schon immer war, aber zumindest konnte er wieder mit normaler Lautstärke sprechen.

»Aha …«, flüsterte Magdalena nachdenklich und fuhr mit dem Zeigefinger das unscheinbare Gekritzel nach. Johann hatte ihr in den letzten Tagen die Bedeutung von ›Zinken‹ erklärt, mit denen Einbrecher, Gauner und Bettler Häuser und Orte kennzeichneten. Auch wenn die Zeichen nichts mit der rotwelschen Geheimsprache zu tun hatten, erfüllten sie doch den gleichen Zweck. Der Veteran hatte ihr erklärt, dass der Kreis mit einer Art Nadel an ihrer Ladeneingangstür und dem Lager einen ›lohnenden Diebstahl‹ kennzeichnete. Sie hatten die Zeichen entfernt und neue angebracht, die etwa wie ein geringeltes Schweineschwänzchen aussahen. ›Geh weiter, hier ist nichts zu holen‹, erzählte das Zeichen dem kundigen Betrachter.

»Gehen wir jetzt rein?«, fragte Magdalena ungeduldig.

»Sicher, dass du da wirklich rein willst? Ist 'n übler Laden …«

Johann war von der Idee, dass sie ihn unbedingt begleiten wollte, noch nicht überzeugt.

»Darum will ich ja mit, du wirst schon auf mich aufpassen«, erklärte sie ihm und reckte kampflustig das Kinn.

Johann seufzte und stieß die Tür zur ›Meerjungfrau‹ auf. Der üble Geruch nach altem Fisch war aber vermutlich das Einzige, was in der heruntergekommenen Gaststätte in Jakobi entfernt an eine Nixe erinnerte. Nachdem Johann prüfend den Kopf hineingesteckt und keinerlei Schlägereien und fliegendes Mobiliar vermerkt hatte, führte er seine Begleiterin in den feuchtwarmen Dunst aus Bier und Körpergerüchen. Selbst das Gemurmel der Gäste schien hier einen gewissen Mief abzusondern.

Die Meerjungfrau war zwar gut gefüllt, aber sie konnten noch einen klapprigen Tisch erobern, der zu Johanns Zufriedenheit eine Wand im Rücken hatte. Vorsicht war immer besser als ein Knüppel auf den Hinterkopf, betonte er stets bei der Platzwahl in einem Etablissement. Die Weinhändlerin hatte zwar auf sein Geheiß hin ihre ältesten Kleider angezogen, aber mit ihrer reinen, weißen Haut und dem gepflegten Gesicht fiel sie hier dennoch auf wie ein Rennpferd im Schweinestall.

»Ich würd das wegmachen …«, murmelte er beiläufig und deutete auf die Sitzfläche ihres Stuhls, bevor sie sich niederließ. Mit gerümpfter Nase wischte Magdalena mit einem Tuch über den Stuhl, bevor sie sich setzte.

Die Meerjungfrau war überwiegend besetzt von Tagelöhnern, Schnorrern und Berufstrinkern, die hier mit schweren Zungen zotige Geschichten und ihr Leid über ihr Leben austauschten. Viele Unterhaltungen wurden nur leise geführt und die Sprecher wussten sicherlich, warum sie unbeteiligte Zuhörer besser ausschließen wollten. Das Rasseln von Würfeln und Klacken von Krügen, die aneinanderstießen, rundete das Klangbild ab. An einer Wand hing auch eine schiefe Gallionsfigur mit abgeblätterter Farbe, die dem Laden vermutlich ihren Namen gegeben hatte.

»Zwei Bier«, riss Johanns Stimme Magdalena aus ihrer Beobachtung und sie sah gerade noch eine Schankfrau mit schmutziger Schürze davonhumpeln.

»Glaub mal, alles andere willste eh nich«, erklärte Johann ihr bestimmt.

Magdalena zuckte die Schultern. »Und wie geht's jetzt weiter?«, fragte sie den Veteranen verschwörerisch.
»Wir trinken unser Bier und fragen dann die Schankfrau oder den Wirt, ob sie diesen Caspar Stauer hier kennen«, erklärte Johann.
Magdalena nickte eifrig und musterte dann wieder neugierig die heruntergekommenen Besucher.
Wie geplant hatte Johann die letzten Tage versucht etwas bei seinen Kontakten über den Bengel rauszukriegen, der ihm in der Nacht des Attentats so eng an den Fersen gehangen hatte. Und vermutlich auch schon vorher.
Und Johann war erfolgreich gewesen. Dorschkopp, was wohl der Straßenname des Bengels war, gehörte zu einer Bande in Jakobi. Es gab unzählige solcher Banden von Kindern und Halbwüchsigen in Hamburg. Waisen, die für das Waisenhaus zu alt waren oder von unehelicher Geburt, Ortsfremde, die an sich kein Bleiberecht in der Hansestadt hatten, oder Kinder, die zuhause nichts Gutes zu erwarten hatten. In der Bande war das Leben zumindest ein klein wenig leichter und sicherer. Sie bot ihnen etwas Schutz und war zugleich auch Familienersatz. Nur dass ›Dorschkopp‹ seit einiger Zeit nicht mehr mit den anderen gesehen wurde, sondern stattdessen in der Meerjungfrau Quartier bezogen haben sollte.
Als die Böttcher von Johann erfahren hatte, dass er hier nach dem Halbwüchsigen suchen wollte, hatte sie nicht lockergelassen, bis er ihr versprach sie mitzunehmen.
Wenig später brachte die Schankfrau zwei angesprungene Krüge und setzte sie unsanft auf der schartigen Tischplatte ab.
Johann zahlte und gab gleich noch etwas Trinkgeld obendrein.
»Würde dich ja fragen, was ich dafür tun soll, aber du scheinst ja schon bedient …«, frotzelte die Bedienung und entblößte anzüglich grinsend gelb-braune Zahnruinen, während sie hinüber zur Böttcher schielte.
Johann lächelte schief. »Wir schauen mal, später kannst du vielleicht noch was für uns tun«, erwiderte er.

»Uh, gleich für euch beiden Schönen«, unkte die Bedienung und humpelte mit wogenden Hinterbacken von dannen.
Magdalena schüttelte sich kurz, bevor sie Johann zuprostete. »Danke für das Bier«, flötete sie, nachdem sie einen tiefen Schluck genommen hatte. Tatsächlich war der Gerstensaft hier gar nicht mal so schlecht.
»Du zahlst ja gut«, erwiderte Johann breit grinsend und tatsächlich hatte ihn die Weinhändlerin in den letzten Tagen für die Arbeiten im Laden und im Lager mehr als anständig entlohnt.
Magdalena legte nachdenklich einen Daumen unter ihr Kinn. »Also wenn ich es mir recht überlege, müsstest du mich eigentlich für die letzten Tage entlohnen, oder zumindest für die Nächte.«
Johann hatte gerade den Krug abgesetzt und hustete eine feuchte Wolke Bierstaub aus. »Also nee, Frau Böttcher, zehn Groschen die Nacht kann ich mir nu nie nich leisten«, entrüstete er sich.
Magdalena lachte glockenhell und beugte sich eng zu ihm rüber. »Ich kann dir das nächste Mal etwas zeigen, für das ich zwanzig Groschen nehmen würde«, flüsterte sie ihm ins Ohr.
Alles an und in Johann versteifte sich und ein Kloß der Aufregung verstopfte augenblicklich seinen Hals.
»Aber erst finden wir diesen Caspar Stauer«, erklärte sie wieder in normaler Lautstärke und setzte den Bierkrug an die Lippen.
»Also so eilig ist das ja auch nu wieder nich. Der ist doch sicher auch die nächsten Tage noch hier«, warf Johann hastig ein.
»Erst Caspar«, stellte Magdalena klar und lachte wieder.
Der Veteran brummte enttäuscht und setzte ebenfalls den Krug an seine Lippen.
Als ihnen eine ganze Weile später die Schankfrau zwei weitere Krüge gebracht hatte, hielt er sie an der Schürze zurück, bevor sie ihren Tisch wieder verließ.
»Doch noch ein bisschen was anderes?«, raunte sie und strich sich über die schlaffen Brüste.
»Ja, kennst du den Caspar Stauer?«, fragte Johann geschäftsmäßig.

Ein wenig enttäuscht hörte sie auf, ihre vermeintlichen Reize zu präsentieren, und verschränkte die Arme vor der Brust. »Nee, nie gehört.«

»Dorschkopp?«, schob Johann hinterher.

Die Schankfrau schwieg zunächst nachdenklich, aber Johann hatte in seinen Jahren als Geldeintreiber genug über Menschen gelernt, um zu erkennen, dass sie etwas über den Jungen wusste. Er schob einige Kupfermünzen über die blankgewetzte Tischplatte zu ihr rüber und sah sie fragend an.

»Hast du Ärger mit dem?«, fragte die Frau misstrauisch und ihre Hand wanderte vorsorglich schon einmal zu den Münzen.

Johann legte seine schwielige Hand wieder über das Kupfer und schüttelte den Kopf. »Nein, will nur mal mit ihm reden«, antwortete er lapidar.

»Schläft seit ein paar Tagen hier im Hinterhof im Lagerschuppen und hilft dafür ab und an ein wenig aus«, erklärte sie und blickte erwartungsvoll auf Johanns Hand.

Der Veteran gab die Münzen frei, die augenblicklich in ihrer Rockschürze verschwanden. »Ist er grad hier?«, fragte er sie.

Die Schankfrau zuckte die Schultern.

»Wie komm ich zum Lager?«, fragte Johann

Sie winkte ab. »Schwer zu verfehlen. Hier raus zur Hintertür. Im Hinterhof gibt's sonst nur zwei Türen, die eine ist das Lager, die andere das Scheißhaus. Welche welche ist, kannste schon von draußen riechen.«

Sie lachte dreckig und humpelte zum nächsten Tisch eine Bestellung aufzunehmen.

Johann hob den Krug und leerte ihn auf einen Zug bis zur Hälfte und wischte sich den Bart mit dem Ärmel trocken. »Dann werd ich wohl mal mein Wasser abschlagen«, erklärte er und stand auf.

Auch die Böttcher verließ ihren Platz und folgte ihm zum Hinterhof. Die Kälte dort biss zwar unangenehm in ihre aufgewärmten Gesichter, aber nach dem Übelgeruch des Gastraums war die halbwegs frische Abendluft eine Wohltat.

»Das ist dann wohl die Latrine«, entschied Johann in der Mitte des winzigen Hinterhofs und steuerte die zweite Tür an.
»Schließ für einen Augenblick die Augen, dann gewöhnst du dich besser an die Finsternis und du siehst da drin mehr«, riet Johann Magdalena noch und machte es vor.
Er öffnete die Tür und sie gingen vorsichtig in den kleinen Lagerschuppen, der sich dem Wirtshaus anschloss. Draußen war es bereits winterlich dunkel, aber hier drinnen herrschte eine Finsternis, die einem bestenfalls nur schwarze Schatten offenbarte. Johann bedauerte es, keine Lichtquelle mitgenommen zu haben.
Wortlos schlichen sie durch den Schuppen und versuchten in der Dunkelheit etwas auszumachen. Schließlich entdeckte Johann einige Strohsäcke auf einem Stapel Feuerholz und darauf eine alte Decke und ein Stück Zelttuch. Der Veteran betastete das armselige Lager.
»Leer und kalt«, flüsterte er zu seiner Begleiterin.
»Und jetzt?«, fragte sie. Johann musste schmunzeln, in ihrer Stimme schwang eine beinahe kindliche Aufregung mit.
»Machen wir die Tür zu, setzen uns da hin und warten«, flüsterte Johann und deutete auf einen Stapel Holzscheite neben der Eingangstür. Dann kniff Johann die Augen zusammen. War das ein Schemen in der Tür? Es musste so sein, denn alles andere würde nicht zusammenzucken und weglaufen.
»Bleib stehen, du!«, rief Johann und sprang ebenfalls los. Im Hinterhof sah er gerade noch, wie der schmale Oberkörper sich über die baufällige Mauer zur Straße hin schwang. Der Veteran machte einen Satz und bekam eben noch das zerrissene Hosenbein zu fassen, bevor es über dem Mauervorsprung verschwunden war. Beherzt riss er an dem Kleidungsstück und als er mit der zweiten Hand den Hosenbund zu fassen bekam, flog bald in hohem Bogen ein ausgemergelter Körper von der Mauerkrone und prallte hart auf den gefrorenen Boden.
Keuchend und nach Luft schnappend zappelte eine schmächtige Gestalt vor ihm auf der Erde.

Kaum war der Junge wieder zu Luft gekommen, sprang er hoch und machte einen Satz in Richtung Wirtshaustür. Doch diesmal ließ sich der Veteran nicht so einfach überrumpeln wie bei ihrer letzten Begegnung. Mitten im Sprung trat er ihm ein Bein weg, sodass er der Länge nach auf den Boden stürzte und mit einem dumpfen ›Plock‹ mit der Schädeldecke gegen die klapprige Tür schlug. Benommen stöhnte der Junge und hielt sich den Kopf.
Mit zwei Schritten war Johann heran und hob das Bündel Mensch hoch, als wäre es eine alte Decke. Unsanft setzte er ihn auf ein altes Fass, das an der Hauswand stand.
Der Junge rieb sich den schmerzenden Kopf, aber seine Augen waren bereits unstet auf der Suche nach einer Lücke, durch die er flüchten konnte. Johann hielt ihm warnend den Zeigefinger vor das Gesicht.
»Denk nicht mal dran, Rotzlöffel, sonst geht's dir übel!«, warnte er ihn.
»Was willst du von mir?«, fragte der Junge aufgebracht.
Johann besah ihn sich genauer. Trotz des Dämmerlichts erkannte er ihn wieder. »Du bist Caspar Stauer, man nennt dich Dorschkopp«, stellte er fest.
»Na und?«, entgegnete Dorschkopp angriffslustig.
Johann tippte dem Jungen mit dem Zeigefinger gegen die Brust. »Nu werden wir uns mal *ausdippeln*. Und denk ja nich dran, mir 'ne *Geschichte zu drucken*.«
Der Junge verzog die wulstigen Lippen. »Kenn dich ja garnich«, erklärte er.
»Red keinen Dummfug! Du und deine *Mischboche*, ihr schleicht mir schon eine ganze Weile hinterher!«
Der Junge zog geräuschvoll die Nase hoch. »Hab keine *Mischboche*, bin allein hier«, sagte er trotzig.
Johann nickte. »Nee, jetzt wohl nich mehr … Haben sie dich rausgeworfen, weil du dich hast erwischen lassen?« Er reckte das Kinn und sah den Jungen herausfordernd an, doch der verzog keine Miene.

»Warum erzählst du uns nicht, wer euch dafür bezahlt?«, mischte sich nun Magdalena das erste Mal mit sanfter Stimme in die Unterhaltung ein.
»Ich sach doch, ich …«, begann Dorschkopp und sprang dann ansatzlos vom Fass, während er Johann beiseitestieß. Oder zumindest versuchte er es, denn mehr als ein leichtes Wanken vermochte er bei dem Veteranen nicht zu erreichen. Stattdessen riss Johann das Knie hoch, das dem Halbwüchsigen schwungvoll in die Magengrube fuhr.
Röchelnd ging der Halbwüchsige in die Knie und würgte unter unappetitlichen Geräuschen seinen kärglichen Mageninhalt hervor.
Augenrollend schüttelte Johann den Kopf, während er Dorschkopp am Kragen wieder auf die Beine zog. »Also?«, fragte er ihn, immer noch am Kragen haltend.
Der Junge spuckte trotzig auf den Boden. Johann zuckte die Schultern und zerrte ihn in Richtung Latrine.
»Was hast du vor?«, fragte Magdalena irritiert.
»Antworten kriegen«, knurrte Johann entschlossen, ohne sich umzudrehen.
Er öffnete die Tür und zog Dorschkopp in das Aborthäuschen. Mit der freien Hand kippte er das Sitzbrett über dem Senkloch beiseite und sah Dorschkopp mit gefletschten Zähnen an.
»Dann denk nu mal ganz fix nach!«, riet er ihm und packte ihn mit der zweiten Hand am Hosenbund.
Ehe der Halbwüchsige es sich versah, riss er ihn von den Füßen und steckte ihn kopfüber in das enge Loch. Dorschkopp schrie und zappelte und versuchte sich verzweifelt mit den Händen am Grubenrand abstoßen, aber in dem rutschigen, fäkalienbeschmierten Lehm fand er keinen Halt. Als sein Kopf bis zu den Schultern unter die Hinterlassenschaften der Schenkenbesucher tauchte, wurde aus den panischen Rufen nur noch ein verzweifeltes Blubbern. Johann ging noch etwas in die Knie, bis er merkte, dass er auf Grund stieß, und hielt die wild zappelnden Beine fest umklammert.

Erst einige Herzschläge später hievte er sein Opfer wieder etwas höher. Unkontrolliertes Würgen und Röcheln ertönte aus der Grube.

»Na, haste schon 'n *Bries*? Nein? Na dann …« Johann senkte seine Arme wieder und ging unter panischen Rufen aus der Grube in die Knie.

»Johann …? Um Himmelswillen, Johann! Das kannst du nicht machen!« Magdalena stand hinter ihm und hatte entrüstet die Hände über den Kopf zusammengeschlagen.

»Och, das geht ganz gut … Obenauf ist ja erstmal alles ganz warm, so schnell friert das nich«, erklärte er ihr im Plauderton.

Fassungslos schüttelte die Weinhändlerin den Kopf. »Gute Güte, zieh ihn hoch!«, verlangte sie, als das Zappeln der Beine heftiger wurde.

»Moment noch, das hilft seiner Erinnerung ein wenig nach …«, erklärte Johann, bevor er sein Opfer wieder hochzog. Ein jämmerlich klingendes Würgen schallte dumpf aus der Grube, das immer wieder von ungesundem Husten unterbrochen wurde.

»Entscheide dich, Rotzlöffel, wenn meine Arme lahm werden, hast du 'n Problem!«, rief Johann die Grube hinunter.

»Bitte, ich weiß doch nichts«, winselte Dorschkopp würgend.

Johann brummte kurz und ging wieder in die Knie. »Hut ab, zäher kleiner Bastard«, bemerkte er nickend und drehte sich halb zur Böttcher um.

»Bitte bring ihn nicht um!«, bat die Weinhändlerin verzweifelt.

»Ah, nie nich. Ich mag den kleinen Scheißer jetzt schon, hat Eier in der Hose«, lachte Johann.

»Verzieh dich, besetzt!«, schickte er einen wankenden Latrinenbesucher fort, bevor er Dorschkopp erneut wieder hochzog.

»Noch 'ne Runde?«, rief der Veteran die Grube hinab.

»Hol mich hoch, ich rede ja …«, bettelte der Junge verzweifelt, bevor er wieder Galle spuckte und andere Flüssigkeiten, die sich vor kurzem noch nicht in ihm befunden hatten.

»Schauen wir mal …«, murmelte Johann und zog ihn wieder aus dem Abort. Ein Schwall von Fäkaliengeruch stieg mit dem Halbwüchsigen aus der Grube und die Böttcher schlug angewidert die Hand vor den Mund. Hustend kämpfte Dorschkopp sich auf alle viere und übergab sich mehrfach röchelnd in das Senkloch.
Johann wartete eine Weile mit verschränkten Armen, bereit auf den nächsten Fluchtversuch zu reagieren. Aber Dorschkopp schien kein Interesse an einer weiteren Auseinandersetzung zu haben. Zittrig wischte er sich die Fäkalienreste aus dem Gesicht und kämpfte sich wacklig auf die Beine.
»Ich warte«, knurrte Johann.
»Ich weiß ja nich viel …«, stöhnte der Halbwüchsige, hob aber sofort abwehrend die Hände, als Johann sich vorbeugte.
»Aber das will ich ja erzählen … Wir sollten dich *lampen*, schon seit einer Weile, seit Dezember irgendwann.«
»Wer bezahlt euch?«, wollte Johann wissen.
Dorschkopp zuckte hilflos die Schultern. »Bin *schmähfrei*, ehrlich. Nur unser *Anstiebler* kennt ihn. Aber gute *Marie* gibts immer, manchmal auch was zu essen, sogar Wurst und Fleisch! Da will ich nichts Schlechtes drüber sagen!«
»Woher kennt ihr ihn?«, fragte Johann.
Wieder zuckte Dorschkopp die Schultern. »Ich kenn ihn ja nich. Unser *Anstiebler* hat irgendwann Aufträge von ihm mitgebracht. Wir sollten nach *Schnorrern* und *Strichkatzen* von Außerhalb Ausschau halten. Welche ohne Bettelabzeichen und am besten allein. Die meisten suchen sich ja 'ne Ecke und bleiben da.«
Johann horchte auf. »Und dann?«
»Nichts und dann. Wir haben's unserem *Anstiebler* gesagt, wenn welche einen Stammplatz haben, und der hat's dann wohl weitergegeben. Das war alles. Und seitdem prasselt das Feuer unterm Eintopf für uns.«
Nachdenklich fuhr sich Johann durch den Kinnbart. »Wie heißt euer *Anstiebler* und wo macht ihr *Platte*?«, fragte er den Burschen.
Dorschkopp trat unschlüssig von einem Bein aufs andere und schielte ängstlich zur Latrinengrube. Johann wusste, dass die

Verbindung zwischen den Bettelkindern in ihren Banden oft sehr eng war.
»Ich will deinen Leute nich *ans Zeug flicken.* Ich will nur rauskriegen, wer euch beauftragt hat. Vielleicht sind sogar 'n paar Kupper für euch drin.«
Dorschkopp schien von Johanns Vorschlag noch nicht vollständig überzeugt.
»Und immerhin haben sie dich vor die Tür gesetzt«, gab Johann zu bedenken, auch wenn Letzteres nur geraten war.
Die Kiefer des Halbwüchsigen pressten sich dicht aufeinander.
»Andreas sagt, der Typ wäre saurer als alte Milch, weil ich mich hab erwischen lassen, und dass es besser ist, wenn ich erstmal Land gewinne«, verteidigte Dorschkopp seine Leute beinahe verlegen. Johann nickte und wartete darauf, dass der Halbwüchsige fortfuhr.
»Andreas Braunbach heißt unser *Anstiebler*. Oder auch Hasenschnauze, wegen der kaputten Oberlippe, aber das sagt man besser nich, wenn er dabei ist. Wir haben 'ne *Platte* zur Miete hier in Jakobi.«
Johann nickte. »Bring mich hin!«, verlangte er.
Dorschkopp sah ihn ungläubig an. »Jetzt?«
Johann nickte. »Sicher. Morgen früh hast du's ihnen doch gesteckt und so wie du stinkst, werd ich dich sicher nich die ganze Nacht *verschmieren*. Wasch dich, dann gehen wir.« Johann deutete dabei auf eine Holzschüssel, deren Wasser vor Eiskristallen in der Dunkelheit glitzerte.
»Wir gehen erst zu dir, es ist zwar noch keine Sperrstunde, aber hier in Jakobi ist zu dieser Zeit eine Menge zwielichtiges Gesindel unterwegs«, wandte sich der Veteran an Magdalena.
Sie schüttelte entschieden den Kopf. »Ich werde mitkommen«, stellte sie klar.
Johann holte hörbar Luft. »Diese Mietskasernen sind nicht ungefährlich und wenn Bettelkinder da hausen, wirds vermutlich 'ne ganz Üble sein«, gab er zu bedenken.

»Ich komme mit«, wiederholte die Böttcher und Johann zuckte schicksalsergeben die Schultern.
Wenig später führte Dorschkopp sie durch die Gassen von Jakobi. Magdalena hatte in der Meerjungfrau sogar noch eine alte Laterne erstanden, die ein wenig die Dunkelheit erhellte.
»Und komm ja nich auf dumme Gedanken«, warnte Johann ihren halbwüchsigen Führer. Dieser murmelte nur etwas Unverständliches.
»Hier!«, sagte Dorschkopp und deutete auf ein baufälliges Gebäude. Der Weg war nicht weit gewesen und Johann war froh, die Weinhändlerin nicht zu lange durch die düsteren Twieten führen zu müssen.
»Hier?«, rief Johann jedoch erstaunt aus, denn er erkannte das baufällige, traurige Haus wieder. Hier lebte Grete Steinbach, die Lübecker Hure. War das ein Zufall?
»Was ist verkehrt damit?«, fragte Dorschkopp kampflustig, aber Johann schüttelte nur nachdenklich den Kopf.
»Bring uns zu deinen Leuten!«, forderte er. Sie folgten Dorschkopp, der sich sichtlich unwohl in seiner Haut fühlte.
Magdalena hielt sich schnell ein Taschentuch vor den Mund, nachdem sie in das Labyrinth aus engen Fluren getreten waren. Doch trotz des Übelgeruchs schien der Ort eine morbide Faszination auf sie auszuüben, der sie erschauern ließ.
»Merk dir ja den Weg. Wenn's Ärger gibt, lässt du die Lampe fallen und läufst raus, ohne dich umzudrehen«, flüsterte Johann der Weinhändlerin zu. Die Böttcher nickte. Johann war angespannt, ihm wäre es deutlich lieber gewesen, alleine mit dem Betteljungen durch die Mietskaserne zu gehen. Einmal mussten sie über einen Körper steigen, der quer über den schmalen Gang lag. Johann wusste nicht, ob der Mann seinen Rausch ausschlief oder ob er das Zeitliche gesegnet hatte, aber seine Hand fuhr instinktiv zum Messergriff.
»Hier ist es«, erklärte Dorschkopp und blieb vor einer grob gezimmerten Tür stehen.

»Sicher?«, fragte Johann argwöhnisch. Dorschkopp hielt statt zu antworten die beiden Schwurfinger in die Höhe.

Johann horchte eine Weile angestrengt, aber außer den spätabendlichen Geräuschen des Hauses konnte er nichts hinter der Tür wahrnehmen. Auch fiel kein Lichtschein zwischen den Türbrettern hindurch.

»Hmm, keiner da?«, flüsterte er zu Dorschkopp. Dieser hob ungläubig dreinschauend die Schultern und kratzte sich nervös die Schuppenflechte auf dem schorfigen Kopf. Die Fäkalien hatten seinem üblichen Juckreiz nicht gerade gutgetan.

»Wie viele seid ihr?«, fragte Johann leise. Der Halbwüchsige schürzte die Lippen und streckte nacheinander einige Finger aus.

»Sechs, mit mir«, erklärte er, als er beim Daumen der zweiten Hand angekommen war.

Johann drückte die Tür auf, oder besser versuchte es, denn schnell blockierte sie mit einem hölzernem Plocken.

»Ein Fallriegel?«, fragte Johann.

Dorschkopp nickte. »Aber das geht ja nur von drinnen zu«, flüsterte der Junge verständnislos.

Johann zog kurzerhand das Messer aus dem Gürtel und schob es in einen ausreichend großen Spalt. Kaum hatte er die Klinge ein paar Handbreit nach oben gezogen ertönte ein lautes Poltern auf der anderen Türseite, sodass Magdalena erschrocken zusammenzuckte. Alle drei lauschten angespannt in die Stille, doch es war nichts aus der dahinter liegenden Kammer zu vernehmen. Johann öffnete die Tür und trat langsam einen Schritt in den Raum, seine beiden Begleiter hingen ihm dicht an den Fersen.

Als Magdalenas Laterne die Kammer in schummriges Licht getaucht hatte, sahen und hörten sie etliche kleine Schatten davonhuschen. Als zwei der Ratten trippelnd Kurs zwischen ihren Beinen hindurch nahmen, trat die Weinhändlerin angewidert nach einem der Nager.

»Die sind echt 'ne Plage«, kommentierte Dorschkopp grinsend Magdalenas Ekel.

Als sie einige Schritte weiter in die schäbige Kammer traten, sahen sie, dass der Raum trotz der Flucht der Ratten nicht verlassen war. Im Raum verteilt lagen die Körper von fünf Kindern und Jugendlichen in Hängematten, auf Strohsäcken und sogar auf dem nackten Boden. Dorschkopp blickte verständnislos drein und machte einen Schritt auf eine mädchenhafte Gestalt mit kurzgeschorenen roten Haaren zu, die eng zusammengekauert auf der Seite auf einem schmutzigen Strohsack lag.

»Hey, Karotte, ich bin's, Dorschkopp«, flüsterte er leise und beugte sich zu dem Mädchen herunter. Doch zu Dorschkopps wachsender Verwunderung reagierte diese nicht.

»Hey, Michaela, ich bin's«, sagte der Halbwüchsige etwas lauter und schüttelte das Mädchen vorsichtig an der Schulter. Eine dunkle Vorahnung war in dem Halbwüchsigen aufgestiegen und mit zitternder Hand drehte er den ausgemergelten Körper auf den Rücken.

Dann entfuhr ein erschrockener Schrei seiner Kehle und auch Magdalena stieß einen entsetzten Ausruf aus. Wo das Gesicht des Mädchens hätte sein sollen, war nicht mehr viel. Beide Augen fehlten, dazu dreiviertel der Haut. Mehr noch sah es aus, als wäre ihr das meiste Fleisch herausgerissen worden und ein tiefes Loch durch den geöffneten Schädel gegraben worden. Johann hörte, wie Magdalena sich geräuschvoll übergab.

Dorschkopp wankte einen Schritt von der Leiche zurück und Johann legte ihm die Hand auf die Schulter.

»Wart besser draußen, Junge«, erklärte er ihm mit ruhiger Stimme.

Doch der Halbwüchsige schien ihn gar nicht wahrzunehmen. Stattdessen riss er die Laterne an sich, die Magdalena auf dem Boden abgestellt hatte, und ging zu einem blonden Jungen, der in einer Hängematte lag.

»Philip?«, fragte Dorschkopp zittrig. Die Augen und der Mund des Jungen waren weit geöffnet, aber nichts regte sich in dem ausgemergelten Gesicht. Johann sah, dass seine Lippen eine ungesunde dunkelblaue Färbung hatten und eingetrocknetes

Erbrochenes sein Kinn bedeckte. Ansonsten schien der Junge unversehrt.

»Er hat sich bewegt«, rief Dorschkopp plötzlich und schlug die Decke zur Seite.

»Nicht!«, warnte Johann ihn, aber es war bereits zu spät.

Die Ratten hatten sich einen Weg in die Bauchhöhle des Jungen gegraben und unter der wärmenden Decke ein Festmahl in den Eingeweiden abgehalten. Wütend über die Störung huschten ihre struppigen, blutverschmierten Leiber davon und flüchteten quiekend über die Seile der Hängematte in die dunklen Ecken der Kammer.

Dorschkopp lehnte sich an eine Holzwand und ließ sich kraftlos in die Knie sinken. Johann konnte sich gut vorstellen, wie er sich gerade fühlte, wusste aber, dass es gerade keinen Sinn machte, auf ihn einzureden. Er nahm ihm vorsichtshalber die Laterne wieder ab und begann sich die anderen Gestalten anzusehen.

»Herr im Himmel, was ist hier passiert?«, hauchte Magdalena und selbst im Halblicht konnte Johann sehen, dass sie leichenblass war.

Johann brummte zunächst nur, während er sich die abgemagerte Leiche eines Mädchens mit übler Krätze betrachtete. »Sind alle schon einige Tage tot, so viel fressen Ratten nicht in ein oder zwei Tagen, bei der Kälte halten sich die Körper eben frisch«, urteilte Johann.

Magdalena schüttelte den Kopf. »Aber was ist ihnen nur geschehen?«, fragte sie fassungslos.

»Verletzungen kann ich keine sehen, außer dem, was die Ratten so angerichtet haben«, murmelte er und ging zum nächsten Körper.

»Sind sie vielleicht krank?«, fragte die Weinhändlerin und zog unwillkürlich ihr Schultertuch enger.

Johann zuckte die Schultern. »Bin ja kein Bader oder Physikus, aber ich kanns nicht glauben. Welche Krankheit rafft alle in einer Nacht dahin? Aber sie haben alle diese blauschwarzen Lippen und bei einigen kann man noch Erbrochenes sehen. Dieser hier liegt ja sogar noch neben ihrem Nachteimer.«

Magdalena fröstelte. »Du meinst sie hatten vielleicht Pech und haben etwas Giftiges gegessen?«, fragte die Weinhändlerin.
Johann kratzte mit dem Holzlöffel im Topf, der über der erkalteten Herdstelle stand. »Etwas viel Pech, meine ich. Zufällig, nachdem einer von ihnen von den Röpern erwischt wurde«, urteilte Johann bitter.
»Du meinst …, jemand hat sie alle vergiftet?«, fragte Magdalena fassungslos.
»Bei mir hat man's ja auch schon zweimal versucht, mich in Jenseits zu befördern«, gab er zu bedenken.
»Sag mal, hattest du nich gesagt, dass euer *Anstiebler* auch öfters mal was zu essen von eurem Auftraggeber mitgebracht hat?«, wandte er sich an Dorschkopp.
Dieser zog geräuschvoll die Nase hoch und nickte dann.
»Besser wir verschwinden hier, bevor wir Ärger kriegen …«, beschloss Johann, doch Magdalena hielt ihn am Ärmel.
»Was ist mit den Leichen … Die Ratten? Johann …!«, flüsterte sie.
»Ich geb morgen jemand Bescheid, dass man sie findet«, erklärte er.
Als wenig später alle drei durch die Gassen Jakobis gingen, schienen sie ein schweres gemeinsames Joch auf ihren Schultern zu tragen.
»Kannst du irgendwo hin?«, fragte der Veteran den Halbwüchsigen.
»Werd wieder in die Meerjungfrau«, erklärte der Angesprochene müde.
»Glaub nicht, dass das 'ne gute Idee ist. Besser du verschwindest so weit wie möglich, bevor du der Nächste bist«, erklärte Johann.
Dorschkopp blieb irritiert stehen. »Was meinste denn damit?«, wollte er wissen.
»Ich glaub, man hat deine *Mischboche* um die Ecke gebracht, weil die Röper einen von euch in die Finger gekriegt haben und jemand auf Nummer sicher gehen wollt'. Falls das stimmt, wirst du ihm erst recht 'n Dorn im Auge sein. Wenn ich du wär, würd ich

zusehen, dass ich Land gewinn. Wenn ich dich in der Meerjungfrau finden konnte, kanns vielleicht auch jemand anderes.«
Dorschkopp schluckte hart, nachdem Johann seinen Bericht beendet hatte. »Weiß aber nich, wo ich hinsoll«, murmelte der Junge.
Johann legte ihm die Hand auf die Schulter und schob ihn wieder vorwärts. »Kennste den Jakob Nagelstein in Nikolai?«, fragte er ihn, während sie weitergingen.
»Den Hehler und Geldverleiher?«, versicherte sich Dorschkopp.
»Händler und Geschäftsmann«, stellte Johann klar. »Ja den. Geh morgen früh zu ihm und sag' ihm, ich schick dich. Frag ihn, ob er Arbeit für dich hat oder dir welche besorgen kann. Am besten in Lüneburg oder von mir aus auch gleich Amsterdam. Jakob hat manchmal auch Beteiligungen an Handelszügen. Die sind im Winter zwar selten, aber vielleicht geht da was.«
Dorschkopp sah ihn wenig überzeugt an. »Ich bin noch nie aus Hamburg raus«, gab er zögerlich zu bedenken.
»Und wenn du nich machst, was ich dir sach, wirste das vermutlich auch nie«, gab Johann trocken zurück.
Dorschkopp schluckte. »Meinst du, ich kann heut Nacht noch in der Meerjungfrau *dormen*?«, fragte er unsicher.
»Du kannst heute Nacht bei mir im Lager schlafen, falls du das meinst«, bot die Weinhändlerin zur Freude des Burschen an.
Johann beugte sich zu ihr hinüber und flüsterte ihr ins Ohr: »Bist du sicher? Der stinkt ganz übel nach Abort und klaut sicher wie ein Rabe …«
Empört sah ihn die Weinhändlerin an.
»Ist ja gut, wollt's nur gesacht haben. Ist ja dein Haus …«, murmelte er kleinlaut.

Kapitel 25: Du bist aber auch ein Hundsfott

28. Januar 1618, Sonntag

Johann klopfte das Wasser von seinem Hut und wischte sich die durchnässten Haarsträhnen aus dem Gesicht. Er hatte die meiste Zeit des Tages auf dem Dach und im Hinterhof der Weinhändlerin verbracht. Seit gestern schon war es stürmisch und die teils wütenden Böen hatten den einen oder anderen Schaden angerichtet. Dazu führte der Wind wechselnd Schnee, Hagel und Regen mit sich, was die Arbeit nicht gerade einfacher für ihn machte.

Er setzte sich auf ein leeres Fass im Lagerschuppen, drückte den müden Rücken durch und zog sich die klammen Handschuhe aus. Selbst trotz des dicken Leders fühlten sich seine Hände kalt und steif an, sodass er einige Male hineinblies. Er würde noch einmal von hier drinnen prüfen, ob jetzt alles fest an seinem Platz war, gegebenenfalls noch ein paar Nägel einschlagen und dann war Feierabend für ihn.

Aber er wollte sich wahrlich nicht beschweren. Magdalena hatte ihm für die harte Arbeit eine ›angemessene Belohnung‹ versprochen und Johann vermutete, dass sie damit nicht das wie immer reichliche Essen und den guten Wein meinte.

Er musste grinsen. Wusste der Teufel, warum diese Frau einen abgerissenen Lumpen wie ihn in ihr Bett holte, aber einem geschenkten Gaul sollte man nicht ins Maul schauen. Er wusste, dass dies irgendwann vorbei sein würde, aber er hatte nie ein Leben geführt, in dem das Morgen eine sonderlich große Bedeutung hatte.

Bis es so weit war, würde er es sicherlich genießen, immer wieder mal in sauberen weißen Laken neben ihrem betörenden Körper aufzuwachen. Das erste Mal in seinem Leben hatte er dazu die durchaus angenehme Erfahrung gemacht, in ein Bett zu steigen, das durch eine Bettpfanne vorgewärmt war. Das Sahnehäubchen war noch, dass Johanns intime Sonderstellung Magdalenas Mitarbeiter nicht verborgen geblieben war. Die fest verbissenen

Kiefer, wenn er den Veteranen erblickte, sprachen bereits Bände und Johann tat sein Bestes, dass der Mann, der wie als Angestellter üblich im Haus der Böttcher wohnte, die ihm unliebsame Situation nicht verdrängen konnte.
Vermutlich waren das gerade seine besten Tage der letzten Jahre. Da konnte er es halbwegs verschmerzen, dass sich seit der grausigen Entdeckung der toten Kinder keine Spur mehr auftun wollte. Soweit es seine Zeit zuließ, hatte er bei seinen Freunden und Bekannten nachgehakt, ob sie etwas gehört hatten, und war auch bei Grete Steinbach gewesen. Doch die Lübecker Hure hatte die Bande um Dorschkopp zwar vom Sehen in ihrer Mietskaserne gekannt, aber weiterhelfen konnte sie auch nicht. Zumindest wollte sie sich im Haus etwas umhören und sich bei Johann melden, ob sie etwas rausgekriegt hatte. Den Röpern hatte sie auf Johanns Bitte ›ihren‹ Fund schon am nächsten Tag mitgeteilt. Alle schliefen ruhiger, nachdem sie wussten, dass die Leichen nicht mehr als Nagerfutter dienten. Auch Dorschkopp hatte er beim Juden-Jakob unterbringen können. Soweit er mitbekommen hatte, befand er sich tatsächlich schon auf dem Weg aus der Stadt hinaus. Nagen tat die Sache trotzdem an ihm. Spätestens nachdem sie versucht hatten ihn selbst um die Ecke zu bringen, mochte er nicht loslassen. Dennoch schalt er sich selbst einen trotzigen Narren. Statt sich den Kopf über derlei Dinge zu zerbrechen, sollte er lieber überlegen, wie er der Böttcher zu Gefallen sein konnte.
Also erledigte er zügig die Restarbeiten und machte sich mit der Ölfunzel in der Hand auf in den am Sonntag natürlich leeren Verkaufsraum.
Johann stockte. Auf dem Boden des Raumes lag etwas, oder besser gesagt jemand. Es war Magdalenas Angestellter, der bäuchlings auf den Dielenbrettern lag. Hatte er einen Unfall gehabt? Johann ging auf den Mann zu, da ließ ihn etwas innehalten. Er wusste nicht, was es war, vielleicht ein Geräusch, ein Geruch oder einfach nur ein Gefühl, das ihn plötzlich herumrucken ließ. Da flog der Knüppel schon auf ihn zu.

Instinktiv riss Johann den Arm hoch, zum Ausweichen wäre ohnehin nicht genug Zeit gewesen. Wie der Tritt eines Esels krachte der Knüppel gegen seinen linken Unterarm und er spürte ein hässliches Knacken mit dumpfem Schmerz. Dennoch konnte er den harten Hieb nicht ganz abfangen, er milderte nur die Wucht, mit der der Knüppel auf seinen Schädel krachte.
Angeschlagen taumelte Johann zurück und ließ benommen die Öllampe aus den Händen gleiten. Im Dämmerlicht sah er wieder einen Schatten auf sich zufliegen, riss beide Unterarme hoch und versuchte auszuweichen, doch vergeblich. Mehrere harte Schläge und Hiebe trafen seine Arme und seine Brust. Raus, er musste raus auf die Straße, fuhr es ihm durch den Kopf. Da traf ihn etwas von hinten in den rechten Oberschenkel. ›Sie sind zu zweit‹, wurde ihm klar, während ihm das Bein kraftlos wegknickte. Etwas traf ihn am Kinn, sein Kopf ruckte zur Seite, dann wurde alles schwarz.
Er erwachte dumpf stöhnend. In seinem Kopf tobte ein Orkan, gegen den der Sturm draußen ein laues Lüftchen war. Er versuchte die Augen zu öffnen, doch eines wollte ihm nicht gehorchen. Ob es zugeschwollen oder vom Blut verklebt war, konnte er nicht sagen.
Orientierungslos blinzelte er mit dem verbliebenen Auge und hob träge den Kopf. Er saß auf dem Boden und lehnte wacklig an einem Stützbalken. Ein Faden aus Rotz und Blut rann ihm aus der Nase und tropfte von seinem Bart auf den Boden. Es war dämmrig und er sah Holzkisten und Fässer. Sie hatten ihn wieder ins Lager gebracht, erkannte er.
Eine neuerliche Schmerzwelle in seinem Kopf ließ ihn das offene Auge wieder schließen. Da traf ihn eine Ladung Eiswasser im Gesicht und er riss hustend den Kopf wieder hoch. Erst jetzt bemerkte er, dass sie ihn wohl mit einem Lappen geknebelt hatten, der sein Keuchen dämpfte. Sein Herz raste und sein Schädel pochte, doch zumindest war er wieder etwas mehr bei sich.
Vor ihm stand eine hochgewachsene Gestalt, die gerade noch den Eimer achtlos in eine Ecke warf. Ruhe bewahren, ermahnte Johann sich. Er sah sich um und wie erwartet waren seine Gegner

zu zweit. Nein, zu dritt sogar. Johann blinzelte in das Dämmerlicht hinein, dann versteinerten sich seine Züge. Die dritte Gestalt war die von Magdalena, die zitternd auf dem Boden kauerte.

»Na, Prinzessin, wieder wach?«, fragte der hochgewachsene Mann Johann spöttisch. Seine Stimme klang dumpf, da er sich ein schmutziges Tuch vor sein Gesicht gebunden hatte. Zusammen mit dem breitkrempigen Hut war von seinem Gesicht so gut wie nichts zu sehen.

Johann brummte etwas Abfälliges in seinen Knebel. Seine Hände wollten sich auf die Suche nach seinem Messer machen, aber schnell musste er feststellen, dass sie ihm hinter dem Rücken an einen Stützbalken gebunden waren. Doch bereits der Versuch, sie zu bewegen, ließ ihm einen scharfen Schmerz in den linken Unterarm fahren. Vermutlich hatte sein Unterarmknochen den Wettstreit mit dem Knüppel verloren und die Spielschulden mit einem Bruch bezahlt.

»Suchst du das hier?«, fragte der Hochgewachsene und hielt Johanns Messer in die Höhe. Der Veteran versuchte sich nichts anmerken zu lassen, fluchte aber innerlich.

Der Kumpan des Hochgewachsenen begleitete die Frage mit einem dümmlichen Lachen, das ebenfalls von einem Lumpentuch vor seinem Gesicht gedämpft wurde. Es war ein Bär von einem Mann und Johann ging davon aus, dass er den Knüppel geschwungen hatte.

›Was wollt ihr von mir?‹, versuchte Johann zu fragen, wohlwissend, dass er mit dem Knebel kaum zu verstehen war. Aber er hoffte, dass der andere die Frage dennoch erkannte. Nicht, dass ihm die Antwort wirklich wichtig gewesen wäre, aber er wollte Zeit gewinnen. Seine Karten standen ohnehin schlecht, aber wenn er ein klein wenig zu Kräften käme, stünden sie zumindest eine Winzigkeit besser. Vielleicht geschah ja auch ein Wunder und jemand kam zur Hilfe, was am heiligen Sonntag bei diesem Unwetter jedoch sehr unwahrscheinlich war.

Der Hochgewachsene stieß Johanns Messer beiläufig in eine Holzkiste. »Du bist wirklich lästig geworden«, begann sein Gegenüber.
»Wer seid ihr?«, brabbelte Johann in den Knebel, doch der Mann ging nicht darauf ein.
»Erst wollten wir dich einfach um die Ecke bringen, aber dann dachten wir, dass es noch viel besser ist, wenn der Henker das für uns tut«, erklärte der Vermummte.
Johann sah ihn fragend an.
»Er wird dir auf dem Richtberg alle Knochen zerschlagen und dich dann durchs Rad flechten. So ein zäher Kerl wie du hält dann sicher noch 'n paar Tage durch, während sich die Krähen bedienen«, mutmaßte er und seine Stimme troff vor Häme.
Dann beugte sich der Mann zu ihm hinunter. »Du bist aber auch ein Hundsfott, Gabelschlag! Mitten in ihrem Haus, nachdem sie dir Lohn und Brot gegeben hat.«
Noch immer verstand der Veteran nicht, bis ihn das dumpfe Schreien der Weinhändlerin aufschrecken ließ. Der Kumpan des Sprechers hatte begonnen, Magdalena unwirsch die Kleider vom Leib zu reißen. Sie wehrte sich nach Leibeskräften, doch der Urgewalt ihres Angreifers hatte sie nichts entgegenzusetzen. Auch ihr Schreien würde von den Nachbarn nicht gehört werden, denn die dumpfen Laute, die durch ihren Knebel drangen, würde der Sturm schlucken, kaum dass sie den Schuppen verlassen hätten.
Als ihrem Peiniger ihr Schlagen und Treten zu viel wurde, sorgte ein fast beiläufiger Hieb mit seiner Pranke dafür, dass sie benommen auf den Boden sank.
Johann zerrte wütend an seinen Fesseln, die Schmerzen in seinem Unterarm ignorierend. Doch wer auch immer von den beiden ihn gebunden hatte, hatte sein Handwerk verstanden. Der Hochgewachsene flüsterte ihm hämisch etwas ins Ohr, doch er nahm es nicht wahr.
Hilflos musste er mit ansehen, wie der massige Kerl seine Hosen öffnete und sich mit einem aufgeregten Grunzen zwischen Magdalenas helle Schenkel drängte.

Das Gewicht und die harten Stöße ihres Peinigers brachten Magdalena wieder zur Besinnung. Wie eine Furie schlug und kratzte sie sofort nach dem Mann und versuchte sich unter ihm zu befreien. Doch am Ende riss dieser nur derb ihren Kopf an den Haaren zurück und schlug ihr erneut zweimal ins Gesicht. Johann konnte nur hoffen, dass die Schläge sie so weit benebelt hatte, dass sie nicht alles mitbekam, was dann passierte. Mit einem Laut wie ein aufgebrachter Ochse bäumte sich der breitschultrige Mann schließlich nach einigen wütenden Stößen auf und ließ endlich von seinem stöhnenden Opfer ab.

»Pass auf ihn auf, bevor er sich doch noch rauswindet«, wies der Hochgewachsene seinen Kumpanen an, während dieser sich noch die Beinlinge hochzog.

Dann schritt auch er zu Magdalena und machte da weiter, wo sein Spießgeselle gerade aufgehört hatte. Ihre neu aufflammenden Schreie gingen in Johanns Ohren beinahe im Rauschen seines Blutes unter. Angewidert drehte er den Kopf zur Seite.

Da packte ihn der Hüne grob am Kinn und zwang seinen Kopf wieder in Richtung des abscheulichen Schauspiels.

»Sie ist überall ganz weich … als wenn man 'n kleines Balg anfasst …«, keuchte der Mann noch immer hoch erregt in Johanns Ohr. »Hab sie überall reingestoßen …«, kicherte er in einem schwachsinnigen Tonfall.

Johann ignorierte die pochenden Schmerzen in seinem Schädel und knallte seine Stirn zweimal schnell auf die Nase des Mannes, die knackend brach.

Aufheulend hielt sich der Mann die Pranken vors Gesicht und Johann lachte wie irrsinnig in seinen Knebel hinein.

»Ich mach dich alle!«, keuchte der Hüne und schlug wütend auf den Veteranen ein, sodass dieser schließlich benommen am Pfeiler lehnte.

Als er wieder zur Besinnung kam, standen die beiden Männer vor ihm.

»Hättest dich einfach raushalten sollen«, stellte der Hochgewachsene fest und zerrte Magdalenas Kopf grob an den Haaren vor seinen.
Johann gab es einen Stich ins Herz, die fröhliche Frau so zu sehen. Ihr Gesicht war von den Hieben gerötet und geschwollen, die Nase offensichtlich gebrochen. Blut lief ihr aus den Nasenlöchern und von der aufgeplatzten Lippe und Tränen aus den Augen. Sie sah Johann hilfesuchend, beinahe flehentlich an.
»Einfach raushalten«, wiederholte der Mann. Dann sah Johann im Schein der Öllampe sein eigenes Messer aufblitzen und einen Strahl roten Blutes aus Magdalenas Hals spritzen.
Ihr Lebenssaft traf ihn warm ins Gesicht und ergoss sich über ihn wie kurz zuvor das eisige Wasser. Die Böttcher blickte einen kurzen Moment fassungslos, dann trat Panik in ihre Augen und sie versuchte verzweifelt mit den Händen das austretende Blut zu stoppen, während sie in den Knebel röchelte.
Eine unendlich düstere Schwere breitete sich in Johann aus, während der halbnackte Körper Magdalenas mit einem letzten Zucken auf den Boden fiel.
»Wäre das auch erledigt«, urteilte der Hochgewachsene geschäftsmäßig.
Dann wandte er sich wieder an Johann. »Da hast du wohl etwas die Beherrschung verloren, von so viel weiblichen Reizen umgeben … Glaube nicht, dass das Hochgericht bei so einer Schweinerei Verständnis zeigen wird. Wenn dich die Röper finden, und dafür werden wir sorgen, geht's gleich ab in die Frohnerei und dann zum Köppelberg.«
Johann hörte dem Mann nicht zu. Starr blickte er auf Magdalenas Körper, der zu seinen Füßen lag. Ein roter See hatte sich um ihren Kopf gebildet, der zusehends größer wurde. Aber das Blut wurde schon nicht mehr von ihrem Herzen in Stößen aus der klaffenden Wunde gepumpt, vermutlich war sie schon tot, dachte Johann.
»Hol diesen Kasper aus dem Verkaufsraum, schließlich ist er seiner Herrin hier ja zur Hilfe gekommen«, wies der Hochgewachsene seinen Kumpanen an.

Dieser sah ihn dümmlich an. »Wie soll er denn helfen, der ist doch mausetot?«, fragte er in seinem einfältigen Tonfall.
Der Hochgewachsene holte tief Luft. »Hol ihn einfach!«, wies er ihn erneut an.
Dann blickte er wieder auf Johann. »Und nun müssen wir noch dafür sorgen, dass du auch ohne Fesseln lange genug liegen bleibst, bis die Röper kommen«, erzählte er im Plauderton.
Johann sah noch einen abgelaufenen Stiefelabsatz immer größer werden und dann nichts mehr.

Kapitel 26: Nicht einmal zum Pisspott

30. Januar 1618, Dienstag

Der kleine graue Schatten huschte emsig schnuppernd über die Holzdielen, stets auf der Suche nach etwas Essbarem. Ein meist mühseliges Unterfangen für das Tier, denn die Mitbewohner ihres Reiches lebten nicht gerade im Überfluss. Zwar hatten sie die angenehme Angewohnheit, im kargen Winter Nahrungsmittel zu horten, jedoch hatten sie es mit dem Teilen nicht so. Das meiste verschlangen sie selbst in rauen Mengen oder versuchten es in Töpfen, Kisten und Fässern zu verbergen.

Mit ein wenig Geduld und Fleiß, was das huschende Tier beides im ausgeprägten Maße besaß, ließ sich jedoch immer etwas auftreiben. Ein paar heruntergefallene Krumen, ein in die Ecke gerolltes Stück Gemüse, oder gar ein einfach zu durchnagender Sack voll köstlichen Getreides.

Die Ratte schnüffelte an dem ausgetretenen Lederstiefel und befand ihn als Notration für den ärgsten Hunger zwar als tauglich, aber bis es so weit war, an diese karge Kost zu gehen, würde sie sich erst noch ein wenig weiter umsehen. Schließlich hatte ein anderer verführerischer Geruch sie in diese Kammer gelockt. Also ließ sie das mäßig verführerische Schuhwerk links liegen und trippelte stattdessen weiter über den blankgetretenen Holzboden, stets emsig schnüffelnd auf der Suche nach Nahrung.

Sie erreichte einen kleinen Berg, der sich neuerdings hier sogar des Nachts auf den Säcken mit dem Nistmaterial in der Kammer befand. Geschickt mit dem Schwanz balancierend erklomm der Nager zunächst die Strohsäcke und dann den wärmeausströmenden Hügel darauf. Eine Weile hielt sie angespannt an. In dem warmen Hügel befand sich einer der riesigen Kostverwahrer. Die letzten Tage hatte sie scheu Abstand von ihm gehalten, doch nachdem er sich kaum bewegte, hielt sie es für an der Zeit, die Sache etwas genauer zu untersuchen.

Vorsichtig trippelte sie auf dem Gipfelkamm entlang und vermerkte entzückt, dass der verführerische Geruch intensiver wurde. Erneut hielt sie kurz an, als sie das von dem merkwürdigen Gestrüpp bedeckte obere Ende des Kostverwahrers erreicht hatte. Aus Erfahrung wusste sie, dass die Fleischriesen besonders empfindlich reagierten, wenn diese Region betreten wurde. Doch der Berg hob und senkte sich nur gleichmäßig. Also setzte das Tier seinen Weg fort. Der Untergrund wurde hier zwar deutlich unwegsamer, aber mit ein paar steifen Schwanzbewegungen und behutsam gesetzten Schritten ließ sich die kurze Strecke leicht überbrücken.

Und da war sie schon am Ziel. Einen kurzen Moment war das Tier enttäuscht, denn es war nur der eigentlich wenig nahrhafte Stoff, mit dem sich die Riesen oft einhüllten, den sie hier vorfand. Doch dann erkannte es frohlockend, dass das Gewebe mit dem durchaus köstlichen Saft der Riesen getränkt war, und vermutlich befand sich darunter leicht zu erreichendes wohlschmeckendes Fleisch. Flugs begann es, mit den scharfen Zähnen Stücke und ganze Fäden des Zellstoffs abzunagen. Das ging besser als gedacht und war dazu noch eine echte Gaumenfreude.

Gerade hatte sie die zweite Lage Stoff durchgenagt und verspeist, da geriet Bewegung in den Berg. Eigentlich wäre es das Beste, nun still zu verharren, aber der ganze Untergrund geriet in Schieflage und der Nager musste sich notgedrungen mit den kleinen Krallen Halt suchen. Das schien den Riesen nur noch mehr zu erwecken, denn urplötzlich fuhr der ganze Berg in die Höhe und gleichzeitig schlug hastig ein Schatten in ihre Richtung. Das graue Tier musste eingestehen, dass es an der Zeit für eine Flucht war. Hastig sprang und lief das Tier vom Berg hinunter und machte sich auf in der Dunkelheit zu verschwinden.

Johann fuhr aus seinem totengleichen Schlaf panisch in die Höhe und schrie erschrocken auf. Etwas war auf seinem Gesicht, es bewegte sich und er schlug wild danach. War es weg? Keuchend nach Luft schnappend und mit hämmerndem Herzen betastete er sein Gesicht, doch dort war nichts.

Alles um ihn herum war dunkel. Wo war er? Er wollte sich aufrichten, doch sein Kreislauf versagte. Selbst Schwärze konnte sich drehen. Haltlos fiel er zurück und landete schwer atmend auf dem Rücken. Übelkeit stieg in ihm auf. Alles in ihm wollte aufspringen, doch in seiner momentanen Verfassung war das kaum möglich. Er fühlte sich hilfloser als ein Neugeborenes. ›Beruhig dich, wo auch immer du bist, komm erst zu dir!‹, riet er sich selbst.

Er versuchte die zitternden Glieder zu entspannen und seinen Atem zu beruhigen. Langsam ein- und ausatmen, zwang er sich. Er brauchte eine Weile, doch dann begann sich sein Herzschlag wieder zu normalisieren. Mit der Ruhe kam jedoch der Schmerz, was er nicht wirklich als Verbesserung einstufte. Alles an ihm schmerzte. Sein Kopf, sein Arm, Brust, Bauch und Bein und eigentlich auch alles andere, was diese Teile miteinander verband. Ein gequältes Stöhnen schlich sich über seine Lippen und seine Augen schlossen sich trotz der Dunkelheit.

Dann kamen die Bilder. Die zwei Fremden, der tote Angestellte … Magdalena … Ihr Blut auf ihm … Der Tritt … Er sollte für ihren Tod beschuldigt werden … Erneut stöhnte Johann. Eine Zelle im Winserbaum oder in der Frohnerei, dort war er. Wenn er wieder gehen und sprechen konnte, würden sie ihn erst vor das Niedergericht und dann vor das Hochgericht stellen. Mit etwas Glück würde ihn das Schwert oder zumindest der Strang erwarten, mit Pech das Rad. Und sein ältester Freund Max würde es beenden …

Eine erneute Welle Übelkeit stieg in ihm auf und er schob die düsteren Bilder wieder beiseite. Für derartige Gedanken war er noch nicht wieder bereit.

Er wusste nicht, wie lange er so dalag und ob er vielleicht sogar wieder weggedämmert war, aber irgendwann befand er sich für bereit sein Lager zu verlassen. Eine Fehleinschätzung, wie er schnell feststellte. Der erneut aufwallende Schwindel und die stechenden Schmerzen, mit denen sein Körper gegen die Bewegung protestierte, hätten ihm Warnung genug sein sollen. Er

kam keinen ganzen Schritt weit, als sein Bein unter ihm nachgab und er hilflos auf dem Boden aufschlug. Wie von einem halben Dutzend Musketenkugeln getroffen rasten Schmerzen durch sämtliche Körperteile und raubten ihm das Bewusstsein.
Als er wieder zu sich kam, fühlte er sich elender als zuvor und hatte zudem vollständig die Orientierung verloren. An Aufstehen war kaum zu denken und seine Versuche zu kriechen konnte man bestenfalls als kläglich bezeichnen. Etwas stach immer wieder in seiner Brust, vermutlich waren einige Rippen gebrochen und machten ihm das Atmen schwer.
War das ein Geräusch? Ja, er hörte ein hölzernes Schaben und es drang flackerndes Licht in seine Zelle. Er erwartete einen Wärter, der ihm einen Kanten Brot und eine Kanne Wasser brachte, doch stattdessen stand eine Frau mit einer Öllampe vor ihm in dem kleinen Raum.
»Gute Güte, Gabelschlag, du kannst doch nicht stehen!«, rief die Frau erschrocken aus.
Johann teilte diese Einschätzung zwar mittlerweile, sah sich aber nicht imstande etwas zu erwidern. Stattdessen kniff er zunächst die Augen ob des blendenden Lichts zusammen und öffnete sie nur zu Schlitzen wieder.
»Gabelschlag?«, fragte die Frau besorgt und Johann meinte ihre Stimme zu kennen. Sie hatte eine schlanke Gestalt und einige lange, schwarze Haare lugten unter ihrem Kopftuch hervor.
»Grete … Steinbach …?«, stammelte er schwach und halb war es eine Feststellung und halb Frage.
»Ja«, antwortete die Frau knapp, stellte die Lampe ab und verschloss die Tür wieder.
»Schaffst du's zum Lager, wenn ich dir helfe?«, fragte sie besorgt, nachdem sie sich neben ihn niedergelassen hatte. Johann nickte.
Mit vereinten Kräften schafften sie es, ihn auf das Lager zu bugsieren, wo er entkräftet liegen blieb. Als Grete ihm einen Becher mit Wasser an die Lippen hielt, schluckte er erst vorsichtig und dann gierig in großen Schlucken, kaum hatte das Wasser seine Zunge benetzt.

Das Trinken erschöpfte ihn und als Grete den Becher wegzog, sank sein Kopf sofort wieder zurück auf das Lager.

Sie zog die alte Decke wieder über ihn und sah ihn mit ihren dunkel umrandeten Augen müde an.

»Was … ist passiert, wo bin ich?«, fragte Johann schwach.

»Du bist bei mir zuhause«, versuchte die Lübecker Hure ihn zu beruhigen. »An was erinnerst du dich?«, stellte sie dann gleich eine Gegenfrage.

»Es waren zwei. Sie haben Magdalena geschändet und abgeschlachtet und ihren Angestellten auch. Mir wollten sie's in die Schuhe schieben … Hab ganz schön was abgekriegt.«

»Waren das die, die meinen Bruder getötet haben?«, fragte sie kühl.

»Sehr wahrscheinlich«, brummte Johann.

Grete nickte stumm. »Ich hatte den Abend in eurer Ecke … gearbeitet. Ich bin zum Haus der Böttcher gegangen, um dir zu sagen, dass mir ein Hausbewohner erzählt hat, dass er diesen Andreas Braunbach, also den Anführer von der Bande, vor ein paar Tagen mit einem Korb voller Essen hat heimkommen sehen. Ist halt aufgefallen, da war nicht nur Brot, sondern auch viel Wurst, Käse und auch ein paar Tonflaschen dabei. Braunbach soll so richtig patzig gewesen sein, als er ihn darauf angesprochen hat, wo er das her hat. Aber das ist jetzt wohl nicht mehr so wichtig.«

Johann brummte etwas Zustimmendes und wartete darauf, dass Grete fortfuhr.

»Dann hab ich mich gewundert, dass die Ladentür halb offenstand und das am heiligen Sonntag und dunkel war's ja auch schon. Ich hab trotzdem geklopft, aber als keiner was gesagt hat, bin ich rein. Drinnen war aber auch keiner und ich hab dann laut gerufen, ob jemand da ist, aber keiner hat geantwortet. Ich wollt erst wieder gehen, aber du hast mir ja gesagt, ich soll auf jeden Fall zum Haus der Böttcher kommen, wenn ich was gehört hab.«

Johann versuchte trotz der pochenden Schmerzen in seinem Schädel ihren Worten zu folgen und war froh, als sie eine kleine Pause machte, um einen Schluck Wasser zu trinken.

»Aus der offenen Seitentür schien Licht, also dachte ich, ich schau da mal rein. Und da hat's wie in der Hölle ausgeschaut. Bin froh, dass das alles so schummrig war. Die Böttcher lag da halb nackt mit zerrissenen Kleidern und offenem Hals und dann noch ein Mann, der nicht viel besser aussah. Und du lagst da auch noch vor der Außentür, mit dem großen Messer in der Hand und ganz voller Blut warst du. Sah aus, als hättest du da ein Schlachtfest abgehalten.«
Johann brummte böse. »Genau so sollte es auch aussehen«, zürnte er schwach.
»Du warst selber ganz schön kaputt. Ich dacht mir, wenn ich dich da liegen lass, stirbst du von allein, oder es sieht ganz übel vor Gericht für dich aus. Da hab ich dich irgendwie auf 'nen Handkarren im Schuppen gewuchtet und zu mir mitgenommen.«
Johann sah die schmächtige Frau verwundert an. Er wusste nicht, was ihn mehr beeindruckte. Die erstaunliche körperliche Leistung, dass sie ihn hierhergeschafft hatte, oder einfach die Tatsache, dass sie ihm trotz der abschreckenden Lage, in der sie ihn gefunden hatte, geholfen hatte.
»Danke«, murmelte er unbeholfen.
Grete nickte ihm zu. »Hab nicht vergessen, auf welcher Seite du stehst«, erklärte sie müde lächelnd. Dann räusperte sie sich.
»Dank mir lieber nicht zu früh, ich musste leider in deinen Geldbeutel greifen«, eröffnete sie ihm zögerlich. Johann ließ ein fragendes, leicht misstrauisches Grunzen ertönen.
»Du warst halb tot, ich musste einen Bader kommen lassen. Du hattest einige Platzwunden am Schädel und den linken Arm musste er dir schienen. Einige Rippen sind wohl angebrochen und du hattest einen tiefen Stich von hinten im Oberschenkel. Von den ganzen restlichen Verletzungen mal zu schweigen. Der Bader sagt, dass du wirklich noch Glück hattest und 'n zäher Hund bist. Keine Ahnung wie viel Ellen Leinen er um dich gewickelt hat.«
Sie grinste unterdrückt, als sie sich an das immer wiederkehrende kopfschüttelnde Fluchen des Mannes erinnerte.
Johann murmelte einen erneuten Dank.

»Hab dir deine Sachen auch gewaschen, musste sein bei dem ganzen Blut«, fügte sie nach einer längeren Pause noch hinzu.
Johann nickte. »Wenn sie trocken sind, verschwinde ich«, erklärte er ihr.
Grete sah ihn zunächst irritiert an, dann lachte sie hell auf. »Gabelschlag, du schaffst es alleine nicht einmal zum Pisspott! Der Bader sagt, die nächsten Tage kommst du nicht hoch und in den nächsten Wochen auch nur ab und zu. Deine Sachen sind aber schon trocken, du liegst hier schon seit zwei Tagen.«
Johann sah sie ungläubig an, seufzte dann aber müde und nickte. »Ich verschwinde, sobald ich gehen kann, will dich nicht in Gefahr bringen«, beharrte der Veteran.
Grete sah ihn fragend an. »Was meinst du?«
»Die meinen es wirklich ernst, das ist klar geworden. Ich weiß nicht, wer sie sind, aber sie kennen mich. In der Gosse bin ich bekannt wie ein bunter Hund. Wer rumfragt, findet mich auch.«
»Dann meinst du, die würden auch hierher kommen?«, fragte die Lübeckerin unsicher.
»Frag mal die Böttcher, ob es eine gute Idee ist, mich unterm Dach zu haben«, stieß Johann bitter hervor.
»Ich glaube, niemand hat gesehen, wie ich dich hierher gebracht habe, und der Bader kannte dich nicht. Solange du nicht rausgehst, sollten wir sicher sein. Mal ehrlich, du siehst nicht so aus, als wenn du das in nächster Zeit könntest, selbst wenn du wolltest. Du kannst hierbleiben, bis du wieder auf dem Damm bist.«
Johann schnaubte ungehalten, nickte dann aber widerwillig. »Danke«, murmelte er erneut etwas verlegen.
»Aber in dein Geldsäckchen muss ich ab und an mal greifen. Solange du hier faul im Stroh rumliegst, kann ich keine Kunden mit nach Hause nehmen. In der Twiete die Röcke zu heben ist deutlich weniger einträglich und die meisten mögen einen ja nicht mit nach Hause nehmen. Dafür wirst du aufkommen müssen, Gabelschlag, so dicke hab ich's nicht.«
Johann nickte müde. Und schlief ein.

Kapitel 27: Nachtschicht

3. Februar 1618, Samstag

»Willst du jetzt die ganze Nacht so tun, als ob ich nicht da bin«, knurrte der große, schwarzbärtige Mann mit seiner Reibeisenstimme, während er einige kleine Scheite im Ofen nachlegte. Er legte den Hut beiseite und wischte sich über die feuchte Stirn, während er auf eine Antwort wartete.

Doch sein Gegenüber fühlte sich nicht einmal genötigt aufzusehen. Mit stoischer Gelassenheit sortierte er Klingen, Haken und Zangen auf dem kleinen Holztisch. Seine tintenbefleckten Finger arbeiteten routiniert; alles musste sich akkurat in Reih und Glied befinden, wenn er zufrieden sein sollte. Mit dem Zeigefinger korrigierte er noch ein wenig die Position eines Messergriffs, dann besah er sich den Arbeitsplatz und nickte zufrieden.

»Ich weiß nicht, wie ich deine Inkompetenz noch weiter kommentieren sollte, wir können jetzt nur hoffen, dass es uns nicht Kopf und Kragen kostet«, erklärte er ruhig, ohne den jüngeren Mann anzublicken.

»Ich hab zumindest was getan und es musste was getan werden«, trotzte Schwarzbart und reckte kampflustig das Kinn.

»Ja, aber nicht das Falsche«, kommentierte der Mann mit dem eisgrauen Haar trocken.

»Noch wissen wir nicht, ob dieser Gabelschlag nicht schon in der Frohnerei auf seine Verhandlung wartet«, warf der Mann mit der Reibeisenstimme vorwurfsvoll ein.

Eine Weile herrschte Schweigen in dem Kellerraum.

»Ich seh nicht, was daran falsch gewesen sein sollte«, schob Schwarzbart noch hinterher und hörte sich an wie eine viel ältere Ausgabe eines Kindes.

Sein Gesprächspartner atmete langsam ein und aus. »Dann will ich es dir erzählen«, sagte er und hörte sich ebenfalls an, als würde er zu einem kleinen Kind sprechen.

»Als Erstes …«, begann er und hob den Zeigefinger, »ist es unfassbar, dass du eine solche Entscheidung ohne Absprache mit mir triffst«, erklärte er. Schwarzbart wollte etwas erwidern, doch er brachte ihn mit einer Handbewegung zum Schweigen.

»Als zweites dachte ich, wir wären uns einig, dass es eine zu große Gefahr ist, Martin und Heinrich zu schicken. Es gibt eine direkte Verbindung zu uns, was ein unverhältnismäßiges Risiko darstellt.«

Statt zu widersprechen, verschränkte der breitschultrige Mann nur die kräftigen Unterarme vor der Brust, was nicht weniger Unglauben ausstrahlte.

»Als drittes und das ist sicherlich der wichtigste Punkt … Was ist in dich gefahren, diesen Straßenköter nicht einfach zu erschlagen? Glaubst du, das ist ein Spiel? Selbst wenn die Röper ihn so gefunden haben …«

»Wir haben dafür gesorgt, dass sie was mitkriegen und da schnell auftauchen«, warf Schwarzbart triumphierend ein, doch der ältere Mann unterbrach ihn wieder unwirsch mit einer Handbewegung.

»Selbst wenn sie ihn gefunden haben, muss das Hochgericht die Sache erst einmal so schlucken und das ganz ohne Zeugen. Noch dazu wird er alles auskläffen, was er so weiß und denkt, wenn ihm erstmal der Strang, das Schwert oder gar das Rad droht. Dann wird ihm egal sein, wie glaubhaft das ist. Selbst wenn ihm das dann keiner abnimmt, bringt dass Unruhe und eine völlig unnötige Gefahr für uns. Ich frage mich, ob du wirklich die notwendige Reife für dieses Geschäft besitzt.«

»Ich dachte …«, begann Schwarzbart nun ein wenig kleinlaut, doch wieder unterbrach ihn der ältere Mann.

»Nein, eben das hast du nicht!«, widersprach er, stützte sich mit beiden Händen auf der Pritsche in der Raummitte ab und beugte sich lauernd zu dem viel größerem Mann hinüber.

»Es tut mir leid, Vater«, murmelte der Schwarzbärtige resigniert.

»Du sollst mich nicht so nennen«, seufzte der Mann mit den eisgrauen Haaren, aber seine Stimme war schon wieder etwas versöhnlicher und seine Haltung entspannte sich zusehends. Seine

Finger klopften in einem langsamen Rhythmus auf das blank gescheuerte Holz der Pritsche.
»Solange können wir nur hoffen, dass er tatsächlich in der Frohnerei sitzt oder er jetzt endlich genug hat und die Stadt verlässt«, murmelte er nachdenklich. Schließlich richtete er sich wieder auf und hängte ein Seil von der Decke in eine eiserne Öse am Fußende der Pritsche.
»Aber Schluss damit, wir können jetzt ohnehin nichts mehr ändern, lass uns nicht noch mehr Zeit damit vergeuden«, erklärte der Ältere bestimmt.
Schwarzbart nickte und ging zur Wand, an dem das andere Ende des Flaschenzugs befestigt war. Die Frau auf der Pritsche ließ ein dumpfes Wimmern verlauten, als sie plötzlich in Schräglage geriet, während Schwarzbart das Seil anzog. Der kräftige Mann hievte das Fußende der Pritsche hoch, bis es beinahe senkrecht zur Decke zeigte.
Die Frau schnaubte panisch und ihr eben noch schockbleiches Gesicht nahm eine ungesund rötliche Färbung an.
Ihr ausgemergelter Körper war gänzlich nackt und ihre Hand- und Fußgelenke mit dicken Lederriemen an die Pritsche gefesselt. Mit aufgerissen Augen hatte sie jede Bewegung der Männer während ihrer Unterhaltung verfolgt, ohne zu verstehen, worüber die beiden gesprochen hatten.
Anfangs hatte sie noch um Hilfe gerufen, gebrüllt und geschrien, aber der Knebel aus alten Tüchern hatte das meiste ihrer Stimme verschluckt und der Rest hatte vermutlich kaum die dicken Kellerwände durchdringen können. Dann war ihr die Stimme gebrochen, sie hatte nur noch geweint und geschluchzt und den beiden Männern zugesehen, wie sie Dinge zurechtlegten, die ihr das Blut in den Adern gefrieren ließen.
Jetzt näherten sich die beiden Fremden dem Kopfende. Der Größere von ihnen trug einen Eimer in der Hand, der andere ein ungewöhnlich geformtes Messer, wie sie es bereits einmal bei einem Barbier gesehen hatte, als er einen Aderlass vorgenommen hatte. Sie verstand nicht, was hier geschah, aber als sich die beiden

neben ihren Kopf knieten, ergriff eine unsagbare Panik von ihr Besitz. Sie brüllte in den Knebel hinein, bäumte sich wie ein Derwisch auf und zog und riss wie von Sinnen an den Fesseln.

Die beiden Männer blieben ruhig. Sie kannten dieses letzte Aufbäumen, die Energie, die Kopf und Körper noch einmal mobilisierte. Sie wussten, dass es vorbeigehen würde, und warteten.

Als die Frau in den Riemen wieder zitternd erschlaffte, griff der kräftige Mann mit einer Hand in ihr Haar und mit der anderen an ihr Kinn. Bestimmt, aber nicht grob bog er ihren Kopf zurück und neigte ihn zur Seite. Der Ältere schob eine Öllampe näher und untersuchte mit der freien Hand ihren Hals.

Bei jeder Berührung zuckte die Frau zusammen, als wäre sie von einem glühenden Eisen berührt worden.

Schließlich nickte der ältere Mann zufrieden, korrigierte noch einmal die Position des Eimers und setzte die Klinge an. Kurz hielt er inne und betrachtete fasziniert, wie sich die Kiefer um den Knebel öffneten und schlossen. Sie betete, da war er sich sicher. Viele taten das. Für ihn war es immer wieder faszinierend, wie sich die Menschen in den letzten Sekunden verhielten. Wenn sie abgeschlossen hatten. War diese Frau wirklich sehr gläubig oder war es nur die Hoffnung, dass nach dem Tod nicht alles vorbei wäre? Vielleicht war es auch ihre Einsamkeit, die sie wünschen ließ, es gäbe etwas, was ihr jetzt beistand oder sie zumindest auf dem letzten Weg begleitete. Würde er selbst auch beten, wenn es für ihn so weit wäre? Er blickte sie an. Das Leben war nicht leicht zu ihr gewesen und hatte seine Spuren tief in ihr Gesicht gegraben. An sich hatte sie doch gar nicht so viel zu verlieren. Es war immer wieder erstaunlich, wie sehr sich die Menschen an ihr Leben klammern, egal wie sehr es ihnen in ihr Gesicht gespuckt hatte.

»Vielleicht sollten wir uns ein paar neue kleine Ratten suchen, die schauen, ob dieser Gabelschlag noch irgendwo rumläuft«, riss ihn da die Stimme Schwarzbarts aus seinen Gedanken.

Irritiert hielt der Ältere inne, verärgert über die Störung seiner tiefsinnigen Gedanken in diesem für ihn beinahe spirituellen Moment.
»Ich denke, das können wir auch später besprechen«, antwortete er nur mühsam beherrscht.
Der kräftige Mann entließ den Kopf der Frau beiläufig aus seinem festen Griff. »Ich mein' ja nur, Heinrich findet sicherlich schnell wieder 'ne Bande Rotzlöffel, die für uns rumschnüffeln, und dann wären wir etwas schlauer«, schlug er beinahe überschwänglich vor.
Der Ältere schloss die Augen und ließ langsam die Luft aus der Nase entweichen. »Es freut mich, dass du dir Gedanken machst, aber ich würde es wirklich lieber später besprechen«, erklärte er und war offensichtlich um einen beherrschten Tonfall bemüht.
Schwarzbart nickte enthusiastisch und drückte den Kopf der schluchzenden Frau wieder in Position.
Der Ältere atmete noch einmal tief durch und setzte bedächtig das scharfe Messer an …

Kapitel 28: Emilias Andenken …

1. März 1618, Donnerstag

Johann schlurfte durch den engen Flur auf dem Weg zum Hinterausgang, setzte den Eimer ab und öffnete die schmale Tür. Kalte Abendluft umfing ihn und er atmete tief durch. Nachdem er die letzten Wochen weitgehend in Gretes kleiner Kammer verbracht hatte, kam ihm der Gestank von Jakobis Gassen wie ein Landausflug im Frühling vor.

Aber er wollte sich nicht beschweren. Hätte die Lübecker Hure ihn nicht aufgenommen und sich um ihn gekümmert, wäre es vermutlich jetzt auf die eine oder andere Weise um ihn geschehen gewesen.

Er nahm den Eimer und schüttete ihre Hinterlassenschaften des letzten Tages in hohem Bogen in die Gosse, wo es sich mit dem anderen Straßendreck vermischte.

Er lehnte sich noch an die Hausmauer, um ein wenig den freien Himmel zu genießen, der sich ihm als schmaler Streifen zwischen den Hausdächern zeigte.

Es ging ihm mittlerweile schon deutlich besser. Seine Rippen schmerzten kaum noch und auch der Stich ins Bein war gut verheilt, auch wenn er beim Auftreten noch etwas vorsichtig war. Der linke Arm machte ihm allerdings größere Sorgen. Zwar konnte er ihn wieder bewegen, aber richtig zu gebrauchen war er noch nicht. Um Geschäfte für den Juden-Jakob zu erledigen, würde es noch ein paar Wochen dauern.

›Wenn das überhaupt in nächster Zeit noch der Fall sein könnte‹, dachte Johann, verschränkte die Arme und spuckte bitter in den Dreck. Auch wenn seine morschen Knochen wieder etwas besser funktionierten, änderte das nichts an der miesen Lage. Man hatte ihn aufs Korn genommen und er wusste nicht wer.

Es war, als wenn er inmitten einer Waldlichtung in einer Grube hockte und um ihn herum geübte Flintenschützen auf der Lauer lagen. Stand er auf und zeigte sich, würden sie ihm den Schädel wegblasen und er hatte keine Ahnung, von wo der Schuss kommen würde. Die einzige Chance war, die Dunkelheit abzuwarten und dann mit eingeklemmtem Schwanz davonzukriechen, im Wald zu verschwinden und so weit es ging Reißaus zu nehmen. Die Vorstellung trieb ihm Galle hoch, aber auch der größte Narr musste irgendwann einmal erkennen, wann es Zeit zum Rückzug war.

Nur wo sollte er hin? Er könnte nach Glückstadt oder zumindest nach Altona gehen. Christian IV. sollte immer kräftige, gesunde Zuwanderer willkommen heißen, die seine Konkurrenzstädte gegen Hamburg anwachsen ließen. Auch recht frei und freizügig sollte es dort zugehen. Aber dem ungeliebten Dänenkönig in die Karten spielen, der auch stets die Hansestadt für sich beanspruchte, dafür war Johann eigentlich zu sehr Hamburger.

Die meisten anderen Städte waren jedoch auf einen abgehalfterten Veteranen wie ihn nicht unbedingt erpicht.

In Böhmen zogen sich eine Menge dunkle Wolken zusammen, wo die protestantischen Stände begannen, zusehends gegen ihre katholische Herrschaft aus Wien zu rebellieren. Wahrscheinlich würde es dort bald krachen und ein alter Haudegen wie er würde vermutlich einen Posten als Wachtmeister oder gar Feldwebel erhalten können. Aber Johann hatte sich eigentlich geschworen, nicht wieder zurück in den Schützengraben zu steigen, und so wollte er es auch weiterhin halten. Sich für eine Handvoll Pfeffersäcke und religiöse Spinner den Arsch im Laufgraben abzufrieren und sich gar in die Eingeweide schießen zu lassen, sollte nie wieder seine Sache sein.

Vielleicht würde es auch reichen, wenn er einfach vor die Stadttore zog, bis die Sache in Vergessenheit geraten war. Im Westen sollte die neue Stadtbefestigung zusätzliches Land umfassen. Ein Geestrücken, der ›Hamburger Berg‹, sollte in den nächsten Jahren Teil Hamburgs werden. Es hatten sich ohnehin schon etliche Bauern und Handwerker dort angesiedelt, die im eng bewohnten Hamburg keinen Platz mehr fanden. Eigentlicher Grund war aber, dass man Angreifern nicht den Beschuss der niedriger gelegenen Stadt vom Geestrücken aus ermöglichen wollte. Wenn Johann es schaffte, dort irgendwie Fuß zu fassen, würde Hamburg vermutlich in den nächsten Jahren alleine zu ihm zurückkommen. Wirklich sicher wäre es aber direkt vor den Toren nicht für ihn. Zwar hatte er über Max Grave in Erfahrung bringen können, dass der Brookvogt ihn nicht wegen des Mordes an der Böttcher und ihrem Angestellten verdächtigte, aber die eigentlichen Täter waren ihm sicherlich weiter auf den Fersen. Er würde noch einmal über die Sache schlafen, aber er wollte Grete auch nicht länger in Gefahr bringen als notwendig. Er schuldete ihr ohnehin schon zu viel.

Ihm fröstelte und er trat zurück in den dunklen Flur.

»So ungestüm, das mag ich«, frotzelte eine Frau, mit der er beinahe zusammengestoßen war.

»'tschuldigung«, murmelte Johann und machte sich gleich daran, sich an der fülligen Frau vorbeizudrängeln. Er vermied den Kontakt zu anderen Leuten lieber, momentan war es besser, wenig gesehen zu werden.

»Nu wart doch mal, mein Hübscher!«, säuselte die Frau und hielt Johann am Ärmel fest. Johann hatte sie bereits ein- oder zweimal auf dem Gang gesehen. Wenn die Sonne unterging, arbeitete sie auch in den Twieten von Jakobi. Ihr Gesicht hatte etwas Grobschlächtiges, ihre Nase war breit und krumm, als wenn sie bereits mehrfach gebrochen wäre, aber ihre Figur war wohlgenährt mit großen Brüsten und einem ausladenden Hintern. Sicher war sie noch nicht lange auf der Straße. Vermutlich die übliche Geschichte einer Magd, die in Ungnade gefallen war. Vielleicht schrie gerade in ihrer Kammer auch ein kleiner Bastard, den ihr alter Dienstherr ihr in den Bauch gesetzt hatte.

»Kein Interesse«, murmelte Johann erneut, doch der Griff der Frau wurde noch fester.

»Wenn ich nicht erst raus in die Kälte muss, mach ich's dir auch für weniger, schau mal hier …«, erklärte die Frau, während sie mit einem routinierten Handgriff ihr Oberteil öffnete und seine Hand auf ihre große Brust legte.

Johann zuckte kurz zusammen, denn sie hatte den immer noch lädierten linken Arm gegriffen. Dann starrte er wie gebannt auf die entblößte Oberweite der Frau.

»Ja, das gefällt dir, nich wahr?«, keuchte sie in einer Stimmlage, die sie für verführerisch hielt, und bewegte seine Hand kreisend auf ihrer Brust.

»Woher hast du das?«, fragte er tonlos.

Die Hure lachte laut und dreckig. »Von meiner Mutter oder dem lieben Herrgott, ganz wie's beliebt«, spöttelte sie und bot mit ihrer freien Hand die zweite Brust feil.

Johann schüttelte unmerklich den Kopf, ließ den leeren Pisseeimer fallen und griff nach dem Anhänger zwischen ihren Brüsten.

»Nein … Ich meine das hier …«, flüsterte er gerade so laut, dass sie ihn verstehen konnte.

Augenblicklich verengten sich ihre Augen misstrauisch. Sie schob seine Hand beiseite und legte ihre eigene über das einfache Schmuckstück. »Das gehört mir!«, erklärte sie bestimmt.

»Ich hab nich gefragt, wem es gehört, sondern woher du es hast!«, präzisierte Johann scharf.

»Rechtmäßig erarbeitet, nimm es mir nicht weg …«, stammelte sie und machte einen Schritt rückwärts.

Johann machte einen Satz nach vorn, die Verletzungen waren vergessen. Er packte die Hure an der geöffneten Bluse und zog sie zurück in das Dämmerlicht der Türöffnung.

»Ich wills dir nicht nehmen, aber zeig es mir und sag mir, woher du es hast, dann will ich dir auch ein paar Münzen dafür geben«, erklärte er mit mühsam beherrschter Stimme. Ein Aufruhr zu verursachen konnte er sich wahrlich nicht leisten.

Mit nun zitternden Händen gab die Frau den Anhänger frei und Johann besah sich das einfache Schmuckstück. Wie hypnotisiert drehte er das dünne Silberamulett zwischen seinen Fingerspitzen. ›Emilia‹ stand darauf. Johann war sich sicher. Das Schmuckstück hatte Klara gehört, sie hatte es ihm in ihrer gemeinsamen Nacht

gezeigt. Emilia war der Name ihrer Mutter gewesen, hatte sie ihm erklärt.
Johann schluckte einen dicken Kloß in seinem Hals hinunter und ließ das Amulett nur widerwillig wieder los.
»Woher …?«, wiederholte er angespannt.
Die Hure zögerte. Wohl nicht, weil sie Johann die Herkunft nicht verraten wollte, sondern weil sie immer noch versuchte einzuschätzen, ob eine Gefahr von ihm ausging und es sinnvoll war, Reißaus zu nehmen.
»Von einem Kunden«, rang sie sich schließlich zu einer Antwort durch.
»Von welchem Kunden, wie heißt er, wo und wann?«, fragte Johann eindringlich, war jedoch bemüht sie nicht gleich wieder einzuschüchtern.
»Was geht's dich an …?«, murmelte die Frau ungehalten.
Johann griff nach seinem Geldsäckchen und angelte in dem bedrohlich leeren Behältnis einige Münzen unter ihren aufmerksamen Augen heraus.
»Den Groschen hier will ich dir für das Amulett geben und das Kupper hier für deine Antworten. Einverstanden?«
Johann blickte sie eindringlich an. Schließlich streifte sie das Lederband vom Kopf, griff schnell nach den Münzen und reichte ihm das Schmuckstück. Sich in Geduld übend wartete der Veteran, bis sie ihr Oberteil wieder zurechtgerückt hatte.
»Das war so'n großer einfältiger Kerl, glaub, der war'n bisschen stumpf im Kopf …«, begann sie zögerlich. »Erst wollt ich auch nich mit ihm, aber er hat mir gutes Geld geboten, wenn ich ihn in meine Kammer mitnehm«, fuhr sie fort.
»Hätt's aber mal lassen sollen, das war wirklich ein abartiges Schwein … Was der von mir wollt … Aber ich hab das Geld gebraucht und den Anhänger hat er mir auch noch gegeben, da hab ich halt mitgespielt.« Sie deutete auf das dünne Silberamulett, das auf Johanns Handfläche lag.
»Ein Saukram war das, was der gemacht hat, und am Ende hat er mich so gewürgt, dass mir schwarz vor Augen war. Ne, nich

nochmal mach ich das, egal wie viel *Marie* da winkt«, stellte sie angewidert klar und spuckte auf den Boden.
»Wie sah er aus?«, bohrte Johann nach.
»Wie gesagt, sehr großer kräftiger Kerl, stumpfes Gesicht, blond und …«, die Frau unterbrach sich selbst und grinste breit. »Als er den großen Hut abgenommen hat, hat er überall Löcher im Haar gehabt. Ganz rund waren die, sah total dämlich aus. Als ich ihn gefragt hab, was das ist, hat er mir eine geklebt.«
Unbewusst wischte sich die Hure über die linke Wange. »Ach ja, gestunken hat der Kerl auch wie die anderen«, schob sie schnell hinterher.
»Wie die anderen?«, fragte Johann.
»Ja, hab ihn hier in Jakobi in 'ner Spelunke für Gerber aufgelesen, oder zumindest sind da oft welche von ihnen«, erklärte sie beiläufig.
Gerber … Johanns Herz machte einen kleinen Sprung. »Wann war das?«, fragte er aufgeregt.
Die Frau rieb sich das Kinn. »Weiß nich genau, schon 'ne ganze Weile her, auf jeden Fall vor der Weihnacht«, versuchte sie sich zu erinnern.
»Du weißt nicht noch, wie er heißt, oder?«, fragte Johann wenig hoffnungsvoll.
»Erzählt hat er mir es natürlich nich, aber die anderen haben ihn Martin genannt, glaub ich«, erzählte sie nach einigem Überlegen.
Johanns Zähne fletschten sich wölfisch. »Erzähl mir, wo ich dieses Wirtshaus finde«, verlangte er.

Kapitel 29: 31 Zähne von hoher Güte

17. März 1618, Samstag

Der Bettler humpelte über die Straße und versuchte den knöcheltiefen Pfützen auszuweichen, die das Regenwetter der letzten Tage mit sich gebracht hatte. Als ein bürgerlich gekleideter Mann ihm entgegenkam, stützte er sich auf seine Krücke und hielt dem Mann bittend seine Bettelschale entgegen. Der Bürger schüttelte nur angewidert den Kopf und machte einen Bogen um ihn. Der Bettler murmelte eine Verwünschung und setzte seinen Weg fort.

Vorm Eingang des schäbigen Hauses hielt er kurz inne, wie um seine Kräfte zu sammeln, und ging durch die klapprige Tür in das Fachwerkgebäude. Müde kämpfte er sich mit mehreren Pausen die Stufen hoch bis in das dritte Stockwerk. Er bog in den schmalen Flur und öffnete die Tür zu der winzigen Kammer, die gerade sein Zuhause war. Hier drin war kaum mehr Platz als für die schmale Pritsche, dennoch hätte er die heruntergekommene Kammer gerade gegen keine andere tauschen wollen. Er streifte die Kapuze vom Kopf und legte den feuchten Umhang ab, der nicht nur den muffigen Geruch von schlecht getrockneter Nässe, sondern auch den verschiedener Körperausscheidungen ausströmte.

Johann hatte ihn sich von Grete besorgen lassen, bevor er das erste Mal wieder das Haus verließ. Mit seiner normalen Kleidung und vor allem dem auffälligen Lederhut war er einfach zu leicht zu erkennen. Er hängte den stinkenden Mantel über die Krücke und lehnte sie wie eine traurige Fahne in eine Kammerecke.

Er streckte sich und wischte sich das feuchte Haar aus der Stirn. Weitgehend war er wieder obenauf, auch wenn es ihn überall noch ein wenig zwickte und die Kraft noch nicht ganz wieder zurückgekehrt war. Sein linker Arm leistete ihm auch schon wieder bessere Dienste. Nur eine Keilerei sollte er besser noch nicht vom Zaun brechen, da würde der geknickte Flügel ihn schnell im Stich lassen.

Er setzte sich auf die schmale Pritsche und lehnte sich nach vorn, bis sein Kopf an die gegenüberliegende Wand neben der kleinen Fensterluke stieß. Viel Platz hatte er wahrlich nicht in dem stinkenden Rattenloch.

Johann schob den Riegel beiseite und öffnete die Luke einen Spalt breit. Draußen dämmerte es, aber bis es wirklich dunkel wäre, würde es noch eine Weile dauern. Jetzt hieß es Geduld beweisen und darin hatte er sich in den letzten zwei Wochen bereits ausgiebig geübt.

Stunde um Stunde, Tag um Tag hatte er auf die kleine Gerberei gestarrt und sich jedes Kommen und Gehen eingeprägt.

Es war mit den neuen Informationen gar nicht einmal so schwierig gewesen, hierher zu gelangen. Die Wirtsstube, die die *Strichkatz* ihm genannt hatte, kannte er sogar. Außergewöhnlich große kräftige Kerle namens Martin mit einem leichten Hang zum Schwachsinn waren selbst in einem großen Amt wie den Gerbern rar gesät und mit ein paar vorsichtigen Fragen an der richtigen Stelle war der Rest ein Kinderspiel gewesen.

Schnell hatte Johann erkannt, dass er hier richtig war. Die beiden Gerbergesellen, die ein- und ausgingen, hätte er wohl im Schlaf wiedererkannt. Es waren ohne Zweifel die beiden Totschläger, die die Böttcher und ihren Angestellten ermordet hatten. Dieselbe Statur, dieselbe Kleidung und wenn er sich nicht täuschte sogar dieselben schmutzigen Tücher, die sie um den Hals oder vor dem Gesicht trugen.

Der Fleischberg war Martin Feuchtwang, er hatte Magdalena als Erstes geschändet und Klaras Amulett an die Hure gegeben. Bei dem anderen musste es sich um Heinrich Zängler handeln. Ebenfalls ein Gerbergeselle, wie Johann in Erfahrung gebracht hatte.

Als er sicher war, dass er an der richtigen Stelle angekommen war, sollte ihm Fortuna erneut hold sein und er hatte ein Zimmer in der Mietskaserne direkt gegenüber beziehen können.

Die kleine Lohgerberei gehörte einem Meister namens Georg Steinfeldt, wie Johann mittlerweile wusste. Weitere Bewohner oder Arbeiter schien die Gerberei nicht zu haben, aber Johann sah alle paar Tage einen älteren Besucher kommen und oft bis spät in den Abend oder gar bis zum Morgen bleiben. Natürlich war Johann ihm eines Nachts hinterhergeschlichen. Beim Ziel des Mannes hatte Johanns Herz einen kleinen Hüpfer gemacht wie ein nichtsahnender Frosch, der hinterrücks mit einem Strohhalm angestupst wurde. Es war die Jordansche Apotheke in St. Nikolai gewesen, in der der Mann als Geselle arbeitete. Melchior Beinert hieß der grauhaarige Mann mit dem sauber gestutzten Bart und schien ansonsten eher unauffällig zu sein.

Johanns ursprünglich sogar für ihn aberwitzig klingende Vorstellung der Leichenverwertung klang damit kaum noch absurd. Er fragte sich, ob der Karren, mit dem Heinrich und Martin regelmäßig auf Reisen gingen, wirklich immer nur Felle, Leder oder Kadaver transportierte …

Er hoffte bald schlauer zu sein. Heute fand ein Zunfttreffen der Gerber statt und alle drei Bewohner der Gerberei würden vermutlich daran teilnehmen. Dann würde Johann dem Haus und der Werkstatt einen Besuch abstatten.

Ein nervöses Jagdfieber ergriff von ihm Besitz. Er hatte schon nicht mehr daran geglaubt herauszufinden, was es mit den Verschwundenen auf sich hatte und wer ihm ans Leder wollte. Jetzt stand er nur noch einen Schritt vor der Gewissheit.

Gleichzeitig wäre er aber auch auf eine obskure Weise enttäuscht, wenn sich die Spur als richtig herausstellte. Irgendwie hatte er damit gerechnet, dass jemand Großes hinter der Sache steckte oder jemand, den er schon kannte. So war es doch immer in diesen Geschichten, wenn sie erzählt wurden, zumindest wenn Walther sie erzählte. Am Ende steht die große Überraschung, dass ein alter Bekannter der Täter war, von dem man es nie gedacht hätte. Nun, vielleicht ist das der Unterschied zwischen einer Geschichte und dem echten Leben. Mörder hatten im wahren Leben einen deutlich geringeren Hang zur Theatralik.

Für seinen nächtlichen ›Ausflug‹ hatte er sich sogar bei Jakob Nagelstein verschuldet, was er bisher immer gemieden hatte wie der Teufel das Weihwasser. Er hoffte, dass es sich lohnen würde.
Dann presste er die Wange enger gegen das kühle Holz der Fensterluke. Da gingen sie und wie erhofft alle gemeinsam. Er blickte ihnen noch eine ganze Weile hinterher, bis sie um eine Straßenecke verschwanden. Ab jetzt würde er einige Stunden Zeit haben. Sicherheitshalber wartete er noch eine Weile, dann stand er auf und warf sich den alten Umhang wieder über. Mit der Krücke in der Hand ging er die Treppe runter und trat auf die Straße. Zu seiner Zufriedenheit waren bei dem kalten Regenwetter kaum Menschen unterwegs.
Wie selbstverständlich schritt er über die Straße, öffnete das breite Tor zum Grundstück und schloss es wieder hinter sich. Abgerissene Tagelöhner waren nichts Ungewöhnliches in einer Gerberei.
Fast das ganze Grundstück wurde von einem windschiefen Fachwerkhaus und der direkt anschließenden Werkstatt eingenommen. Vermutlich gab es auch eine Verbindungstür zwischen beiden Gebäuden. Die drei Bewohner waren vorhin aus der Werkstatt gekommen. Zielstrebig ging Johann zu der zweiflügeligen Tür und schlüpfte problemlos durch eine Hälfte.
Der atemberaubende Gestank von faulenden Häuten, ätzenden Gerbstoffen, brackigem Wasser und verwesendem Fleisch schlug Johann um ein Vielfaches stärker in die Nase, als es noch auf der Straße der Fall gewesen war.
Ein unterschwelliger Brechreiz keimte in ihm auf, der ein morbides Gefühl von Heimat vermittelte. Johann schüttelte sich unwillkürlich, die Jahre in der Gerberei waren nicht die besten in seinem Leben gewesen.
Es dauerte eine Weile, bis sich seine Augen an die Dunkelheit gewöhnt hatten. Es fiel nur wenig Dämmerlicht von draußen durch die Ritzen und schmalen Luken in den Wänden.
Er sah sich um. Neben den üblichen Werkzeugen, Wannen und Becken entdeckte er nichts Auffälliges in der Werkstatt.

Hochwertige Eisenwerkzeuge fand er hier keine, vermutlich hatten sie die teureren Schabeisen und Messer im Haus gelagert. Eine Weile kam sein Auge auf dem Handkarren zum Liegen, mit dem die beiden Gerbergesellen Kadaver und andere Rohstoffe holten oder Waren auslieferten. Oder das zumindest auch damit taten … Aber auch an dem schlichten Fuhrwerk konnte Johann nichts Besonderes finden.
Könnte man hier eine Leiche zerlegen? Sicherlich schon irgendwie, aber es deutete nichts wirklich darauf hin, dass hier etwas anderes getan wurde als Leder gegerbt.
Johann sah sich die Wannen und Gruben genauer an. Sonderlich viel zu tun hatten sie offenbar nicht hier. Selbst für eine eher kleine Gerberei mit einem Meister und zwei Gesellen waren es nicht viele Häute, die hier auf ihre Verarbeitung warteten, dachte Johann und rieb sich nachdenklich den Kinnbart.
Er besah sich die Außenmauer des Wohnhauses, an die die Werkstatt angebaut war. Das Haus schien schon deutlich älter zu sein, aber aus soliden Steinen gemauert. Auch die Tür war aus massivem Holz und das Schloss vermittelte den Eindruck guter Schmiedekunst. Er brummte ungehalten, vom Schlösserknacken hatte er keine Ahnung. Nachdem er sein Gewicht prüfend gegen die Tür gedrückt hatte, bestätigte diese ihren massiven Eindruck.
Blieb noch ein kleines Fenster zwei Schritte neben der Tür. Wie nicht anders zu erwarten, waren die Läden verschlossen und von innen verriegelt. Vielleicht ein Fallriegel, der so einfach zu öffnen war, wie es bei der Kammer von Dorschkopps *Mischboche* der Fall gewesen war. Johann zog sein Messer heraus und schaffte es mit einiger Fummelei, es in den Spalt zwischen den beiden Fensterläden zu stecken. Er zog es nach oben und stieß zufrieden grinsend auf Widerstand. Sein Gesichtsausdruck verfinsterte sich jedoch schnell wieder, als der Verschluss sich ums Verrecken nicht bewegen lassen wollte. Ärgerlich steckte er das Messer wieder weg und kratzte sich nachdenklich am Kopf.
Die Werkstatt hatte noch eine weitere Tür, direkt gegenüber dem Eingang. Er öffnete sie und blickte auf das schwarze Eiswasser

eines Fleets, der hinter der Häuserreihe floss. Das war wenig verwunderlich, denn die Gerberei war ein wasserintensives Handwerk.
Johann steckte vorsichtig den Kopf heraus. Das Fleet war keine zwei Männerschritte breit und auf der anderen Seite begannen fast gleich an seinem Rand die gegenüberliegenden Häuser. Auch er hatte gerade mal einen Schritt zum Fleet von der Außenwand der Werkstatt.
Dann kam ihm ein Gedanke. Das Haus war deutlich höher als die Werkstatt. Er ging zurück in die Werkstatt und klemmte sich eine schmale Leiter unter den Arm. Draußen lehnte er sie an die Holzwand, prüfte kurz ihren Sitz und begann hinaufzusteigen.
Oben angekommen schritt er möglichst leise über das flache Dach der Werkstatt bis zur Hauswand. Der immer noch prasselnde Regen schluckte vermutlich ohnehin die meisten Geräusche, nur sehen konnte man ihn, wenn jemand auf das Dach schaute. Er konnte dem Drang nicht widerstehen, sich umzusehen, auch wenn er wusste, dass es unauffälliger wäre, es nicht zu tun. Aber er konnte niemanden ausmachen, der ihn beobachtete, und er hoffte, dass es mittlerweile dunkel genug war, dass sein schmutziger Umhang mit der Hauswand verschmolz.
Und er wurde fündig. Ein zweiter Fensterladen zum ersten Stockwerk befand sich in der Außenmauer. Zügig steckte er wieder sein Messer in den Spalt und zog es nach oben. Diesmal sollte er mehr Erfolg haben. Fast ohne Widerstand glitt ein Riegel beiseite und er konnte die beiden Läden öffnen. Noch einmal gab er dem Zwang nach, sich umzusehen, und schlüpfte dann rasch durch die Maueröffnung. Schnell zog er die Läden von innen wieder zu und spähte durch einen Spalt nach draußen. Aber auch nach einer ganzen Weile war nichts Auffälliges zu sehen oder zu hören. Erst jetzt merkte er, dass er den Atem angehalten hatte, und atmete langsam aus.
Johann begann sich umzusehen. Er sah den rechteckigen Schatten eines Bettes und vielleicht noch einer Truhe. In dem Zimmer war es noch dunkler, als es in der Werkstatt gewesen war. Johann griff

unter seinen Umhang und holte einen messingfarbenen Zylinder heraus. Er drehte vorsichtig daran und ein schmaler Lichtstreifen erhellte den Raum ein wenig.
Er hatte sich die Blendlaterne von Jakob Nagelstein geliehen. Sie würde ihm hier sicher gute Dienste leisten, er musste nur auf der Hut sein, das kostspielige Stück auch wieder zurückzubringen. Andererseits hatte er vermutlich ganz andere Probleme, falls dies nicht der Fall war. Er behielt das Messer in der Rechten und nahm die Laterne in die immer noch angeschlagene Linke.
Er sah sich um. Das Zimmer war schlicht, nicht viel ansprechender als seine Behausung im Mietshaus, nur deutlich größer. Vermutlich wohnte einer der Gesellen hier. Johann besah sich beiläufig das Bett, konnte aber nichts Auffälliges entdecken. Dann stockte Johann und besah sich das Möbelstück doch genauer, ja er setzte sich sogar noch darauf. Das Bett war weich und die Decke mit guten Daunen gefüllt. Es erinnerte ihn schmerzlich an die Schlafstätte der Böttcher. Wie konnte sich ein Gerbergeselle das leisten? Er besah sich als Nächstes die Truhe. Verschlossen. Wieder runzelte er die Stirn. Ebenfalls ungewöhnlich für einen einfachen Gesellen. Aber er durfte sich hier nicht zu lange aufhalten, wenn er sich noch das ganze Haus ansehen wollte.
Vorsichtshalber horchte er an der Tür und trat erst auf den Flug hinaus, als er nur Stille im Haus vernahm. Die Laterne hatte er zunächst abgeblendet und leuchtete erst wieder mit ihr, als er im Flur nichts entdeckt hatte. Mehrere Türen gingen vom Flur ab und eine Treppe in das Erdgeschoss.
Auch wenn es ihm schwerfiel, untersuchte er die anderen Zimmer nur schnell und oberflächlich, er hatte Sorge, dass ihm die Zeit sonst nicht reichen würde. Er fand noch zwei weitere Schlafzimmer, eine gute Stube und eine Abstellkammer, aber nichts, was seinen Verdacht bestätigen würde. Nur, dass einige Einrichtungsgegenstände in beiden Zimmern eher darauf hindeuteten, dass die Geschäfte außergewöhnlich gut liefen, was nicht zum Eindruck der Werkstatt passte.

Im Erdgeschoss befanden sich hauptsächlich die Wirtschaftsräume. Auch eine unbenutzte Kammer für eine Magd sah sich Johann nur oberflächlich an, denn er wusste, dass die Hausmagd jeden Morgen kam und jeden Abend wieder ging. Eine Frau hatte der Gerbermeister nicht, soweit er wusste. Johann durchstöberte die Küche, den Eingangsflur, den Abort, den Vorratsraum und einen Arbeitsraum, der wohl Schreibstube und Gerätelager zugleich war. Doch nirgends erweckte etwas seine Aufmerksamkeit.

Unschlüssig setzte er sich auf eine Kiste im Arbeitsraum und grübelte nach. An sich könnte man einem solchen Handwerk auch in der Küche nachgehen, aber man würde dann doch Gerätschaften brauchen und wo lagerte man dann die Arzneien und Produkte?

Vermutlich war es das Beste, wenn er die interessantesten Räume jetzt ein zweites Mal genauer untersuchte. Mit der Küche würde er beginnen, dann den Vorratsraum und schließlich die Schreib- und Arbeitsstube hier auf den Kopf stellen. Johann nickte bestätigend und wollte sich grade wieder in die Höhe stemmen, da hielt er abrupt inne.

Etwas war merkwürdig …

Auch wenn die letzten Tage die klirrende Kälte etwas zurückgegangen war, war es immer noch sehr kalt. Vor allem wenn es dunkel wurde. Natürlich war es auch im ganzen Haus kalt. Beheizt wurden meist nur die gute Stube und die Küche und natürlich nicht, wenn niemand Zuhause war. Aber … warum sah er dann gerade seinen Atem nicht im Schein der Laterne und warum fror er kaum? Irritiert hauchte Johann einige Male und konnte bestenfalls ein schwaches Wölkchen ausmachen, wenn überhaupt.

Verwirrt stand er auf, nahm die Laterne und ging in den Flur. Hier war es merklich kühler und auch seinen Atem konnte er sehen. Das Gleiche im Vorratsraum. Er ging sogar noch einmal zurück in den ersten Stock und befand die Räume hier für ›ordnungsgemäß frostig‹.

Nachdenklich schritt er zurück in den Arbeitsraum. Das Zimmer hatte noch nicht einmal einen Ofen. Dennoch war es hier fühlbar wärmer. Johann schlich mit ausgestreckten Händen durch den Raum, als wenn er versuchte einen Unsichtbaren zu greifen. Zur Mitte des Raumes hin wurde es wärmer, dort wo er auch gesessen hatte.
Er stellte die Laterne ab, legte das Messer daneben und ging auf die Knie. Langsam tastete er über die Bodenbretter. Sie waren kühl wie zu erwarten, doch in der Nähe der Truhe wurde das Holz deutlich wärmer. Sehr viel wärmer. Johann schob das schwere Stück beiseite und tastete aufs Neue. Keine Frage, das Holz war warm und die Wärme stieg fühlbar durch die Spalten zwischen den Dielen auf.
Nervös benetzte er sich mit der Zunge die Lippen und dachte nach. Schließlich nahm er die Lampe wieder an sich und leuchtete den Boden ab. War das ein Spalt im Holz? Die Linie war so dünn, dass er sie kaum erkennen konnte. Er nahm das Messer wieder in die Hand und steckte es zwischen zwei Dielenbretter. Etwas Kraft musste er aufwenden, dann öffnete sich langsam der rechteckige Rand einer Luke. Johanns Herz begann schneller zu schlagen.
Er blickte in einen senkrechten Niedergang, in dem eine Leiter lehnte. Es war dunkel dort unten, doch fühlbar stieg Wärme aus dem Schacht auf. Eine Weile horchte er in den Niedergang, aber vernahm nur Stille. Das Messer verschwand wieder in der Scheide und einen tiefen Atemzug später suchten seine schweren Lederstiefel Halt auf den Holzsprossen. Gute eineinhalb Mannslängen musste er den Schacht hinabsteigen, bis er festen Boden unter den Füßen hatte.
Er drehte den Ausschnitt der Blendlaterne höher und blickte sich um. Ein unangenehmes Gefühl breitete sich in seiner Magengegend aus, schwoll an und drückte von unten gegen seinen Kehlkopf. Langsam ging er einige Schritte vorwärts, bis er an eine massive Holzpritsche stieß. Sie hatte derbe Lederfesseln am Kopf- und Fußende und erinnerte ihn an die Operationstische, wie man sie bei Feldschern oder Badern fand. Auch in einer anderen

Umgebung strahlten diese Tische stets etwas Unheilvolles aus, aber hier ging eine beinahe anfassbare Bedrohung von dem blankgescheuerten Holz aus. Dunkle Flecken befanden sich auf den Lederbändern, vor allem an dem Ende, an dem Johann stand. Er blickte hinab, auch die grauen Steinfliesen wiesen hier viele große Flecken auf. Johann hatte schon genug Blut sehen müssen, um es zu erkennen.

Sein Blick glitt weiter zu einem Beistelltisch. Etliche Instrumente lagen sauber in Reih und Glied darauf. Manche kannte Johann aus dem Gerberhandwerk oder zumindest ähnelten sie ihnen. Andere erinnerten ihn eher an das Chirurgenbesteck eines Feldschers. Johann sah neben verschiedenen Messern, Zangen und Dornen auch eine hochwertige Säge und ein Fleischerbeil. Er schluckte bitter.

Auf einem langen Arbeitstisch an der Wand standen kostbare Glasgeräte, Tongefäße und sogar ein Ölbrenner. Er konnte damit nichts anfangen, stellte sich so aber die Arbeitsgeräte eines Apothekers vor. Alles war aufgeräumt, die Dinge hatten offensichtlich ihren Platz.

Johann war von den verstörenden Entdeckungen zunächst so gefangen, dass er erst jetzt die Quelle der Wärme in dem Kellerraum ausmachte. Es war ein großer gemauerter Ofen, der sie ausstrahlte. Er hatte eine Feuerklappe und darüber eine viel größere Klappe aus Holz. Johann ging stirnrunzelnd zum Ofen und öffnete die Holztür.

Eine Welle warmer Luft strömte ihm entgegen und ließ ihn kurz erschauern.

Die sanft knisternde Glut im Ofen tauchte alles in ein rötliches Licht und Johann blinzelte kurz ob der Helligkeit und Wärme, die ihm entgegenstrahlte. Ein großes Eisenrost lag in Armeslänge über der Hitze. Auf ihm lagen sauber aufgereiht in Bandagen eingewickelte Dinge unterschiedlicher Größe und Form. Prüfend hielt er die Hand über das Rost und nachdem die Hitze eigentlich ganz erträglich war, nahm er ein etwa unterarmlanges Stoffpaket heraus und betrachtete es genauer. Die Bandagen waren vom

Rauch und der Hitze gelb-braun verfärbt und wirkten etwas brüchig. Johann roch daran und es erinnerte ihn an Schinken oder lang haltbares Dörrfleisch, wie es im Feldlager öfters zubereitet wurde.
Ein Gedanke wallte in seinem Kopf auf, kroch in seine Halswirbel und lief als kalte Welle seinen Rücken hinab.
Was hatte sein Freund Max Grave ihm erzählt? Zermahlene ägyptische Mumien sind sehr teuer und selten, weshalb auch schon einige versucht haben das zu fälschen.
Angewidert schob Johann das Stück zurück in den Dörrofen.
Als Letztes ging er zu einigen verschlossenen Holzkisten, die neben dem Niedergang an der Wand lehnten. Er öffnete einen der Deckel und blickte auf verschiedene Steingutbehälter, Holzkästchen, Wachstücher und Lederpäckchen, die sicher zwischen Holzwolle und sauberen Lumpen gelagert waren.
Mit einem unguten Gefühl entrollte er zunächst eines der Wachstücher und förderte einen langen Strang dunkelblonder Haare zutage. Er verschloss das Tuch wieder und legte es mit einem beklommenen Gefühl zurück. Nachfolgend stieß er auf einige Sätze sauber gereinigter Zähne, in einer scharfen Flüssigkeit eingelegte Daumen und einem Steingutbehälter mit einer merkwürdig riechenden salzartigen Substanz. Gleich mehrere von den größeren Tonbehältern enthielten ein schmalzartiges Fett. Er konnte sich schon vorstellen, worum es sich hier handelte. Er verschloss sie wieder und legte sie vorsichtig zurück in die Kiste.
Dann war es wirklich wahr!
Ihm fröstelte und doch hatten sich kleine Schweißperlen auf seiner Stirn gebildet. Kopfschüttelnd ging er durch den Kellerraum, ungläubig, dass sich dieser Ort mitten in der Stadt befand.
Er sah einen großen Kessel, den sie vermutlich zum Auslassen des Fettes verwendeten, riet Johann. Dort stand ein kleines Fass mit Salz. Sogar eine Art Handmühle erkannte er. Stellten sie damit das Knochenmehl her oder wurden damit die vorgeblichen Mumien nach dem Dörrvorgang zermahlen?

Sein Blick fiel auf eine Tonflasche mit zwei kleinen Trinkbechern auf dem Arbeitstisch. Kurz zögerte er, aber er konnte einen Schluck wahrlich gebrauchen. Er entkorkte die Flasche und roch daran. Offensichtlich ein guter Gebrannter, da ließ sich seine Nase nicht täuschen. Er sparte sich den Umweg über den Becher und nahm einen tiefen Schluck direkt aus der Flasche.
Heiß rann der Brand seine Kehle hinunter und breitete sich mit einer Hitzewelle in seinen Gedärmen aus. Hörbar ausatmend stellte er die Flasche zurück. Das war vielleicht nicht klug gewesen, aber dafür richtig und gut obendrein, urteilte er, während er sich mit dem Handrücken über die Lippen wischte.
Dann entdeckte er ein ledereingeschlagenes Buch auf der Arbeitsplatte. Es lag offen da und Schreibfeder mit Tintenfass standen sauber angeordnet daneben. Johann stellte die Laterne neben das Buch, stützte sich auf der Platte ab und sah sich die aufgeschlagene Seite näher an.
Der Schreiber hatte eine gleichmäßige, elegante, fast künstlerische Schrift, die auch für einen weniger geübten Leser schnell zu entziffern war.

Eingangsdatum: 14. März 1618
Bezeichnung: Eva, Nachname unbekannt
Geschlecht: Weiblich
Alter: 30 bis 35 Jahre
Besondere Vorkommnisse: Keine

Posten	***Ausbeute Brutto***	***Anmerkung***
Haare	*3,21 Unzen, 0,83 Ellen*	*Braun*
Zähne	*28*	*Passabel*
Daumen	*2*	*Intakt*
Knochen	*17,1 Apothekerpfund*	
Blut	*8,3 Schoppen*	
Fleisch	*65,7 Apothekerpfund*	
Fett	*9,4 Apothekerpfund*	
Hirn	*3,9 Apothekerpfund*	

Hirnschale	*1,9 Apothekerpfund*	*Haarriss*
Lungen	*2,8 Apothekerpfund*	
Leber	*5,0 Apothekerpfund*	
Nieren	*10,8 Apotheker-Unzen*	*Gereinigt*
Herz	*11,1 Apotheker-Unzen*	
Frauenorgane	*3,6 Apotheker-Unzen*	
Gedärm	*5,1 Apothekerpfund*	*Gereinigt*

Ausgangsdatum:
Gesamterlös:

Johann blickte beklommen zu den Kisten, von denen er gerade noch eine geöffnet und untersucht hatte. »Eva …«, murmelte er leise.

Dann wandte er sich wieder dem Buch zu. Es war recht dick und die linke Hälfte war sehr viel höher als die rechte. Johann hob die linke Seite an und ließ sie fahrig über seinen Daumen gleiten. Bis zu Eva schienen alle Seiten beschrieben zu sein. Wie viel Seiten waren es? Hundert? Mehr? Hundertfünfzig? Weniger?

Mit versteinertem Gesicht blätterte er unregelmäßig durch einzelne Seiten.

›Gertrude, Waldeck, 13. Februar 1618‹ … ›Elisabeth, Nachname unbekannt, 2. Januar 1618‹ … ›3,1 Apothekerpfund‹ … ›0,7 Ellen‹ … ›Franz, Torfstecher, 11. Juni 1617‹ … ›6,3 Schoppen‹ … ›Konrad Steinbach‹, las Johann traurig den Namen von Gretes Bruder.

Etwas in Johann sträubte sich in den November letzten Jahres zu blättern und sich Gewissheit zu verschaffen, aber seine Finger blätterten wie von allein Seite um Seite weiter.

›Klara Rutenschneider, 18. November 1617‹ … ›Pinguedo hominis‹ … ›31 Zähne, hohe Güte‹ … ›6,2 Apothekerpfund‹

Johann starrte auf die Seite und ging die Kolonne von Zahlen und Anmerkungen durch, ohne dass er sie wirklich verarbeitete. Das

Blut rauschte ihm in den Ohren und er spürte eine Ader an seiner Schläfe pochen. Wütend griff er die Waage auf dem Arbeitstisch und schleuderte sie gegen die Kellerwand, wo sie in mehrere Teile zerbarst.

Noch in der Drehung sah Johann die massive Gestalt, die gerade den zweiten Fuß von der Leiter absetzte. Er schalt sich selbst einen Narren in diesem Kellerloch seine Aufmerksamkeit so abgelenkt zu haben.

»Ich mach dich tot!«, begrüßte ihn der Neuankömmling. Auch wenn er diesmal kein Tuch vor dem Gesicht trug, erkannte Johann ihn sofort. Es war Martin Feuchtwang, der hünenhafte Kerl, der Magdalena geschändet und ihn mit dem Prügel vermöbelt hatte. Er wog sicherlich das Eineinhalbfache von ihm und Johanns linker Arm war nur bedingt kampffähig …

»Haben sie dich aus der Versammlung geworfen oder hat dein Herrchen seinen Köter losgeschickt das Haus zu bewachen?«, fragte Johann und hoffte in Erfahrung zu bringen, ob er allein war.

»Das Feuer muss immer gleich warm sein«, erklärte Martin belehrend, so wie ein Junge naseweis die Antwort seines Lehrers nachplapperte, ohne sie wirklich zu verstehen.

Kurz blickte er auf den Dörrofen, dann zog er den schweren Prügel hinter seinem Rücken hervor und grinste böse.

»Ich bin stärker!«, stieß er triumphierend hervor und kicherte dreckig. Seine Pranke hob den schweren Prügel und seine Beine setzten sich in Bewegung.

Johann nickte, denn der Mann hatte zweifelsohne recht. »Kennst du den Jakob Nagelstein aus St. Nikolai? Er verleiht Dinge.«

Der Gerbergeselle stockte und sah ihn verständnislos an.

Ein sanftes Lächeln umspielte unmerklich Johanns Mundwinkel. Geschmeidig fuhr seine Rechte unter seinen Bettlerumhang. Als er sie wieder herauszog, deutete der Lauf einer kunstvoll gearbeiteten Radschlosspistole auf die Brust des Hünen. Die kostspieligen Waffen wurden im Feld meist von Reitern geführt,

da sie nicht auf eine dauerhaft brennende Lunte angewiesen waren.
Ohne zu zögern, drückte Johann den Abzug. Die Arretierung löste die Spannungsfeder und klappte den Deckel von der Zündpfanne. Das Reibrad schabte funkensprühend über den Schwefelkies und entzündete die Zündladung. Eine grelle Stichflamme, umhüllt von weißem Rauch, trat aus dem Schloss der Waffe aus. Ein Augenzwinkern danach entließ der Lauf unter einer Rauchwolke die schwere Bleikugel. Der laute, dumpfe Knall lag noch immer in der Luft, als der Hüne von den Beinen gehoben wurde.
Halb flog, halb stolperte er und landete mit einem dumpfen Aufprall an der Wand, um schließlich in den Transportkisten der Leichenmedizin zusammenzubrechen.
Johann nickte zufrieden. Er hatte keine Möglichkeit gehabt, die Waffe zu prüfen, und die komplizierten Mechanismen der Radschlosspistolen waren störanfällig, aber abseits vom Dreck und Schlamm eines Schlachtfeldes war das Risiko eines Fehlschlusses eher gering.
Zufrieden steckte er die Waffe wieder unter den Umhang. Er glaubte nicht, dass die Anwohner den Schuss aus dem Keller heraus hatten hören können, dennoch war es langsam an der Zeit zu verschwinden.
Das Auftauchen des Gerbergesellen hatte seine Pläne durchkreuzt. Eigentlich wollte er sich nur umschauen und dann klammheimlich wieder verschwinden. Die Waffe hatte er nur für den Notfall mitgenommen. Zum Glück, wie er jetzt befand. Nichtsdestotrotz musste er sich etwas Neues überlegen, wie es weitergehen sollte. Vermutlich könnte er diesen Ochsen nicht einmal durch den Schacht nach oben schaffen, um die Leiche irgendwo loszuwerden. So oder so wüsste die restliche *Mischboche*, dass etwas im Busch wäre. Vermutlich würden sie dann hier alles verschwinden lassen, selbst Land gewinnen oder beides.

Am besten er griff sich das Buch und sah zu, dass er erst einmal selbst hier wegkam, bevor die anderen zurückkamen und es ihm an den Kragen ging.

Ein Knacken riss ihn aus seinen Gedanken. Dann ein tierhaftes Geräusch wie von einem Bullen, der in Begriff war eine Kuh zu besteigen. Schwankend erhob sich der Hüne aus den zerbrochenen Kisten und kämpfte sich langsam auf die Füße.

»Unmöglich!«, brummte Johann und blickte ungläubig auf das blutige Loch in der Brust des Mannes. Sein Atem pfiff hell bei jedem Zug, Blut lief ihm in langen Fäden aus dem Mund und die Augen waren so weit aufgerissen wie die eines Nachtvogels. Wie ein lebender Leichnam schritt er steif auf Johann zu und nahm beiläufig ein Hackbeil vom Instrumententisch. Johann wich zurück und brachte den schweren Tisch zwischen sich und den Hünen.

Doch der Gerbergeselle starrte ihn nur schnaubend mit seinen blutunterlaufenen Augen an, griff nach der Tischplatte und riss sie um, als wöge sie nichts.

Augenblicklich wurde es schummriger, als Johanns abgestellte Sturmlaterne mit ihr auf dem Boden landete. Wütend hackte sein Gegner mit dem Beil auf ihn ein, kaum dass er freie Bahn hatte. Johann riss gerade noch einen Schemel hoch. Der Aufprall des Beils fuhr ihm wie ein Blitz in den linken Unterarm, während ein Bein des Schemels splitternd davonflog. Er stieß mit dem Schemel nach dem Gesicht seines Angreifers, verschaffte sich ein wenig Luft und setzte an ihm vorbei.

Weit sollte er nicht kommen. Der Hüne hielt ihn am Saum des Umhangs und riss ihn fast von den Füßen. Johann brauchte sich nicht umzudrehen, um zu wissen, dass er gerade mit dem Beil ausholte. Ohne sich umzusehen, schlug er aus der Drehung mit dem Schemel nach hinten.

Er traf! Der bullige Gerbergeselle taumelte nach hinten, fiel jedoch nicht. Johann ließ die Reste des zerbrochenen Schemels fallen, griff sich einen großen Glaskolben mit einer durchsichtigen Flüssigkeit vom Arbeitstisch und schleuderte sie dem Ungeheuer entgegen. Wieder sollte er Glück haben. Die Flasche zerbarst am Schädel des Mannes und dieser riss brüllend die Hände vor die Augen. Jetzt! Johann griff sich eine gefährlich gekrümmte Klinge vom Boden, setzt nach vorn und stieß sie dem Mann in den Wanst. Noch einmal steigerte sich das unmenschliche Gebrüll des Mannes und seine Hände schossen nach vorn und legten sich um Johanns Hals. Einen Atemzug sahen sie sich an. Das Gesicht des Mannes war furchteinflößend. Von Hass verzerrt, blutverschmiert und die klare Flüssigkeit aus der Flasche hatte Teile seiner Haut und ein Auge verätzt. Etwas hatte im Keller angefangen zu brennen und der flackernde Schein der Flammen und der aufquellende Rauch vervollständigten den letzten Anschein eines Dämons aus der Hölle.

Dann drückte der Mann zu und augenblicklich begann das Blut in Johanns Ohren zu rauschen. Johann riss die Klinge fast einen Hamburger Ellen lang zur Seite. Er konnte es nicht sehen, aber er spürte, wie ein Schwall Eingeweide schwer und warm auf seinen Stiefeln landete. Da verlor der Griff des anderen an Kraft.

»Himmelherrgott, verreck endlich!«, keuchte der Veteran, riss die Klinge aus dem Bauch und stieß sie ihm bis zum Heft unterhalb des Kinns in den Schädel. Der Körper zuckte kurz zusammen, dann endlich brachen die Augen und der Mann fiel schlaff auf den Boden.

Johann hustete. Weniger wegen des kurzen Würgegriffs, mehr wegen des Feuers und des Qualms in dem Keller. Die Laterne musste die gefährliche Mischung aus Holzwolle, Menschenfett, Leichenmedizin und den Transportkisten entzündet haben. Es stank bestialisch und Johann hielt sich würgend eine Hand vor den Mund. Auch die Pritsche und der Schreibtisch hatten schon Feuer gefangen. Er musste hier raus, bevor der Qualm ihm die Sinne raubte und er hier unten trotz des gewonnenen Kampfs elendig verreckte.

Er griff sich das Buch vom Boden und sprang zur Leiter. Eilig stieg er hinauf und schlug die Luke wieder zu. Wenn möglich wollte er einen Hausbrand vermeiden. Zum Glück regnete es

draußen in Strömen, die Gefahr eines Stadtbrands schien ihm gering.
Er hastete die Treppe hinauf und lugte einige Atemzüge lang durch die Fensterläden. Als die Luft rein war, schlich er zügig hinab und verließ durch die Werkstatt das Grundstück.
Das ledergebundene Buch hatte er unter dem Umhang eng an seinen Körper gepresst, während er durch die spätabendlichen Gassen von Jakobi eilte.
Er wollte sich beeilen, desto schneller jetzt alles passierte, desto besser!
Johanns frisch verheilte Rippen begannen stechend zu schmerzen, während er hastig durch den kalten Regen lief. Die Straßen wurden schon breiter und besser und die Luft stank auch deutlich weniger. Johann hatte Jakobi verlassen und befand sich im Kirchspiel von St. Petri.
Kurz hielt er unter einem Vordach an, kam zu Atem und hielt sich die schmerzenden Rippen. Dann lief er weiter. Er bog in eine Seitenstraße ab und blieb vor einem eindrucksvollen Bürgerhaus stehen. Erneut musste er nach Luft schnappen, bevor er energisch an die Tür klopfte. Als keine Reaktion erfolgte, hämmerte er noch fester gegen die Tür.
»Hey da!«, rief er laut zu den geschlossenen Fensterläden, bevor er erneut gegen die eisenbeschlagene Tür bollerte.
»Hey …«, begann er wieder, als ihn das Schaben eines Fensterladens unterbrach.
»Verschwinde, du Drecksack, sonst ruf ich die Röper!«, erschall eine ärgerliche Stimme vom Fenster.
Johann ging einen Schritt zurück und legte den Kopf in den Nacken. Der Rufer trug eine Nachtmütze auf dem Kopf und eine Öllampe in der Hand. Er sah nicht glücklich aus.
»Ja, ruf die Röper, aber vorher weck mir deinen Herrn!«, forderte Johann laut.
»Was glaubst du Hundsfott, wer du bist?«, keifte der Mann hinunter.
»Johann Gabelschlag bin ich«, antwortete Johann.

»Haltet euer Maul!«, rief es von irgendwoher aus einem anderen Fenster.
»Ich muss wirklich deinen Herrn sprechen!«, bekräftigte Johann erneut.
»Du kannst mit meinem Arsch sprechen!«, bot der Mann mit der Nachtmütze stattdessen großzügig an. Eine fremde Stimme aus einem Nachbarhaus lachte. Johann glaubte das Öffnen weiterer Fensterläden zu hören.
»Lass ihn um Himmelswillen zu deinem Herrn«, forderte eine neue Stimme genervt aus dem Haus gegenüber.
»Du kannst mich …«, begann die Nachtmütze, wurde jedoch durch das Öffnen eines weiteren Fensterladens direkt über ihm unterbrochen.
»Tut mir leid, Herr, ich …«, stammelte der Nachtmützenträger, während er sich bedrohlich weit aus dem Fenster lehnte und nach oben blickte.
»Johann Gabelschlag?«, rief der junge Mann von oben irritiert herunter.
»Ja, Tach auch, Herr Beckmann, oder besser N'abend«, grüßte Johann seinen ehemaligen Defensor freudig.
»Kann ich Sie mal sprechen?«, rief er dann zum Fenster hoch.
Der Ratsherr blickte fassungslos zu Johann hinunter, als wäre er ein Geist. »Bist du von Sinnen, Gabelschlag?«, fragte er und die Frage klang eher entrüstet als wütend.
Johann schüttelte entschieden den Kopf. »Nee, nie nich. Sie wollten doch wissen, warum ich wirklich bei dem Prediger rein bin, ich erzähls Ihnen.«
»Ja, erzähl mal!«, rief eine neue Stimme aus einem anderen Haus.
»Ich ruf jetzt die Röper, Herr«, schlug der Nachtmützenträger nach oben gebeugt vor.
»Sach ich ja, aber ihr müsst doch erst wissen, warum und wohin!«, wandte Johann verzweifelt ein.
»Lass ihn rein«, rief der Ratsherr schließlich resigniert nach unten.
»Herr?«, fragte Nachtmütze entrüstet, doch die Fensterläden über ihm waren bereits geschlossen.

Als Johann vor der Schwelle stand, schleuderte er noch schnell den klumpigen Unrat von seinem Schuh. Er wusste nicht, ob es nur Straßendreck oder ein Stück Eingeweide des Gerbergesellen war, aber sicher war sicher.
Schabend drehte sich das Schloss und als sich die Tür öffnete, blickte Johann in das vor Wut mühsam beherrschte Gesicht des Hausangestellten. Er befand jedoch, dass es schwierig war, jemanden als bedrohlich zu empfinden, solange dieser eine lange Zipfelmütze trug.
Dahinter erblickte er das Gesicht von Lucas Beckmann, der einen Hausmantel über seinem Nachthemd trug und ihn mit einer Mischung aus Neugier und Misstrauen anblickte.
Jetzt, da die Tür offen war, wusste Johann einen Moment nicht, wie er beginnen sollte.
»Ähh, also vor allem brauchen Sie erst einmal das hier«, erklärte er und hielt Beckmann das Buch entgegen.
Beckmann griff instinktiv danach, stockte aber.
»Gute Güte, ist das alles Blut an deinen Händen?«, fragte er entsetzt.
»Uh, oh, ja …«, stammelte Johann und wischte sich die Hände am Umhang sauber.
»Du hast doch niemanden umgebracht?«, fragte sein ehemaliger Defensor aufgeregt.
Johann seufzte und blickte zum Nachthimmel. »Könnte ich das vielleicht hintenanstellen und mit was anderem anfangen?«, fragte er mit einer merkwürdigen Mischung aus Ungeduld und Verlegenheit.
Beckmann nickte nur stumm.

Kapitel 30: Vom alten Handwerk

19. März 1618, Montag

Das Wagenrad fuhr erneut durch ein tiefes Schlagloch und Georg Steinfeldt stieß zum wiederholten Male mit dem Kopf und der breiten Brust gegen die hölzerne Decke seines Verstecks. Er fluchte laut und rieb sich die kräftige Nase. Er hatte das Gefühl, er würde schon seit drei Tagen in der Geheimkammer des Wagens liegen und über die Straße poltern, aber vermutlich war es noch nicht einmal ein halber. Dennoch fand er, dass es langsam an der Zeit wäre, eine Pause zu machen. Nicht zuletzt, weil seine Blase drückte. Wenn er sich hier in dieser engen Kammer in die Hose pisste, würde er den beiden Wagenlenkern die Zähne einschlagen, wenn sie ihn rausließen, das schwor er sich.

Obwohl eingenässte Beinkleider wahrlich das geringere Problem gegen das Richtschwert oder gar das Rad waren.

Als sein Geselle Heinrich und er von der Zunftversammlung kamen, war schnell zu erkennen, dass sie aufgeflogen waren. Die Fenster und Türen seines Hauses waren geöffnet, Licht schien hinaus und etwas Rauch waberte durch die Öffnungen. Röper und zwei Nachtwächter liefen suchend herum. Martins Leiche wurde grade auf einem Karren abtransportiert.

Wenn er richtig erkannte, stand sogar der Brookvogt selbst auf der Straße und unterhielt sich mit einem jungen Mann, der ein großes Buch unter dem Arm geklemmt hatte.

Das Buch kam Georg gefährlich bekannt vor! Hunderte Male hatte er seinen Vater Melchior Beinert in dem geheimen Keller über die Seiten gebeugt gesehen, während dieser ihre Erträge verzeichnete.

Natürlich waren trotz der späten Stunde und des Regens die Fenster in der Nachtbarschaft geöffnet. Gierig nach Klatsch und Neuigkeiten beäugten die umliegenden Anwohner den Auflauf.

Auf dem Zunfttreffen hatten sie sich ein paar ordentliche Krüge und einige Schnaps gegönnt. Beinahe wären er und Heinrich in die Leute hineingelaufen. Aber Heinrich war trotz des benebelten

Kopfs aufmerksam genug gewesen, schnell in einer Twiete zu verschwinden und Georg mit sich zu ziehen.
Sie wussten, dass sie aus Hamburg raus mussten, sonst würde man sie irgendwann kriegen. Doch des Nachts mit geschlossenen Stadttoren und nur einer Hand voll Münzen in den Taschen wären sie nicht weit gekommen. Sie waren schnurstracks zu Georgs Vater gelaufen, der die Sache merkwürdig gefasst aufgenommen hatte. Melchior Beinert hatte sie mit Geld und einigen abgetragenen Sachen versorgt. Dann waren sie auf sich allein gestellt. Heinrich und er hatten danach beschlossen sich zunächst zu trennen. Einzeln hatten sie bessere Chancen, unbemerkt aus der Stadt zu kommen.
Der Apotheker wollte sie beide zu Christi Himmelfahrt in Lüneburg treffen.
Georg brummte und strich sich durch seinen vollen, schwarzen Bart. Sein Vater verwaltete den Großteil ihres beachtlichen Gewinns aus dem ›Medizingeschäft‹. Wenn er ihm seinen rechtmäßigen Anteil verweigerte, hätte er zwar keine Handhabe, aber er würde dafür sorgen, dass Melchior vorm Hochgericht landete. Wenn er das nicht sowieso tun würde, dachte Georg besorgt. Sein Vater hatte sich bedeckt gehalten, was seine eigenen Pläne betraf. Georg hoffte, dass das nichts Schlechtes zu bedeuten hatte.
Wie konnte die Sache nur auffliegen? Hatte der schwachsinnige Martin einen Fehler gemacht, als sie ihn während der Versammlung nach Haus geschickt hatten? Georg schürzte die Lippen. Nein, selbst diese riesige Hohlbratze war in der Lage, ein paar Holzscheite nachzulegen, ohne sich selbst umzubringen und das halbe Haus auszuräuchern. Es war zum Speien. Sie hatten zwar bereits gutes Geld verdient, aber es wäre noch so viel mehr drin gewesen, wenn sie noch ein oder zwei Jahre Zeit gehabt hätten.
Aber darüber konnte er sich auch später Gedanken machen. Zumindest hatte er einen Weg gefunden, aus der Stadt zu flüchten, ohne dass man ihn an den Toren entdeckt hatte. Nur teuer war

ihn dieser Ausflug zu stehen gekommen. Leute, die sich auf derlei Transportgewerbe verstanden, waren selten und wussten nur zu gut, welche Preise sie nehmen konnten. Aber Georg hatte immer noch genug Geld im Beutel, um bis zu Christi Himmelfahrt ein faules Leben zu führen.

Erneut fuhr der Wagen über einen Stein oder vielleicht auch durch ein Schlagloch und er wurde wieder zuerst gegen die Decke geworfen, um danach mit dem Hinterkopf auf dem Boden aufzuschlagen.

»Dreckspack!«, fluchte er, auch wenn er wusste, dass es die Wagenlenker unmöglich hören konnten. Der Wagen schaukelte unangenehm und er wurde von einer Seite zur anderen gerüttelt. Die Straße schien jetzt deutlich schlechter zu sein. Georg war froh, dass sein Magen relativ leer war, denn das Schaukeln wurde schnell übelkeitserregend.

Dann stoppte das Gefährt abrupt und er stieß mit der Hirnschale gegen die Hinterwand.

»Vorsicht, Leute, sowas ist echt teuer …«, kicherte er nach einem unchristlichen Fluch.

Zu seiner Freude zog das Gespann auch nicht wieder an, sie schienen wirklich stehen zu bleiben. Er fühlte das Wackeln des Wagens, als die Lenker abstiegen.

»Pissen, saufen, fressen, in dieser Reihenfolge, dann vielleicht noch kacken …«, murmelte er seinen ausgefeilten Plan für die Pause.

Mit einem hölzernen Schaben öffnete sich der Deckel des Schmuggelverstecks, in dem er seit einigen Stunden lag, und dämmriges Licht schien ihm in die Augen.

Ächzend stand er auf und bog seinen steifen Rücken durch.

»Hätte auch mal früher sein können!«, raunzte er den Wagenlenker an. Der schlanke Mittzwanziger mit der imposanten Hakennase zuckte nur gleichmütig die Schultern.

Ächzend sprang Georg von der Ladefläche und schritt zügig zu einem vom Blitz gespaltenen Baum. Erleichtert seufzend schlug er sein Wasser an dem Stamm ab und sah sich um.

Sie mussten von der Straße in einen Feldweg abgebogen sein. Es sah aus, als stünden sie vor einer verlassenen Bauernkate. Georg grinste. Vermutlich war das eines ihrer Schmuggellager.
Er schüttelte ab und ging zurück zum Wagen.
»Wie sieht's denn mal mit was zu beißen aus? Für den Preis schuldet ihr mir eigentlich ein Mahl mit acht Gängen«, lachte Georg dreckig.
Der schlanke Mann schüttelte unmerklich den Kopf. »Du hast nur für den Transport bezahlt«, stellte er höflich, aber bestimmt klar.
»Halsabschneider!«, giftete Georg und spuckte aus. Der schlanke Mann schien es nicht zur Kenntnis zu nehmen.
»Wo ist denn der andere, der große Klotz?«, fragte Georg und blickte sich um.
»Hinter dir«, antwortete der schlanke Mann beiläufig und deutete mit dem Finger auf einen Punkt neben seiner Schulter.
Georg zog die Augenbrauen zusammen und drehte sich fragend um beziehungsweise er wollte es. Ein Blitz fuhr in seinen Schädel und Dunkelheit legte sich schon über seine Augen, als seine Knie gerade einmal eine Handbreit eingeknickt waren.
Während Georg mit einem dumpfen Geräusch auf dem Boden aufschlug, nickte der schlanke Mann seinem Gegenüber mit dem Knüppel in der Hand anerkennend zu.
»Ein satter Streich«, lobte er. Der Koloss mit dem Knüppel brummte gutgelaunt und entblößte seine Zähne mit einem breiten Grinsen.
Die Tür der maroden Hütte quietschte und eine dritte Gestalt gesellte sich aus dem Inneren der Behausung zu ihnen. Ein räudig aussehender Hund lief neben ihm her und blickte immer wieder hoffnungsvoll zu ihm auf.
»*Jane*, Gabelschlag!«, hieß der schlanke Mann mit der Hakennase den Neuankömmling freundlich willkommen.
»*Jane*, Isaak, *jane*, Schlomo«, grüßte Johann die beiden Wagenlenker zurück.
Er stieß den liegenden Mann prüfend mit der Stiefelspitze an. »Du hast ihn doch nicht erschlagen, Schlomo?«, fragte er misstrauisch,

während der Hund an dem Niedergeschlagenen neugierig schnüffelte.

Der Angesprochene verschränkte seine imposanten Unterarme miteinander. »Nur falls er nichts aushält«, brummte er beleidigt.

Johann beugte sich runter und besah den liegenden Mann von Nahem. »Hmm, nee, der ist noch da«, murmelte er zufrieden.

»Sollen wir dich dann morgen auf dem Rückweg einsammeln?«, fragte der schlanke Mann.

Johann nickte. »Gern, Isaak, helft ihr mir ihn reinzubringen?«

Die beiden Wagenlenker nickten und griffen sich ein Arm und ein Bein. »Vater lässt dich erinnern, dass du ihm noch eine Blendlaterne schuldest«, erklärte Isaak schwer atmend, während sie den massigen Schwarzbärtigen Richtung Haus trugen.

»Sag Jakob, ich geb ihm seine *Marie* die nächsten Tage, sonst kann er's mir vom Anteil beim nächsten Auftrag abziehen«, seufzte Johann.

»Vater hat gar nichts von Zinsen gesagt«, warf Schlomo bei der Gelegenheit verwundert ein, während er Johann musterte, als würde er diese merkwürdige Tatsache dann besser begreifen können.

»Vielleicht hat er es vergessen?«, warf Johann launig ein und die beiden Söhne Nagelsteins brachen ob dieses köstlichen Scherzes in lautes Gelächter aus.

Der kräftige Hieb hatte Georgs Verstand so weit aus seinem Schädel getrieben, dass er aus dieser Entfernung die Geschehnisse des Körpers eigentlich nicht wahrnahm, aber eine dünne Botschaft stahl sich irgendwie in sein entlaufenes Bewusstsein. War es ein Gefühl, ein Laut oder beides? Etwas stimmte nicht, ein schlechtes Gefühl hatte sich in ihm ausgebreitet und ein Stöhnen drang an seine Ohren.

Seine Lider begannen zu flattern. Etwas in ihm hielt es für keine gute Idee, wacher zu werden, aber dieser Teil verlor den Wettstreit. Mit jedem Quentchen an Bewusstsein, das er zurückgewann, wuchs auch der dumpfe Schmerz in ihm. Er

öffnete die Augen und hörte sich selbst stöhnen. Wo war er und wie kam er hierher?
Ein schäbiges, verfallenes Zimmer, erleuchtet von einem kleinen Feuer. Ein Fremder saß auf einem Fass neben einem Tisch und setzte gerade den Hals einer Steingutflasche ab. Ein räudiger Hund lag neben dem Feuer und zerbiss knackend einen Floh.
»Wer …?«, begann Georg, doch dann kam ein qualvoller Laut über seine Lippen. Er fühlte einen höllischen Schmerz und sein Blick glitt nach oben, wo die Quelle des Schmerzes war.
Seine Handgelenke waren mit einem Stoffstreifen, der ihn verdächtig an sein Hemd erinnerte, an einen Stützbalken gebunden. Keine Fessel, die ihn lange aufhalten würde. Der beinahe fingerdicke Nagel schon, der durch seine beiden Handflächen getrieben war.
Ein gellender Schrei kam über seine Lippen. Instinktiv versuchte er sich loszumachen, doch der glühende Stich, der sich augenblicklich von seinen Händen bis tief in seine Arme fraß, belehrte ihn still zu stehen.
»Du Schwein!«, keuchte er und blickte hasserfüllt auf den Fremden. Schwindel und Übelkeit machten sich in ihm breit und er fühlte, wie ihm kalter Schweiß aus den Poren trat. Erst jetzt bemerkte er, dass er nackt an dem Stützbalken stand und sein eigener Gürtel um seine Beine geschlungen war.
»Du Schwein, meine Hände!«, rief er erneut in Richtung des Fremden.
Der wischte sich abwesend den restlichen Schnaps vom Bart. »Nichts für ungut, hatte nur die Seile vergessen«, erklärte der Fremde entschuldigend.
»Zieh ihn raus, du Dreckskerl!«, fluchte er gequält.
Johann schnalzte abschätzig mit der Zunge. »Nu tu mal nich so. Was für den Herrn Jesus recht war, wird für dich ja nur billig sein«, belehrte Johann den Gerbermeister.
Der Schwarzbärtige spuckte schmerzerfüllt aus. »Wer bist du und was willst du von mir?«, wollte er wissen.

Johann setzte den speckigen Lederhut ab und legte bequem die Füße auf den wackligen Tisch.
»Kenn ich dich?«, fragte der Gerbermeister.
Johann zuckte die Schultern. »Vermutlich nur dem Namen nach«, mutmaßte er.
Georg musterte ihn mit zusammengekniffenen Augen. »Gabelschlag …?«, riet er misstrauisch.
»Tach auch!«, begrüßte Johann den Mann wie einen alten Bekannten.
Eine Weile herrschte Schweigen.
»Du steckst hinter der Sache. Es war nur eine *Strichkatze*, nur eine Hure …«
Die Ansprache Georgs klang wie eine allgemeingültige Erklärung.
Johann brummte etwas Unverständliches und nickte.
»Ich hab Geld, gute *Marie*, viel davon …«, warf Georg ein.
»Geht so«, urteilte Johann und leerte Georgs Geldbeutel auf dem Tisch.
»Was willst du von mir? Wenn du mich kaltmachen willst, bring's hinter dich!«
Johann schürzte nachdenklich die Lippen. Dann griff er zum Tisch und schob sich ein Stück Speck in den Mund. Sehnsüchtig blickte der Hund ihn schwanzwedelnd an.
»Nu mal nicht so fix, wir lernen uns doch grad erst kennen«, rügte Johann den Gerbermeister kauend. Er schluckte und klopfte auf eine Tuchrolle, die auf dem Tisch lag.
»Als der Nagelstein mir erzählt hat, dass er dich rausbringt, war ich noch einmal in deinem Haus«, plauderte der Veteran.
»Na und?«, zischte Georg mit schmerzverzerrtem Gesicht.
»Wusstest du, dass ich früher auch mal Gerber war? Ich war natürlich kein Meister wie du und es ist schon lange, aber ich hab das Handwerk schon verstanden, will ich sagen.« Johann schloss seine Erklärung mit einem leicht selbstgefälligen Nicken.
»Schön für dich, soll ich mir dir jetzt verbunden fühlen?«, fragte Georg angriffslustig.

Statt zu antworten, entrollte Johann die derbe Stoffrolle. »Manchmal frage ich mich, ob ich es noch könnte. So ein feines Werkzeug wie du hab ich natürlich nie besessen, da geht einem die Arbeit ja sicher fast allein von der Hand.«

Johanns Finger wanderten beinahe liebevoll über das Werkzeug, das er aus dem Haus des Gerbermeisters entwendet hatte.

Diesmal schwieg Georg und schluckte nur stumm, während er auf die vertrauten, eisernen Instrumente starrte. Zu seiner Beunruhigung griff Johann ein gebogenes Crouponiermesser, einen Blanchierstahl und eine handliche Zange und stand auf.

»Ist natürlich nicht dasselbe ohne Gerberbaum und so, aber um einfach mal zu schauen, wie's so von der Hand geht …«, plauderte Johann und ging zum gefesselten Gerbermeister.

»Hör zu, wir werden uns schon einig …«, stammelte Georg.

»Schhhht, wenn ich dabei schnacken soll, geht's bestimmt voll in die Hose …«, mahnte Johann und beschaute den stämmigen Oberkörper des Mannes. Zweimal stieß er Georg prüfend mit dem Zeigefinger an, wobei der Gerbermeister jedes Mal zusammenzuckte, als hätte ihn ein heißes Eisen berührt.

Dann setzte er die Spitze des Crouponiermessers in Höhe des Rippenbogens an und drückte die gebogene Klinge sachte in das Fleisch. Ein kurzes Keuchen quittierte die Verletzung der empfindlichen Hautpartie. Unter den gepressten Schmerzenslauten des Gerbermeisters zog er langsam die Hand zur Seite und durchtrennte Zoll für Zoll die Haut des Mannes. Erst nach gut zwei Handbreit setzte er die Klinge an der Körperseite wieder ab.

»Hör zu, ich …«, begann Georg verzweifelt, wurde aber von dem erhobenen Zeigefinger Johanns unterbrochen.

»Ich würde jetzt wirklich nicht rumwackeln …«, riet dieser. Dann drückte er die Spitze zwei Fingerbreit unter dem Schnitt erneut in die Haut und zog mit der Klinge eine parallele Linie zur ersten. Johanns Zungenspitze lugte dabei zwischen seinen Lippen hervor wie bei einem Schulanfänger, der versuchte seine ersten Buchstaben mit Kreide auf die Tafel zu bringen. Zum Abschluss

verband er die beiden Linien mit zwei kurzen Schnitten, sodass er nun ein blutiges Rechteck auf dem Oberkörper des Mannes gezeichnet hatte.
»Dann schauen wir mal«, murmelte der Veteran und griff zur Zange.
»Nein, nicht, hör auf, ich …«, rief der Gerbermeister und versuchte verzweifelt auszuweichen. Vergeblich. Georgs Schrei erfüllte jeden Winkel der Kate, als die Zange langsam den Hautstreifen vom Fettgewebe abzog.
»Du Drecksau, ich bring dich um!«, heulte er. Sein Gesicht war noch blasser geworden und Tränen flossen aus seinen geröteten Augen in seinen verdreckten schwarzen Bart.
Johann hielt das Hautstück mit der Zange empor und beäugte es prüfend. »Hmm, na ja, um ehrlich zu sein, hab ich das schon mal besser hinbekommen. Aber normalerweise arbeitet man ja auch nicht so kleinteilig.«
Johann schwenkte den Arm ein wenig und hielt Georg den Hautstreifen hin. »Oder was meinst du? Das Urteil eines Meisters würde mir ja schon was bedeuten.«
Doch der Gerbermeister drehte nur angewidert den Kopf beiseite.
Johann zuckte gleichmütig die Achseln. Und drehte sich um. »Na komm, hier hab ich was Feines«, frohlockte er und machte einige kurze schmatzende und flötende Geräusche. Augenblicklich erhob sich der ausgemergelte Hund und wedelte aufgeregt mit dem Schwanz.
Johann warf ihm das Hautstück zu, das das hungrige Tier noch aus der Luft schnappte und gierig verschlang. In aufgeregter Vorfreude auf mehr machte er einen Schritt auf Johann zu und hechelte bettelnd.
»Joa, das ist fein, nich wahr?«, freute sich Johann für das Tier.
»Die Besitzer hier haben sich wohl einfach ohne ihn aus dem Staub gemacht«, wandte er sich kopfschüttelnd an Georg. Der schaute nur würgend beiseite, während das Tier auf dem Boden nach mehr von ihm bettelte.

»Ich glaube, es ist etwas stumpf«, schwadronierte Johann und begann mit dem Crouponiermesser über einen Abziehstein zu streichen.
»Mit etwas Übung werd ich besser werden, ist ja noch kein Meister vom Himmel gefallen«, erklärte er schließlich und prüfte mit dem Daumen die Schärfe der Schneide.
»Nein, hör zu, was willst du? Geld? Es ist viel da! Mein Vater hat es! Melchior Beinert. Du weißt nicht, dass es mein Vater ist, oder? Ich erzähl dir alles, dann kannst du ihn auch noch drankriegen. Es gibt auch noch einen, den Heinrich. Ich sag dir alles, was ich weiß …«
Panische Verzweiflung hatte sich in dem Gerbermeister ausgebreitet und er zitterte merklich.
Johann blickte unschlüssig auf die geschärfte Klinge. Dann seufzte er schicksalsergeben, setzte sich wieder auf das Fass und blickte den Gerbermeister abwartend an.
»Melchior Beinert und Heinrich Zängler heißen die beiden anderen. Melchior ist Apothekergeselle und ich bin sein Bastard von einer Magd. Er hat mich aber immer unterstützt und dafür gesorgt, dass ich meinen Weg in der Gerberei gehen konnte.«
Johann lauschte eher teilnahmslos und tat einen weiteren Schluck aus der Steingutflasche, während Georg fortfuhr.
»Eines Abends, ich war schon Meister, haben wir uns zwei *Strichkatzen* nach Haus geholt. Wir hatten viel getrunken und die Sache lief aus dem Ruder … Eine hat mich echt wütend gemacht und da hab ich ihr eine gelangt und dabei den Hals gebrochen. Nur aus Versehen …«
»Na hoppala, ja sowas kann manchmal passieren«, schnaubte Johann ironisch.
Georg ignorierte den Vorwurf. Er schien mit seinen Gedanken weit weg zu sein.
»Die Zweite ist dann vollkommen durchgedreht und wollte weg. Na ja, was sollten wir machen, sie hätt uns ja sonst in die Frohnerei gebracht. Also hab ich sie auch tot gemacht. Wir haben dann überlegt, was wir mit den Leichen machen sollen. Ich wollt sie ja

in den Fleet werfen, aber Melchior sagte, die Fleetenkieker würden sie finden. Falls jemand mitgekriegt hat, dass sie die Nacht bei uns waren, könnten wir in arge Schwierigkeiten kommen.«
»Das will man ja nu auch nich«, warf Johann trocken ein.
Georg nickte abwesend. »Dann hatte mein Vater die Idee, sie zu … verarbeiten. Das war alles noch sehr improvisiert, lief aber schon nich schlecht. Die Kleider haben wir in den Fleet geworfen und den Rest hat Melchior dann sogar noch für gutes Geld verkauft. Tja, da haben wir dann die Idee gehabt, dass das ein gutes Geschäft ist. Meine Gesellen, der Martin und der Heinrich, hatten auch nichts dagegen mal anständig zu verdienen. Gibt ja genug, die keiner vermisst, und schade ist's doch eigentlich nich um das ganze Pack.«
Der letzte Satz klang beinahe hilfesuchend, als wenn er endlich eine Zustimmung von Johann erwartete.
»Melchior, also mein Vater, hat das meiste Geld dann gut angelegt, er kennt da Leute. Ich bin mir sicher, er würde dich reich machen!«, erklärte er weiter, doch Johann machte eine wegwerfende Handbewegung.
»Als wenn ich jemals so'n Glück hätt«, lachte er und stand mit dem Messer in der Hand auf.
»Was willst du noch, ich hab dir alles erzählt!«, stammelte der Gerbermeister panisch.
»Ja und?«, fragte Johann verständnislos. Er setzte die gebogene Klinge an Georgs Schläfe an.
»Nicht …!«, keuchte dieser und Johann verzog kurz das Gesicht, als er merkte, wie Blase und Darm des Mannes sich plötzlich entleerten.
Johann hielt kurz inne und drehte sich zu dem ausgemergelten Hund um, der die Szenerie interessiert verfolgt hatte.
»Die mageren Zeiten sind jetzt vorbei, alter Junge«, versprach er dem Tier und drückte die Klingenspitze tief in die Haut des Gerbermeisters.

Kapitel 31: Komm mal ran hier

20. März 1618, Dienstag

»Na mein Süßer, komm mal ran hier«, flötete die schlanke Hure dem hochgewachsenen Mann in der düsteren Twiete entgegen. Um ihren Worten mehr Nachdruck zu verleihen, lüftete sie ihre Röcke und entblößte aufreizend ihre Schenkel.

Der Mann schüttelte nur müde den Kopf. Er hatte kaum geschlafen die letzten Nächte, war im Dunkeln zumeist herumgeschlichen und hatte tagsüber verstohlen auf einen unaufmerksamen Moment der Torwächter gewartet. Vergebens. Er brauchte dringend Ruhe, um wieder klar denken zu können.

Mittlerweile fuhren die Schiffe auf der Elbe wieder, vielleicht konnte er die Tage auf einem Kahn anheuern. Das war vermutlich ein guter Weg aus der Stadt hinaus. Er hatte zwar keine Ahnung von der Schifffahrt, aber er war gesund und kräftig und nicht auf den Kopf gefallen.

Eine Berührung an der Schulter ließ ihn zusammenfahren. Hastig machte er einen Satz zurück und seine Hand fuhr zu seinem Messer.

»Du bist aber nervös …«, rief die Hure erschrocken und hob abwehrend die Hände.

Der Mann fluchte lautlos. Er war schon wieder in diesen Halbschlaf gefallen und hatte nicht bemerkt, wie sie an ihn herangetreten war.

»Ist schon gut, jetzt verschwinde«, murmelte er.

Sie zuckte die Schultern und zwinkerte ihm noch einmal zu. »Du weißt nicht, was du verpasst. Mein Lager ist weich und warm und ich bin es auch …«, hauchte sie ihm entgegen.

Der Mann machte eine unwirsche Handbewegung. »Ich sach doch, ich …«, begann er unwirsch. Dann hielt er inne und sah sie grübelnd an.

»Du hast eine eigene Kammer?«, fragte er sie.

Sie nickte und zwinkerte ihm erneut keck zu. »Ja, eine Kammer nur für uns«, erklärte sie und legte ihm wieder die Hand auf die

Brust. Ihr Körper schmiegte sich eng an seinen und er konnte ihre Wärme spüren.
Warum eigentlich nicht, dachte er. Die düstere Kammer einer Hure wäre nicht der Ort, wo man ihn suchen würde. Ja, er würde dort nicht einmal auffallen. Und wenn er wieder ausgeschlafen und bei klarem Verstand war, würde er auch einen sicheren Weg aus der Stadt herausfinden. Und dabei ab und an ein Weib unter sich zu haben hörte sich auch nicht so verkehrt an.
»Was willst du haben für die Nacht?«, fragte er sie.
»Vier Groschen mein Hübscher und ich bin jeden Pfennig wert«, gurrte sie.
»Ich bin hier nur auf der Durchreise, ich geb dir fünf Groschen für die Nacht und den ganzen Tag«, bot er an.
»Wenn du es einen ganzen Tag schaffst …«, entgegnete sie keck und ließ prüfend die Hand zwischen seine Beine gleiten. Er schnaufte kurz lüstern ob der Berührung, schob ihre Hand aber schließlich beiseite.
»Später, wir gehen erst zu dir«, entschied er.
Sie nickte, griff seine Hand und führte ihn durch die engen, düsteren Twieten Jakobis.
»Hier?«, fragte er, als sie vor der baufälligen Mietskaserne standen.
Sie nickte und führte ihn hinein.
Im Flur saßen und lagen im Schein eines flackernden Kienspans einige abgerissene Gestalten und würfelten. Es stank nach Pisse und Krankheit.
»Was für ein Rattenloch!«, murmelte der Mann und folgte der schlanken Frau, während ihn die herumlungernden Gestalten mit unverhohlenem Misstrauen hinterherblickten.
Sie drückten sich an einer stinkenden, alten Frau vorbei, die irre kichernd mit dem Finger auf ihn deutete, und bogen um die nächste Flurecke.
»Hier hausen nur Vogelscheuchen und Verrückte«, knurrte er mit zunehmendem Unbehagen.

Seine Führerin lachte trocken. »Die meisten sind eigentlich ganz nett, ich kann dir nachher einige von ihnen vorstellen, sie würden sich sicherlich freuen, dich kennenzulernen«, bot sie an.
Der Mann lachte spöttisch auf. »Da kann ich gut drauf verzichten, Mädchen«, stellte er klar.
Sie zuckte gleichmütig die Schultern und führte ihn weiter durch das Labyrinth der engen Flure.
»Wie soll ich dich nennen?«, fragte der Mann sie abwesend, während er trotz seiner Müdigkeit versuchte die Umgebung im Auge zu behalten.
»Grete, Grete Steinbach heiß ich«, erklärte sie lächelnd.
Der Mann nickte. »Ich heiße Heinrich«, gähnte er.
Auch Grete nickte. »Ich weiß.«

Kapitel 32: Keine schöne Art zu sterben

23. März 1618, Freitag

Melchior Beinert drehte sich auf dem feuchten Stroh um und die rostige Kette an seinem Halseisen klimperte wie um ihn daran zu erinnern, dass seine Freiheit nicht nur durch die Kerkerzelle eingeschränkt war. Er zog fröstelnd das erbärmlich stinkende Schafsfell enger um sich, das er für ein horrendes Bestechungsgeld vom Zellenwärter erstanden hatte, und versuchte die Welle des Gestanks zu ignorieren, die bei jeder Bewegung aufwallte.

Er hätte nicht gedacht, dass alles so schnell gehen würde.

Nachdem sein Bastard Georg und dessen Geselle Heinrich noch in der Nacht wieder von ihm aufgebrochen waren, hatte er eine Weile überlegt, ob er selbst fliehen und die Stadt verlassen sollte. Am Ende hatte er sich dagegen entschieden. Die Wahrscheinlichkeit, dass das Gericht eine Verbindung zwischen Georg und dem ›Zusatzgeschäft‹ und ihm zöge, hatte er zu diesem Zeitpunkt noch als niedrig eingestuft.

Dazu waren die meisten, nicht unbeträchtlichen, Erträge aus dem Medizinhandel nicht in Münzen verfügbar. Er hatte investiert in Schiffsladungen, Warentransporte und andere vielversprechende Unternehmungen. Auf gar keinen Fall hätte er dieses kleine Vermögen einfach aufgeben wollen.

Das Entscheidende war jedoch, selbst im Fall seiner Verdächtigung hatte er nicht vor sich wegen Mordes verurteilen zu lassen. Es gab keinen Beweis, dass er selbst Hand an die ganzen Huren, Bettler und Vagabunden gelegt hatte oder überhaupt von den Morden wusste.

Ungesetzlicher Handel mit Waren ungewisser Herkunft, noch dazu ohne zünftig als Händler organisiert zu sein, ja, das würde er zugeben. Sein hervorragender Defensor, den er von seinen persönlichen Mitteln engagiert hatte, hatte diese Sicht bereits vor dem Niedergericht vertreten. Er war sich sicher, dass ihm auch vor dem Hochgericht nicht mehr zu beweisen sein würde. Was hatten sie denn in der Hand? Nicht einmal Augenzeugen, die das

Wichtigste an einem Prozess waren. Nach seiner Einschätzung war auch der Rat nicht sonderlich erpicht darauf, die Sache an die große Glocke zu hängen.
Eine solche Geschichte konnte das Straßenpack leicht aufwiegeln. Zur Not würde die eine oder andere Münze aus seinem Ersparten noch die Stimmung eines Senatsmitglieds beeinflussen. Am Ende würden sie ihn der Stadt verweisen, vielleicht erhielt er noch eine Geld- und Leibesstrafe. Aber bei seinen finanziellen Möglichkeiten würde es kein Problem sein, woanders ein neues Leben anzufangen, wahrscheinlich konnte er sich gar zur Ruhe setzen, wenn er sich erst auszahlen ließ. Eine Flucht hätte da nur unnötig Verdacht erweckt.
Bis dahin hieß es Zähne zusammenbeißen.
Noch im Morgengrauen besagter Nacht hatten die Röper ihn aus dem Bett geholt und in das Gefängnis im Winserbaum geschafft. Nach der ersten Verhandlung vorm Niedergericht hatte man ihn aufgrund der Verdachtslage gar in die entehrende Frohnerei gesperrt.
Sie waren nicht gerade zimperlich mit ihm umgegangen, wie etliche blaue Flecken und Schürfwunden bezeugten. Er trug nur den kläglichen Rest seines zerrissenen Nachthemdes am Leib und das war vom Dreck der Zelle und seines eigenen Körpers besudelt. Er fror ständig und ihm knurrte der Magen. Im Winserbaum und auch anfangs in der Frohnerei konnte er sich wie üblich mit seinem Geld eine gute Behandlung erkaufen, doch dann wirkte das Personal deutlich verstockter.
Er vermutete, dass dieser Grave etwas mit seiner schlechten Behandlung zu tun hatte. Er war ihm vom ersten Moment an misstrauisch und ablehnend begegnet, auch wenn Melchior unklar war, warum ein ehrloser Henker ein gutes Geschäft verschmähen sollte.
Wie dem auch sei, es würde zwar eine harte Zeit für ihn werden, aber auch die würde vorbeigehen. Das Hochgericht tagte immer freitags und je nachdem, wie viele Fälle sie gerade hatten und ob seiner noch einer weiteren Untersuchung bedürfte, würde er

vermutlich in spätestens ein oder zwei Wochen erst die Frohnerei und dann die Stadt verlassen.
Er hustete und schauerte kurz fröstelnd, bevor er einen Schluck brackig schmeckendes Wasser aus dem Tonkrug trank. Er musste nur aufpassen, dass er in dieser verseuchten Höhle nicht vorher von allein krepierte.
Das Knarren der schweren Zellentür erweckte seine Aufmerksamkeit und er blickte abwartend auf den Eingang.
Eine schäbig aussehende Gestalt betrat mit einem Bündel im Arm unter den wachsamen Blicken des kahlköpfigen Wächters die Zelle. Gelangweilt gähnend ging der Neuankömmling zu einem Strohhaufen und breitete zwei dicke Decken darauf aus und legte einen Jutesack neben die Lagerstätte.
»Hey da, warum krieg ich keine Decken und warum wird er nicht angekettet?«, rief Melchior Beinert müde, aber ungehalten zum übellaunigen Wächter. Doch dieser lachte nur und knallte die schwere Tür in die Zarge. Melchior schauderte bei dem hässlichen Schaben der Riegel und Schlösser, die kurz darauf wieder die Tür versperrten.
Missmutig beobachtete er seinen neuen Zellengenossen, wie er wohlig stöhnend die hohen Schaftstiefel von den löchrigen Strümpfen streifte und den speckigen Lederhut auf die Schäfte ablegte. Der Mann wischte sich die schulterlangen, fettigen Haare aus dem Gesicht und ließ sich seufzend auf sein Lager nieder. Ohne Melchior eines Blickes zu würdigen, holte er eine Steingutflasche aus dem Jutesack und nahm einen tiefen Schluck. Erst wohlig stöhnend, dann innig rülpsend stellte er die Flasche ab und legte sich zurück. Offensichtlich mit sich und der Welt zufrieden, verschränkte er die Arme hinter dem Kopf, schlug ein Bein über das andere und beäugte Melchior nun interessiert.
Der Apothekergeselle verzog ob des neuen Zellengenossen merklich das Gesicht. Kurz blieb sein Blick an dessen schmutzigen Zehen hängen, die durch die großen Löcher aus den Strümpfen lugten und fröhlich wippten, dann drehte er sich angewidert zur Seite. Erst eine ganze Weile später drehte er sich

wieder um, als ihn erneut der Durst plagte. Da bemerkte er, dass der Mann ihn noch immer musterte.
»Sollte ich Sie kennen, oder was erweckt gerade Ihr so großes Interesse?«, fragte er mürrisch.
»Nur dem Namen nach«, stellte Johann sich wie schon vor ein paar Tagen vor. Doch bei Melchior stellte sich keine Erkenntnis ein.
»Und was ist der Name, wenn ich fragen darf?«, fragte der Apothekergeselle wenig überzeugt.
»Johann Gabelschlag«, antwortete Johann knapp, aber höflich. Ein, zwei Atemzüge regte sich nichts im Gesicht von Melchior, dann zuckte er sichtlich zusammen, hatte sich aber schnell wieder unter Kontrolle.
»Was willst du hier? Wenn du mich hier erschlägst, werden sie dich auch köpfen oder hängen. Gerade weil ich hier gefangen bin, kann sich die Stadt einen solchen Vorfall nicht leisten.« Seine Stimme war bemüht ruhig, hatte aber einen merklich ängstlichen Unterton.
Johann lächelte hintergründig und winkte lapidar ab. »Weiß ich ja, ich wollt dich nur mal anschauen«, erwiderte er.
Melchior schnaubte ungläubig.
»Nee wirklich, nach der ganzen Zeit wollt ich unbedingt mal den kennenlernen, der hinter der Sache steckt«, beteuerte Johann.
Melchior lachte kurz freudlos auf und hustete dann wieder. »Und bist du zufrieden, Gabelschlag?«, spottete er.
Johann wiegte unentschlossen den Kopf. »Nich so richtig, um ehrlich zu sein, aber nich persönlich nehmen. Du schaust ja schon klug aus und machst ja auch 'n bisserl was her, wenn grad' der Dreck und das Veilchen nich wär …«, erklärte Johann und tippte sich selbst gegen das linke Jochbein, bevor er fortfuhr. »Aber irgendwie hab ich schon mehr erwartet. Jemand Bekanntes aus dem Rat oder so. Wo ich denken würd: ›Ach, also der … das ist ja kaum zu glauben …!‹«

Johann streckte die Hände nach oben und beschrieb einen weiten Kreis zur Untermalung der Größenordnung, die er sich eigentlich vorgestellt hatte.
»Dann bedaure ich, dass ich dich enttäuscht habe«, entgegnete Melchior trocken.
Wieder winkte Johann ab. »Ach, nichts für ungut«, entgegnete er generös.
»Und wie kommst du hier in die Frohnerei?«, fragte Melchior. Er war um einen gleichgültigen Tonfall bemüht, aber sein Misstrauen und seine Sorge waren noch nicht geschwunden.
»Nur wegen 'ner Kleinigkeit. Nächtliche Ruhestörung vorm Haus eines Ratsherrn, aber ist halt ein feines Viertel gewesen. Mein Defensor hat dafür eine Weile Frohnerei für mich rausgehandelt. Wirklich ein guter Mann, dieser Beckmann. Also für 'nen Pfeffersack natürlich. Verständig, praktisch und irgendwie sogar ganz anständig.«
»Aha«, kommentierte Melchior Johanns kurzen Lobgesang.
»Er hat mir auch erklärt, dass du wahrscheinlich davonkommst …«, fügte Johann mit zusammengekniffenen Augen dazu.
Melchior zuckte die Schultern. »So der Senat im Hochgericht das so beschließt«, sagte der Apothekergeselle schicksalsergeben.
Johann blies die Wangen auf und ließ langsam die Luft ausströmen. »Das tät mir aber gar nich gefallen. Dem Beckmann auch nich. Auch der Grave, der Frohn, findet das irgendwie nich richtig.«
Melchior lachte erneut und strich sich das sauber gestutzte graue Haar zurecht. »Dann möcht ich ganz artig um Verzeihung bitten, dass ich die Erwartungshaltung der Herren nicht zu erfüllen gedenke«, spöttelte er.
Johann blickte nur ernst drein und nickte. »Daher haben wir beschlossen, dass es keine Verhandlung geben wird, das kommt auch der Stadt nur entgegen«, erklärte Johann sachlich.
Jetzt setzte sich der Apothekergeselle aufrecht hin und starrte Johann durchdringend an. »Du willst mich doch töten? Ich kann

dir nur raten, dass …«, begann er seine Warnung, doch Johanns »Hab ich nich vor« unterbrach ihn.
»Du redest wirr! Ich weiß nicht, warum ich überhaupt mit dir spreche«, giftete Melchior.
»Es wird keine Verhandlung geben, weil du vorher sterben wirst, und ich bin nur hier, um dir dabei zuzusehen«, erklärte Johann und faltete zufrieden die Hände vor der Brust.
»Du bist schwachsinnig«, urteilte Melchior kühl.
»Dir fröstelt, du hast Fieber und schwitzt, oder? Das liegt nicht nur an der Zelle und der Kälte. Du bist krank, Melchior Beinert!«
Der grauhaarige Apothekergeselle blickte ungläubig. »Das ist nichts«, gab er trotzig zurück und hustete, wie um sich selbst Lügen zu strafen.
Johann schüttelte lächelnd den Kopf. »Wenn du willst, kann ich dir helfen deine Haut zu untersuchen. Ich denke, wir werden einige Bläschen und Schwellungen finden, die keine einfachen Blessuren sind. Die Bläschen werden in den nächsten Tagen noch wachsen, irgendwann bildet sich dann stattdessen ein schwarzer Schorf und Geschwüre. Das Fieber wird auch steigen und du wirst großen Durst und Schmerzen haben.«
Melchior schnaubte. »Du meinst, dass ich Milzbrand habe? Das ist Unfug, Gabelschlag! Glaubst du, du kannst mir Angst machen? Ich bin Apotheker, kein Gerber oder Bauer, falls du das vergessen hast. Woher sollte ich den Milzbrand haben?«
Johann hatte der verärgerten Ansprache des Mannes gelassen zugehört, dann deutete er mit ausgestrecktem Zeigefinger auf seine Brust. Melchiors Augenbrauen zogen sich zusammen und er sah zweifelnd an sich herunter.
»Was soll da …«, begann er und stockte dann. »Nein …«, keuchte er und riss erschrocken das stinkende Schafsfell hoch.
»Das ist nicht wahr!«, flüsterte er zittrig, während er sich das alte Fell ansah, als könnte es antworten und seine Befürchtung zerstreuen.
»Es verendet im Umland immer wieder mal eine Herde daran, oder verseuchte Felle gehen ein. Oft wird alles verbrannt, aber

manchmal auch nur vergraben oder irgendwie entsorgt. Wenn man es darauf anlegt, findet man schon was. Ist ja nich so, dass es normalerweise jemand klauen würde.« Johann lehnte sich nach seiner Erklärung zurück und nahm noch einen Schluck aus der Flasche.

Melchior schüttelte den Kopf. »Nein, ich glaube dir nicht. Du könntest hier drinnen auch krank werden, niemand ist so verrückt und geht so ein Wagnis ein«, behauptete er ungläubig.

»Wusstest du, dass ich früher auch einmal Gerber war? Ich hatte den Milzbrand schon. Wenn man ihn einmal überlebt hat, kriegt man ihn eigentlich kein zweites Mal.«

Melchior starrte ihn an, dann riss er sich das schmutzige Fell vom Körper und begann hastig seine Haut abzusuchen.

»Wird jetzt sicher schon zu spät sein. An sich kann man den Milzbrand auf der Haut ja schon überleben, wenn man kräftig ist und gut versorgt wird. Aber du und hier drin …« Johann schüttelte zweifelnd den Kopf.

Melchior beäugte indes mit starrem Blick einige ungesund aussehende Bläschen, die sich nahe seiner Schürfwunden gebildet hatten.

»Und so wie du hustest, hast du's wohl auch in die Lunge gekriegt. Ist ja auch kein Wunder, wenn du diesen giftigen Lappen bis zum Kinn hochziehst.«

Der Apothekergeselle wurde blasser und er riss sich das zerfetzte Nachthemd vom Körper, um sich weiter zu untersuchen.

»In der Lunge ist's wirklich ganz übel. Anfangs ist's ja nur wie 'ne Lungenentzündung, aber dann … Ich sag dir, keine schöne Art zu sterben, wirklich hässlich.«

»Halt's Maul!«, rief Melchior außer sich vor Wut und Speichel sprühte zwischen seinen blassen Lippen hervor.

Johann legte mit gespielter Entrüstung eine Hand auf seine Brust. »Ich bin entsetzt. Dieser Jähzorn muss in der Familie liegen. Als ich deinen Bastard getroffen habe, ist er auch nahezu … aus der Haut gefahren.« Johann nickte zur Bestätigung seiner eigenen Worte.

»Du hast Georg getroffen?«, fragte Melchior matt.

Johann nickte. »Ja, ich fürchte, er wird dich hier nicht besuchen können, aber darüber kann ich dir später ganz in Ruhe mehr erzählen. Wir haben ja noch viel Zeit hier miteinander.«

Melchior spuckte hasserfüllt aus und hustete wieder trocken.

»Aber jetzt …«, begann Johann und kramte wieder in dem Jutesack.

Er förderte eine Öllampe zutage und entzündete sie. Zufrieden mit sich und der Welt lehnte er sich zurück und nahm noch einen Schluck Gebrannten aus der Flasche.

»… möchte ich in Ruhe die Vorstellung genießen.«

ENDE

ANHANG

Dankeschön!

Liebe Leserin, lieber Leser,

vielen Dank, dass Du diese Geschichte bis zu ihrem Ende verfolgt hast!
Applaus ist das Brot des Künstlers. Wenn Dir dieses Buch also gefallen hat, würde ich mich sehr über eine Bewertung bei Deinem Shop von Dir freuen.
Hast Du Fragen, Anmerkungen oder Kritik? Dann schreibe mir gerne eine Mail an Albrecht.Sommerfeldt@googlemail.com

Abschnitt 1: Übersetzung Rotwelsch–Deutsch

anschießen	Geld leihen
Anstiebler	Anführer
antauchen	Geschlechtsverkehr haben, Sex
ausdippeln	unterhalten
Babolder	Juden
baldobert	ausspähen
Ballertsgumme	Holzwand
beekern, gebeekert	sterben, gestorben
bekaschpern	überreden
bekaspern	ausfragen
benschen	beten
bestieben	finden
brennen	bezahlen
Breseln	Ärger
Bries haben	eine Idee haben
Brisge	Schwester
chaift	Schulden
dammig	blutig
Dange	Sorge
dibbern	erzählen
dippen	geben
dormen	schlafen
Drefe	Kiste
Dufe	Kirche
einen Guck machen	mit einer Hure auf ein Separee gehen
einschabbern	einbrechen
feine Pinkel	feiner Herr

fesche Katz	schöne Hure
Ficht	Nacht
Finkelmoschen	Hexen
finkern	suchen
flach	pleite
Flader	Badstube
fladern	baden
Flins	Münzen
Fusel	Branntwein
gartend	bettelnd oder plündernd durchs Land ziehen (Landsknechte)
gelenst (lensen)	gesehen, (sehen)
Geschichte drucken	Lügen
geschnorrt	gebettelt
gestanzt	vertrieben
Glunten	Huren
Glunterschratz	Hurenkind, Hurensohn
gnausen	bekommen
Gnofen	Diebe, Räuber
hajum	heute
harbe	oft
Hauteufel	Peitsche
Hische	Frau, lediges Mädchen
Hischen	Frauen, Mädchen
hobeln	Geschlechtsverkehr haben, Sex
holchen, geholcht	laufen, gelaufen
Jane!	Guten Morgen
Jenisch fackeln	In der Gaunersprache reden, Rotwelsch sprechen

joschen	schlafen
Kabol	Seil
Kafter	Totengräber
Kandig	Haus
kekeln	bringen
Kimme	Laus
Kiß	Beutel
Kittisch	Neuigkeiten
Klingenfetzer	Musikant
Kluften	Kleidung
Klufterei	Kleidung
Knäckerlinge	Zähne
kneisen	kennen
kneist	kennst
Koberer	Hurenwirt
Kölchbraut	Prostituierte, um die man sich streitet
köngen	kaufen
Krovim	Freunde
Lahne	Nein
lampen	verfolgen
laschoren	fragen
Lechemgeiger	Bettelmusikant
leinwander Kerl	ehrlicher, verlässlicher Mensch
maatle	klein
Maloche	Arbeit
malochen	arbeiten
mangeln	vergessen
Mantelgallon	Dachfenster

Marie	Geld
Massematten	Geschäfte
Mischboche	Bande
Moos	Geld
nenta	nichts
nett	nicht
Obermann	Hut
Paternelle	Predigt
Paterneller	Prediger
Paternollen	beten
Penne	Herberge
Petacht	sicher
Platte	Schlafunterkunft, Nachtquartier; Bettelunterkunft
Platte gebutzt	durchgegangen ist
pudern	Geschlechtsverkehr haben, Sex
Schab	Anteil, den der Hurenwirt behält
schatter	warm
Schein	Wetter
Scheinling	Tag
scheinlos	blind
schmähfrei	keine Idee haben
schnorren	betteln
Schnorrer	Bettler
Stabuler	Bettler
stanzen	vertreiben
stocken lassen	im Stich lassen
Strich	Ort, an dem gebettelt wird
Strichkatz	Dirne, Hure

Stupffinchen	Schaufel
Trapine	Leiter
überdippelt	überfallen
verschabert	begräbt
verschlitzter	verfluchter
verschmieren	bewachen
verschunkt	beschissen, verfault
vorometen	vorstellen, verstehen
Wulling	(Woll-)Tuch
zupfen	treffen

Abschnitt 2: Über Rotwelsch und Zinken

Rotwelsch, oder auch das Rotwelsche oder die deutsche Gaunersprache, ist keine eigene vollständige Sprache, sondern eine Sammlung von Sonderbegriffen, die sich regional und zeitlich stark unterscheiden können.

Beim Rotwelsch handelt es sich um eine Art Geheimsprache, die sich seit dem Spätmittelalter bei bestimmten Randgruppen ausbildete. Dazu gehören Bettler, Gauner und andere Kriminelle, Prostituierte, Vaganten und zum Teil Angehörige ›unehrlicher‹ Berufe.

Je nach Randgruppe hat sich dabei oftmals auch eine eigene Variante oder Ausprägung bestimmter Begriffe entwickelt. Viele Begriffe sind angelehnt an Worte aus dem Westjiddischen, dem Romani der Sinti, aber auch dem Niederländischen, Französischen oder Deutschen.

Der Hauptgrund für die Entstehung des Rotwelsch war der Wunsch nach Geheimhaltung, also bei ›sensiblen‹ Themen von Außenstehenden nicht verstanden zu werden. Vermutlich führte aber auch das Zusammengehörigkeitsgefühl der Gruppe und die Abgrenzung zur ›normalen Bevölkerung‹ zur Förderung des Rotwelsch, wie wir es bis heute beim ›Jugendslang‹ kennen.

Zusätzlich zum gesprochenen Rotwelsch gab es noch die Möglichkeit, sich durch Gesten oder geschriebene Zeichen zu verständigen. Diese sogenannten Zinken waren jedoch keine Verschriftlichung des Rotwelsch, sondern eigenständige Zeichensätze zur Kommunikation.

Auch hier gab es unterschiedliche Ausprägungen und Zeichensätze, die sich auch im Zeitverlauf veränderten. Zinken wurden oft mit Kreide, Kohle oder per Ritzung an Häuser, Ortseingängen, Straßenkreuzungen, Kirchen und Klöstern oder öffentlichen Plätzen angebracht.

Bettler und Vaganten informierten sich zum Beispiel, wo sich das Betteln lohnte, es Mahlzeiten oder Schlafplätze gab, oder wie man am besten auftreten sollte. Auch Banden nutzten die Zeichen, um

Überfälle abzustimmen, Komplizen anzuwerben oder allgemeine Informationen auszutauschen.

Als Literatur zum Thema Rotwelsch und Zinken kann empfohlen werden:

- Rotwelsch – Die alte Sprache der Gauner, Dirnen und Vagabunden, Roland Girtler, 2010
- Wörterbuch der Gauner- und Diebessprache, L. Günther, J.K. Train, 2003
- Wörterbuch des Rotwelschen, Siegmund A. Wolf, 1993

Abschnitt 3: Randgruppen, Unterschichten und Außenseiter

Die Definition von **Randgruppen** und **Unterschichten** in der frühen Neuzeit lässt sich nur sehr unscharf vornehmen. Randgruppen wie Juden oder Angehörige sogenannter unehrliche Berufe konnten trotz der schwierigen Rahmenbedingungen zu Wohlstand und auch zu Ansehen kommen. Randgruppen, wie Juden oder unehrliche Berufe, die offiziell außerhalb der Ständeordnung standen, konnten durchaus wohlhabende und auch angesehene Mitglieder der Gemeinschaft, aber auch Ziel von Verachtung oder beides sein.
Zu den armen Unterschichten konnten hingegen auch Meister eines ehrbaren Handwerks mit geringem Einkommen zählen, wie es bei den Textilhandwerkern öfters der Fall war.
Randgruppen waren in den Unterschichten aber sicherlich überproportional vertreten. Auch die Unterschichten lassen sich weiter differenzieren:

- Handwerksgesellen, Lehrlinge und verarmte Meister
- Gesinde, Tagelöhner, Heimarbeiter, Militär
- Bettler, Wohnsitzlose und Vaganten

Krankheit und Alter bargen wohl das größte Risiko, der Unterschicht anheimzufallen. Frauen waren dazu immer besonders gefährdet aufgrund ihrer eingeschränkten Berufsmöglichkeiten, ungewollter Schwangerschaft und Witwenschaft.

Doch auch innerhalb der **Bettler** und Mittellosen gab es noch eine weitere Differenzierung.
Zunächst kamen unterstützungswürdige Bürger, dann einheimische Bettler und dahinter fremde, wohnsitzlose Bettler und umherziehende Vagabunden.
Die Sichtweise auf die Bettler änderte sich im Verlauf der frühen Neuzeit. Während im Mittelalter die Unterstützung von Bettlern

und Armen noch als sehr christliches Werk galt, schlug den Hilfsbedürftigen zunehmend Misstrauen entgegen.
Einheimische Arme galten aber meistenorts als ›unterstützungswürdig‹. In vielen Städten wurde ihnen dies über die Aushändigung eines Bettelzeichens, einer dünnen Blechmarke, bescheinigt. Um den Missbrauch des Almosenempfangs zu unterbinden, wurden dazu Almosenlisten eingeführt. Die Almosenausgabe fand in der Regel in Form von Naturalien statt und wurde meistens in der Kirche vorgenommen. Oft reichten die vorhandenen Mittel jedoch nicht aus, um die Bedürftigen zu versorgen.
Die grundsätzliche Prüfung der Unterstützungswürdigkeit war für die Anwärter eine oftmals demütigende Prozedur. Die Bettelabzeichen, die für legales Betteln notwendig waren, mussten öffentlich getragen werden und wurden zunehmend zum Schandzeichen für die Träger.
Oft wurde mit dem Almosenerhalt auch eine Arbeitspflicht, z.B. im öffentlichen Bauwesen, verbunden. In Hamburg fand zudem zweimal im Jahr eine Katechismusprüfung statt, bei der die Bedürftigen in den Grundfragen des christlichen Glaubens geprüft wurden.
Deutlich härter traf es jedoch noch Bettler und Wohnsitzlose von außerhalb. Fremde Bettler wurden zum Sinnbild von Unmoral und Gefahr.
Fremden Bettlern wurde zudem oft unterstellt aus Faulheit Notsituationen und Gebrechen nur vorzutäuschen. Dieses sogenannte ›falsche Betteln‹, oder auch ›Falschbettelei‹ genannt, wurde im Verlauf der frühen Neuzeit zunehmend ein Misstrauensverdacht gegen die Bettelei. Zwar kann man davon ausgehen, dass viele Bettler notgedrungen tatsächlich ihr Erscheinungsbild und ihre Geschichte aufpolierten, dennoch wird es sich überwiegend um hilfsbedürftige Menschen gehandelt haben. Das ›Liber vagatorum‹ war eine schriftliche Zusammenstellung der Bettlertypen und ihrer ›Arbeitstechniken‹ und Falschbetteilei in der frühen Neuzeit. Es wurde in großer

Auflage gedruckt und enthielt auch ein Kapitel über das Rotwelsch. Im Jahre 1528 veröffentlichte Martin Luther eine Neuauflage unter dem Titel: ›Von der falschen Bettler und Büberei‹.

Für die Obrigkeit stellten die fremden Bettler ein ungeliebtes Ordnungsproblem dar und wenn überhaupt wurden sie in den meisten Kommunen nur für wenige Tage geduldet. Wer gegen das Einreiseverbot verstieß, musste neben der Vertreibung auch mit körperlichen Strafen rechnen. Beim Ausweisen wurden Wanderunfähige ›Auf den Schub gebracht‹, das heißt zur nächsten Landesgrenze transportiert. Wer erneut aufgegriffen wurde, musste mit härteren Körperstrafen, wie Staupenschlag, Ohrenschlitzen, Brandmarkung, oder Zwangsarbeit an Festungsanlagen oder Galeerendienst rechnen.

Die fremden Bettler zu vertrieben stellte sich jedoch oft als schwieriges Unterfangen dar. Die Städte waren unübersichtlich und boten viele Unterschlupfe. Dazu verdienten viele Ansässige gute an ihnen, denn das Leben als Bettler war oft nicht billig. Ein Beispiel aus Köln besagt, dass eine kleine vermietete Kammer für einen Bettler 6 bis 8 Heller am Tag kostete, was etwa die Hälfte der Kosten für eine Handwerkswohnung oder ein Haus war. Dies war wohl auch ein Risikozuschlag, denn Bettler verfügten über keinerlei Sicherheiten, konnten meist nicht im Voraus zahlen und wer fremde Bettler beherbergte, musste mit einer Strafe rechnen (im Kölner Beispiel von 1608 etwa 90 Mark). Dennoch bildeten sich in einigen Gassen regelrechte Bettlerherbergen heraus.

Aufgrund der Ausweisungen aus den Städten verlagerte sich das Betteln und Vagieren seit dem 16. Jahrhunder stärker auf die ländlichen Regionen.

Da bereits die Nichtsesshaftigkeit kriminell war, wurden die Umherziehenden und Bettler leicht zu Gaunern und Kriminellen. Gerade Kinder von Vaganten traf dies hart, da sie nie die Gelegenheit zur Sesshaftigkeit erhalten hatten. Aber auch Saisonarbeiter, Musikanten, der Stadt verwiesene Straftäter oder

Religionsflüchtlinge waren neben der sozialen Missachtung ständig von dem Status der Kriminalität bedroht.
Überland wanderten sie oft in Schutzgemeinschaften, in den Städten waren Bettler oft Einzelgänger oder Kleinfamilien. Kinder und Jugendliche schlossen sich jedoch auch in Städten oft zu Gruppen von 5 bis 15 Köpfen zusammen. Die Gruppe oder Bande bot Schutz und auch eine Art Familienersatz. Meist wurde sie von einem Anführer geleitet.
Trotz des notgedrungenen Hangs zum Gaunertum waren echte Berufskriminelle jedoch vergleichsweise selten.

Völlig anderer Natur war die Sachlage für Angehörige **›unehrlicher Berufe‹**, also Berufe ›ohne Ehre‹. Sie konnten finanziell schlecht gestellt, aber in einigen Fällen auch gutsituiert sein. Ihre Unehrlichkeit ging immer auch mit einer Art gesellschaftlicher Ausgrenzung oder auch tatsächlichen Einschränkungen einher, dennoch konnten sie in einigen Fällen auch in der Gemeinde ein hohes Ansehen besitzen.
Der Ursprung der Unehrlichkeit für bestimmte Berufe ist in einigen Fällen nicht bekannt und konnte auch regionalen Besonderheiten unterliegen.
Für manche Berufe, die häufigen Kontakt mit Gestank und Schmutz hatten, war der Grund vielleicht noch nachvollziehbar, wie es beim Gerber, Abdecker oder Kloakenreiniger der Fall war. Bei Berufen mit intensivem Kontakt zu Kranken und Toten, wie dem Bader, Barbier oder Totengräber, wird es an der Ansteckungsgefahr gelegen haben.
Bei Berufen wie dem Schäfer oder Müller mochte es der Aberglauben gegenüber der intransparenten Tätigkeit sein. Vielleicht auch Neid oder Missgunst im Falle des Müllers, da er ein Teil des hart erarbeiteten Korns erhielt und die Arbeit des unheimlichen Räderwerks nicht nachvollziehbar war.
Nichtsesshafte Berufe wie Musikanten, Gaukler und Spielleute galten per Definition als Unehrlich. Einen besonders hohen Grad der Unehrlichkeit hatten oft alle Justizangestellte, der Henker

voran. Für ihn gab es in den Städten nicht selten gesonderte Regeln, wie er am gesellschaftlichen Leben teilnehmen durfte. Die Unehrlichkeit wurde dazu oft auch auf die Kinder vererbt, die ihrerseits später nur einen unehrlichen Beruf ausüben durften. Unehrliche waren von öffentlichen Ämtern ausgeschlossen und konnten zumeist nur eingeschränkte Bürgerrechte erwerben. Folgend eine Übersicht einiger unehrlicher Berufe:

- Abdecker,
- Schinder
- Barbiere
- Bader
- Bettelvögte
- Bettler
- Chirurgen
- Holz-, Feld- und Weidehüter
- Gaukler und Spielleute
- Gassenkehrer und Bachfeger
- Gerber
- Goldgräber (Abbort- und Kloakenreiniger)
- Henker, Gerichtsdiener, Zöllner und Torwärter
- Hundeschläger
- Kesselflicker
- Leinweber
- Lumpensammler
- Müller
- Prostituierte
- Schäfer und Hirten,
- Töpfer und Ziegler
- Totengräber

Sicherlich noch weiter am Rande der Gesellschaft standen die **Prostituierten**, auch Hübschlerin oder Dirnen genannt. Im Mittelalter und noch zu Beginn der frühen Neuzeit wurden in vielen Städten noch staatlich betriebene Bordelle unterhalten, die

von Hurenwirten betrieben wurden. Zwar lebten die Prostituierten dort oft in sklavenähnlichen Verhältnissen, hatten jedoch einen legalen Aufenthaltsstatus.
Diese Hurenhäuser starben jedoch im Verlauf des 16. Jahrhunderts aus. Die Prostituierten wurden vor allem von den Protestanten als Sinnbild der Sittenlosigkeit des katholischen Glaubens angesehen.
Die Prostitution wurde damit wieder weitgehend kriminell und Prostituierte wurden zumindest offiziell aus den Städten vertrieben. In Norddeutschland ging man bereits seit dem 16. Jahrhundert mit Schandstrafen gegen Prostitution vor. In Hamburg drohte den Dirnen Pranger und sogar öffentliche Auspeitschung oder Brandmarkung. Ehemaligen Prostituierten wurden die Bürgerrechte verweigert. Im 17. Jahrhundert breitete sich das Vorgehen auch Richtung Süddeutschland aus.
Damit verschwand die offizielle Prostitution und wurde im Verborgenen ausgeführt.
Bis zu einem gewissen Grad wurde sie auch übersehen oder stillschweigend geduldet. Die Städte sahen wohl eher zähneknirschend eine gewisse Notwendigkeit, da für Eheschließungen oft schwierige Voraussetzungen erfüllt sein mussten (zum Beispiel oftmals der Meisterstand für Handwerker) und gleichzeitig außerehelicher Verkehr unter Strafe stand. Dies änderte jedoch nichts an der Verachtung, die den Prostituierten entgegengebracht wurde.
Die meisten waren in finanzielle Not geratene Frauen, Gesinde, das keine Anstellung fand oder vom Dienstherrn geschwängert wurde. Nach einer Statistik aus der französischen Stadt Dijon war das durchschnittliche Einstiegsalter 17 Jahre.
Die Preisspanne war je nach Stellung der Prostituierten und angebotener Dienstleistung breit gefächert.
Folgende Beispiele sind aus der Stadt Köln überliefert.

- Eine Straßendirne erhielt 1–6 Pfennige für einen schnellen Akt.

- Landsknecht- und Straßenhuren verlangten für eine Nacht 4–8 Albus, das sind 32 bis 64 Pfennige.
- Eine gehobene Dirne konnte für einen kurzen Akt auch 1–8 Albus erhalten.
- Edelhuren konnten für eine Nacht inklusive Herberge und Kost auch 25 Albus verlangen. In einer noblen Privatwohnung konnten es auch 2 Goldgulden sein.
- Sonderpraktiken, wie durchaus überlieferte SM und Fetischhandlungen, wurden gegen Aufpreis vorgenommen.

Zum Vergleich: Eine Wasch- und Putzfrau verdiente um 1600 ca. 5–8 Albus am Tag, bei 5 Arbeitstagen etwa 4–7 Mark die Woche. Eine Landarbeiterin erhielt etwa 3–6 Mark die Woche.

Ebenfalls als ehrlos galten **Juden**. Im Reich lebten etwa 60.000, was etwa 0,5 % der Bevölkerung war. Sie waren von bestimmten Bürgerrechten ausgeschlossen und durften sich nur außerhalb von zünftig organisiertem Handel und Handwerk betätigen. Häufig waren sie daher im Trödel-, Hausier- und Viehhandel sowie im Pfand- und Kreditgeschäft tätig. Einer dünnen Oberschicht gelang es dabei, zu größerem Wohlstand zu kommen.
In vielen Gemeinden mussten Juden für ihren Aufenthalt hohe Abgaben entrichten und mussten in abgegrenzten Bereichen leben.
Die hohen Abgaben waren aber auch oft der Grund für Obrigkeiten, Juden in der Gemeinde zu dulden oder ihre Ansiedlung sogar zu fördern.
Hamburg war bereits seit dem Ende des 16. Jahrhunderts ein wichtiges Zentrum der sephardischen Juden. Die Sepharden stammten aus Portugal und Spanien und wurden von dort nach dem Alhambra-Edikt von 1492 vertrieben. Viele von ihnen sprachen neben Portugiesisch auch Spanisch und Hebräisch. Die ersten Sepharden in Hamburg waren in der Mehrzahl wohlhabende Kaufleute und Schiffseigner mit guten

Wirtschaftsverbindungen nach Spanien und Portugal, wo der Fernhandel in die Kolonien florierte.

Dank der wirtschaftlichen Kontakte waren sie dem Hamburger Senat sehr willkommen und waren einer der Gründe, weshalb Hamburg zu einem der führenden Importhäfen für Gewürze und Kolonialwaren wurde. Nicht selten waren die Sepharden in kapitalintensiven Berufen tätig und hatten vom Senat Zugang zum reglementierten Maklerberuf für Handelsgeschäfte.

Die Unterstützung der ›Portugiesen‹, wie sie genannt wurden, geschah oft gegen den Widerstand der lutherischen Geistlichkeit

Anfang des 17. Jahrhunderts siedelten sich Juden aus dem mittel-, nord- und osteuropäischen Raum in Hamburg an. Diese jiddisch sprechenden Aschkenasim verfügten nicht über die lukrativen Wirtschaftskontakte der sephardischen Juden und waren dementsprechend weit weniger willkommen.

Aschkenasischen Juden war die Ansiedlung in Hamburg nur als Angestellte der Sephardim erlaubt. 1649 wurden die Aschkenasim vermutlich durch protestantische, antisemitische Hetzprediger wieder aus Hamburg vertrieben. Viele von ihnen siedelten sich daraufhin in Altona wieder an.

Abschnitt 4: Von der Dreckapotheke und Leichenmedizin

Unter Dreckapotheke versteht man ein Sammelsurium von in der Regel tierischen und Menschlichen Substanzen, die als Heilmittel eingesetzt wurden. Dies konnten Teile des Körpers selbst, aber auch Ausscheidungen jeglicher Natur sein. Beispiele sind:

- Gänsekot und Kuhfladen
- Körperfett
- Menstruationsblut
- Mäusezähne
- Kröten
- Schlangen
- Spulwürmer
- Spinnenweben
- Storchenherzen
- Hasenhirn
- Leber von Hund und Ziege
- Schnecken, Mäuse, Lerchen, gepulvert
- Regenwürmer
- Katzenohren
- Insekten
- Muttermilch
- Kot, Urin, Blut, Eiter, Nasenschleim, Ohrenschmalz, Sperma

Gerade die Liste der tierischen Heilmittel war sehr lang. Manches mochte tatsächlich geholfen haben, vieles war nicht nur nutzlos, sondern gar schädlich.

Die Empfehlung, sich gegen Magenschmerzen einen jungen Hund auf den Bauch zu legen, mochte zumindest angenehm sein, wenn der Hund nicht zu agil war. Der Schimmel auf Gänsekot, Schafskot und Kuhfladen wirkt tatsächlich antibiotisch.

Die Empfehlung von Henker Seitz gegen die Pest war da schon fragwürdiger.
Fange eine Kröte im März, hänge sie auf und trockne sie. Wenn die Pest den Menschen anfällt, nimm die Kröte, lege sie eine Stunde in Essig, danach binde sie auf die Beulen (Pestbeulen), lasse sie eine Stunde oder zwei liegen, danach nimm sie ab und wirf sie in fließendes Wasser. Du musst sie aber vor dem Aufbinden aufschneiden. Dazu ein Glas voll Angelika-, Meisterwurz- oder Baldrianwasser, dazu eine halbe Quintel Tiriaz und eine Quintel Angelikapulver (1 Quintel circa 4 Gramm). Das zusammen warmgemacht und drei Morgen hintereinander getrunken, so ist der Mensch genesen.
Das Trinken von *Einhornblut* sollte einen zum ewigen Leben verhelfen und Magen- und Nierensteine heilen. Bei den Einhörnern handelt es sich jedoch um den Stoßzahn der männlichen Narwale, was bereits der dänische Arzt Ole Worm 1638 erklärte. Den Wert des Einhornpulvers minderte diese Aussage dennoch nicht.
Die aus heutiger Sicht oft obskuren Anwendungen resultierten vermutlich auch oft weniger aus experimenteller Forschung, sondern mehr aus der Vorliebe fürs Magische.
Nicht nur aus unserem Blickwinkel wirkt die Anwendung der Dreckapotheke übrigens abstoßend. Der Arzt und Universalgelehrte Paullini veröffentlichte im 17. Jahrhundert ein Buch zur Dreckapotheke, in dem er auch beschreibt, welche Überwindung die Einnahme der Medizin manche Patienten kostete. *Bei reichen, zärtlichen und empfindlichen Leuten sei sie daher nur im äußerstem Notfall anzuwenden.* Ansonsten sei die Dreckapotheke von großem Nutzen … *für alle Stände, auf Reisen, in Lagern und anderswo, da nicht allemahl eine wohlangeordnete Apotheke einem nachgetragen wird.*

Eine ganz besondere Ausprägung der Dreckapotheke war die Leichenmedizin. Die Nutzung von Körperteilen und menschlichen Ausscheidungen war über Jahrhunderte ein fester Bestandteil der Apotheken und Medizinschränke. Das 16. und 17.

Jahrhundert war dabei die Hoch-Zeit für Arzneien aus menschlichen Bestandteilen.
Eine besondere Rolle bei diesem Geschäft fiel den Henkern zu. Sie waren die Hauptlieferanten der Rohstoffe für die Leichenmedizin. Eigene Krankheiten oder Gewinnsucht waren auch der Grund, warum das Publikum bei Hinrichtungen oft tumultartig um das Blut oder andere Teile der Opfer stritt.
Menschenfett oder auch Menschenschmalz, Pinguedo hominis, Arme-Sünder-Fett oder Axungia hominis war ein wichtiger Bestandteil hochwertiger Salben. Johann Agricola (1496–1570) beschreibt die Gewinnung von Menschenfett und seine Anwendungsgebiete und auch Paracelsus (1493 bis 1541) verwendete diese Zutat. Die Salben sollten zum Beispiel gegen Knochenschmerzen, Zahnschmerzen, Rheuma und Gicht helfen. Bei innerer Anwendung wurde es noch gegen Schwindsucht, Tuberkulose und Geisteskrankheit eingesetzt. In der Regel als wichtig wurde erachtet, dass das Fett von einem Menschen gewonnen wurde, der eines unnatürlichen Todes gestorben war.
Eine besonders ›gereifte‹ Medizin waren die *Mumia*, also Mumienteile. Die Bezeichnung in der Medizin war mumia vera Aegyptica. Sie sollte fiebersenkend, blutstillend und aphrodisierend wirken, aber auch Husten, Kopfschmerzen und Schwindel wurden damit bekämpft.
Da ägyptische Mumien rar und damit teuer waren, entstanden auch Anleitungen, wie Mumien für Arzneien auch aus aktuell verstorbenen Menschen herzustellen sind. Zedlers Universallexikon schreibt dazu im Jahr 1739:
Man nehme … *einen geraden, gesunden, wohlgestalten Menschen, welcher seiner Missethat halben zum Tode ohnedem verurtheilet ist, der dann mit Myrrhe, Safran, Aloe und weiteren Spezereien gewürzt und ausgestopft werden solle.* Nach einer ausreichenden Einwirkzeit erhielte man so … *eine rechte und taugliche Menschen-Mumie werden.*
Das Bestreichen mit Totenhänden wurde zur Beseitigung von Feuermalen, Geschwüren, Flechten, Zahnschmerzen und

Rheuma empfohlen. Glück sollten sie ebenfalls bringen wie auch Knöchelchen oder Daumen.

Das Salz aus der *Hirnschale* sollte angeblich wie auch das frische Blut eines Geköpften gegen Epilepsie helfen.

Grundsätzlich gab es aber kaum ein Körperteil oder eine Ausscheidung, die nicht in irgendeiner Form heilwirkend oder glücksbringend seine sollte. So gab es Arzneien, die Knochen, Haare, Nägel und Haare, Zähne, Gehirn, Galle, aber auch Kot, Urin, Speichel, Eiter oder Blut, Schamhaare enthielten. Dazu gab es noch die Verwendung als ›Ersatzteil‹, zum Beispiel Haare für Perücken und Zähne für Gebisse.

Quellenangaben

Titelbild:

Gerard van Honthorst; 1623; Der verlorene Sohn; Quelle: Wikipedia; public domain / gemeinfrei

Rückseite:

Georg Braun, Historische Karte Hamburg 1588; Quelle: Wikipedia; public domain / gemeinfrei

Printed in Poland
by Amazon Fulfillment
Poland Sp. z o.o., Wrocław

65473144R00195